U0096910

比较文学与世界文学研究丛书

主编 曹顺庆

二编 第9册

中国文学与世界论集（上）

周锡山 著

花木兰文化事业有限公司

国家图书馆出版品预行编目资料

中国文学与世界论集（上）／周锡山 著 -- 初版 -- 新北市：
花木兰文化事业有限公司，2023〔民112〕
目 4+228 面；19×26 公分
（比较文学与世界文学研究丛书 二编 第9册）
ISBN 978-626-344-320-4（精装）
1.CST：中国文学 2.CST：西洋文学 3.CST：文学评论
4.CST：比较研究
810.8 111022114

ISBN-978-626-344-320-4

比较文学与世界文学研究丛书
二编 第九册 ISBN：978-626-344-320-4

中国文学与世界论集（上）

作　　者 周锡山
主　　编 曹顺庆
企　　划 四川大学双一流学科暨比较文学研究基地
总 编 辑 杜洁祥
副总编辑 杨嘉乐
编辑主任 许郁翎
编　　辑 张雅淋、潘玟静　美术编辑 陈逸婷
出　　版 花木兰文化事业有限公司
发 行 人 高小娟
联络地址 台湾235 新北市中和区中安街七二号十三楼
　　　　 电话：02-2923-1455 ／传真：02-2923-1452
网　　址 http://www.huamulan.tw 信箱 service@huamulans.com
印　　刷 普罗文化出版广告事业
初　　版 2023年3月
定　　价 二编28册（精装）新台币76,000元

中国文学与世界论集（上）

周锡山 著

作者简介

周锡山，上海艺术研究中心研究员，中国作家协会会员。兼任中国古代文学理论学会理事、中国《水浒》学会常务理事、上海比较文学研究会名誉理事；福建省老子研究会顾问、抚州汤显祖国际研究中心客座研究员、镇江赛珍珠研究会顾问等。

在文学、历史、美学、艺术学领域出版著作近约50种，论文约200篇。著作获文化部首届（1979–1999）文化艺术科学优秀著作奖、山东省社科优秀著作特等奖（集体项目）、全国古籍整理优秀著作二等奖（1978–1987年度《金圣叹全集》4册220万字、2013年度《西厢记注释汇评》3册147万字、2017年度《牡丹亭注释汇评》3册198万字）、中国图书奖（《西厢记评注》《水浒记评注》）等。另出版中国社会科学院创新工程资助项目兼国家级战略出版项目（《王国维美学思想研究》）、国家十三五重点出版项目兼国家出版基金资助项目（复旦大学中文系的项目《中国戏曲纵横新论》）和国家十四五重点出版项目（北京大学艺术学院的项目《俞振飞评传》《华文漪评传》）、上海高校高峰高原学科建设专项资金资助项目（上海戏剧学院艺术学理论专业的项目《金圣叹文艺美学研究》《汤显祖和明代文学》《红楼梦艺术和美学新论》和论文多篇）、北京大学建设世界一流大学专项资金资助项目（国际学术研讨会美学论文1篇）和国家社科基金艺术学重大项目的著作（《中国戏曲剧种全集·昆剧》《昆曲皇后华文漪评传》）等。

提　　要

本书是作者在比较文学专业的第5种专著，共收入论文50篇、50余万字。

本书第一部分总论，梳理和研究中国自创始神话至20世纪文学、美学的巨大成就，并与西方做比较研究，认为从文学和美学的角度论述中国美学不仅在著作数量上大大超过西方，在学术成就上更高于西方。本书还认为中国文化和文学自创始神话起，就大力伸张正义、仁义和道义，具有创新精神和家国情怀。同时，中国文化和文学具有虚心学习和接纳一切先进文化和文学经典的宽广胸怀，能吸收、消化印度佛教文化和文学、西方优秀文化和文学的整座宝库，并成为中国文化取得无与伦比的伟大成就的坚实基础。

第二部分是作者首创的意志悲剧和意志喜剧、神秘现实主义和神秘浪漫主义的语汇和理论、首创的中国文艺理论研究和评论西方名著的研究方法。其首创的理论和研究方法，涵盖古今中外的文学和艺术名著。

第三部分名家名作的比较研究的论文。第四部分是汤显祖剧作和莎士比亚、西方名著比较研究。第五部分是中国文学的美国优秀学生、1938年诺贝尔文学奖获得者赛珍珠研究

第六部分是神秘现实主义和西方、拉美气功特异功能文学名著研究，这是作者的独家研究。

第七部分是英国名剧的译文和评论。

全书以世界文化史和文学史的广阔视野，以比较文学的研究方法，研究和评论中国文学兼及文学理论的重大贡献，观点新颖而独到，角度宽广而独特，评论全面而具体。

比较文学的中国路径

曹顺庆

自德国作家歌德提出“世界文学”观念以来，比较文学已经走过近二百年。比较文学研究也历经欧洲阶段、美洲阶段而至亚洲阶段，并在每一阶段都形成了独具特色学科理论体系、研究方法、研究范围及研究对象。中国比较文学研究面对东西文明之间不断加深的交流和碰撞现况，立足中国之本，辩证吸纳四方之学，而有了如今欣欣向荣之景象，这套丛书可以说是应运而生。本丛书尝试以开放性、包容性分批出版中国比较文学学者研究成果，以观中国比较文学学术脉络、学术理念、学术话语、学术目标之概貌。

一、百年比较文学争讼之端——比较文学的定义

什么是比较文学？常识告诉我们：比较文学就是文学比较。然而当今中国比较文学教学实际情况却并非完全如此。长期以来，中国学术界对“什么是比较文学？”却一直说不清，道不明。这一最基本的问题，几乎成为学术界纠缠不清、莫衷一是的陷阱，存在着各种不同的看法。其中一些看法严重误导了广大学生！如果不辨析这些严重误导了广大学生的观点，是不负责任、问心有愧的。恰如《文心雕龙·序志》说”岂好辩哉，不得已也“，因此我不得不辩。

其中一个极为容易误导学生的说法，就是“比较文学不是文学比较“。目前，一些教科书郑重其事地指出：比较文学不是文学比较。认为把“比较”与“文学”联系在一起，很容易被人们理解为用比较的方法进行文学研究的意思。并进一步强调，比较文学并不等于文学比较，并非任何运用比较方法来进行的比较研究都是比较文学。这种误导学生的说法几乎成为一个定论，

一个基本常识，其实，这个看法是不完全准确的。

让我们来看看一些具体例证，请注意，我列举的例证，对事不对人，因而不提及具体的人名与书名，请大家理解。在Y教授主编的教材中，专门设有一节以“比较文学不是文学比较”为题的内容，其中指出“比较文学界面临的最大的困惑就是把‘比较文学’误读为‘文学比较’”，在高等院校进行比较文学课程教学时需要重点强调“比较文学不是文学比较”。W教授主编的教材也称“比较文学不是文学的比较”，因为“不是所有用比较的方法来研究文学现象的都是比较文学”。L教授在其所著教材专门谈到“比较文学不等于文学比较”，因为，“比较”已经远远超出了一般方法论的意义，而具有了跨国家与民族、跨学科的学科性质，认为将比较文学等同于文学比较是以偏概全的。”J教授在其主编的教材中指出，“比较文学并不等于文学比较”，并以美国学派雷马克的比较文学定义为根据，论证比较文学的“比较”是有前提的，只有在地域观念上跨越打通国家的界限，在学科领域上跨越打通文学与其他学科的界限，进行的比较研究才是比较文学。在W教授主编的教材中，作者认为，“若把比较文学精神看作比较精神的话，就是犯了望文生义的错误，一百余年来，比较文学这个名称是名不副实的。”

从列举的以上教材我们可以看出，首先，它们在当下都仍然坚持“比较文学不是文学比较”这一并不完全符合整个比较文学学科发展事实的观点。如果认为一百余年来，比较文学这个名称是名不副实的，所有的比较文学都不是文学比较，那是大错特错！其次，值得注意的是，这些教材在相关叙述中各自的侧重点还并不相同，存在着不同程度、不同方面的分歧。这样一来，错误的观点下多样的谬误解释，加剧了学习者对比较文学学科性质的错误把握，使得学习者对比较文学的理解愈发困惑，十分不利于比较文学方法论的学习、也不利于比较文学学科的传承和发展。当今中国比较文学教材之所以普遍出现以上强作解释，不完全准确的教科书观点，根本原因还是没有仔细研究比较文学学科不同阶段之史实，甚至是根本不清楚比较文学不同阶段的学科史实的体现。

实际上，早期的比较文学“名”与“实”的确不相符合，这主要是指法国学派的学科理论，但是并不包括以后的美国学派及中国学派的学科理论，如果把所有阶段的学科理论一锅煮，是不妥当的。下面，我们就从比较文学学科发展的史实来论证这个问题。“比较文学不是文学比较”“comparative literature is not literary comparison"，只是法国学派提出的比较文学口号，只是法国学派一派的主张，而不是整个比较文学学科的基本特征。我们不能够把这个阶段性的比较文学口号扩大化，甚至让其突破时空，用于描述比较文学所有的阶段和学派，更不能够使其"放之四海而皆准"。

法国学派提出"比较文学不是文学比较"，这个"比较"（comparison）是他们坚决反对的！为什么呢，因为他们要的不是文学"比较"（literary comparison），而是文学"关系"（literary relationship），具体而言，他们主张比较文学是实证的国际文学关系，是不同国家文学的影响关系，influences of different literatures，而不是文学比较。

法国学派为什么要反对"比较"（comparison），这与比较文学第一次危机密切相关。比较文学刚刚在欧洲兴起时，难免泥沙俱下，乱比的情形不断出现，暴露了多种隐患和弊端，于是，其合法性遭到了学者们的质疑：究竟比较文学的科学性何在？意大利著名美学大师克罗齐认为，"比较"（comparison）是各个学科都可以应用的方法，所以，"比较"不能成为独立学科的基石。学术界对于比较文学公然的质疑与挑战，引起了欧洲比较文学学者的震撼，到底比较文学如何"比较"才能够避免"乱比"？如何才是科学的比较？

难能可贵的是，法国学者对于比较文学学科的科学性进行了深刻的的反思和探索，并提出了具体的应对的方法：法国学派采取壮士断臂的方式，砍掉"比较"（comparison），提出比较文学不是文学比较（comparative literature is not literary comparison），或者说砍掉了没有影响关系的平行比较，总结出了只注重文学关系（literary relationship）的影响（influences）研究方法论。法国学派的创建者之一基亚指出，比较文学并不是比较。比较不过是一门名字没取好的学科所运用的一种方法……企图对它的性质下一个严格的定义可能是徒劳的。基亚认为：比较文学不是平行比较，而仅仅是文学关系史。以"文学关系"为比较文学研究的正宗。为什么法国学派要反对比较？或者说为什么法国学派要提出"比较文学不是文学比较"，因为法国学派认为"比较"（comparison）实际上是乱比的根源，或者说"比较"是没有可比性的。正如巴登斯佩哲指出："仅仅对两个不同的对象同时看上一眼就作比较，仅仅靠记忆和印象的拼凑，靠一些主观臆想把可能游移不定的东西扯在一起来找点类似点，这样的比较决不可能产生论证的明晰性"。所以必须抛弃"比较"。只承认基于科学的历史实证主义之上的文学影响关系研究（based on scientificity and positivism and literary influences.）。法国学派的代表学者卡雷指出：比较文学是实证性的关系研究："比较文学是文学史的一个分支：它研究拜伦与普希金、歌德与卡莱尔、瓦尔特·司各特与维尼之间，在属于一种以上文学背景的不同作品、不同构思以及不同作家的生平之间所曾存在过的跨国度的精神交往与实际联系。"正因为法国学者善于独辟蹊径，敢于提出"比较文学不是文学比较"，甚至完全抛弃比较（comparison），以防止"乱比"，才形成了一套建立在"科学"实证性为基础的、以影响关系为特征的"不比较"的比较文学学科理论体系，这终于挡住了克罗齐等人对比较文学"乱比"的批判，形成了以"科学"实证为特征的文学影响关系研究，确立了法国学派的学科理论和一整套方法论体系。当然，法国学派悍然砍掉比较研究，又不放弃"比较文学"这个名称，于是不可避免地出现了比较文学名不副实的尴尬现象，出现了打着比较文学名号，而又不比较的法国学派学科理论，这才是问题的关键。

当然，法国学派提出"比较文学不是文学比较"，只注重实证关系而不注重文学比较和文学审美，必然会引起比较文学的危机。这一危机终于由美国著名比较文学家韦勒克（René Wellek）在1958年国际比较文学协会第二次大会上明确揭示出来了。在这届年会上，韦勒克作了题为《比较文学的危机》的挑战性发言，对"不比较"的法国学派进行了猛烈批判，宣告了倡导平行比较和注重文学审美的比较文学美国学派的诞生。韦勒克作了题为《比较文学的危机》的挑战性发言，对当时一统天下的法国学派进行了猛烈批判，宣告了比较文学美国学派的诞生。韦勒克说："我认为，内容和方法之间的人为界线，渊源和影响的机械主义概念，以及尽管是十分慷慨的但仍属文化民族主义的动机，是比较文学研究中持久危机的症状。"韦勒克指出："比较也不能仅仅局限在历史上的事实联系中，正如最近语言学家的经验向文学研究者表明的那样，比较的价值既存在于事实联系的影响研究中，也存在于毫无历史关系的语言现象或类型的平等对比中。"很明显，韦勒克提出了比较文学就是要比较（comparison），就是要恢复巴登斯佩哲所讽刺和抛弃的"找点类似点"的平行比较研究。美国著名比较文学家雷马克（Henry Remak）在他的著名论文《比较文学的定义与功用》中深刻地分析了法国学派为什么放弃"比较"（comparison）的原因和本质。他分析说："法国比较文学否定'纯粹'的比较（comparison），它忠实于十九世纪实证主义学术研究的传统，即实证主义所坚持并热切期望的文学研究的'科学性'。按照这种观点，纯粹的类比不会得出任何结论，尤其是不能得出有更大意义的、系统的、概括性的结论。……既然值得尊重的科学必须致力于因果关系的探索，而比较文学必须具有科学性，因此，比较文学应该研究因果关系，即影响、交流、变更等。"雷马克进一步尖锐地指出，"比较文学"不是"影响文学"。只讲影响不要比较的"比较文学"，当然是名不副实的。显然，法国学派抛弃了"比较"（comparison），但是仍然带着一顶"比较文学"的帽子，才造成了比较文学"名"与"实"不相符合，造成比较文学不比较的尴尬，这才是问题的关键。

美国学派最大的贡献，是恢复了被法国学派所抛弃的比较文学应有的本义——"比较"（The American school went back to the original sense of comparative literature ——"comparison"），美国学派提出了标志其学派学科理论体系的平行比较和跨学科比较："比较文学是一国文学与另一国或多国文学的比较，是文学与人类其他表现领域的比较。"显然，自从美国学派倡导比较文学应当比较（comparison）以后，比较文学就不再有名与实不相符合的问题了，我们就不应当再继续笼统地说"比较文学不是文学比较"了，不应当再以"比较文学不是文学比较"来误导学生！更不可以说"一百余年来，比较文学这个名称是名不副实的。"不能够将雷马克的观点也强行解释为"比较文学不是比较"。因为在美国学派看来，比较文学就是要比较（comparison）。比较文学就是要恢复被巴登斯佩哲所讽刺和抛弃的"找点类似点"的平行比较研究。因为平行研究的可比性，正是类同性。正如韦勒克所说，"比较的价值既存在于事实联系的影响研究中，也存在于毫无历史关系的语言现象或类型的平等对比中。"恢复平行比较研究、跨学科研究，形成了以"找点类似点"的平行研究和跨学科研究为特征的比较文学美国学派学科理论和方法论体系。美国学派的学科理论以"类型学"、"比较诗学"、"跨学科比较"为主，并拓展原属于影响研究的"主题学"、"文类学"等领域，大大扩展比较文学研究领域。

二、比较文学的三个阶段

下面，我们从比较文学的三个学科理论阶段，进一步剖析比较文学不同阶段的学科理论特征。现代意义上的比较文学学科发展以"跨越"与"沟通"为目标，形成了类似"层叠"式、"涟漪"式的发展模式，经历了三个重要的学科理论阶段，即：

一、欧洲阶段，比较文学的成形期；二、美洲阶段，比较文学的转型期；三、亚洲阶段，比较文学的拓展期。我们将比较文学三个阶段的发展称之为“涟漪式”结构，实际上是揭示了比较文学学科理论的继承与创新的辩证关系：比较文学学科理论的发展，不是以新的理论否定和取代先前的理论，而是层叠式、累进式地形成“涟漪”式的包容性发展模式，逐步积累推进。比较文学学科理论发展呈现为层叠式、“涟漪”式、包容式的发展模式。我们把这个模式描绘如下：

法国学派主张比较文学是国际文学关系，是不同国家文学的影响关系。形成学科理论第一圈层：比较文学——影响研究；美国学派主张恢复平行比较，形成学科理论第二圈层：比较文学——影响研究＋平行研究＋跨学科研究；中国学派提出跨文明研究和变异研究，形成学科理论第三圈层：比较文学——影响研究＋平行研究＋跨学科研究＋跨文明研究＋变异研究。这三个圈层并不互相排斥和否定，而是继承和包容。我们将比较文学三个阶段的发展称之为层叠式、“涟漪”式、包容式结构，实际上是揭示了比较文学学科理论的继承与创新的辩证关系。

法国学派提出，可比性的第一个立足点是同源性，由关系构成的同源性。同源性主要是针对影响关系研究而言的。法国学派将同源性视作可比性的核心，认为影响研究的可比性是同源性。所谓同源性，指的是通过对不同国家、不同民族和不同语言的文学的文学关系研究，寻求一种有事实联系的同源关系，这种影响的同源关系可以通过直接、具体的材料得以证实。同源性往往建立在一条可追溯关系的三点一线的“影响路线”之上，这条路线由发送者、接受者和传递者三部分构成。如果没有相同的源流，也就不可能有影响关系，也就谈不上可比性，这就是“同源性”。以渊源学、流传学和媒介学作为研究的中心，依靠具体的事实材料在国别文学之间寻求主题、题材、文体、原型、思想渊源等方面的同源影响关系。注重事实性的关联和渊源性的影响，并采用严谨的实证方法，重视对史料的搜集和求证，具有重要的学术价值与学术意义，仍然具有广阔的研究前景。渊源学的例子：杨宪益，《西方十四行诗的渊源》。

比较文学学科理论的第二阶段在美洲，第二阶段是比较文学学科理论的转型期。从 20 世纪 60 年代以来，比较文学研究的主要阵地逐渐从法国转向美国，平行研究的可比性是什么？是类同性。类同性是指是没有文学影响关系的不同国家文学所表现出的相似和契合之处。以类同性为基本立足点的平行研究与影响研究一样都是超出国界的文学研究，但它不涉及影响关系研究的放送、流传、媒介等问题。平行研究强调不同国家的作家、作品、文学现象的类同比较，比较结果是总结出于文学作品的美学价值及文学发展具有规律性的东西。其比较必须具有可比性，这个可比性就是类同性。研究文学中类同的：风格、结构、内容、形式、流派、情节、技巧、手法、情调、形象、主题、文类、文学思潮、文学理论、文学规律。例如钱钟书《通感》认为，中国诗文有一种描写手法，古代批评家和修辞学家似乎都没有拈出。宋祁《玉楼春》词有句名句："红杏枝头春意闹。"这与西方的通感描写手法可以比较。

比较文学的又一次危机：比较文学的死亡

九十年代，欧美学者提出，比较文学作为一门学科已经死亡！最早是英国学者苏珊·巴斯奈特1993年她在《比较文学》一书中提出了比较文学的死亡论，认为比较文学作为一门学科，在某种意义上已经死亡。尔后，美国学者斯皮瓦克写了一部比较文学专著，书名就叫《一个学科的死亡》。为什么比较文学会死亡，斯皮瓦克的书中并没有明确回答！为什么西方学者会提出比较文学死亡论？全世界比较文学界都十分困惑。我们认为，20世纪90年代以来，欧美比较文学继"理论热"之后，又出现了大规模的"文化转向"。脱离了比较文学的基本立场。首先是不比较，即不讲比较文学的可比性问题。西方比较文学研究充斥大量的Culture Studies（文化研究），已经不考虑比较的合理性，不考虑比较文学的可比性问题。第二是不文学，即不关心文学问题。西方学者热衷于文化研究，关注的已经不是文学性，而是精神分析、政治、性别、阶级、结构等等。最根本的原因，是比较文学学科长期囿于西方中心论，有意无意地回避东西方不同文明文学的比较问题，基本上忽略了学科理论的新生长点，比较文学学科理论缺乏创新，严重忽略了比较文学的差异性和变异性。

要克服比较文学的又一次危机，就必须打破西方中心论，克服比较文学学科理论一味求同的比较文学学科理论模式，提出适应当今全球化比较文学研究的新话语。中国学派，正是在此次危机中，提出了比较文学变异学研究，总结出了新的学科理论话语和一套新的方法论。

中国大陆第一部比较文学概论性著作是卢康华、孙景尧所著《比较文学导论》，该书指出："什么是比较文学？现在我们可以借用我国学者季羡林先生的解释来回答了：‘顾名思义，比较文学就是把不同国家的文学拿出来比较，这可以说是狭义的比较文学。广义的比较文学是把文学同其他学科来比较，包括人文科学和社会科学’。”[1]这个定义可以说是美国雷马克定义的翻版。不过，该书又接着指出:“我们认为最精炼易记的还是我国学者钱钟书先生的说法:‘比较文学作为一门专门学科，则专指跨越国界和语言界限的文学比较’。更具体地说，就是把不同国家不同语言的文学现象放在一起进行比较，研究他们在文艺理论、文学思潮，具体作家、作品之间的互相影响。”[2]这个定义似乎更接近法国学派的定义，没有强调平行比较与跨学科比较。紧接该书之后的教材是陈挺的《比较文学简编》，该书仍旧以“广义”与“狭义”来解释比较文学的定义，指出：“我们认为，通常说的比较文学是狭义的，即指超越国家、民族和语言界限的文学研究……广义的比较文学还可以包括文学与其他艺术（音乐、绘画等）与其他意识形态（历史、哲学、政治、宗教等）之间的相互关系的研究。”[3]中国比较文学早期对于比较文学的定义中凸显了很强的不确定性。

由乐黛云主编，高等教育出版社 1988 年的《中西比较文学教程》，则对比较文学定义有了较为深入的认识，该书在详细考查了中外不同的定义之后，该书指出：“比较文学不应受到语言、民族、国家、学科等限制，而要走向一种开放性，力图寻求世界文学发展的共同规律。”[4]“世界文学”概念的纳入极大拓宽了比较文学的内涵，为“跨文化”定义特征的提出做好了铺垫。

随着时间的推移，学界的认识逐步深化。1997 年，陈惇、孙景尧、谢天振主编的《比较文学》提出了自己的定义：“把比较文学看作跨民族、跨语言、跨文化、跨学科的文学研究，更符合比较文学的实质，更能反映现阶段人们对于比较文学的认识。”[5]2000 年北京师范大学出版社出版了《比较文学概论》修订本，提出：“什么是比较文学呢？比较文学是—种开放式的文学研究，它具有宏观的视野和国际的角度，以跨民族、跨语言、跨文化、跨学科界限的各种文学关系为研究对象，在理论和方法上，具有比较的自觉意识和兼容并包的特色。”[6]这是我们目前所看到的国内较有特色的一个定义。

---

1 卢康华、孙景尧著《比较文学导论》，黑龙江人民出版社 1984，第 15 页。
2 卢康华、孙景尧著《比较文学导论》，黑龙江人民出版社 1984 年版。
3 陈挺《比较文学简编》，华东师范大学出版社 1986 年版。
4 乐黛云主编《中西比较文学教程》，高等教育出版社 1988 年版。
5 陈惇、孙景尧、谢天振主编《比较文学》，高等教育出版社 1997 年版。
6 陈惇、刘象愚《比较文学概论》，北京师范大学出版社 2000 年版。

具有代表性的比较文学定义是2002年出版的杨乃乔主编的《比较文学概论》一书，该书的定义如下："比较文学是以跨民族、跨语言、跨文化与跨学科为比较视域而展开的研究，在学科的成立上以研究主体的比较视域为安身立命的本体，因此强调研究主体的定位，同时比较文学把学科的研究客体定位于民族文学之间与文学及其他学科之间的三种关系：材料事实关系、美学价值关系与学科交叉关系，并在开放与多元的文学研究中追寻体系化的汇通。"[7]方汉文则认为："比较文学作为文学研究的一个分支学科，它以理解不同文化体系和不同学科间的同一性和差异性的辩证思维为主导，对那些跨越了民族、语言、文化体系和学科界限的文学现象进行比较研究，以寻求人类文学发生和发展的相似性和规律性。"[8]由此而引申出的"跨文化"成为中国比较文学学者对于比较文学定义所做出的历史性贡献。

我在《比较文学教程》中对比较文学定义表述如下："比较文学是以世界性眼光和胸怀来从事不同国家、不同文明和不同学科之间的跨越式文学比较研究。它主要研究各种跨越中文学的同源性、变异性、类同性、异质性和互补性，以影响研究、变异研究、平行研究、跨学科研究、总体文学研究为基本方法论，其目的在于以世界性眼光来总结文学规律和文学特性，加强世界文学的相互了解与整合，推动世界文学的发展。"[9]在这一定义中，我再次重申"跨国""跨学科""跨文明"三大特征，以"变异性""异质性"突破东西文明之间的"第三堵墙"。

"首在审己，亦必知人"。中国比较文学学者在前人定义的不断论争中反观自身，立足中国经验、学术传统，以中国学者之言为比较文学的危机处境贡献学科转机之道。

三、两岸共建比较文学话语——比较文学中国学派

中国学者对于比较文学定义的不断明确也促成了"比较文学中国学派"的生发。得益于两岸几代学者的垦拓耕耘，这一议题成为近五十年来中国比较文学发展中竖起的最鲜明、最具争议性的一杆大旗，同时也是中国比较文学学科理论研究最有创新性，最亮丽的一道风景线。

7 杨乃乔主编《比较文学概论》，北京大学出版社2002年版。
8 方汉文《比较文学基本原理》，苏州大学出版社2002年版。
9 曹顺庆《比较文学教程》，高等教育出版社2006年版。

比较文学“中国学派”这一概念所蕴含的理论的自觉意识最早出现的时间大约是20世纪70年代。当时的台湾由于派出学生留洋学习，接触到大量的比较文学学术动态，率先掀起了中外文学比较的热潮。1971年7月在台湾淡江大学召开的第一届“国际比较文学会议”上，朱立元、颜元叔、叶维廉、胡辉恒等学者在会议期间提出了比较文学的“中国学派”这一学术构想。同时，李达三、陈鹏翔（陈慧桦）、古添洪等致力于比较文学中国学派早期的理论催生。如1976年，古添洪、陈慧桦出版了台湾比较文学论文集《比较文学的垦拓在台湾》。编者在该书的序言中明确提出：“我们不妨大胆宣言说，这援用西方文学理论与方法并加以考验、调整以用之于中国文学的研究，是比较文学中的中国派”[10]。这是关于比较文学中国学派较早的说明性文字，尽管其中提到的研究方法过于强调西方理论的普世性，而遭到美国和中国大陆比较文学学者的批评和否定；但这毕竟是第一次从定义和研究方法上对中国学派的本质进行了系统论述，具有开拓和启明的作用。后来，陈鹏翔又在台湾《中外文学》杂志上连续发表相关文章，对自己提出的观点作了进一步的阐释和补充。

在“中国学派”刚刚起步之际，美国学者李达三起到了启蒙、催生的作用。李达三于60年代来华在台湾任教，为中国比较文学培养了一批朝气蓬勃的生力军。1977年10月，李达三在《中外文学》6卷5期上发表了一篇宣言式的文章《比较文学中国学派》，宣告了比较文学的中国学派的建立，并认为比较文学中国学派旨在“与比较文学中早已定于一尊的西方思想模式分庭抗礼。由于这些观念是源自对中国文学及比较文学有兴趣的学者，我们就将含有这些观念的学者统称为比较文学的‘中国’学派。”并指出中国学派的三个目标：1、在自己本国的文学中，无论是理论方面或实践方面，找出特具“民族性”的东西，加以发扬光大，以充实世界文学；2、推展非西方国家“地区性”的文学运动，同时认为西方文学仅是众多文学表达方式之一而已；3、做一个非西方国家的发言人，同时并不自诩能代表所有其他非西方的国家。李达三后来又撰文对比较文学研究状况进行了分析研究，积极推动中国学派的理论建设。[11]

继中国台湾学者垦拓之功，在20世纪70年代末复苏的大陆比较文学研

---

10 古添洪、陈慧桦《比较文学的垦拓在台湾》，台湾东大图书公司1976年版。

11 李达三《比较文学研究之新方向》，台湾联经事业出版公司1978年版。

究亦积极参与了“比较文学中国学派”的理论建设和学科建设。

季羡林先生 1982 年在《比较文学译文集》的序言中指出：“以我们东方文学基础之雄厚，历史之悠久，我们中国文学在其中更占有独特的地位，只要我们肯努力学习，认真钻研，比较文学中国学派必然能建立起来，而且日益发扬光大”[12]。1983 年 6 月，在天津召开的新中国第一次比较文学学术会议上，朱维之先生作了题为《比较文学中国学派的回顾与展望》的报告，在报告中他旗帜鲜明地说：“比较文学中国学派的形成（不是建立）已经有了长远的源流，前人已经做出了很多成绩，颇具特色，而且兼有法、美、苏学派的特点。因此，中国学派绝不是欧美学派的尾巴或补充”[13]。1984 年，卢康华、孙景尧在《比较文学导论》中对如何建立比较文学中国学派提出了自己的看法，认为应当以马克思主义作为自己的理论基础，以我国的优秀传统与民族特色为立足点与出发点，汲取古今中外一切有用的营养，去努力发展中国的比较文学研究。同年在《中国比较文学》创刊号上，朱维之、方重、唐弢、杨周翰等人认为中国的比较文学研究应该保持不同于西方的民族特点和独立风貌。1985 年，黄宝生发表《建立比较文学的中国学派：读〈中国比较文学〉创刊号》，认为《中国比较文学》创刊号上多篇讨论比较文学中国学派的论文标志着大陆对比较文学中国学派的探讨进入了实际操作阶段。[14]1988 年，远浩一提出“比较文学是跨文化的文学研究”（载《中国比较文学》1988 年第 3 期）。这是对比较文学中国学派在理论特征和方法论体系上的一次前瞻。同年，杨周翰先生发表题为“比较文学：界定‘中国学派’，危机与前提”（载《中国比较文学通讯》1988 年第 2 期），认为东方文学之间的比较研究应当成为“中国学派”的特色。这不仅打破比较文学中的欧洲中心论，而且也是东方比较学者责无旁贷的任务。此外，国内少数民族文学的比较研究，也应该成为“中国学派”的一个组成部分。所以，杨先生认为比较文学中的大量问题和学派问题并不矛盾，相反有助于理论的讨论。1990 年，远浩一发表“关于‘中国学派’”（载《中国比较文学》1990 年第 1 期），进一步推进了“中国学派”的研究。此后直到 20 世纪 90 年代末，中国学者就比较文学中国学派的建立、理论与方法以及相应的学科理论等诸多问题进行了积极而富有成效的探讨。

---

12 张隆溪《比较文学译文集》，北京大学出版社 1984 年版。

13 朱维之《比较文学论文集》，南开大学出版社 1984 年版。

14 参见《世界文学》1985 年第 5 期。

刘介民、远浩一、孙景尧、谢天振、陈淳、刘象愚、杜卫等人都对这些问题付出过不少努力。《暨南学报》1991 年第 3 期发表了一组笔谈，大家就这个问题提出了意见，认为必须打破比较文学研究中长期存在的法美研究模式，建立比较文学中国学派的任务已经迫在眉睫。王富仁在《学术月刊》1991 年第 4 期上发表“论比较文学的中国学派问题”，论述中国学派兴起的必然性。而后，以谢天振等学者为代表的比较文学研究界展开了对“X+Y”模式的批判。比较文学在大陆复兴之后，一些研究者采取了“X+Y”式的比附研究的模式，在发现了“惊人的相似”之后便万事大吉，而不注意中西巨大的文化差异性，成为了浅度的比附性研究。这种情况的出现，不仅是中国学者对比较文学的理解上出了问题，也是由于法美学派研究理论中长期存在的研究模式的影响，一些学者并没有深思中国与西方文学背后巨大的文明差异性，因而形成“X+Y”的研究模式，这更促使一些学者思考比较文学中国学派的问题。

经过学者们的共同努力，比较文学中国学派一些初步的特征和方法论体系逐渐凸显出来。1995 年，我在《中国比较文学》第 1 期上发表《比较文学中国学派基本理论特征及其方法论体系初探》一文，对比较文学在中国复兴十余年来的发展成果作了总结，并在此基础上总结出中国学派的理论特征和方法论体系，对比较文学中国学派作了全方位的阐述。继该文之后，我又发表了《跨越第三堵‘墙’创建比较文学中国学派理论体系》等系列论文，论述了以跨文化研究为核心的“中国学派”的基本理论特征及其方法论体系。这些学术论文发表之后在国内外比较文学界引起了较大的反响。台湾著名比较文学学者古添洪认为该文“体大思精，可谓已综合了台湾与大陆两地比较文学中国学派的策略与指归，实可作为‘中国学派’在大陆再出发与实践的蓝图”[15]。

在我撰文提出比较文学中国学派的基本特征及方法论体系之后，关于中国学派的论争热潮日益高涨。反对者如前国际比较文学学会会长佛克马（Douwe Fokkema）1987 年在中国比较文学学会第二届学术讨论会上就从所谓的国际观点出发对比较文学中国学派的合法性提出了质疑，并坚定地反对建立比较文学中国学派。来自国际的观点并没有让中国学者失去建立比较文学中国学派的热忱。很快中国学者智量先生就在《文艺理论研究》1988 年第

15 古添洪《中国学派与台湾比较文学界的当前走向》，参见黄维梁编《中国比较文学理论的垦拓》167 页，北京大学出版社 1998 年版。

1 期上发表题为《比较文学在中国》一文，文中援引中国比较文学研究取得的成就，为中国学派辩护，认为中国比较文学研究成绩和特色显著，尤其在研究方法上足以与比较文学研究历史上的其他学派相提并论，建立中国学派只会是一个有益的举动。1991 年，孙景尧先生在《文学评论》第 2 期上发表《为“中国学派”一辩》，孙先生认为佛克马所谓的国际主义观点实质上是“欧洲中心主义”的观点，而“中国学派”的提出，正是为了清除东西方文学与比较文学学科史中形成的“欧洲中心主义”。在 1993 年美国印第安纳大学举行的全美比较文学会议上，李达三仍然坚定地认为建立中国学派是有益的。二十年之后，佛克马教授修正了自己的看法，在 2007 年 4 月的“跨文明对话——国际学术研讨会（成都）”上，佛克马教授公开表示欣赏建立比较文学中国学派的想法[16]。即使学派争议一派繁荣景象，但最终仍旧需要落点于学术创见与成果之上。

比较文学变异学便是中国学派的一个重要理论创获。2005 年，我正式在《比较文学学》[17]中提出比较文学变异学，提出比较文学研究应该从“求同”思维中走出来，从“变异”的角度出发，拓宽比较文学的研究。通过前述的法、美学派学科理论的梳理，我们也可以发现前期比较文学学科是缺乏“变异性”研究的。我便从建构中国比较文学学科理论话语体系入手，立足《周易》的“变异”思想，建构起“比较文学变异学”新话语，力图以中国学者的视角为全世界比较文学学科理论提供一个新视角、新方法和新理论。

比较文学变异学的提出根植于中国哲学的深层内涵，如《周易》之“易之三名”所构建的“变易、简易、不易”三位一体的思辨意蕴与意义生成系统。具体而言，“变易”乃四时更替、五行运转、气象畅通、生生不息；“不易”乃天上地下、君南臣北、纲举目张、尊卑有位；“简易”则是乾以易知、坤以简能、易则易知、简则易从。显然，在这个意义结构系统中，变易强调“变”，不易强调“不变”，简易强调变与不变之间的基本关联。万物有所变，有所不变，且变与不变之间存在简单易从之规律，这是一种思辨式的变异模式，这种变异思维的理论特征就是：天人合一、物我不分、对立转化、整体关联。这是中国古代哲学最重要的认识论，也是与西方哲学所不同的“变异”思想。

---

16 见《比较文学报》2007 年 5 月 30 日，总第 43 期。

17 曹顺庆《比较文学学》，四川大学出版社 2005 年版。

由哲学思想衍生于学科理论，比较文学变异学是“指对不同国家、不同文明的文学现象在影响交流中呈现出的变异状态的研究，以及对不同国家、不同文明的文学相互阐发中出现的变异状态的研究。通过研究文学现象在影响交流以及相互阐发中呈现的变异，探究比较文学变异的规律。”[18]变异学理论的重点在求“异”的可比性，研究范围包含跨国变异研究、跨语际变异研究、跨文化变异研究、跨文明变异研究、文学的他国化研究等方面。比较文学变异学所发现的文化创新规律、文学创新路径是基于中国所特有的术语、概念和言说体系之上探索出的“中国话语”，作为比较文学第三阶段中国学派的代表性理论已经受到了国际学界的广泛关注与高度评价，中国学术话语产生了世界性影响。

四、国际视野中的中国比较文学

文明之墙让中国比较文学学者所提出的标识性概念获得国际视野的接纳、理解、认同以及运用，经历了跨语言、跨文化、跨文明的多重关卡，国际视野下的中国比较文学书写亦经历了一个从“遍寻无迹”“只言片语”而“专篇专论”，从最初的“话语乌托邦”至“阶段性贡献”的过程。

二十世纪六十年代以来港台学者致力于从课程教学、学术平台、人才培养，国内外学术合作等方面巩固比较文学这一新兴学科的建立基石，如淡江文理学院英文系开设的“比较文学”（1966），香港大学开设的“中西文学关系”（1966）等课程；台湾大学外文系主编出版之《中外文学》月刊、淡江大学出版之《淡江评论》季刊等比较文学研究专刊；后又有台湾比较文学学会（1973 年）、香港比较文学学会（1978）的成立。在这一系列的学术环境构建下，学者前贤以“中国学派”为中国比较文学话语核心在国际比较文学学科理论、方法论中持续探讨，率先启声。例如李达三在 1980 年香港举办的东西方比较文学学术研讨会成果中选取了七篇代表性文章，以 *Chinese-Western Comparative Literature: Theory and Strategy* 为题集结出版，[19]并在其结语中附上那篇“中国学派”宣言文章以申明中国比较文学建立之必要。

学科开山之际，艰难险阻之巨难以想象，但从国际学者相关言论中可见西方对于中国比较文学学科的发展抱有的希望渺小。厄尔·迈纳（Earl Miner）

18 曹顺庆主编《比较文学概论》，高等教育出版社 2015 年版。

19 ***Chinese-Western Comparative Literature***：*Theory & Strategy*, Chinese Univ Pr.1980-6

在 1987 年发表的 *Some Theoretical and Methodological Topics for Comparative Literature* 一文中谈到当时西方的比较文学鲜有学者试图将非西方材料纳入西方的比较文学研究中。(until recently there has been little effort to incorporate non-Western evidence into Western com- parative study.) 1992 年，斯坦福大学教授 David Palumbo-Liu 直接以《话语的乌托邦：论中国比较文学的不可能性》为题（*The Utopias of Discourse: On the Impossibility of Chinese Comparative Literature*）直言中国比较文学本质上是一项“乌托邦”工程。(My main goal will be to show how and why the task of Chinese comparative literature, particularly of pre-modern literature, is essentially a *utopian* project.) 这些对于中国比较文学的诘难与质疑，今美国加州大学圣地亚哥分校文学系主任张英进教授在其 1998 编著的 *China in a polycentric world: essays in Chinese comparative literature* 前言中也不得不承认中国比较文学研究在国际学术界中仍然处于边缘地位（The fact is, however, that Chinese comparative literature remained marginal in academia, even though it has developed closely with the rest of literary studies in the United Stated and even though China has gained increasing importance in the geopolitical world order over the past decades.)。[20]但张英进教授也展望了下一个千年中国比较文学研究的蓝景。

新的千年新的气象，“世界文学”“全球化”等概念的冲击下，让西方学者开始注意到东方，注意到中国。如普渡大学教授斯蒂文 · 托托西（Tötösy de Zepetnek, Steven）1999 年发长文 *From Comparative Literature Today Toward Comparative Cultural Studies* 阐明比较文学研究更应该注重文化的全球性、多元性、平等性而杜绝等级划分的参与。托托西教授注意到了在法德美所谓传统的比较文学研究重镇之外，例如中国、日本、巴西、阿根廷、墨西哥、西班牙、葡萄牙、意大利、希腊等地区，比较文学学科得到了出乎意料的发展（emerging and developing strongly)。在这篇文章中，托托西教授列举了世界各地比较文学研究成果的著作，其中中国地区便是北京大学乐黛云先生出版的代表作品。托托西教授精通多国语言，研究视野也常具跨越性，新世纪以来也致力于以跨越性的视野关注世界各地比较文学研究的动向。[21]

20 Moran T . Yingjin Zhang, Ed. China in a Polycentric World: Essays in Chinese Comparative Literature[J].现代中文文学学报,2000,4(1):161-165.

21 Tötösy de Zepetnek, Steven. "From Comparative Literature Today Toward Comparative Cultural Studies." CLCWeb: Comparative Literature and Culture 1.3 (1999):

以上这些国际上不同学者的声音一则质疑中国比较文学建设的可能性，一则观望着这一学科在非西方国家的复兴样态。争议的声音不仅在国际学界，国内学界对于这一新兴学科的全局框架中涉及的理论、方法以及学科本身的立足点，例如前文所说的比较文学的定义，中国学派等等都处于持久论辩的漩涡。我们也通晓如果一直处于争议的漩涡中，便会被漩涡所吞噬，只有将论辩化为成果，才能转漩涡为涟漪，一圈一圈向外辐射，国际学人也在等待中国学者自己的声音。

上海交通大学王宁教授作为中国比较文学学者的国际发声者自 20 世纪末至今已撰文百余篇，他直言，全球化给西方学者带来了学科死亡论，但是中国比较文学必将在这全球化语境中更为兴盛，中国的比较文学学者一定会对国际文学研究做出更大的贡献。新世纪以来中国学者也不断地将自身的学科思考成果呈现在世界之前。2000 年，北京大学周小仪教授发文（*Comparative Literature in China*）[22]率先从学科史角度构建了中国比较文学在两个时期（20 世纪 20 年代至 50 年代，70 年代至 90 年代）的发展概貌，此文关于中国比较文学的复兴崛起是源自中国文学现代性的产生这一观点对美国芝加哥大学教授苏源熙（Haun Saussy）影响较深。苏源熙在 2006 年的专著 *Comparative Literature in an Age of Globalization* 中对于中国比较文学的讨论篇幅极少，其中心便是重申比较文学与中国文学现代性的联系。这篇文章也被哈佛大学教授大卫·达姆罗什（David Damrosch）收录于《普林斯顿比较文学资料手册》（*The Princeton Sourcebook in Comparative Literature*，2009[23]）。类似的学科史介绍在英语世界与法语世界都接续出现，以上大致反映了中国学者对于中国比较文学研究的大概描述在西学界的接受情况。学科史的构架对于国际学术对中国比较文学发展脉络的把握很有必要，但是在此基础上的学科理论实践才是关系于中国比较文学学科国际性发展的根本方向。

我在 20 世纪 80 年代以来 40 余年间便一直思考比较文学研究的理论构建问题，从以西方理论阐释中国文学而造成的中国文艺理论“失语症”思考

22 Zhou, Xiaoyi and Q.S. Tong, “Comparative Literature in China”, Comparative Literature and Comparative Cultural Studies, ed., Totosy de Zepetnek, West Lafayette, Indiana: Purdue University Press, 2003, 268-283.

23 Damrosch, David (EDT)***The Princeton Sourcebook in Comparative Literature***: Princeton University Press

属于中国比较文学自身的学科方法论，从跨异质文化中产生的“文学误读”“文化过滤”“文学他国化”提出“比较文学变异学”理论。历经 10 年的不断思考，2013 年，我的英文著作：*The Variation Theory of Comparative Literature*（《比较文学变异学》），由全球著名的出版社之一斯普林格（Springer）出版社出版，并在美国纽约、英国伦敦、德国海德堡出版同时发行。*The Variation Theory of Comparative Literature*（《比较文学变异学》）系统地梳理了比较文学法国学派与美国学派研究范式的特点及局限，首次以全球通用的英语语言提出了中国比较文学学科理论新话语：“比较文学变异学”。这一新概念、新范畴和新表述，引导国际学术界展开了对变异学的专刊研究（如普渡大学创办刊物《比较文学与文化》2017 年 19 期）和讨论。

欧洲科学院院士、西班牙圣地亚哥联合大学让·莫内讲席教授、比较文学系教授塞萨尔·多明戈斯教授（Cesar Dominguez），及美国科学院院士、芝加哥大学比较文学教授苏源熙（Haun Saussy）等学者合著的比较文学专著（Introducing Comparative literature: New Trends and Applications[24]）高度评价了比较文学变异学。苏源熙引用了《比较文学变异学》（英文版）中的部分内容，阐明比较文学变异学是十分重要的成果。与比较文学法国学派和美国学派形成对比，曹顺庆教授倡导第三阶段理论，即，新奇的、科学的中国学派的模式，以及具有中国学派本身的研究方法的理论创新与中国学派”（《比较文学变异学》（英文版）第 43 页）。通过对“中西文化异质性的“跨文明研究”，曹顺庆教授的看法会更进一步的发展与进步（《比较文学变异学》（英文版）第 43 页），这对于中国文学理论的转化和西方文学理论的意义具有十分重要的价值。（“Another important contribution in the direction of an imparative comparative literature-at least as procedure-is Cao Shunqing’s 2013 *The Variation Theory of Comparative Literature*. In contrast to the“French School”and“American School”of comparative Literature, Cao advocates a “third-phrase theory”, namely, “a novel and scientific mode of the Chinese school,” a “theoretical innovation and systematization of the Chinese school by relying on our *own* methods” (*Variation Theory* 43; emphasis added). From this etic beginning, his proposal moves forward emically by developing a “cross-civilizaional study on the heterogeneity between

24 Cesar Dominguez,Haun Saussy,Dario Villanueva Introducing Comparative literature: New Trends and Applications，Routledge,2015

Chinese and Western culture" (43), which results in both the foreignization of Chinese literary theories and the Signification of Western literary theories.)

法国索邦大学（Sorbonne University）比较文学系主任伯纳德·弗朗科（Bernard Franco）教授在他出版的专著（《比较文学：历史、范畴与方法》）*La littératurecomparée: Histoire, domaines, méthodes* 中以专节引述变异学理论，他认为曹顺庆教授提出了区别于影响研究与平行研究的“第三条路”，即“变异理论”，这对应于观点的转变，从“跨文化研究”到“跨文明研究”。变异理论基于不同文明的文学体系相互碰撞为形式的交流过程中以产生新的文学元素，曹顺庆将其定义为“研究不同国家的文学现象所经历的变化”。因此曹顺庆教授提出的变异学理论概述了一个新的方向，并展示了比较文学在不同语言和文化领域之间建立多种可能的桥梁。（Il évoque l'hypothèse d'une troisième voie, la « théorie de la variation », qui correspond à un déplacement du point de vue, de celui des « études interculturelles » vers celui des « études transcivilisationnelles . » Cao Shunqing la définit comme « l'étude des variations subies par des phénomènes littéraires issus de différents pays, avec ou sans contact factuel, en même temps que l'étude comparative de l'hétérogénéité et de la variabilité de différentes expressions littéraires dans le même domaine ».Cette hypothèse esquisse une nouvelle orientation et montre la multiplicité des passerelles possibles que la littérature comparée établit entre domaines linguistiques et culturels différents.）[25]。

美国哈佛大学（Harvard University）厄内斯特·伯恩鲍姆讲席教授、比较文学教授大卫·达姆罗什（David Damrosch）对该专著尤为关注。他认为《比较文学变异学》（英文版）以中国视角呈现了比较文学学科话语的全球传播的有益尝试。曹顺庆教授对变异的关注提供了较为适用的视角，一方面超越了亨廷顿式简单的文化冲突模式，另一方面也跨越了同质性的普遍化。[26]国际学界对于变异学理论的关注已经逐渐从其创新性价值探讨延伸至文学研究，例如斯蒂文·托托西近日在 *Cultura* 发表的（Peripheralities: "Minor" Literatures, Women's Literature, and Adrienne Orosz de Csicser's Novels）一文中便成功地将变异学理论运用于阿德里安·奥罗兹的小说研究中。

---

25 Bernard Franco La litt é raturecompar é e: Histoire, domaines, m é thodes，Armand Colin 2016.

26 David Damrosch Comparing the Literatures,Literary Studies in a Global Age,Princeton University Press,2020.

国际学界对于比较文学变异学的认可也证实了变异学作为一种普遍性理论提出的初衷，其合法性与适用性将在不同文化的学者实践中巩固、拓展与深化。它不仅仅是跨文明研究的方法，而是一种具有超越影响研究和平行研究，超越西方视角或东方视角的宏大视野、一种建立在文化异质性和变异性基础之上的融汇创生、一种追求世界文学和总体问题最终理想的哲学关怀。

以如此篇幅展现中国比较文学之况，是因为中国比较文学研究本就是在各种危机论、唱衰论的压力下，各种质疑论、概念论中艰难前行，不探源溯流难以体察今日中国比较文学研究成果之不易。文明的多样性发展离不开文明之间的交流互鉴。最具“跨文明”特征的比较文学学科更需要文明之间成果的共享、共识、共析与共赏，这是我们致力于比较文学研究领域的学术理想。

千里之行，不积跬步无以至，江海之阔，不积细流无以成！如此宏大的一套比较文学研究丛书得承花木兰总编辑杜洁祥先生之宏志，以及该公司同仁之辛劳，中国比较文学学者之鼎力相助，才可顺利集结出版，在此我要衷心向诸君表达感谢！中国比较文学研究仍有一条长远之途需跋涉，期以系列丛书一展全貌，愿读者诸君敬赐高见！

曹顺庆

二零二一年十月二十三日于成都锦丽园

目　次

上　册

中　册

前 言

本书是我的比较文学论集。

本书是我在比较文学专业，继《王国维文学美学论著集》（北岳文艺出版社 1987 / 1988；释评本，上海三联书店 2018）、《王国维集》（4 卷 198 万字，中国社会科学出版社 2008 / 2012）、《王国维美学思想研究》（中国社会科学出版社 1992 / 2017）、《神秘与浪漫——文学名著中的气功与特异功能》（百花洲文艺出版社 1999）之后的第 5 种书、第 3 本专著。

拙著《牡丹亭注释汇评》和《汤显祖和明代文学》也有比较文学的论文。

本书第一部分总论。王国维说他做了 10 年西方哲学美学研究，后又为研究国学而通读了《十三经》，发现“西人数千年思索之结果，与我国三千年前圣贤之说大略相同”（《致沈曾植》1914 年 8 月 2 日）。针对国内外的西方文化中心论，王国维之后，汤因比、钱穆等继续提出中华文化优于西方文化论。拙著《王国维美学思想研究》[1]论述中国独有的由情景交融说等组成的意境说，是 20 世纪中国领先于世界的美学体系。总论诸文，从文学和美学的角度论述中国美学不仅在著作数量上大大超过西方，在学术成就上更高于西方。本书还认为中国文化自创始神话起，就大力伸张正义、仁义和道义，具有创新精神和家国情怀。同时，中国文化具有虚心学习和接纳一切先进文化的宽广胸怀，是唯一能将印度佛教文化、西方优秀文化的整座宝库吸收、消化的伟大文化。这些都是中国文化取得无与伦比的伟大成就的坚实基础。

1 《王国维美学思想研究》，中国社会科学出版社 1992，获文化部首届（1979-1999）文化艺术科学优秀著作奖；增订本收入中国社会科学院“创新工程”资助、“国家级战略出版项目”“当代中国学者代表作”文库〔首批〕，中国社会科学出版社，2017。

第二部分是笔者首创的美学理论和研究方法。笔者新创的美学理论的名称——意志悲剧和意志喜剧、神秘现实主义和神秘浪漫主义，都是笔者新创的语汇。笔者新创的多个理论话语，如拙文《西厢记评注》[2]一书中指出，《西厢记》在世界文化史上首创了一个新的爱情模式，即“知音互赏式”爱情，等等[3]，因非比较文学论文，故而未收入本书。

笔者在首创意志悲剧说和意志喜剧说之前，已发表《论王国维的“意志”悲剧说》，做了铺垫，此文获得中国艺术研究院戏曲研究所和海宁市联合主办的“王国维杯”戏曲论文奖，并收入《戏曲研究》获奖论文专辑，后又收入上海作家协会《上海作家年度论文选》。（此文已收入拙著《王国维美学思想研究》的附论中，故未收入本书。）《意志悲剧说和意志喜剧说》一文，先后向《中国比较文学》和《中国社会科学》投稿，没有答复。后收入胡晓明教授主编的中国古代文学理论学会会刊《古代文学理论研究丛刊》，并得到该刊和《上海文化年鉴》的高度评价。

笔者首创神秘现实主义和神秘浪漫主义理论也有一个漫长的过程。笔者于 1999 年在拙著《神秘与浪漫》[4]一书首次提出了神秘现实主义这个理论概念。2004 年在上海比较文学研究会第 10 次年会作“神秘现实主义和神秘浪漫主义”理论介绍的大会发言，受到与会者的广泛认同，上海社联网、《中国比较文学》2005 年第 1 期、中国比较文学文贝网都做了报道。

2008 年 1 月在香港中文大学主办“重读经典：中国传统小说与戏曲国际学术研讨会”上，笔者提交《戏曲中的神秘现实主义和神秘浪漫主义描写略论——中国戏曲的首创性贡献研究之一》[5]，该研讨会学术委员会接受作者在论

2 此书（1996 年完稿）与拙著《水浒记评注》，皆收入蒋星煜为顾问的《六十种曲评注》（获中国图书奖），吉林人民出版社，2001。

3 拙文《文学理论话语体系建设的设想和尝试》已做介绍和叙说。按此文提交“全国哲学社会科学话语体系建设协调办公室”与上海市委宣传部指导，中国浦东干部学院、中国社会科学院-上海市人民政府上海研究院、上海市社会科学界联合会共同主办，中国社会科学院大学人文学院、上海大学文学院协办的“中国哲学社会科学话语体系建设·浦东论坛”——“文学理论话语体系建设，2019”（2019 年 7 月 20 日举办）。

4 周锡山著《神秘与浪漫》，百花洲文艺出版社 1999 年版。

5 周锡山《戏曲中的神秘现实主义和神秘浪漫主义描写略论——中国戏曲的首创性贡献研究之一》，香港中文大学中文系主编《“重读经典：中国传统小说与戏曲国际学术研讨会”论文集》，香港：牛津大学出版社 2009 年版。又收入周锡山著《中国戏曲纵横新论》，复旦大学出版社 2019 年版。

文中说明的，本文是笔者根据自己首创的“神秘现实主义和神秘浪漫主义”理论所做的研究成果，邀请作者出席会议并将拙文收入大会论文集。

2010 年中国水浒学会会刊《水浒争鸣》发表拙文《水浒传中的神秘主义描写述评》。

此文开首即说明：“本文是周锡山首创的‘神秘现实主义和神秘浪漫主义的创作方法’的系列论文之一”，中国社会科学院文学研究所“中国文学网”和中国古典小说网都转载全文。

感谢以上提及的研究机构认同笔者首创的理论，并发表有关的拙文。

2011 年中国比较文学学会与复旦大学、上海师范大学等上海各高校和北京大学、清华大学联合举办的中国比较文学年会暨国际研讨会上，笔者提交《神秘现实主义和神秘浪漫主义导论》[6]，但可能主编者不承认这个理论，未收入大会论文集，后发表于中国比较文学旅法分会的刊物《对流》。

第三部分名家名作的比较研究的论文，多是会议论文或约稿，所以没有体系性或系列性。

第四、五、六部分都是系列性的论文。

第四部分是汤显祖剧作和莎士比亚、西方名著比较研究。其中多篇为提交江西抚州和浙江遂昌举办的汤显祖国际研讨会论文。其中《汤显祖与莎士比亚伟大艺术成就的总体比较和评论》，是提交中英两国文化部主办的汤显祖和莎士比亚逝世 400 周年纪念研讨会的论文。抚州汤显祖国际研究中心成立后，笔者受聘为客座研究员，参加了中心主办的所有的研讨会并提交论文。

第五部分是赛珍珠研究。我是新时期最早开始研究赛珍珠的学者之一。1992 年，我的研究生同学陆海明负责筹备上海 · 赛珍珠诞辰百年纪念研讨会，他邀请我参加，我就交了《论赛珍珠和中国文化》一文与会。正在上海外国语大学读博的姚君伟教授主持《镇江师专学报》(后转制为《江苏大学学报》)“赛珍珠研究专栏”，他看了此文后多次盛情向我约稿，我先后写出《再论赛珍珠和中国文化》《电影〈庭院里的女人〉述评》两文。2002 年我应邀出席镇江赛珍珠诞辰 110 周年国际研讨会，此后镇江成立的赛珍珠研究会，聘我为顾问，我参加了研究会主办的所有的国际研讨会，并提交论文。

第六部分是神秘现实主义和东西方气功特异功能文学名著研究，这是我

6　周锡山《神秘现实主义和神秘浪漫主义导论》，法国中法文学艺术研究学会和中国比较文学旅法分会会刊《对流》2014 年总第 9 期。

的独家研究。

第七部分是英国名剧的译文和评论，是笔者在文革中自学英文的自我测试的作业。

笔者当年因王智量师的引导而进入比较文学与世界文学研究的领域。特向九五高龄的智量师致以深切的感谢！

本书不足之处，敬请读者指正！

周锡山

2022 年 8 月 30 日于上海

壹、总论

中华创世神话的创新精神和救世情怀
——兼与西方神话比较[1]

我国是世界上的文明古国之一。早在远古洪荒时代，中华民族的祖先就在中国这块广袤的土地上成长、劳动、生息、繁殖，并开始了文化的创造，此即当时口头创作的中华创世神话。

创世神话也称开辟神话，是中华文明的源头。学术界一般认为，创世神话是人类幼年时期用幻想的形式对自然、宇宙及其起源所作的幼稚的解释和描述，反映出原始古代人对天地宇宙和人类由来的原始观念。但是王国维早就指出："即百家不雅驯之言，亦不无表示一面之事实。"[2]指出神话中含有历史真实的成分。这也是王国维总结的中国古代史家对待神话的原则，根据这个原则，《史记》等都将作者认为记载比较可靠的部分神话采写在史书中。

因此中华创世神话内容丰富，影响深远，并取得了领先于世界的伟大成就。

中国创世神话领先于世界、超过西方神话的伟大意义在于，中国的创世神话在表达古人对自然和世界的原始认识及丰富的想象的同时，表现了创新意识和救世情怀的伟大民族精神。学术界至今于此尚未有论述，今特撰此文略抒己见。

学术界一般认为：世界各国的创世神话主要有两个方面：(1) 解释和描述天地开辟，包括世界和万物的形成；(2) 说明人类的起源，包括民族的由来等。

1　上海高校高峰高原学科建设资助项目，《上海艺术评论》2017 年第 5 期。

2　王国维《古史新证》，周锡山编校《王国维集》第四册第 72 页，中国社会科学出版社 2008 年版。

我认为，中华创世神话基本上分为两大类，一类表达了创新意识，有盘古开天地、伏羲制八卦、女娲造人、燧人氏钻木取火、神农创耕种尝百草、仓颉造字等。另一类表达了救世情怀，有女娲补天、精卫填海、羿射九日、嫦娥奔月、大禹治水等。

中国其他神话，还有谴责危害人类的人及其制造的灾祸的故事。如共工触不周山等，这些具有破坏意义的故事是为上述两种神话服务的。正因共工的破坏，才需要女娲补天。这些神话不是创世神话的主流，没有独立的重大意义。

一、创新性的中华创始神话

中华创世神话中的创新性题材，在神话中占有最重要的地位。

按照创世的时间先后，最早的神话是盘古开天辟地，有了天地，逐步有了天下万物。其中最重要的是人，中华民族的祖先，于是又有伏羲和女娲兄妹成婚、女娲造人、女娲补天。人们要生产粮食，才能活命；有了火种，才能取暖、烧煮食品，于是有神农耕种、神农尝百草治病和燧人氏钻木取火。中华民族文化最早的直接创造是伏羲八卦和仓颉造字。

盘古，又称盘古氏，混沌氏。是中国传说中开天辟地创造人类世界的始祖。盘古开天的故事，最早由三国时期吴国徐整《三五历纪》追记：“天地浑沌如鸡子，盘古生其中。万八千岁，天地开辟，阳清为天，阴浊为地。盘古在其中，一日九变，神于天，圣于地。天日高一丈，地日厚一丈，盘古日长一丈，如此万八千岁。天数极高，地数极深，盘古极长。后乃有三皇。数起于一，立于三，成于五，盛于七，处于九，故天去地九万里。”

徐整已佚的《五运历年纪》、南朝梁的任昉《述异记》东晋郭璞《玄中记》都称盘古身体化为天地万物。明董斯张《广博物志》中条引《五运历年纪》云：“盘古之君，龙首蛇身，嘘为风雨，吹为雷电，开目为昼，闭目为夜。死后骨节为山林，体为江海，血为淮渎，毛发为草木。”

古人想象宇宙像一个椭圆形的鸡蛋，盘古经过一万八千年的努力，完成开天辟地的艰巨任务。盘古站在天地之间成为顶天立地的支柱，支撑起天地，也即以丰富的想象力创造了天地；他死后的骨节变成了三山五岳和森林，身体和血液变成滔滔江河，毛发成为植物，眼睛成了星星等；还能制造风雨和雷电。盘古用自己的一生和死后的肢体为人类创造了世界万物。

盘古浑身散发着创新精神，他敢于开天辟地，善于创立山岳江河、造雨发电、身化万物，使大地郁郁葱葱。他的勇敢和牺牲精神，与天地同在。他的创新精神与日月同辉。

有了天地万物，便可产生人类，与此同时，人类诞生伊始，我们的祖先开始认识宇宙，创造文化。

1942 年发现的出土文物《楚帛书》甲篇记载，在天地尚未形成，世界处于混沌状态之时，先有伏羲、女皇二神，结为夫妇，生了四子。女娲与伏羲兄妹繁衍人类，原有文献则有唐李亢撰《独异志》卷下（原本 10 卷已散佚，传世明抄本与《稗海》本均为 3 卷）的记载。

伏羲与女娲同为福佑社稷之正神。据《楚帛书》记载，他们是目前中国最早的有文献记载的创世神。研究家认为伏羲与女娲所处时代约为旧石器时代中晚期，是中国古籍中记载的最早的王，是中国医药鼻祖之一。

中国古书相传伏羲人首蛇身，在与女娲兄妹相婚，生儿育女的同时，他根据天地万物的变化，发明创造了占卜八卦，悟出了天地万物的变化规律惟一阴一阳而已。他又结绳为网，用来捕鸟打猎，并教会了人们渔猎的方法，发明了瑟，创作了曲子。他创造文字结束了“结绳记事”的历史。伏羲称王一百一十一年以后去世。

伏羲，华夏民族人文始祖、位居“三皇之首”“百王之先”。“三皇五帝”被尊为中华民族的人文初祖，而且也是中国各族共同尊奉的先祖。《左传》《管子》《周易》《庄子》《国语》等先秦典籍都有关于伏羲的记述，司马迁《史记 · 太史公自序》说：“余闻之先人曰：‘伏羲至纯厚，作《易》八卦。’”这是肯定伏羲历史地位的最权威的论断。

根据古代史书和有关注疏，中国古人对宇宙形成的思考，始于伏羲创制的《易经》。先秦阐释《易经》的《周易 · 系辞上》伏羲“始作八卦，以通神明之德，以类万物之情”，并将宇宙结构概括为：《易》有太极，是生两仪，两仪生四象，四象生八卦。

女娲是伏羲之妹，先秦的多种典籍，如《楚辞 · 天问》《山海经 · 大荒西经》等有女娲造人、补天的零星记载，《礼记》与《帝王世纪》、应劭《世本 · 作篇》还都说“女娲作笙簧”，她发明了乐器。到两汉，女娲造人、事迹发展到东汉泰山太守应劭《风俗通》（《风俗通义》，汉唐人多引作《风俗通》）则完整记载女娲造人的两则短文：

一则说天地开辟之初，大地上还没有人类，女娲把黄土捏成团造了人。

另一则女娲造婚神话说："女娲祷祠神，祈而为女媒。因置昏姻。"女娲在神祠里祷告，祈求上苍任命她做女媒。于是女娲就安排两性婚配。

接着伏羲和女娲之后，有创世神话《燧人氏钻木取火》。传说在一万多年前，燧人氏在燧明国（今河南商丘一带）发明了钻木取火，开启了华夏文明的起源。有的还记载燧人氏钻木取火得到过伏羲的帮助。

此后有炎帝号神农氏（一般认为炎帝和神农氏是同一个人，《史记》认为神农氏和炎帝是先后两个人），创耕种尝百草。《史记》说"神农氏以赭鞭（zhě biān）鞭草木（用赤鞭打一些草和树木），始尝百草。"亲口验证各种草的药效，创立了最早的医药学。

炎黄时期的创世神话还有《荀子 · 解蔽》《吕氏春秋》《策海 · 六书》《淮南子 · 本经训》《史记》《路史》《述异记》《说文解字序》《陕西金石志》等记载的仓颉造字。

仓颉，称苍颉，号史皇氏，轩辕黄帝史官，曾把流传于先民中的文字加以搜集、整理和使用，在汉字创造的过程中起了重要作用，他根据野兽的脚印研究出了汉字。

以上创新性的神话展示了中华民族先祖伟大的创新精神，这种精神得到后世的继承，因此中华民族对古代世界提供了人类最重要的四大发明，中国的科技和经济领先于世界三千年。

二、救世性的中华创世神话

人类自诞生起，就常常会遭遇自然灾害，创世神话非常重视人与自然灾害的斗争。其中对付旱灾有后羿射日，对付水灾有大禹治水；探索自然奥秘，有夸父追日；探索新的家园，有嫦娥奔月；填海和发展陆地，有精卫填海，等等。这些神话的主人公具有伟大的救世情怀，故能不怕万难，战胜灾害。

救世神话最早的是女娲补天。

女娲补天最早有《列子 · 汤问》的记载："天地亦物也。物有不足，故昔者女娲氏炼五色石以补其阙；断鳌之足以立四极。其后共工氏与颛顼争为帝，怒而触不周之山，折天柱，绝地维，故天倾西北，日月辰星就焉；地不满东南，故百川水潦归焉。"

西汉《淮南子 · 览冥训》和《天文训》、东汉王充《论衡 · 谈天篇》都有相同记载。

女娲是中华创世神话中的著名人物，中国最早的女神。她最主要的功绩是造人和补天。这两件事，代表了中华创世神话显示的中华民族的两个民族精神：创新意识和救世情怀。造人，是创新；补天，是救世。她一身而二任，最为了不起。难怪《红楼梦》描写女娲补天多余的石头，转化为贾宝玉，让他在天上和人间一起演绎了一个内含丰富复杂、意义深远巨大的精彩故事。

炎黄时期有精卫填海和夸父追（一作逐）日。

上古著名神话“精卫填海”，源于《山海经 · 北山经》，后来的《抱朴子 · 内篇》、《博物志》（卷三）、《述异记》（卷上）也有简短记载。《山海经 · 北山经》的记载最完整：“又北二百里，曰发鸠之山，其上多柘木。有鸟焉，其状如乌，文首、白喙、赤足，名曰精卫，其鸣自詨（xiào，通假字，通“叫”，呼唤；大叫）。”她是炎帝之少女名曰女娃，“女娃游于东海，溺而不返，故为精卫。常衔西山之木石，以堙于东海。”郭璞注《山海经图赞》“精卫”：“炎帝之女，化为精卫。沉形东海，灵爽西迈。乃衔木石，以填攸害（所害）。”

精卫填海讲的是炎帝的小女儿，名叫女娃。她到东海游玩。淹死在东海里没有返回，就变成了精卫鸟，常常衔着西山的树枝和石子，用来填塞东海。

郭璞的注解“以填攸害”，明确说明了精卫填海的目的，是要填没使她溺水而亡的大海，“害人”的大海。但这个目的可以有两解：一是复仇神话，女娃生前与大海无冤无仇，但是却不慎溺水身亡，如此与大海结下仇恨，化身为鸟终身进行填海的复仇事业。二是茅盾所说的“精卫与刑天是属于同型的神话，都是描写象征百折不回的毅力和意志的，这是属于道德意识的鸟兽神话。”（茅盾《中国神话研究初探》，上海古籍出版社 2005）她悲恨无情的海涛毁灭了自己，又想到别人也可能会被夺走年轻的生命，因此不断地从西山衔来一条条小树枝、一颗颗小石头，丢进海里，想要把大海填平，帮助后人避免重复溺水的悲剧。

对于“精卫填海”神话，历来解析甚多，古代如陶渊明《读山海经十三首》：“精卫衔微木，将以填沧海。刑天舞干戚，猛志固常在。”和顾炎武《精卫》：“万事有不平，尔何空自苦；长将一寸身，衔木到终古？我愿平东海，身沉心不改；大海无平期，我心无绝时。呜呼！君不见，西山衔木众鸟多，鹊来燕去自成窠！”（《顾亭林诗笺释》，《亭林诗集》卷一）都歌颂精卫“执著”、“矢志不渝”的战胜自然的信念、理想、豪情壮志，和坚强的性格。今人如袁珂认为精卫填海“表现了遭受自然灾害的原始人类征服自然的渴望”[3]，或认为此则神话彰显的就是一种伦理道德品质，不是顾影自怜，不是自怨自艾，而是一种敢于反抗、敢于斗争、敢于牺牲的精神[4]。

精卫填海避免再有人溺水而填海的动机，还隐含了敢于填海为陆地的创新意识。这个创新意识太超前了，在古代是无人相信可以实现的，可是在我们的时代，在东海填海增陆而建造浦东国际机场，近又在南海填岛，都已成为现实，这使我们非常佩服精卫这个小女子的远见、胆魄和志向。

夸父追日指的是相传在黄帝时期，夸父族首领夸父想要把太阳摘下，于是开始逐日，和太阳赛跑，在口渴时喝干了黄河、渭水之后，在奔于大泽路途中渴死，手杖化作桃林，身躯化作夸父山。夸父逐日的故事，反映了中国古代先民好奇心非常强烈，渴望了解自然、试图战胜自然的心理和愿望。

到尧舜禹时重要的救世神话有后羿射日、嫦娥奔月和大禹治水等。

《楚辞章句》卷三《天问》的注文：“尧时十日并出，草木焦枯，尧命羿射十日，中其九日，日中九乌皆死，堕其羽翼，故留其一日也。”

《淮南子·后羿射日》：“逮（等到）至尧之时，十日并出，焦禾稼，杀（晒死）草木，而民无所食。猰貐（yàyǔ，神话中的怪兽）、凿齿（怪兽）、九婴（怪物）、大风、封豨（xī，大野猪）、修蛇，皆为民害。尧乃使羿诛凿齿于畴华之野（南方的泽地荒野），杀九婴于凶水（北方的地名）之上，缴（用箭射）大风于青丘之泽（名为青邱的大湖），上射十日而下杀猰貐，断修蛇于洞庭，禽（通“擒”）封豨于桑林（地名）。万民皆喜，置（推举）尧以为天子。”

自然界的旱灾、风灾、野兽，严重威胁着人民的生命，大羿神勇非凡，他下杀猛兽，上射太阳，消除旱灾，救万民于水火。反映了我国古人想要战胜自然灾害、改进自然环境的美好愿望。

后羿之妻嫦娥，也是一个奇女子。

嫦娥奔月讲述嫦娥被逄蒙（páng méng，同“逢蒙”。他是五帝帝尧时期一个善于射箭但品行不端的小人）所逼，无奈之下，吃下西王母赐给丈夫后羿的两粒不死之仙药后飞到了月宫的故事。嫦娥原名姮娥，因汉代人避汉文帝刘恒的名讳，改为嫦娥（一作常娥）。

3　袁珂《中国神话史》，上海文艺出版社，1988 年版。

4　孙蔚青《以“精卫填海”为例浅析上古神话中的悲剧意蕴》，《美与时代：下》，2012 年第 11 期。

嫦娥的丈夫后羿是远古时期有穷国国王，力大无穷，勇武善射，但性格暴戾，滥施苛政，弄得民不聊生。后羿想长生不老，他从西王母娘娘那里搞来了可以成仙得道的灵药。

一种版本说美丽善良的妻子嫦娥得知此事，为使百姓免受后羿长期的残暴统治，就偷偷把仙药吃了，化作仙女飘向月宫，成了月宫中的长生不老的神女。后羿失去仙药，不能长生不老了，也就无法永远危害百姓了。

另一种版本是屈原《天问》所说：后羿成为射日英雄后，对嫦娥有不忠行为，和河伯的妻子发生暧昧关系，因而引起嫦娥极大的不满，一怒之下就离开后羿跑到天上去了。

前一种版本为民除害，第二种版本维护人间正义、惩罚对婚姻不忠的负心男子，是世界上最早的维护女权的文学作品。

至于大禹治水的神话，不仅描写他十三年三过家门而不入，一心为民救灾，而且正因他有一心为公的爱民胸怀，他才得以继承舜而治理天下。这个神话宣扬了只有天下为公并具有救世的杰出才能的优秀人才，才有资格作首领的选拔原则。

三、中西创世神话的比较和中国创世神话的伟大意义

西方创世神话以古希腊和希伯来的两希成就最高，两希文化成为西方文化的源头。

古希腊神话倾向于历史神话化，尤其是产生于神的时代与英雄时代交接期的《荷马史诗》，其神话色彩掩盖了史实，其史实用神话手法表达。于是，西方普遍认为史诗所写的纯属神话，一些史实也都用奇异的神话手法而存世。

中国是个世界上史学最发达的国家，中国的历代历史都有详尽的记载，而其源头则缺乏史料，有的只是神话。中国史家将神话看作是历史，如盘古和女娲的故事，明明都是创世神话，然而中国古代史家和读者都将其视作历史，伏羲和女娲都进入三皇之列。前已引及王国维的权威性的观点，对此作了很好的解释。

我们观察西方的神话，与中国最大的不同是，希腊创世神话中的基本精神是对于个人英雄主义的权力崇拜，希腊神话中的众神都一心提高自己的实力，醉心于巩固自己的地位，因为他们只有拥有最强力量才能成为众神之王。然而，众神之王无法过上平静舒适的生活，因为总是有人试图推翻它，试图夺取

他的权力，于是斗争无尽止。

第二个不同是与上面这个不同相关联，作为西方文化的源头古希腊神话，充满了暴力。例如伏羲和女娲自愿相婚，生儿育女，伏羲根据天地万物的变化，发明创造了文化（文字、音乐等）、探索自然真相（八卦和阴阳），女娲则补天，挽救为难中的人类。宙斯则强占自己的姐姐为妻，他们不干实事，为了宇宙之王的权威，而姐弟恶斗。他姐姐想当宇宙之王，宙斯的回答是以比武决定，你能打得过我，就可夺取王位。他姐姐只能屈从于他。又如奥林匹克运动会的起源也是血腥的暴力。当代学者溯源奥林匹克竞技会起源于珀罗普斯（Pelops）和俄诺马俄斯（Oinomaos）争夺王位和新娘而举行的马车比赛。俄诺马俄斯霸占自己的女儿，女儿成了他的新娘。别的年轻人还可以来娶这个新娘，条件是和俄诺马俄斯比赛驾驶马车赛跑。珀罗普斯想娶这个新娘，他必须和新娘一起坐在马车上，在前面跑。新娘的父亲俄诺马俄斯则手持梭镖坐在后面的马车上追杀他，以继续占有王位和自己的女儿。在珀罗普斯之前，俄诺马俄斯已经杀死了 13 个求婚者。新娘希波达弥亚想摆脱父亲，另寻年轻的新欢，但看到竞争者屡战屡败，她再也不耐烦等待，这次决定作弊。她暗中窜通为他父亲驾马车的车夫，要他把马车车轮的销钉偷偷地拔掉。于是俄诺马俄斯的马车追到半路，一个车轮因为没有销钉而脱落了，俄诺马俄斯被翻到在地。新郎和新娘便趁机回车，捡起地上的梭镖，杀死了俄诺马俄斯。珀罗普斯赢了夫人又得王位。原始奥林匹克竞技的本质是阴险和残酷的、你死我活的权力和婚姻的竞争。古希腊几乎所有的竞技和竞争，都贯穿了这么一种精神。

西方文化传承了古希腊的这种文化精神，于是，“西方民族在暴力、残忍方面是人类各民族中的最突出的表现者”，“暴力，作为西方文明的本质特征在人类的发展历程中，暴力可谓无处不在。”“暴力与西方人的生活密切相关，暴力渗透在西方人的生活与文化的方方面面。”在西方阵营内部，国与国、民族与民族的“兄弟相残的暴力是西方文明的基本特征，它不仅伴随着西方文化的始终，参与并见证西方文化的发展、演变历程，也构成了西方文化中一些奠基性文本的重要特征。”[5]

西方文化的另一源头，希伯来文化“对于信奉基督教的西方人来说，上帝创世无疑就是西方文化的开端。在这样开天辟地的历史阶段，却发生了一桩惊

5　姚建彬《〈杀戮欲〉试读》（《杀戮欲：西方文化中的暴力根源》译序），〔美〕雅各比《杀戮欲　西方文化中的暴力根源》，姚建彬译，商务印书馆，2013。

天动地、影响深远，同时又疑云丛生、众说纷纭的谋杀案，那就是该隐谋杀兄弟亚伯。”“无论是过去还是现在，这种该隐杀亚伯式的兄弟相残（它表现为家庭成员之间的暴力、朋友间的暴力、邻居间的暴力、同一宗教的不同派系之间的暴力等形式）构成了西方暴力的主要形式。”“到处以宣扬平等、自由、博爱为荣的西方文化，竟然是以兄弟相残而发端的。根据雅各比的研究，在几千年以后的今天，西方文化的这种情况并没有多少改变。”[6]

第三，古代人们面临种种自然灾害，西方遇到水灾，人们躲进诺亚方舟，一走了之。中国则大禹治水，用智慧和艰巨努力治理水灾，从根本上解决问题。中西方式处理灾害的境界高低，不言自明。

第四，关于人类起源的神话，同样是造人，女娲与上帝一样，都用土造人。但是女娲同时造男人和女人，男人和女人是平等的。上帝只造男人，不造女人，他只造了一个男人亚当。《圣经》介绍耶和华上帝就用亚当那人身上所取的肋骨造成一个女人，领她到那人跟前。他们两人结成夫妇，生了孩子，衍变成人类。女人是男人制造的附庸。因此，西方不仅在古近代轻视女性，现当代也是如此，遍及西方的上帝的信徒对《圣经》的这个“记载”不予质疑和否定。基督教教士直至现当代还轻视女性，1938 年诺贝尔文学奖获得者、美国女作家赛珍珠揭示和批评其父的这个缺点[7]，在目前西方也是一种颇带普遍性的现象。

古希腊神话与圣经中的故事有许多被妖魔化的女性的形象：用天籁般的歌喉诱惑航海者海妖塞壬，听到她的歌声的人就会失去心智船毁人亡；因为被奸污而成为三头蛇妖的美杜莎，任何人看到她的头都会成为石头；挑起特洛伊与希腊战争的美女海伦；在圣经也有使参孙失去神力的恶毒情妇大利拉等。这些女性角色的共同特点：美丽但又危险，掺杂着情欲、诱惑与邪恶[8]。

6 姚建彬《〈杀戮欲〉试读》（《杀戮欲：西方文化中的暴力根源》译序）。按，译序提炼了《杀戮欲：西方文化中的暴力根源》一书的以上主要观点。

7 赛珍珠说：对其父赛兆祥来说，妻子凯丽只要管好家，为他生孩子，服侍他就够了。他满脑子装满了女人从属于男人的保罗教义。在他的心中，女人从没有灵魂，他歧视女人，赛珍珠家的父权统治也从没有间断过。“父亲从不装出像喜欢儿子那样喜欢女儿。女儿和妻子都是为了照顾他而存在的。”参见〔美〕赛珍珠《我的中国世界》，尚营林等译，第 98 页，湖南文艺出版社 1991；〔美〕赛珍珠《战斗的天使》，陆兴华等译，第 248、326、263 页；裴伟、周小英、张正欣《寻绎赛珍珠的中国故乡》第 112、114 页，江苏人民出版社 2015。

8 阮诗意《恶魔性人物塑造：一种人物塑造理论》，上海戏剧学院 2022 年硕士论文。

古希腊时代的女子社会地位低下，从美狄亚口中我们可以了解，女性需要重金争购一个丈夫成为她们的主人，并且离婚对女人是不名誉的事。

而中国神话宣扬的是创新和救世的精神，其基点是道德的追求和崇拜。

创新题材包括造人、造字、发明耕种技术和获得火种，都是中华民族富有创新意识的反映，所以中国在古代有四大发明等等，适应了人类的最基本的需求。而古希腊津津乐道的普罗米修斯“偷火”，固然英勇，但不思创造，全靠偷抢，不及中国古人靠自己的智慧和艰巨努力而发明取火技术的光明正大。

近有学者指出：中华创世神话最重要的是，它包含“自强不息”和“厚德载物”的民族精神。道德是中国神话中的重要元素，其中真、善、美尤为重要。神被描绘为被人模仿的具有高道德标准的典范。令神之神圣、有别于人类的是美德而不是神力。中华创世神话凝聚了中华民族共有的美好品格、奋斗精神。创世主体依靠扎实的劳动创造世界，乐于艰苦，甘愿牺牲；神话叙事彰显了民族脚踏实地、积极进取的人生态度，又展示了超越意识、丰富的想象力。[9]精辟地归纳了中华创世神话的基本特色，但还很不够，我认为这一切应该概括为更高层次的精神本质——创新意识和救世情怀，这便是中华创世神话说拥有的中华民族精神。

9 《“不是故事，而是活下去的精神”——独家专访中国神话学会副会长刘亚虎》，《解放日报》2017年7月21日。

《老子》与中国传统文化对世界文明的贡献[1]

中国传统文化是具有儒道佛三家鼎立、互补、融合的宏伟格局的文化体系的伟大文化。其中道家和儒家文化是先后产生于中国的本土文化，儒家文化在政治、社会领域具有极大的指导作用，而先于儒家产生的道家文化，尤其是道家经典《老子》"欲取天下而为之，吾见其不得已"，"柔弱胜刚强"、"功成而不居"等理论，则在哲学高度和思想深层，指导着中国的文化、政治、军事和人生的正确道路和最终走向，创造了中国数千年的光辉历史。历史的经验值得重视，中国传统文化在历史上和当今现实中对世界文明的杰出贡献，给当今世界的发展以重大的启示。本文就老子为主，兼及老子结合其他学派共同指导下的中国文化，对这个论题简论如下。

一、倡导了一种和善而有效的民族团结、联合和融合的模式

中国本土中的各个民族由于中国文化的凝聚力而牢固地团结在一起，组成了一个完整的历史悠久的统一国家。这在世界上是唯一的，为世界历史树立了一个光辉的榜样。

与此相关的古代对中国疆域的认识，当今史学界总结其成功的历史经验是：

司马迁根据《尚书·禹贡》等书的记载，记叙了夏朝禹平水土，更制九州，

1 《老子与当代社会》(2006，兰州，中华民族文化促进会和甘肃省政协主办"首届老子文化国际论坛"论文集)，甘肃人民出版社 2008。

列天下为甸、侯、绥、要、荒“五服”的情况。夏朝的五服实际上分为三个层次，即中央、地方和边疆，甸服、侯服指中央；绥服即《国语》《荀子》等书所说的宾服，指地方；要服和荒服指边疆的蛮夷戎狄地区。无论是中央、地方，还是边疆，都是当时夏朝疆域的组成部分。从此，我国便形成了五服都要服事中央，定期或不定期向中央贡纳赋役的贡纳制度，形成了五服之内的是中国疆域的认识，这种思想对后世产生了深远的影响。

夏商周对要服和荒服地区的管理主要是通过文教加以约束，使之称臣纳贡三种，这种贡纳制度的管理方式，到了战国秦汉时期，进一步发展为直接管理、间接管理和称臣纳贡三种形式。第一种形式是在原来的要服、荒服地区像内地一样设置郡县，进行直接管辖。第二种形式是设置属国，对内附的少数民族进行间接管理。比如，西汉为了管理内附的匈奴等族，设置了西河、北地、上郡、朔方、云中、张掖、五原等属国。东汉为了管理内附的匈奴又增设了广汉等属国。这些属国“不改其本国之俗而属于汉”，由中央设置的属国都尉等官员管理，但仍有相对的独立性，与内地的郡县有所区别。第三种形式是对称臣纳贡的政权及民族采取册封以及文教约束等形式进行管辖。

历史上，中原民族与边疆民族不仅在政治上存在这隶属，联系紧密，在思想文化方面也存在着“华戎一族”的思想认识和文化认同，这也是我们认识中国历史上民族及其疆域问题的一个条件。中国历史上“华戎一族”或“胡越一家”思想的源远流长，反映了中原民族对边疆民族自古以来就是一家的思想认可，也反映了中国历史上少数民族对炎黄文化的心理趋同。孔子曾将“文化”作为区分华夏和夷狄的标准，凡是按照“礼”的要求办事的人，就是华夏；凡是违背“礼”的要求者，就是夷狄。[2]

北方强悍的游牧民族的残暴统治者多次打破这个格局，大肆南侵，中原统治者在击败他们的入侵后，用适当的方式重新组织统一的国家，并善待被打败的游牧民族。两汉、唐朝在彻底击败匈奴、突厥的入侵后，都善待和优待其上层俘虏，善待和优待归附的民众，送其良地，给予物质资助，让他们安居乐业。这样对待战败者的优待政策在世界史上也是唯一的。后世的中国统治者也继承了这个传统。

在南下占领中原、江南和全国的少数民族中，建立北魏的鲜卑和灭亡明朝

2 赵永春《关于中国历史上疆域问题的几点认识》，《中国边疆史地研究》2003 年第 3 期，《新华文摘》2003 年第 1 期。

的满清，由于接受了汉族先进的儒道文化，在自身的文化和民族发展方面都取得了历史性的进步。北魏和后继之隋朝为大唐盛世打下了基础，认真学习汉族优秀文化的满清英明君主康熙为现代统一的中国打下了基础。而蒙元统治者未能积极学习中原文化，并在社会上肆意推行民族歧视政策，于是，立国不久即天下渐乱，不足百年即被驱回草原。

总之，自远古时代的华夷一家到孙中山的五族共和，到中华人民共和国的正确而成功的民族团结政策，中国的民族政策一贯体现了传统文化中的民族和谐和团结的文化精神。

古代中国作为当时世界上罕有伦比的强国，其中央政权在世界上首先创立了国内各政权之间和平、友善的外交和反对强敌入侵、敢于勇猛反击的对立统一模式。两汉为了抵抗和反击同为中国一部分的匈奴的长年、常年猖狂的入侵和残害各国人民的霸权行径，用外交和军事的双重合作，联合西域诸国共同对敌，打开和保持了共同富裕的丝绸之路，并在这个历史过程中，在共同利益的基础上组合成一个共同的富强国家。唐朝继承汉朝的这个传统，也由同样的原因，（只是对付的强敌不同——是匈奴的别种或者说后裔突厥，）西域广大地域与东土合并，走上共同富裕繁荣的和平发展道路。

我们仍以西域内附为例，来说明中国的领土发展，是共同对付凶恶的强敌、争取和平发展的结果，其结果是合并组成一个更为辽阔、强盛的经济繁荣的国家；在这个过程中，内附的西域是自愿的，而且争取内附的态度是积极的。例如，据《后汉书·班超传》和《西域传》记载，继西汉张骞开拓西域之后，东汉的班超为抵御匈奴的攻势，在第二次开拓西域的过程中，永平十八年（75），明帝逝世。焉耆（焉耆国离开长安七千三百里，北与乌孙接界）以为中国大丧，于是攻没都护陈睦。班超孤立无援，而龟兹、姑墨（姑墨国王居南城，离开长安八千一百五十里）数次发兵攻打疏勒。班超守盘橐城，与疏勒国王忠前后照应，手下的官兵单少，拒守了年余。章帝初即位，认为陈睦新没，恐怕班超孤单危险不能自立，就下诏将他召回。班超出发回国，疏勒举国忧恐，其都尉黎弇说：“汉使弃我，我必会再被龟兹所灭。诚不忍见汉使离去。”因而用刀自刭。班超回至于阗，王侯以下都号泣说：“我们依靠汉使犹如父母，诚不可去。”互相抱住班超的马脚，班超不得走动。班超恐怕于阗最终不让他东还，又欲遂本志，于是再回到疏勒。自从班超离开后，疏勒两城又投降龟兹，而与尉头（尉头国在尉头谷，离开长安八千六百五十里，南与疏勒国结界）连兵。班超捕杀反叛者，击破尉头，杀六百余人，疏勒又安定下来。在匈奴军事霸权的搅动下，西域各国连年陷于战乱。民不聊生的西域各国，随着东汉彻底击败匈奴而获得安定和繁荣发展的局面，又因西域各民族与汉族的团结和联合，形成了一个更其繁荣和强盛的中国。这与同时的罗马帝国欺凌、压迫蛮族（当今英法德等欧洲诸民族的祖先），造成欧洲战乱和分裂的局面，适成强烈、鲜明的对照。对此，拙著《汉匈四千年之战》[3]已有详书，兹不赘述。

二、倡导了一种和善而有效的国际关系的互相尊重、和平发展模式

历史上凡是认真遵循中国传统文化的中国政府从不对周边国家发动并吞性的侵略战争，从未从事过西方列强惯用的种族灭绝、逼良为奴、杀人略地的恶劣行径。

同时，中国政府在世界上首先开展了海上的和平外交，建立了历史悠久的海上丝绸之路。早在宋朝以及以前，中国即与阿拉伯等民族建立海上的友好往来和贸易联系，而明初郑和下西洋，则更是和平外交公认的典范。永乐三年（1405），明成祖命郑和等人通使西洋，“将士卒二万七千八百余人，多赍金币，……其所乘之宝舟，体势巍然，巨无与敌，蓬帆锚舵，非二三百人莫能举动”。至 1421 年，经过先后 7 次远航，郑和等人最远抵达非洲东岸。（现有英国学者和美籍华人学者认为郑和船队远达美洲。）这些“特使”不仅带回了珍禽异兽，贵器珠宝，也将大量中国货币和精美器皿留在非洲。以至于若干年后，当葡萄牙的达·伽马抵达莫桑比克，向当地人送上衣服和食物时，当地人表现得不以为然，认为以前有人从东方乘船而来并送给他们过更好的礼物。

郑和远航虽然动用了当时世界上最为强大和庞大的舰队和船队（第一次远航时，出动大船 62 艘，小船 255 只），但中国与东南亚、南亚、西亚和非洲各国的官方交往却温馨友好。英国著名历史学者保罗·肯尼迪不得不感叹，虽然郑和舰队的规模远胜西班牙无敌舰队，但中国人却并没有因此张扬跋扈。“中国人从不抢劫和杀戮，这与葡萄牙人、荷兰人和其他入侵印度洋的欧洲人不同。”在非洲尚未沦为西方殖民地的六百年前，中国著名航海家郑和曾率领船队渡过茫茫大海到达非洲，向非洲人民表达了中国人的友好情意，并沟通了非洲与中国的贸易往来。直至今天，在非洲一些国家，还能发掘到古代中国与

3 拙著《汉匈四千年之战》，上海画报出版社 2004、上海锦绣文章出版社 2012；北京凤凰壹立公司策划，上海三联书店即将出版升级版《汉匈战争全史》。

非洲交往时所留下的诸多商品物件。

在郑和下西洋之后，西方国家也开始了海上的探险（哥伦布 1492 年到达加勒比海；1513 年美国佛罗里达被发现，同时，巴波亚横跨美洲大陆到达太平洋海岸）和外交活动，但是西方国家在海外都由殖民主义者用及其残暴的种族灭绝手段对付当地的土著，占领其土地，建立起自己的殖民地国家。南北美洲的印第安人和大洋洲的毛利人都遭到屠杀和种族灭绝、家园被占的悲惨遭遇，非洲的黑人则在家园被占的同时，还大批被作为奴隶，贩卖到北美和欧洲。持续 400 年的大西洋奴隶贸易使非洲失去上亿精壮人口，欧洲列强的瓜分更使非洲从此陷入战乱深渊。

20 世纪上半期的现代西方帝国主义国家，依然故我。针对西方列强这种历史悠久的恶劣行径，沈善增先生的儿子受到拙著《汉匈四千年之战》的启发，提出了“工业游牧文化”的概念，沈善增先生因此而撰写了《工业游牧文化》，他在文中指出：

> 有人对我说，现代西方文化，不应称之为工业文明、后工业文明，而应该叫“工业游牧文化”或“后工业游牧文化”。
>
> 这是因为，现代西方文化，与历史上的游牧文化，在本质上是一脉相承的。历史上的游牧民族，是逐草而生；现代西方民族，则是逐资源而生。历史上的游牧民族，因为战争攻略是生活的常态，随时有生命危险，所以挥霍浪费掠夺得来的资源与消费品，今日有酒今日醉，不重细水长流与积累，也自然而然的成了他们的生活价值观；这种生活价值观，今天突出表现在现代西方民族对自然资源的竭泽而渔式的发掘与开采，与滚雪球式的依靠高消费来刺激的经济发展模式上。从文化上说，“逐草而生”和“无度消费”，历史上游牧民族的最根本的两条特征，现代西方民族全盘继承，青出于蓝而胜于蓝。[4]

与之相比较，20 世纪下半期至今的中国，刚脱离长年战乱即在自身并不富裕的情况下，帮助非洲国家兴建工厂、农场、水利、能源、交通、电信和文教卫生等各类经济和社会基础设施，其中包括被非洲人民誉为“自由之路”的坦赞铁路。中国长期致力于与非洲共同发展，即使在自己最困难的时期，也曾向非洲派出工程技术人员，帮助非洲人民开展国家建设。中国与非洲的共同

4 香港道教学院《弘道》2006 年总第 4 期。

发展、患难与共，在半世纪间结出了累累硕果，不仅彼此提高了国家建设水平，也改变了世界政治生态，使非西方世界在世界政治中的地位显著提升。经历半个世纪的紧密合作，今日的中国与非洲已经进入“全天候”的伙伴关系。不同于欧美张扬的经济、人道主义援助，中国对非洲援助无关种族，没有殖民主义阴影，更不附加任何条件。塞拉利昂驻华大使约翰尼对此解释说，中国之所以受到非洲青睐，是因为中国的援助总是纯粹而迅捷。当然，中非的支援是互利的，非洲也给中国以很大的帮助。进入新世纪以来，在变动的时空背景下，中国与非洲推陈出新，在经济、文化和政治等多个领域全面合作，实现大规模互通往来，乃是近百年来世界政治权力转移在当下的新表现，体现了这些前殖民地国家自主掌握自身命运的能力与意愿，和对人类政治生态的某种理想与愿望。时光跨越几个世纪后，中国与非洲不仅重现了海上丝绸之路的盛况，也形成了政治上的互信互助的默契。这是世界政治权力生态改善的标志，它不仅有利于非洲与中国，也有利于整个世界的和谐与发展。

再以中国的近邻日本为例，日本受到中国文化的千年哺育，民族得到兴旺发展，可是日本在晚明即有大批海盗即“倭寇”掳掠中国沿海地区，自 19 世纪 90 年代至 20 世纪 40 年代，还屡次发动对华战争，并乘中国战败之际，鲸吞朝鲜半岛、琉球群岛和宝岛台湾，乃至大规模侵略中国，罪恶滔天。中国政府在取得最终胜利后，在正确处置战犯的同时依旧善待和遣返日军俘虏，甚至为了中日人民的友谊和日本的和平发展，放弃战争赔款，以德报怨，对日本做到了罕有伦比的仁至义尽。

对此，中国著名政论家和文学家金庸先生与日本权威学者、国际创价学会会长池田大作先生对话时，金庸先生说：

> 日本和中国同文同种，由于过去交通不便，除了文化和宗教（锡山按：宗教也是文化的一种，而且通过中国传过去的是以慈悲为本或者说大慈大悲的极其珍贵的佛教文化）上的片面交流之外，相互关系中可一提的只是片面的侵略。中国以文化、文明交给日本，日本却以倭刀和枪炮加诸中国。

池田先生回答：

> 真是一针见血。这是令人耻于提起的“恩将仇报”的历史。[5]

5 《探求一个灿烂的世纪——金庸／池田大作对话录》，北京大学出版社 1998，第 56、26、27 页。按，此书是池田大作先生继与汤因比、基辛格和戈尔巴乔夫对话池田大作先生还一再称呼中国为“恩人之国”、“大恩之国”[6]，他的这种观点代表着有良知的受惠国精英阶层的公正态度。

中国文化所指导下的中国强盛时期的历史表现，也可有力说明，中国今后建成现代化的强国之后，也不会走扩张、霸权的道路。中国人民具有热爱和平友谊、善待异族，既坚持民族和国际团结，又敢于战胜任何入侵的强敌的民族精神。

对此，西方有识之士一贯予以充分的肯定，例如罗素赞扬中国说：

> 中国与其说是一个政治实体，还不如说是一个文明实体——一个惟一幸存至今的文明。孔子以来，埃及、巴比伦、波斯、马其顿，包括罗马帝国，都消亡了，但是中国以持续的进化生存下来了。它受到了外国的影响——最先是佛教，现在是西方的科学。……西方不好的东西——兽性、不知足、随时准备压迫弱者、贪婪——他们明白，因而并不打算吸取。他们希望吸取西方好的东西，尤其是科学。[7]

作为文化大国的礼仪之邦，中国在世界上倡导的国际友好和互助精神，在今后世界和平发展的历程中，必定会得到有力的发扬。

三、倡导了一种极为和善而有效的文化接受方法

中国五千年的文化史，就是一个不断吸收和融合远古至近代中国大陆和周边地区不同部落和种族的文化、不断吸收和融合南亚印度文化、中西亚古今文化和西方文化的历史。中华民族是最善于学习的民族，它一向注意吸收异族、异国、异质文化精华并使之内化，与自己的传统文化相结合并获得多元共存、发展的民族。

佛教文化是由印度传入、但已在中国转化为中国新的成分、并已融为一体的外来文化。

中国接受西域文明，以音乐和舞蹈的影响最大。舞蹈和乐曲皆已失传，但西汉时传入的琵琶、羌笛、胡琴，自那时至今，成为中国“国乐”的主要乐器。

中国接受西洋文明，自晚明西方传教士带来近代科学，以徐光启为代表的

之后出版的第 4 本与国际名人的《对话录》。请注意参看注〔12〕池田大作与汤因比对话的引文。

6 《探求一个灿烂的世纪——金庸／池田大作对话录》，第 27 页。

7 罗素《中国问题》，转引自何兆武等编《中国印象》，广西师范大学出版社。

中国知识阶层，虚心学习。近现代更是如此，西方科学成为中国青少年学习的主要科目。

更具典型意义的是中国对印度佛教文化的引进和吸收，倡导了一种极为诚恳、有效的文化接受方法。

印度佛教文化自纪元前后的西汉末年或东汉初年传入中国，至今已有2000年的悠长历史。王国维指出其传入的过程和意义说："佛教之东，适值吾国思想凋敝之后，当此之时，学者见之，如饥者之得食，渴者之得饮，担簦访道者，接武于葱岭之道，翻经译论者，云集于南北之都，自六朝至于唐室，而佛陀之教极千古之盛矣。此为吾国思想受动之时代。然当是时，吾国固有之思想与印度之思想互相并行而不相化合，至宋儒出而一调和之，此又受动之时代而稍带能动之性质者也。自宋以后以至本朝（按指清朝），思想之停滞略同于两汉，至今日而第二之佛教又见告矣，西洋之思想是也。"[8]此论简明扼要地点出佛教东传的重大意义和中国学者学习、引进、翻译佛教经论的极大热情。经过中国学者一千多年艰苦不懈的努力，引进佛教文化翻译、注释、评论和研究了几乎全部的重要佛教典籍，将佛教文化的整座宝库搬入中国，并终于彻底内化，在北宋时形成中国文化的儒道佛三家鼎立和互补的宏伟格局。印度佛教文化极大地丰富和充实了中国文化的内容，并成为中国文化重要的一部分。

印度佛教文化对中国文化产生了不可估量的重大影响，并具有多种重大意义：

一、哲学与人生哲学：佛教思想通过哲学与人生哲学的领域，全面深刻影响中国的哲学和社会各阶层人们的思想及行为。佛教哲学及其人生哲学在三个层面上与儒道结合，形成三家鼎立和三家互补的局面：（1）在整体上的三家鼎立和互补；（2）宇宙观的佛道结合；（3）在处世方法上成为与懦道结合的人生哲学。宇宙观包括天堂、地狱、人间、阴间等多层次和多维空间观的输入和影响。人生观中三世观、报应观及其修行，修禅，对作家和作品有重大影响。在处世方法上教导中国作家诗人以入世与出世皆可进可退，且灵活自如的人生哲学；并重视人生、人性、生命的终极指归的探索，以此指导人们的生活道路。

二、与道家思想相结合的伦理道德：（1）对封建道德的蔑视，对封建政

8 《论近年之学术界》，周锡山编校《王国维文学美学论著集》第106页。北岳文艺出版社，1987。

治秩序和法律的蔑视；（2）对封建时代家庭伦理的反动；（3）与人为善、崇扬人性和克服人性中贪欲、霸道、懒惰等弱点，皆对中国知识分子和民众有重大影响。

佛教文化对中国文学艺术在整体上给以巨大影响，具体体现在以下三个方面：

一、文艺作品的描写内容；（1）地点环境多与寺庙有关；（2）作品中的人物形象和其它艺术形象（如动物、花草、人格化的山水和鬼神妖怪等）多受佛教思想影响；（3）故事情节往往直接、间接与之有关。（4）绘画、雕塑中的大量佛像作品。

二、文学体裁和语言：（1）各种体裁的作品多受佛教的影响，且对小说、戏曲和白话体裁的产生、发展有重大影响；（2）对文学作品语言的巨大影响；（3）对作品中人物的语言有重大影响。王国维《宋元戏曲考》在论述元杂剧的成就时言及"元剧实于新文体中自由使用新言语，在我国文学中，于《楚辞》、内典（即佛经）外，得此而三。"

三、对文学理论和美学思想的重大影响：（1）对理论著作体裁的影响（专著体、语录体和诗话体等）；（2）思维方式，如直观、悟入等；（3）理论观念，如妙悟、神韵、境界，等等。

南北朝尤其是唐宋以后的最重要的作家诗人与文论家几乎都受佛教的深刻影响。如王维、杜甫、白居易、韩愈、柳宗元、欧阳修、苏轼、王安石、黄庭坚、汤显祖、钱谦益、吴伟业、直至龚自珍和王国维等等。而中国文学批评史、美学史上最重要的理论家及其著作，诸如刘勰《文心雕龙》、司空图《二十四诗品》、严羽《沧浪涛话》、金圣叹《金圣叹全集》、王士祯《带经堂诗话》、王国维《王国维文学美学论著集》，都深受佛教文化影响从而取得重大理论成就。戏曲著作受佛教影响固不胜枚举，古代小说最重要的著作，短篇的"三言二拍"、《聊斋志异》，长篇的《水浒传》《西游记》《金瓶梅》《红楼梦》《老残游记》——这些一流名著中有多部深受佛教影响。

中国知识阶层通过道家文化的桥梁，理解和汲取佛教文化的精华，尤其是钻研佛经名著文本，将其精华与中国的儒道文化之精华相结合，并善于作出新的创造。如佛祖释迦牟尼倡导众生平等的民主思想，佛经中富有的自由精神。中国作家汲取这部分精华，尊崇禅宗，从众生平等、呵佛骂祖的民主观点中得到启发和鼓舞，在中国尊崇皇权的浓厚政治气氛中在内心得到一定程度的解脱，或敢于批评昏君，或蔑视科举，或笑傲江湖，不受封建政治之牢笼；《西游记》《封神演义》《聊斋志异》等小说体现出的神人平等的观念，更是佛教文化范围之外的国家和地区之所无。

佛教文化对中国知识阶层的重大影响还体现在以下三个方面。

在思维方式方面、越出了逻辑思维和形象思维及灵感思维的范围，在前三者的基础上又掌握了顿悟、妙悟的思维方法。中国的作家尤其是诗人，在南朝尤其是唐以后，山水诗特多，艺术成就巨大（西方在十九世纪以后才刚兴起），即因顿悟、妙悟的思维境界，将诗人带入自然山水的空灵而淡远的诗境而获得辉煌成果。道佛都有的静坐（俗称气功）式修炼方法，使作家们在气功状态中所看到的景象和极静之后所获得的活跃思维和创作灵感，具有出奇的、意想不到的巨大效果。

在道德观念方面，与人为善和恕道精神，舍己为人和牺牲精神，对作家和民众影响很大。因果报应和中国原有的善恶报应相结合，在作家和读者中造成较大的舆论。因此小说和戏曲作品除少数作品外一般都宣扬好有好报、恶有恶报的人生结局。清官惩治贪官和奸徒，鬼魂帮助弱者复仇昭雪之类的故事层出不穷。“大团圆”成为一般作品的必然结局。作家们揄扬扬不惜牺牲自己而救助别人的精神，是儒佛结合的进步道德观念的出色体现。

熟悉佛教并受到深刻影响的现代作家，也可开列出一长串名单。“他们中间既有新文学的开山祖师陈独秀、胡适、鲁迅、周作人等，也有在二十年代已经成名的郁达夫、许地山、废名、宗白华、瞿秋白、丰子恺、夏丏尊等，在更为年轻的第二代新文学作家中，如老舍、高长虹、施蛰存等等，也与佛学有着各种深浅不一的因缘。至于那些曾经以佛教文化作为创作题材的现代作家与作品则是难以计数了。佛教文化，尤其是这一文化系统中的精华部分——佛教哲学作为一种对人类生存的终极问题求根求解决的深刻智慧，它在现代知识分子的精神生活中确实仍然有着不可忽视的作用。”[9]

行文至此，我还要再次强调，是胸怀极其宽广、博大精深的道家文化做了引进佛教文化的桥梁，中国知识阶层最初是通过道家文化既有知识来理解佛教经典和重要观念，从而接受了佛家文化。

古代中国用一千年的时光，热诚地将整个印度佛教文化的宝库搬入，将佛教文化消化、融合为中国文化不可分割的一部分，又热情地向东亚各国传播，

9 谭桂林《佛学与中国现代作家》，《文学评论》1993 年第 4 期。

于是韩国和日本也有完整的汉译大藏经的刻印和传播，这样虚怀若谷地学习外来文化的态度，在世界文化史上也是独一无二的。

中国道佛两教和平共存，互相尊重的和谐局面，也是古近代世界史上是唯一的。中国本土的道家，对后来进入中国的佛教，如此宽容地接纳并作为引进的思想桥梁，如此慷慨宏阔的胸怀，也是世界文化史上绝无仅有的。

近现代至今的中国知识界、学术界对西方优秀文化、科学的学习也有着同样的极高而持久的热情，并已取得了卓越的效果。这股势头方兴未艾，还会持续很长的时间，并取得更大的青出于蓝而胜于蓝的成果。

四、倡导了一种极为和善而有效的文化传播方式

中国伟大文化的极大魅力吸引东亚周边国家自觉自愿对中国文化的主动吸收，泽被东亚各国和部分东南亚人民。

东亚各国接受中国文化是以汉字为中心的整体文化。董明庆《汉字文化圈的“汉字事典”》[10]高度评价 1988 年出版的日本学者阿辻哲次《图说汉字的历史》[11]回顾汉字的发展和传播的历史和过程：

> 汉字的表记法从古代到现代是连续的发展，从甲骨文、金文（青铜器上铭刻的文字）、篆体字，到隶、行、楷，没有文化断层。汉字是与西方拼音文字完全不同的，以物的图形为基础做出的单音，独体、结构方正的独特文字。汉字、汉学伴随着中国的有关的律令制度，如国家概念、产业、生活文化等，从中国传播到东北的朝鲜，东方的日本，南方的越南。汉字在朝鲜的应用起始于公元 285 年之前；汉字的典籍大规模进入日本，也在公元 3 世纪左右；公元 112 年，汉武帝在南越设郡，汉字便正式成为越南的文字。在中国漫长悠久的历史中，以汉字为中心的中国文化广被于东亚，用文字连结了中国与周边世界的文化。虽然多数国家后来又在汉字的基础上创造了自己的文字，但依然有着汉字的根深蒂固的影响和痕迹。如朝鲜称自创文字为“谚文”，意思是“非正式”的文字，因而朝鲜“正式”的文字依然是汉字；而日本称汉字为“真名”，将自创的文字称为“假名”，这都表示对汉字的尊崇。汉字文化圈是以汉字为媒

10 《文汇读书周报》2005 年 8 月 5 日。
11 高文汉译，山东画报出版社，2005。

介而拥有共同价值体系的世界，是在中国及其周边发展出的以同一个表记法为基础的文化地带。

由于 19 世纪后期至 20 世纪前期中国沦为弱国，文化的影响力也随之减弱。于是韩国在文字政策上曾先后经历了汉字时代和“韩文专用”时代。许多韩国专家指出，抛弃汉字使韩国社会出现了知识、哲学和思想的贫困，20 世纪 90 年代产生的经济危机，就是韩国半世纪以来推行韩文专用所带来的必然结果，因为它导致韩国社会出现大量文盲。所以韩国开始反思，并于 1991 年 11 月和 1994 年 9 月在汉城先后两次举行了“汉字优于拼音文字”的国际汉字学术研讨会，并且成立了“国际汉字振兴协议会”。日本也是如此，它曾减少了可识的汉字字数，但现在又增加了。《图说汉字的历史》成书于 1986 年日本有关语言学家组织召开的“汉字文化的历史与未来——在信息化社会中创造汉字新文化”国际研讨会之后，该研讨会的缘起是日本关于汉字使用的存废之争论。该书作者阿辻哲次以“事典”的形式、图文并茂地对汉字发展史上的基本事项进行了简洁却明晰的梳理和叙述，意在为学习汉字、使用汉字的人提供更多的相关知识，让那些对汉字有成见的人明白：“现在就想把拥有四千余年悠久历史、担负着人类文明发展一翼的汉字塞进博物馆里，还为时尚早。”

日本学者撰写的《图说汉字的历史》揭示了正反两方面的历史经验，使东亚各国明白汉字不仅是中华五千年文明的文化根基，而且是能够超越语言的不同而让彼此知晓共通意思的最佳媒介。透过汉字，不用语音也能达到彼此理解、彼此认同和彼此融合。故而现在世界潮流不仅在扩大“汉字文化圈”，还在促使汉字为创造 21 世纪人类的高度文明做出更大的贡献。

我们仍以以东亚和世界上文化、经济最发达的国家之一日本为例，日本著名学者、艺术家平山郁夫强调：

> 中国有很多自然和历史的文化遗产，它们是日本文化的源头。
>
> 我们从更长的时间来考虑的话，日中两国应该考虑，比如说中国是创造了自己文字的国家，而日本是把中国的文字引进到了日本，通过音读或训读的方法，或者通过汉字的意思的方法运用到自己的语言之中，可以说是在中国的文字基础之上创造了日本的假名，并且使中国的文字在日本得到了很好的运用。
>
> 中国的文字最初进入日本被原封不动地使用了几百年之久，而

且广为日本人喜爱。中国文化是日本文化的源泉。

日本考古学家原田淑人说："敦煌是日本艺术之根。"为什么这样说？日本民族、国家的文化就是经过朝鲜半岛从中国传过来的佛教文化在日本的应用。当时日本作为一个统一的国家，需要跟各国交流，需要国际间的往来。当时世界上最先进的文化是在中国的唐朝，而唐朝最灿烂的文化在长安，所以日本曾经派很多人到长安，在那儿学习很多先进的社会制度、科学技术、哲学文化。后来由于经历战火，那些灿烂的文化就逐渐消失，很多东西就没有了，唐朝鼎盛时期的文化艺术也不多了。但是敦煌保存了下来，敦煌的壁画代表了当时整个灿烂的盛唐的文化，那个文化就是当时日本的榜样。所以原田淑人会那样说。

我在孩提时代，从历史书中知道敦煌，知道敦煌的意义所在。我亲身访问敦煌是在 1979 年。我觉得通过敦煌的壁画不仅可以看到日本文化的传承，还可以了解东亚文化的共性。在敦煌石窟，从 4 世纪开始一直到 14 世纪，1000 年的壁画，奇迹般留在敦煌，这是一个世界的奇迹。

日本有一种宫廷音乐叫雅乐，实际上是从中国传来的。中国唐朝的宫廷音乐在 1200 年以前传到日本，包括当时同样的服装，同样的乐器都在日本得以保存。唐朝的宫廷音乐在中国已经完全绝迹了，日本却是代代地传承下来。中国人听了以后非常吃惊。比如日本的一些寺庙，它有一些祭祀活动叫松明节，就是举着大型火把来参加祭祀的，这个也是在很早的时候由中国传来的。即便是发生战争，或者是其他的问题，东大寺都会举行类似的祭祀活动，它是传承了 1000 多年的活动。这个完全是来自中国的。

我作为日本的艺术家，作为一个日本民族的成员，对过去的中国给予日本的恩惠铭记在心，如果我们有条件的话就应该报答一下，现在中国强大了，但 20 年、30 年以前，中国确实是没有精力也没有条件去保护敦煌。当时在敦煌从事研究的第一线的人就很着急，如果这样下去的话，敦煌就眼看被湮灭了，他们很痛苦，所以我当时的心情同样很着急，我有条件的话就很愿意贡献自己的一点微力。我就是这么一个心情，多年来我就是以这个心情一直从事保护敦煌的事业。[12]

东亚诸国学习、吸收中国文化，是自愿、自觉、自利的历史性行为；反映在当代，其在当代获得经济腾飞，固然有学习西方先进科技的原因，但其民族文化和民众的智力基因即学习西方的基础却是中国文化造就的，是他们在数千年中努力吸收中国文化的基础上，民众的智力得到很好的发展所形成的坚实基础。海外新儒家和东西方部分学者认为东亚几个国家和地区之经济腾飞与中国传统文化（不单是儒家）有关系。从这个角度看，不为无见。孙子兵法和《三国演义》等为日、韩成功的经济界人士所喜爱、所借鉴、所崇敬，显非偶然。

中国文化带动了东亚各国在二千年中的同存共荣，但中国政府和学者，过去从未在这方面夸耀和宣扬过自己，充分体现了《老子》指导的“知其雄，守其雌”，“功成而不居”的文化精神。赞扬的话语首先由受惠国的学者发表。

与此相对照，我们反观赖武力扩张而违背仁义、妄图害人利己的古今大国，最后都枉费心机，它们或因扩张而耗尽元气而自取灭亡，或无力长久维持而分崩离析，或受到被害国的长期、有力的反抗而失败，只能退回本土而只能固守老本——最后这种下场还是最好的，然而还要不断受到当时和后世历史学家的谴责。只有友好地吸引、无偿提供甚至资助别人来学习自己的先进文化才是无上功德，并受到历久弥新的真正赞美。

五、倡导了一种历史悠长、完整、永葆青春的不断发展的伟大文化

沈善增先生在其《还吾老子·导论》中说到，“因为中国政治的文化本位主义，中华民族的以文化为凝结剂的特性，所以，几千年来，有几次大规模的异族入侵乃至入主，结果都以入侵、入主之异族被同化融合而告终。中华国家只是一时在军事上被打败，而中华民族在文化上则一直占据优势地位，且最终以柔弱胜刚强的方式消化了入侵、入主的异族。中华文化是中华民族的灵魂，是中华民族特别有生命力，以至其在世界四大古老民族中独长存于世的原因。”

不仅如此，中国文化如上所述，久已成为东亚各国共同的精神财富，正如中国社会科学出版社近年出版的日本学术权威滨下武志的名著《近代中国的国际契机——朝贡贸易体系与近代亚洲经济圈》指出：明清时期，整个东

12 平山郁夫《核时代的救赎》，《南方周末》2005 年 8 月 18 日。

亚属于中华文化圈，东亚各国都自认为是中华的一部分。（在康熙之前的）江户时代（1603-1868 年明治维新时期之前）的日本自认为是中华的正统，正因为如此，清初时期的日本不承认已经在中国大陆建立政权的满清为中华的正统，认为满清是“夷”，当时的日本与满清统治的中国产生了“华夷变态”（位置互换），即认为满清统治的中国成了夷，故而称清朝为夷，而日本自己已是正统“中华”，故自称为“中华”。李氏皇朝统治的朝鲜（即李氏朝鲜 1392-1910，日本于 1894 年占领朝鲜，1910 年正式并吞朝鲜，“日韩合并”，李氏皇朝灭亡）认为中华文明的中国特色产生在朝鲜半岛，故而在明朝灭亡之后，也以中华的正统自居。

从这样的史实和当今的现状可以看到，中华文化不仅存活于中国，也存活于东亚。中国古代的不少文化传统的内容，由于种种的历史原因，在中国本土已经失传，但在韩国和日本还完整保存或流行于民间。例如有些古代的礼仪、服饰、饮食等等。像跪式坐姿，中国先秦两汉举国流行，甚至直到宋以前还是中国流行的，由于接受了北方少数民族的生活习惯，汉人渐以坐凳椅代替席地而坐，而韩国和日本还保持着这样的习惯。日本众多的古代建筑、艺术形式都保留了中国古代的原始样式。又如古人的佳节例如中秋节，韩国要抢先申报文化遗产保护，说明中国的传统文化的确早已成为东亚各国共同的珍贵遗产。

中国文化在不远的将来必定会给东亚以外的世界各国带来美好的前景。因此，季羡林和汤因比给予中国文化在 21 世纪的前景以高度评价。季羡林的基本观点为：“三十年河西，三十年河东”为“人类社会进化的规律。”西方文化导致全球生态环境恶化。目前西方文化已经衰落，因此必须“彻底改恶向善，彻底改弦更张”，“以东方文化的综合思维模式济西方分析思维模式之穷。”他所以赞同钱穆之言，认为“此下世界文化之归结，恐必将以中国传统文化为主。”[13]“我们在目前这危急存亡的时候。只有乞灵于东方的中国伦理道德思想，……只有东方的哲学思想能够救人类。”[14]

英国著名历史学家汤因比则早就认为：

> 我所预见的和平统一，一定是以地理和文化主轴为中心，不断结晶扩大起来的。我预感到这个主轴不在美国、欧洲和苏联，而是在东亚。

13 季羡林：《“天人合一”新解》，《传统文化与现代化》1990 年创刊号。

14 季羡林：《“天人合一”方能拯救人类》，《东方》1993 年创刊号。

> 就中国人来说，几千年来，比世界任何民族都成功地把几亿民众，从政治文化上团结起来。他们显示出这种在政治、文化上统一的本领，具有无与伦比的成功经验。这样的统一正是今天世界的绝对要求。中国人和东亚各民族合作，在被人们认为是不可缺少和不可避免的人类统一的过程中，可能要发挥主导作用，其理由就在这里。
>
> 将来统一世界的人……要具有世界主义思想。同时也要达到最终目的所需的干练才能。世界统一是避免人类集体自杀之路。在这点上，现在各民族中具有最充分准备的，是两千年来培育了独特思维方法的中华民族。[15]

中国的季羡林和英国的汤因比在中国经济腾飞震动世界、世界汉语热产生之前就看好21世纪中国文化发展的前景，所以当时还被有些中国学者讥笑为自作多情的“东方文化救世论”。沈善增则在其《还吾庄子》的序论中作出了有力的论证。笔者认为，他们的预言如能实现，必须有多种条件，最重要的是中国学者必须负起以下重要责任：其一，我们必须克服一百多年来否定中国传统文化、重洋迷外的思潮，深入研究和有效继承自己的优秀传统文化；其二，我们必须坚持中国文化中善于学习、吸收外来文化的优秀传统；同时善于鉴别外来文化的偏颇和谬误之处；其三，在最大限度地继承中国传统文化的精华，保持、强化和发扬中国文化的特色的基础上，在学习和融合外来文化的基础上，创造无愧于前人的新的文化，为世界文化的发展作出应有的贡献。

15 《展望二十一世纪——汤因比与池田大作对话录》，294页，国际文化出版公司，1999。

《庄子》对中国文艺的巨大指导作用及其现代意义——兼叙西方名家论人生如梦[1]

老庄孔孟是对中国传统思想文化发展影响最大的四家。这是从中国文化的整体即哲学、思想和文学、艺术的各方面来说的。

自两汉之间起，中经魏晋南北朝和隋唐，佛教传入中国，至宋朝，我国文化形成了儒道佛三家鼎立和互补的宏伟格局。儒道两家即以孔孟老庄为代表，而佛家文化在传入中国的过程中，又以道家为中介，即以老庄的思想和观念为中介，尤其是庄子的思想观念，起了重大的作用；后至宋朝产生的佛禅，中国化的禅，庄子的思想也起了重大作用，故而也有人称之为“庄禅”。因此——

《庄子》在中国文化中的身份，在儒道佛三家中横跨了道佛两家，在中国文化史上的影响广泛而巨大。

儒道佛三家都对中国文化、文艺的发展起了巨大的作用。庄子是先秦诸子

---

1 2006，中国社会科学院和河南省商丘市人民政府联合主办“弘扬庄子文化国际高层论坛”论文，香港道教学院《弘道》2016年第4期。大会未出版论文集。冯松涛（中共中央党校研究生院教授）《“弘扬庄子文化国际高层论坛”综述》（《哲学动态》2006年第8期）第二节“庄子思想的现代意义”将本文列为首篇，介绍本文的观点：“周锡山研究员探讨了《庄子》对中国文艺的巨大指导作用及其现代意义。他认为，《庄子》梦幻意识的文学性和艺术性，人生如梦的宽宏达观的观念，虚静思维和隐逸思想，宏大、丰富、美丽的艺术想象力；庄子的技艺观，庄子与佛教思想结合产生的庄禅等都对中国艺术发展起了巨大的指导作用。《庄子》还提供了培养艺术大师所必需的诸种要素的理论阐发和实践佳例，这是《庄子》文艺思想的现代意义。”

中对中国文艺史影响最大最直接的一家，《庄子》是先秦诸子著作中对中国文艺史影响最大最直接的一部伟大著作。

《庄子》既是伟大的哲学著作，又是伟大的美学著作，更是奇诡恣肆的伟大的文学著作，《庄子》对中国文艺具有巨大的指导作用和启示意义。

首先，《庄子》本身就是中国文艺史上的典范之作，明末清初的金圣叹将《庄子》、楚辞、《史记》、杜诗、《水浒传》和《西厢记》称为“六才子书”，列为中国文艺史上代表六种体裁的第一经典之作。《庄子》本身就在中国文艺史上起了示范的作用，具有巨大而深远的影响。第二，其所包含的文艺思想又对中国文艺史产生巨大而深远的影响。第三，《庄子》又通过佛教文化和禅宗的传播，对唐宋元明清的中国文艺史有着重大的影响。所以，《庄子》对中国文艺史的巨大而深远的影响是三重的。在这个基础上审视《庄子》在中国文艺史上的巨大指导作用，可以分为以下七个重要的方面。有的方面，已有众多具体论述，本文就约略言之，有的少有论者言及或认同，本文就略作展开。

一、梦幻意识和梦的文学之创始

《庄子》中庄子梦蝶对中国作家的影响巨大。中国的梦文学艺术特别发达，成为梦文学的大国，与《庄子》中庄子梦蝶所体现的梦幻意识的指导和启示有关。

中国的梦文学受到《庄子》和《列子》的重大启示。但《列子》一则原作失传，今存《列子》已经不全，更且因被绝大多数学者视为后世伪作，其影响力就大受影响；二则《庄子》的哲学、文艺学成就都高于《列子》，在中国文化史上的地位远高于《列子》，所以《庄子》对中国思想界、哲学界、文艺界的影响远大于《列子》。也因此而中国文艺中的梦幻意识主要是《庄子》的指导和启示的结果。

庄子是中国梦文化理论的奠基者，中国梦文学的奠基者，梦幻意识的创始者。

中国历代经典巨著多有梦幻意识或者关于梦的直接描写和表现。其中最著名的有汤显祖以《牡丹亭》为代表的“玉茗堂四梦”（“临川四梦”）、长篇小说《红楼梦》和蒲松龄的《聊斋志异》等经典作品。

中国文艺史上众多的梦文学名著，不像西方文学的梦文学作品一般仅写普通的梦境，其所描写的奇异之梦，显得更为奇妙。尽管西方梦文学名著有时是恐怖的，不少是非常有趣的，但其出奇之处多在梦见的与现实生活并不脱离的景象和梦的内容方面。中国描写异梦的作品，其所叙之梦之出奇制胜多在梦的与众不同的性质和进行方式。大致归纳起来，中国梦文学所常写的奇异的梦共有四种类型：梦中作诗（梦中创造、做事），梦中预示，异人同梦（包括多人在梦中合作做事、作诗）和梦见前世。从这些梦的类形可以看出，中国文艺（主要是小说、戏曲、诗歌）中擅写的梦，表现的都是梦幻思维和梦幻意识，而且都与神秘文化有关系，以现代科学的眼光看，都是瑰异的文学幻想的产物。《庄子》是中国浪漫主义文学的最早源头，更精确地说，是中国神秘浪漫主义文学的最早源头。

中国在梦文化、梦文学的创造方面领先于西方 2 千年，在 2 千年的中国文艺史上产生了大量的优秀作品，《庄子》的首创之功和创作理念的指导起着重大的作用。

二、人生如梦和宽宏达观的人生观念

庄子梦蝶的更为深入的影响是中国文人具有“人生如梦”的意识，并将这个意识贯串在文学艺术的创造中，并与佛教思想向结合，过去被批评为产生了人生的幻灭感。

“人生如梦”的观念虽然看似有消极，实际上是非常深刻的。文学艺术家对此极为欣赏，有众多，名篇名句予以繁复的表达，最著名的如苏轼《念奴娇》：“人生如梦，一尊还酹江月。”成为千古名句。

“人生如梦”的观点，20 世纪的文艺理论家错以为是消极悲观的人生观的体现，实际上正如钱穆先生所说：“庄子的心情，初看像悲观，其实是乐天的。初看像淡漠，其实是恳切的。初看像荒唐，其实是平实的。初看像恣纵，其实是单纯的。”[2]

人生如梦是有阅历的人对自己过去一生的深刻回顾、反省和深思，对人的一生之短暂的精确的形容。对有痛苦经历的人来说，是或悲苦、凄切或潇洒、豪放的回味；多数人年少时壮志凌云，可是大多数人经过努力，或因时运不济，或因毅力才气不够，志向成空，回首往事便有人生如梦之感；而对一些浪费青春、虚度光阴、曾经或正在享受荣华富贵但已步入晚年或衰境（仕途被毁或经

2 钱穆《庄老通辨》第 11 页，三联书店，2002。

济破产、生活跌入穷困）的人来说，则是一种面对光阴似箭的人生进程而感无可奈何的深沉的哀叹或惊醒的反思。

“人生过后惟存悔”（王国维《六月二十七日宿硖石》诗句），人的一生往往充满了种种失误，极少有人对自己的一生是万分满意的。这些过来人的回味、反省和深思，对后来人有重大的启示，所以众多有志气有智慧、好学深思的青少年十分重视自己志趣的培养，人生道路的选择，和对青春岁月的珍惜，用读书养气来度过青春年华。长辈们也往往如此教育后辈。反顾中国的历史和文学艺术史，众多有杰出成就的伟人和各类有名无名的人才，不是多在《庄子》“人生如梦”的砥砺下，珍惜光阴，珍惜青春，刻苦学习、锻炼而成材，并作出各自的成就吗。

中国传统文化中的优秀和经典之作还善于领会和继承《庄子》的人生如梦和对人生的反思、探索的文化精神，尤其是《红楼梦》，王蒙在深圳大学演讲《〈红楼梦〉与现代文论》[3]时说：

> 《红楼梦》对人生的怀疑和追问。这本来不光是现代文论、也是现代哲学的一个很重要的命题。有时候我们把它说成是颓废，就是人生的意义，人生的意义到底是什么？曹雪芹也讲人生的这种荒谬感，讲人生的这种孤独感，讲人生的这种焦虑忧患感，讲人生的这种虚无感等等。这些东西，我们现在不来作价值判断，我们不能用一种消极颓废的态度来构建我们的人生观和价值观。但是这种荒谬感孤独感在《红楼梦》里面却表现得非常突出，尤其是贾宝玉，有些方面也包括林黛玉。譬如说叹息，这是一个古往今来所有的作家共有的叹息，叹息生命短暂，叹息时间的匆迫，叹息青春的不再，叹息亲人的离散，这是自古以来无数的作家的慨叹。李白有“夫天地者，万物之逆旅。光阴者，百代之过客。而浮生若梦，为欢几何？”这样一种，人生不过如此，不过住一次旅馆一样，不过是匆匆过客罢了，李白就已经感叹不已。陈子昂“前不见古人，后不见来者，念天地之悠悠，独怆然而涕下”，这种描写早已存在。波斯诗人在《鲁拜集》——郭沫若翻译的，全部都是这种叹息，我用五绝重译过其中的一首诗。它的原文是这样的，就是说空闲的时候要多读一些有趣的书，不要让忧郁的青草在心里生长，干杯吧，把杯中酒全

3 《书屋》2006 年第 9 期。

部喝尽，而死亡的阴影已经渐渐地临近。我把它译成五绝：“无事需寻欢，有生莫断肠，遣怀书共酒，何问寿与殇。”

实际上，《红楼梦》是受了《庄子》的影响，并且已经潇洒地解决了勘破生死的问题，所以贾宝玉才会轻松地议论自己死后成灰的话题。

西方迟至17-18世纪也终于在人生与梦的方面建立起自己的鲜明的观念。叔本华说：

到这儿为止，我们所考察过的外在世界的实在性问题，总是由于理性的迷误，一直到误解理性自己的一种迷误所产生的，就这一点说，这问题就只能由阐明其内容来回答。这一问题，在探讨了根据律的全部本质，客体和主体间的关系，以及感性直观本有的性质之后，就必然的自动取消了，因为那时这问题就已不再具任何意义了。但是，这一问题还另有一个来源，同前此所提出的纯思辨性的来源完全不同。这另一来源虽也还是在思辨的观点中提出的，却是一个经验的来源。在这种解释上，和在前面那种解释上比起来，这问题就有更易于理解的意义了。这意义是：我们都做梦，难道我们整个人生不也是一个梦吗？——或更确切些说：在梦和真实之间，在幻象和实在客体之间是否有一可靠的区分标准？说人所梦见的，比真实的直观较少生动性和明晰性这种提法，根本就不值得考虑，因为还没有人将这两者并列地比较过。可以比较的只有梦的记忆和当前的现实。康德是这样解决问题的：“表象相互之间按因果律而有的关系，将人生从梦境区别开来。”可是，在梦中的一切各别事项也同样地在根据律的各形态中相互联系着，只有在人生和梦之间，或个别的梦相互之间，这联系才中断。从而，康德的答案就只能是这样说：那大梦（人生）中有着一贯的，遵守根据律的联系，而在诸短梦间却不如此，虽在每一个别的梦中也有着同样的联系，可是在长梦与短梦之间，那个桥梁就断了，而人们即以此区别这两种梦。不过，按这样一个标准来考察什么是梦见的，什么是真实经历的，那还是很困难，并且每每不可能。因为我们不可能在每一经历的事件和当前这一瞬之间，逐节来追求其因果联系，但我们又并不因此就宣称这些事情是梦见的。因此，在现实生活中，就不用这种考察办法来区别梦和现实。用以区别梦和现实的唯一可靠标准事实上不是别的，而是醒〔时〕那纯经验的标准。由于这一标准，然后梦中的经历和醒时生活中的经历两者之间，因果联系的中断才鲜明，才可感觉。在霍布斯所著《利维坦》第二章里，该作者所写的一个脚注对于我们这儿所谈的倒是一个极好的例证。他的意思是说，当我们无意中和衣而睡时，很容易在醒后把梦境当作现实；尤其是加上在入睡时有一项意图或谋划占据了我们全部的心意，而使我们在梦中继续做着醒时打算要做的，在这种情况下，觉醒和入睡都一样未被注意，梦和现实交流，和现实沆瀣不分了。这样，就只剩下应用康德的标准这一个办法了。可是，如果事后干脆发现不了梦和现实之间有无因果关系（这种情况是常有的），那么，一个经历究竟是梦见的还是实际发生了的〔这一问题〕就只能永远悬而不决了。——在这里，人生与梦紧密的亲属关系问题就很微妙了，其实，在许多伟大人物既已承认了这种关系，并且也这样宣称过之后，我们就坦然承认这种关系，也不必惭愧了。在《吠陀》和《普兰纳》经文中，除了用梦来比喻人们对真实世界（他们把这世界叫做“摩耶之幕”）的全部认识外，就不知道还有什么更好的比喻了，也没有一个比喻还比这一个用得更频繁。柏拉图也常说人们只在梦中生活，唯有哲人挣扎着要觉醒过来。宾达尔说：“人生是一个影子〔所做〕的梦（《碧迪安颂诗》第五首第135行），而索福克利斯说：

“我看到我们活着的人们，
都不过是，
幻形和飘忽的阴影。”

索福克利斯之外还有最可尊敬的莎士比亚，他说：

“我们是这样的材料，
犹如构成梦的材料一样，
而我们渺小的一生，
睡一大觉就圆满了。”

最后还有迦尔德隆竟这样深深地为这种见解所倾倒，以致于他曾企图在一个堪称形而上学的剧本《人生一梦》中把这看法表达出来。

引述了这许多诗人的名句之后，请容许我也用一个比喻谈谈我

> 自己的见解。〔认为〕人生和梦都是同一本书的页子，依次联贯阅读就叫做现实生活。如果在每次阅读钟点（白天）终了，而休息的时间已到来时，我们也常不经意地随便这儿翻一页，那儿翻一页，没有秩序，也不联贯，〔在这样翻阅时〕常有已读过的，也常有没读过的，不过总是那同一本书。这样单另读过的一页，固然脱离了依次阅读的联贯，究竟并不因此就比依次阅读差多少。人们思考一下〔就知道〕全篇秩序井然的整个读物也不过同样是临时拈来的急就章，以书始，以书终，因此一本书也就可看作仅仅是较大的一单页罢了。
>
> 虽然个别的梦得由下列这事实而有别于现实生活，也就是说梦不搀入那无时不贯穿着生活的经验联系，而醒时状态就是这区别的标志，然而作为现实生活的形式而已属于现实生活的〔东西〕正是经验的这种联系，与此旗鼓相当，梦中同样也有一种联系可以推求。因此，如果人们采取一个超然于双方之外的立足点来判断，那么在双方的本质中就没有什么确定的区别了，人们将被迫同意诗人们的那种说法：人生是一大梦。[4]

叔本华的继承人尼采也说：

> 叔本华直捷了当地提出，一个人间或把人们和万物当作纯粹幻影和梦象这种禀赋是哲学才能的标志。正如哲学家面向存在的现实一样，艺术上敏感的人面向梦的现实。他聚精会神于梦，因为他要根据梦的景象来解释生活的真义，他为了生活而演习梦的过程。他清楚地经验到的，决非只有愉快亲切的景象；还有严肃，忧愁、悲怆、阴暗的景象，突然的压抑，命运的捉弄，焦虑的期待，简言之，生活的整部“神曲”，连同“地狱篇”一起，都被招来从他身上通过，并非只象皮影戏——因为他就在这话剧中生活和苦恼——但也不免仍有那种昙花一现的对于外观的感觉。有些人也许记得，如同我那样，当梦中遭到危险和惊吓时，有时会鼓励自己，结果喊出声来：“这是一个梦！我要把它梦下去！”我听说，有些人曾经一连三四夜做同一个连贯的梦。事实清楚地证明，我们最内在的本质，我们所有人共同的深层基础，带着深刻的喜悦和愉快的必要性，亲

4 叔本华《作为意志和表象的世界》第43-46页，商务印书馆，1982。

身经验着梦。

希腊人在他们的日神身上表达了这种经验梦的愉快的必要性。日神，作为一切造型力量之神，同时是预言之神。按照其语源，他是“发光者”，是光明之神，也支配着内心幻想世界的美丽外观。这更高的真理，与难以把握的日常现实相对立的这些状态的完美性，以及对在睡梦中起恢复和帮助作用的自然的深刻领悟，都既是预言能力的、一般而言又是艺术的象征性相似物，靠了它们，人生才成为可能并值得一过。然而，梦象所不可违背的那种柔和的轮廓——以免引起病理作用，否则，我们就会把外观误认作粗糙的现实——在日神的形象中同样不可缺少：适度的克制，免受强烈的刺激，造型之神的大智大意的静穆。[5]

以上引述的西方经典剧作家、哲学家和美学家关于“人生如梦”的论述，都颇精彩，但比中国唐之李白、宋之苏轼，都要晚得多，而唐宋作家诗人的源头在庄子。

因此，大哲学家、大思想家、美学大家、文学大家庄子是建立“人生如梦”观念的创始人。“人生如梦”的观念及其所支配的隐逸思想，与庄子提倡的虚静思维和隐逸思想相结合，包含着极其高尚的思想境界和极其宽广的人生襟怀。

三、虚静思维和隐逸思想

儒家主张事功，是入世的。道家实际上也是入世的，老子即在周室为官，庄子是被迫出世。他在《天道》篇中分明道：“夫天地者，古之所大也，而黄帝、尧、舜所共美也。”他认为黄帝、尧舜时代是理想的世界，他所处的乱世，各国皆为昏君、暴君和发动战争争霸、占领别国、掠夺财富的野心家当道，作为正直的知识分子只能避世隐居，相忘于江湖；但他并未消极地无所事事地在乡间苦度光阴、消磨岁月，他在观察世道，探索宇宙人生的终极指归与最高真理，著书立说，泽被后世。

庄子不像孔孟，到处游说，四处碰壁。庄子不是没有政治上发达的机会，当时最强大、领域最广大的楚国，国王专派特使敦请、礼请庄子出任首相。庄子不仅拒绝，还极有预见性地告诉对方自己应聘后必会得到的悲惨结局，作为

5 尼采《悲剧的诞生》，周国平译，第3-4页，三联书店，1986。

拒绝的理由。除了庄子，中外历史上还没有一个人能够像庄子那样，面临这样千载难逢的机遇，极其清醒地看清必然的悲惨的前途和结局，给以如此清醒决绝的回答。

庄子极其清醒、明智地懂得自己的使命：只有自己能继老子之后发展勘破宇宙、人生的“道”的理论体系，为人类的命运和精神发展作出罕与伦比的贡献。

庄子的时代如何探索宇宙人生？当时既无先进的科研设备，又无先进的科学理论，只有在乡村艰难生存的庄子自身。但老庄的确探见了宇宙人生的真谛，他们有自己无往不利的方法。什么方法？这就是——

道家建立了虚静的思维方式，也即坐忘、心斋。

道家中的老子是周室的史官，《老子》阐发的是出世与入世兼备的理论。庄子则是真正的隐士，《庄子》是纯粹的出世的哲学理论著作。《老子》既有探索宇宙真理的论述，也有教导人类修炼的心得，更有宇宙规律所体现的战无不胜的谋略。《庄子》论述的则全部是哲学至理，人生真理，修行方法和精神、物质极品的创作精神和方法。

《庄子》作为文学巨著，其本身就是中国隐士文学的奠基著作，为中国知识分子找到了一条与为国为民同样重要的康庄大道式的精神出路，借用山水江湖，建造了一个无比宽宏、深邃、美丽的精神家园。

《庄子》中多次表达不慕权势，坚忍不拔地拒绝名利权位的召唤和诱惑，真实描写了庄子本人安贫乐道，坚持真理，潇洒自如的自由人生。

《庄子》在政治上反对积极进取，主张避世无为，看似消极颓废，实际上潇洒、洒脱。因为庄子看透了当世的统治者全是无道昏君，处在浊世中只能远离尘世，洁身自好，可是他对扶摇直上九万里的鲲鹏的描写则令人热血沸腾，豪气满怀，分明是极有进取心的，只缺时世风云助我上青天而已。《庄子》在这方面给后世以极大的影响，优秀文艺作品大量地表现和描绘这种崇高的人生境界。著名的如天才的少年诗人王勃在《滕王阁序》里写道：“君子安贫，达人知命。老当益壮，宁移白首之心；穷且益坚，不坠青云之志”、“处涸辙以犹欢”。这是道儒两家的共同的精神，而《庄子》对此的表达和揄扬，最为充分酣畅。

后世深研、继承《庄子》的达者，多学到了《庄子》的精髓，超越了儒家“达则兼治天下，穷则独善其身”的境界。作为隐者，他们或吟诗撰文，从事文学创作；或写字作画，从事书画创作，为中国文化史作出贡献；更多的无名文人，或行医，治病救命，或课徒，教出了一代代无数人才，包括像鲁迅这样思想巨人、文坛巨匠。

中国古代的知识分子认识到，要创作出优秀的文艺作品，必须具有闲情逸致。近有学者论述：

> "闲情"的出现，是在"闲"的观念成熟之后。而"闲"则在春秋战国之际经历了一个从表空间向表时间转化的过程，《庄子》对其完成了综合与美化。对闲情观念，道家的尚闲"无为"和儒家的"游于艺"为其提供了思想的保证，儒家的"舞雩风流"和道家的"濠梁闲趣"为其提供了实践的探索，使其在魏晋六朝之际得以成型。另外，佛学在当时表现了与世俗浓厚的附会热情，一则大讲就德修闲，二则对闲情的心理感受给予了理论上的支持，其法乐说便是代表。佛法中将主体不同的心理感受分为三类，有苦受、乐受还有非苦非乐受，而所谓法乐，实则接近这种非苦非乐受，这也恰是日常人生中所云七情六欲之外的一种微妙情感，从生命的本体考察，它是主体在现实世界之中的一种样态、一种体验；从哲学上说，它也是主体理解世界呈现自我的一种方式。这种样态、体验、方式最接近我们所论的闲情，这一点也对中古文人从艺术人生实践的层面感受认知闲情提供了依据。什么是闲情呢？概括而言，因闲而破闲，有闲而思遣，爱闲而欲假物以扩展、寄托的过程就是闲情；或者说，追求闲、妆点闲、享受闲、描绘闲、转移驻留闲的情感活动过程以及这一情感活动的固态结晶如文学艺术品的创作赏鉴等等，都是闲情。[6]

这是从"闲"的观念的发展的角度论述庄子的贡献。

如果从更为广阔的视野看待庄子所倡导的隐逸，钱穆先生曾总结说："在中国历史上，正有许多伟大人物，其伟大处则正因其能无所表现而见。""极多无所表现的人物"，"亦备受后世人之称道与钦敬，此又是中国历史一特点"。他列举春秋时代之介子推，西汉初年之商山四皓，东汉初年的严光，宋初居华山行道的陈抟，隐居西湖孤山的林和靖，等等，"中国史家喜欢表彰无表现之人物，真是无微不至。论其事业，断断不够载入历史，但在其无表现之

6 赵树功《闲情：中国人的美学观》，《光明日报》2006年4月13日。

背后，则卓然有一人在，此却是一大表现。这意义值得吾们深细求解。”[7]

中国古代所标举的人生最高境界是“太上有立德，其次有立功，其次有立言”，此谓“三不朽”。诚如钱穆所言“德指的人格方面，功指的事业方面，言指的思想与学术方面”。[8]评价最高的是无所作为、隐居修行的人物。

我在拙著《神秘与浪漫》一书中指出：“中国先秦时代给最杰出的人物，高悬三条人生标准：‘太上有立德，其次有立功，其次有立言、虽久不废，此谓之不朽。’（《左传·襄公二十四年》。《史记·太史公自序》因之。）中国知识分子一般觉得第一条难以实现，多追求第二条，即以治国平天下树立千秋功名，如果这也做不到，就著书立说，作诗撰文，度过一生”“儒道佛三家都以‘立德’为最高。”[9]“立德”指的是遁世、修行。

我在拙著《流民皇帝——从刘邦到朱元璋》中指出：“这是古代所立的评价人物的最高实也是唯一的原则。自20世纪以来的现当代学者已推翻了这一原则，学术界和社会各界已公认文治武功最重要，所以‘治国平天下’的帝王将相是最重要的人物，其次是从事思想学术、文艺创作的宗师大家。也有少数学者认为哲学家、思想家和文学家地位最高，最早提出此论的20世纪中国人文、社会科学的第一大学者王国维，他说：‘生百政治家，不如生一大文学家。何则？政治家与国民以物质上之利益，而文学家与以精神上之利益。夫精神之于物质，二者孰重？且物质上之利益，一时的也；精神上之利益，永久的也。前人政治上所经营者，后人得一旦而坏之，而古今之大著述，苟其著述一日存，则其遗泽且及于千百世而未沬。’”同时认为，如希腊之荷马，英国之莎士比亚，德国之歌德，皆“足以代表全国民之精神”[10]，而痛感中国历来鄙视文学艺术家。

但是20世纪学界的主流学者都将原来地位最高的隐逸、无为之士贬得毫无地位，只有钱穆在响应王国维之同时，上接古代先哲，给无表现者以极高的评价。他响应王国维之处与王国维的观点也有很大的不同，他认为：“一个人在事业上无表现，旁见侧出在文学艺术作品中来表现，这亦是中国文化传统真

7 钱穆《中国历史研究法》，第102页，三联书店，2001。

8 钱穆《中国历史研究法》，第103页。

9 周锡山著《神秘与浪漫——文学名著中的气功与特异功能》（拙著《文学名著比较研究丛书》之一）第142页，百花洲文艺出版社，1999。

10 王国维《文学与教育》，周锡山编校《王国维文学美学论著集》第51页，北岳文艺出版社，1987。

精神之一脉。他其人可以不上历史，但历史却在他身上。他可以无表现，但无表现之表现，却为大表现。中国有许多历史人物皆当由此处去看。”尽管如此，他对此的评价未及王国维先生的评价高，但他对隐士的评价则最高：“《易经》上亦说：‘天地闭、贤人隐’，隐了自然没有所表现。中国文化之伟大，正在天地闭时，贤人懂得隐。”“这些人乃在隐处旋转乾坤，天地给他们转变了，但中国人还是看不见，只当是他无所表现。诸位想，这是何等伟大的表现呀！”“他们之无所表现，正是我们日常人生中之最高表现。诸位若再搜罗到各地他方志，及笔记小说之类，更可找出很多这类的人物。这是天地元气所钟，文化命脉所寄。”“中国历史所以能经历如许大灾难大衰乱，而仍然绵延不断，隐隐中主宰此历史维持此命脉者，正在此等不得志不成功和无表现的人物身上。”“历史的大命脉正在此等人身上。中国历史之伟大，正在其由大批若和历史不相干之人来负荷此历史。”[11]钱穆先生继承三代文哲史宗师的“三不朽”观点，并作出自己的阐发。

当代的读者诸君可以不同意这个原则，但必须了解古代有此原则，在这个基础上作出自己的价值判断。即使不同意这个原则和钱穆先生的上述观点，我建议这样的读者依旧要长年反覆思考古代宗师和钱穆先生的这一极为重要的观点。笔者经过多年读书、思考和写作，认为古人的“三不朽”原则、王国维和钱穆两大学者的观点具有重大的历史意义，千年之后，必能成为那时社会的主流观点。”[12]为什么？古代隐居乡村的无名教师、医生等等，是他们的默默无闻的贡献，撑起了中国人和文化的传承的历史。

总之，这种超脱、达观的人生态度，影响了创作，影响了文学艺术家的人格。与西方文艺家不同，除了文革这样的特殊时期中有特殊原因者外很少有人自杀，即使在文革时期，自杀者的比例也很低，便是这种超脱、达观的宇宙观和人生观的指导作用。

隐逸思想的核心就是淡泊名利，《庄子》和《老子》一样，就在这样极高的精神层面上指导知识分子淡泊名利。日本第一位诺贝尔物理学奖获得者汤川秀树曾表示：对他启发最大的是中国的庄子和老子，老庄思想的核心就是淡泊名利。这是中国科学界目前最需要的东西。[13]我认为这真是汉字文化圈中的

---

11 钱穆《中国历史研究法》，第 105 页。

12 周锡山《流民皇帝——从刘邦到朱元璋》，第 188-190 页，上海画报出版社，2004。

13 牟钟鉴、陈来《儒道对话：如果没有道家》，《光明日报》2006 年 1 月 24 日。

友邦识者提供我们的金玉良言，人生至理。我认为其中的要点是：淡泊名利，就能作出大的功绩，这体现了“无为无不为”的哲理。

四、宏大、丰富、美丽的艺术想像力

《庄子》既崇尚自然、朴素、大美壮美，其文恣纵夭矫，“宏大与辟，深闳与肆”（鲁迅《汉文学纲要》）；又“用志不分，乃凝于神”（《庄子·达生》），神闲意定。

《庄子》的众多寓言故事所显现的艺术想象力，真实与荒诞皆至极致，具有“洸洋自恣”（《史记·庄周列传》）、“汪洋闢阖、仪态万方”的既雄浑又瑰丽的卓特风格，给中国文学艺术家以重大启示。

中国文学和艺术，是世界上古时期先后与印度、古希腊、罗马帝国同时得到高度发展、繁荣并产生大量名家名作的文学艺术大国，尤其在公元四世纪之后的一千年中，东西方文化除了中国全部衰落，只有中国文化和文学艺术独家处于持续高度发展和繁荣，自公元 14 世纪至 18 世纪，中国依旧保持世界领先地位，与整个西方在文学艺术领域双峰并立，这是与中国的文学艺术家具有丰富美丽的巨大而又持久的艺术想象力有着密切的关系。

中国文学艺术家的想象力，最早是受到庄子和屈原的两重启示，尤其是庄子的影响。屈原主要在诗歌领域有着重大影响，庄子不仅在诗歌领域，而且在小说、戏曲、绘画和美学领域有着更为巨大和深远的影响。关于这一点，众多论者论述最多，本文不作展开。

最早由于《庄子》和道家的指导，后来又有佛家文化的介入，中国文学艺术家的艺术想象力长期处于世界领先地位，并且在世界文化史上首创了神秘现实主义和神秘浪漫主义的文学艺术流派。对此，我将在专著《神秘主义文学艺术概论》中详加论述，此处不赘。

五、庄子的技艺观

庄子在世界文艺史上首创艺进乎道的理论。《庄子·养生主〉说：“臣之所好者道也，进乎技矣。”《庄子》用多个形象生动的故事表达“艺进乎道”的美学理论，著名的有庖丁解牛、运斤去垩、解衣盘礴、梓庆削木为鐻、佝偻老人承蜩等等。

冯友兰于《新理学·第八章艺术》介绍了庄子的“艺进乎道”的重要观点：

> 哲学是旧说所谓道，艺术是旧说所谓技。《庄子·养生主》说："臣之所好者道也，进乎技矣。"旧说论艺术之高者谓其技进乎道。技可进乎道，此说我们以为是有根据底。哲学讲理，使人知。艺术不讲理，而能使人觉。……理是不可感者，亦是不可觉者。实际底事物，是可感者，可觉者。但艺术能以一种方法，以可觉者，表示不可觉者，使人于觉此可觉者之时，亦仿佛见其不可觉者；艺术至此，即所谓技也而进乎道矣。[14]

此论突破文艺作品只重"文以载道"的创作和论艺原则，阐发了庄子的哲学、美学观，并要求艺术上升到哲理和哲学的高度，即艺进乎道。

冯友兰《新知言·论诗》又论述艺与道互比的思路，结合《庄子·养生主》的庖丁解牛，论述禅宗和维也纳学派的观点。[15]实际上近现代西方的诸多文艺理论，《庄子》早就有了完美的表达。[16]

庄子"艺进乎道"的观念对中国文艺家有很大的指导作用。例如，我在多种论著中指出，金庸武侠小说中，张三丰、独孤求败、风清扬和赵半山对武学原理的阐发，达到艺进乎道的高度，是继承《庄子》所取得的巨大艺术成就。[17]

六、庄子与佛教相结合的"庄禅"对中国文艺的重大影响

自宋代起，庄子与佛禅结合，诗人和诗论家多善以禅论诗，先后创立了诗禅结合的妙悟说、神韵说，和20世纪中国领先于世界的意境说美学体系等，都是继承和发展庄子思想和美学观的重大成果。中国文化的儒道佛三家互补的格局，决定了中国优秀文艺作品也是儒道佛三家指导和影响下的产物。

---

14 《新理学·第八章艺术》，冯友兰《三松堂全集》第四卷，第166页，河南人民出版社，1986。

15 冯友兰《三松堂全集》第五卷，第264页。

16 周锡山《论冯友兰哲学中的美学思想》，《传统与创新——第四届冯友兰学术思想研讨会论文集》（2000，北京大学主办"冯友兰学术思想研讨会"论文集，"北京大学创建世界一流大学基金"专项资助项目），北京大学出版社2002年版。

17 周锡山《论金庸小说是20世纪中国和世界文学史上领先之作》（《倚天剑出，谁与争锋——名人名家论金庸》下册，台北：扬智文化事业有限公司，2000）、《再论金庸小说是20世纪中国和世界文学史上领先之作》（北京大学与香港作家联会主办《2000北京金庸国际学术研讨会论文集》，北京大学出版社，2002）、《令狐冲的人生哲学》（台北：生智文化事业有限公司，2002）、《胡斐的人生哲学》（台北：生智文化事业有限公司，2000）。

在这个方面，我已有《论王士祯的诗论和神韵说》[18]、《论王国维的伟大学术成果对当代世界的价值》[19]、《王国维美学思想研究》[20]和《人间词话汇编汇校汇评》[21]等多种论著予以论述和阐发，此处不赘。

七、庄子文艺思想的现代意义

刘师培说：《庄子》和《列子》传承《老子》之书，“其旨远，其艺隐，其为文也，纵而后反，寓实于虚，肆以荒唐谲怪之词，渊乎其有思，茫乎其不可测矣。”[22]

当代作家不乏创作的技巧。但在这个基础上，还必须有更高的要求，才能成为一个成功的作家，写出传世之作。

一个优秀的作家必须正确认识和把握时代精神，对民族文化的发展具有强烈的责任感，深切关心民生疾苦，具有王国维所说的“悲天悯人”的宏大胸怀。这些正是一些当今作家所缺乏的。此外——

不少当今作家缺乏摆脱名利、超功利的为艺术而艺术的志存高远、“十年磨一剑”式的精益求精的魄力、心态和思想境界。

不少当今作家缺乏宁静的心境，很少能够忍得住寂寞和贫穷，不善于孤独，一般做不到大隐隐于市。

不少当今作家缺乏勘破生死、宇宙的气魄，因而不具有大无畏的艺术创造力。

由于上述的三个缺乏，造成文艺家缺乏宏伟瑰丽的艺术想象力，缺乏振聋发聩之作。

而这些又都是互为因果、互为生发的，作家要将自己锻炼成大师、成熟的天才，写出大作、巨作和天才之作，必须具有以上的诸项要素。当今的少数优秀作家在不同程度上具备了这些要素，所以能够创作出比较优秀的作品。但与

18 周锡山《论王士祯的诗论和神韵说》，《中国古典文学研究论丛》第 6 辑，人民文学出版社，1987。

19 周锡山《论王国维的伟大学术成果对当代世界的价值》，《王国维诞辰 120 周年纪念论文集》(1997，北京大学、清华大学、香港大学、台湾新竹清华大学联合主办“王国维诞辰 120 周年纪念学术研讨会”论文集)，广东教育出版社 1999 年版；又刊《广州师院学报》1998 年第 8 期。

20 中国社会科学出版社，1992 / 2016。

21 上海三联书店，2012。

22 刘师培《南北文学不同论》，《中国近代文论选》，第 527 页，人民文学出版社，1959。

世界一流和前人经典相比，尚有一定或很大距离。

《庄子》中提供了培养以上诸种要素的理论阐发和实践佳例。读通《庄子》，掌握了《庄子》的哲学思想和文艺思想，作家就能达到以上要求。这就是《庄子》文艺思想的现代意义。

20 世纪的反传统思潮和民族虚无主义的错误影响，极左思潮中涌现的僵化教条的思维方式，至今尚未彻底肃清，这使学者作家对《庄子》的伟大成就及其辉煌的文化精神认识极其不足，遑论学习，我们必须提高认识，深入学习《庄子》[23]。

23 参见拙文《目前的中国亟需庄子精神》，北京《中华读书报》2007 年 5 月 16 日（按此文已有 30 余家报刊和网站转载）。

论中国美学在世界美学史上的地位和意义[1]

中国美学自商周的《易经》《老子》《论语》《乐论》和《孟子》等，直至清末民初的王国维，有三千多年的历史。中国美学史不仅在世界上历史最为悠久漫长，而且在世界上三大文化体系的诸国中，是唯一没有中断、一以贯之的美学体系。其丰富独特和伟大的成果，不仅对中国现、当代美学有罕与伦比的指导意义并成为其深厚、坚实、雄伟的基础，而且在世界美学史上也具有罕与伦比的重要地位，并将对世界当代美学产生极其重大和深远的影响。本文拟从这些角度作一阐述，以期抛砖引玉，如果中外学者于此给予更大的关注，并作出更为丰富精辟的论述，则为予之愿焉。

（一）

美学是文学艺术创作实践的抽象总结或哲学表现，美学的产生与发展必须以文学艺术创作实践为坚实基础。再大而言之，世界上共有三大文化体系，即中国及其所影响的东亚文化的中国体系（主要包括日本、朝鲜、越南等），印度体系和以古希腊、罗马为源头的西方体系（苏联、东欧、拉美在文化上也属此体系）。美学和文学艺术皆是大文化体系中的分支，因此也理所当然地划分为以上三大体系。三大美学体系的发展，从比较角度看，可分为四个阶段。第一阶段，自公元前约十五世纪至公元五世纪的两千年，是中、印、西三大体系美学的三足鼎立阶段；第二阶段，自公元五世纪至十五世纪的一千年，在这

1 上海艺术研究所《艺术美学新论》，华东师范大学出版社 1991。

个阶段，西方进入文化毁灭的中世纪，印度梵文文化也逐渐衰落而至十世纪时趋于消亡，中国美学在世界上独领风骚；第三阶段，公元十六至十八世纪初期的二百余年，中、西美学相互对峙，双方各有成就，但在总体成就上，还是中国超过西方，领先于世界；第四阶段，公元十八世纪中期至二十世纪二十年代以前，（大致以我国“五四”运动为界）的约二百年，西方美学飞跃发展并取得惊人的成就，更且产生了马克思主义的美学思想，我国由于封建专制猖獗，造成政治、经济、文化全面落后，无法与西方抗衡，但是个别美学家如王国维和个别领域依旧取得巨大成就，处于世界美学发展的前列。

根据以上四个阶段的划分并结合文艺创作的实践，我略述世界美学的发展概貌，从中显示我国美学的巨大成就、崇高地位和深远意义。

世界上最早的美学发祥地在中国和古希腊。中国的《易经》《诗经》中阐发的朴素美学思想是世界上最早的有关论著。我国先秦时期产生的《论语》《老子》《孟子》《庄子》《乐记》等，和古希腊的柏拉图《文艺对话录》、亚里士多德的《诗学》等，大致同时产生，两国的美学成就也大致相当，共同组成世界美学史上的第一个高潮。

接着，我国进入西汉时期，西方则罗马帝国代兴。我国西汉的《诗经》《楚辞》学研究家，司马迁、班固等史学家，扬雄、王充等经学研究家，在其论著中阐发美学观点；此后，又在唐宋时期（公元七-十四世纪），进入第三次高潮；明末清初时期（公元十六-十七世纪）形成第四次高潮。我国美学自公元三世纪至十七世纪的一千五百年中，领先于全世界；中国美学的第二、三、四次三次高潮，也是整个世界美学中的第二、三、四次三个大高潮。

中国美学的领先于世界还必表现在诗文、戏剧、小说、绘画（包括书法）、音乐美学的全面领先。同时更表现在作者林立、著作如繁星般的巨大数量。在此期中，印度较重要的美学著作有婆罗诃《诗庄严论》、檀丁《诗镜》（七世纪）、胜财《十色》（十世纪）和毗首那他的《文镜》（十四世纪）等，随着梵文的衰落，印度文学和美学从此一蹶不振，直至本世纪的泰戈尔，才有个别名家重新进入世界前列。西方在一蹶千年之后，终于自十三、四世纪的文艺复兴时期起重振声威，但直到十七世纪末，于文学领域中虽然进入新的高峰，有意大利的但丁、英国的莎士比亚、一直到法国的古典主义诸家，其于美学领域则未见大家。此期印、西美学著作多论诗学，有时涉及小说、戏剧等门类，也未深入。至于绘画、音乐等则付厥如。其他诸国仅日本等少数国家有零星美学篇章，没有重要建树。

再反观我国，在西方和印度美学相当冷寂的一千五百年中，正是我国美学与文学一起进入自觉的时代，取得巨大发展的辉煌时期。

在中国美学的第二次高潮时期即魏晋南北朝时期，有三部代表性的美学著作问世，它们是：陆机《文赋》、刘勰《文心雕龙》和钟嵘《诗品》。

《文赋》是世界上第一篇深入探讨艺术想像和创作灵感的美学论文。

《文心雕龙》体系宏大严密，是中国先秦以来近二千年文学和美学的伟大成就的光辉总结。因此此书的观照和研究范围和历史跨度大大超过亚里士多德。

《诗学》和婆罗多牟尼《舞论》，也因此此书在学术地位和成就上可与亚婆两著鼎足而三。如果说《庄子》中的美学部分的伟大成就已足与亚氏《诗学》相侔，那么《文心雕龙》的出现，标志着中国美学已开始超出西方和印度并进入独步世界的历史地位。

唐宋时期作为中国和世界美学第三次高潮，此期美学的最突出的业绩是唐宋古文运动领袖韩愈、柳宗元的文章美学和以司空图、严羽为代表的诗歌美学。

我国古代的文章，包括韵文（主要是骈文）、散文特别发达。其名家名作数量之多灿若繁星，为世界上独有的艺术现象。骈文的美学理论已由《文心雕龙》所包含并大致完成。古文理论则随着古文创作实践的发展，大倡于唐代之韩柳，而完成于北宋之欧、苏，其余韵则流荡于明清，至桐城派才写下句号。

唐代白居易等人一方面发展了现实主义诗论，而皎然（《诗式》）、司空图（《二十四诗品》）包括日本来华留学的遍照金刚（《文镜秘府论》）和宋代的严羽（《沧浪诗话》）则从另一方面发展了神韵派、意境说诗学，取得了辉煌的成就与意义。

明末清初的中国美学在诗学、戏剧美学、小说美学诸方面都达到极高成就，其中如王夫之、叶燮，王士禛（王渔洋）等的诗学名著，金圣叹和李渔的剧学名著，金圣叹、毛宗岗等人的小说美学名著，都领先于西方，形成中国和世界美学史的第四个高潮。

我国音乐美学的成就远超过西方，尤其是明末清初的戏曲音乐美学已臻时代极境，此时西洋歌剧的理论尚处萌芽草创阶段。我国的书法美学，除日本在近代得到继承外，别国无法望其项背。中国文字的形意美，是中国人民的无与伦比的伟大创造。书法美学是此美的理论概括。

我国早在先秦的《庄子》中即触及到绘画美学，南北朝时随着人物画的高度发达，绘画美学也应运而生。此后经唐宋至明清，人物、山水、动物诸画大批产生，在十九世纪西方风景画涌现之前，中国绘画和理论的极其丰富性也是世界上几乎独一无二的。其成就更是一个不可逾越的古典高峰。在唐代，自王维始，做到“诗中有画”、“画中有诗”，在世界上首先将诗画美学原理互相沟通。到宋代，自苏轼起，又在理论上举起“诗画本一律”的旗帜。清初王士禛（王渔洋）在进一步深入探讨“诗画一致”的同时，又注意区分两者的区别并给以理论阐述，皆在世界美学史上有首倡之功。莱辛《拉奥孔》这部不朽名著所取得的有关成就，在时间上已远在中国之后了。

（二）

与中国文学的伟大成就相适应，中国美学研究也有极大的成绩。这不仅表现在研究的极其全面和深入，并带有鲜明的民族个性，而且在研究方法上也不断创新，不断产生新的论述体裁。这些体裁，不仅是西方有的我国皆有，其中有些还是我国所特有，而这些独特体裁的本身，即是我国美学家对世界美学史的杰出贡献。

我国最早的美学观点出现于哲学宏著如《易经》《老子》中的片言只语，但又受其哲学观念和体系之笼罩，形成自己的美学体系的根本观念和民族特色，影响至为巨大。从字面看，如《老子》中的“大音希声”、“至乐无乐”等，似乎仅有片言只语表达美学观点，但是《易经》和《老子》中以气为主，以道为本和阴阳、辩证的哲学观念和体系，笼罩和冠领我国整个文化史包括美学史，对我国美学的产生和发展起着决定性的影响。曹丕“文以气为主”，韩愈“文以贯道”的主张是中国美学整体的体现，而阴阳刚柔理论和艺术辩证法则，贯串着整个中国美学。

后来，按时间次序先后产生的还有：

孔子《论语》和后人记载他的言论的别的著作所采用的语录体。

《孟子》首创的散文体。

《庄子》创造的寓言体。

庄子和其师承的老子两人共创的老庄即道家美学思想，与孔子《论语》及其继承者和其整理研究过的《易经》所共同形成的孔孟即儒家美学思想，成为中国美学的两大源头。其影响远比亚里斯多德和柏拉图对西方美学的影响大得多，西方和印度还没有一位美学家象老、庄、孔、孟这样对本国或本体系的美学产生这样伟大的影响。因此他们的哲学论著和语录、散文、寓言体，是影响至为巨大的美学名著。尤其是庄子的美学论文，在至今为止的世界美学史上是空前绝后的用寓言体写作的美学经典著作。

以上皆产生于先秦时代，西汉时又产生。

《诗大小序》的序（跋）体，其中短的小序又类似今日的“编者按”一类的文体。

西汉扬雄的对话体。

司马迁《史记》首倡的评传体，如《屈原列传》《司马相如列传》等。继《史记》之后的二十四史其它著作也都有此体。

班固《汉书》中《艺文志》首倡的叙录体。

王充《论衡》、桓谭《新论》等的论文体。

南北朝时我国的文学艺术进入自觉时代，美学发展进入我国美学史的第二个高潮，并取得新的突破性成就。美学论著体裁又产生新的形式：

辞赋体，著名的陆机《文赋》用赋的文学创作的形式来表达自己的美学思想。

专著体，有体大思精的刘勰《文心雕龙》和论文与文学品第相结合的钟嵘《诗品》。

画论体，用画论形式阐述美学观点。其最早的名著为南朝谢赫的《古画品录》，它也是世界上最早的绘画理论和美学著作。

小说体，《世说新语》用小说形式在评论、描写人物时阐述了人物美学的思想。

书信体，南北朝时的文学家首倡用书信形式阐述作者的山水美学观点。后来不少理论家用书信阐发自己的诗文，戏曲美学观。

唐宋是中国美学举史上的第三个高峰，此时又出现：

杜甫《戏为六绝句》首创的论诗诗，后继者极众，最著名的有金代元好问《论诗绝句三十首》、清代王渔洋的《论诗绝句》等。后又发展有论画诗，杜甫又是此题第一位名家，论（戏）曲诗等等。不少山水诗也成为论山水美的出色的风景美学作品。

司空图《二十四诗品》创造的诗歌体美学著作，其中的美学思想对唐以后直至明清的诗歌美学的影响极大。

北宋欧阳修创立诗话体，后来诗话又发展到词话、曲话，乃至文话和小说话。宋元明清大量诗话、词话的产生，使这个体裁成为中国美学最主要的表达形式之一。

笔记体，唐朝即有萌芽，宋代大盛，元明清三朝历久不衰。著名的如苏轼《东坡志林》、陆游《老学庵笔记》直至清代王渔洋《香祖笔记》等五种和俞樾《春在堂随笔》等等，皆有丰富、精采的美学观点。

评点体，南宋刘辰翁首先大力撰写，其对《世说新语》和古文之类的评批，给后人以很大启示。

明末清初是我国美学史的第四个高峰，明清两代主要是发扬广大前已产生的美学论著诸体。

我国美学研究的方法和体裁还有许多，如大量的文史哲著作、札记，乃至地方志、祭祀文，都是传达美学见解进行文学艺术评论的工具。

另有一种体裁和一种形式值得注意：

中国批评家喜用“选体”来表达自己的美学倾向或美学观念。他们用编选诗文、戏曲选集的形式，并在书前冠以序言（近现代西方则将长序称为“导论”），来提倡、推广某种文艺宗旨，宣传某种美学观念或理论，或者将选与评相结合（如明代孟称舜选评的杂剧《柳枝集》和《酹江集》）等。于是我国文学史，美学史上形成了一种被称为“选家”的独特研究队伍。西方文学和美学家采取这样的手段已是现代之事了。

我国文学、美学研究界很早就有使用辩论、争论形式来推动文学艺术、文艺理论、美学思想发展的习惯。如绘画领域中的南北宗之争，戏曲领域的本色派与文采派之争和沈汤之争，文学领域的唐宋诗之争，等等。还有以地域划分的文学美学流派的争论，如明诗中的竟陵派和公安派，清词中提倡清空与质实不同美学思想的浙派与常州派之争等。有时是同时代文艺家用书信和论文进行争论，如沈（璟）汤（显祖）之争；也有几代学者进行大规模的论争，如明代后期曲论家关于《琵琶》《拜月》《西厢》三戏孰为高低，文采、本色孰为优劣的长达五、六十年的大辩论，更有远隔数代的学者之间的反复笔战，如围绕《楚辞》尤其《离骚》这部伟作，司马迁《史记》、班固《汉书》直至刘勰《文心雕龙》等一系列著作，作出针锋相对的论述，时间长达五个世纪，更属世所罕见。

我国美学著作的体裁和表达方法如此繁多丰富，层出不穷，真乃举世未有，其中除少数几种外，多为我国美学家所首创，不少体裁为我国所独有，其中尤值得称道的是诗话和评点两体。

我国诗词曲话体中有多部专著在世界上领先具有划时代的意义，如严羽《沧浪诗话》的诗禅合一理论、王渔洋《带经堂诗话》的神韵说美学、王国维《人间词话》的境界说美学，等等。又如《李笠翁曲话》在戏曲美学方面也是划时代的著作。

评点体也广泛适合于众多的文艺体裁。评点体继宋末刘辰翁之后，至晚明得到充分发展，评批之作犹如雨后春笋，大批涌现，汤显祖、徐渭、李贽等大家亦皆染指于此。到明末清初的金圣叹达到评点美学的最高峰。他以评点作为阐发和建立自己美学思想及其体系的主要方法，举凡小说、戏曲、诗歌、古文，他都有评点，都有卓异的成就，尤其是金批《水浒》和金批《西厢》，是世界上第一流的文学批评和美学名著，奠定他作为世界文学史和美学史上最早的成熟的小说理论家和最杰出的戏剧理论家之一的不朽地位。继金圣叹之后，我国又产生了毛声山、毛宗岗父子评批的《琵琶记》和《三国演义》，李渔、张竹坡评点的《金瓶梅》，脂砚斋等人批点的《红楼梦》等名著，造成清代读者非批点的小说、戏曲几乎不读的罕见局面。

诗（词、曲）话和评点体著作不仅数量众多，成就极高，而且是值得西方和别国借鉴、引进的先进方法。灵活机动的样式，轻松活泼的文笔，精辟独到的言论，广阔且又细腻的视野和眼光，凡此种种，皆长期深受学者的喜爱和读者的青睐，是中国美学家对世界美学史独特而巨大的贡献。

中国美学论著有大量的直觉、灵感式的评论，片言只语要言不繁的表达，常常一语中的，发人深省。如宋代吴文英词优美深邃，善用时空交错、跳跃的笔调，旧时读者有时很难读懂或理解其好处，历代评论家的分析，如《宋七家词选》说他：“以绵丽为尚，运意深远，用笔幽邃，练字练句，迥不犹人，貌观之，雕缋满眼，而实有灵气行乎其间。”况周颐说：“梦窗密处，能令无数丽字，一一生动飞舞，如万花为春。”周济认为其佳作“如水光云影，摇宕绿波，抚玩无极，追戳已远。”不仅一言中鹄，见解深刻，而且其评论的文字本身很美，也有赏心悦目的欣鉴价值。有的美学评论本身即是优秀的文学作品，如梁启超评陆放翁诗二首，其中一首说“诗界千年靡靡风，国魂销尽兵魂空。集中十九从军乐，亘古男儿一放翁。”读了不仅极有美感，而且令人热血沸腾，壮心难已。此类美学论著极多极多，不胜枚举。

有人指责中国美学论著罕见专著，多为零碎片段，成就不如西方。此实似是而非之论。第一，体大思精、系统井然的专著，是近现代资本主义社会经济条件下的产物，西方此类专著的大量涌现也是这个时期的产物，在维柯《新科学》、康德《判断力批判》等专著的出现之前，西方也很少有这类宏著。我国《文心雕龙》、李渔《闲情偶寄》、金圣叹《金批西厢》、王国维《宋元戏曲考》等书也是严格意义上的专著。第二，成就大小主要看内容，而不是看形式。有许多专著，大而空洞，言之无物，就没有价值。即使片言只语，如果言之警新有物，也有重大的价值和影响。第三，各民族的著作有自己的特色，不能强分高低。第四，我国许多美学家的一系列言论看似零碎，实际上里面隐藏着伟大的体系，只是浅陋者视而不见而已！另外，我国十八、十九世纪的文化衰落，难掩此前二千年的光辉，对此我们要给予清醒、公允的估价。至于急起直追，建立现代美学体系，写出无愧于时代的美学宏著，是我们的责任和义务。

（三）

中国文化历来自觉认真学习外来文化并善于吸收和融化使之内化为一体，是世界上融会三大文化体系的最杰出的典范。作为中国文化一个重要分支的中国美学又是中国文化中融会中、印、西三大体系的少数典范之一。

中国美学的吸收和融化的过程大致可分为三个阶段。第一阶段为中国内部南北派美学，即南方的楚地、吴越与北方的华夏互相吸收长处，形成刚柔结合的一体，此为先秦至西汉时期，时间长达一千多年。第二阶段自东汉至唐宋，时间也长达一千多年，吸收与融会南亚的印度文化和美学、中亚文化和美学。第三阶段，学习和融会西方文化和美学。这个学习阶段，发端于两汉，唐宋元明并未中止，但至晚明清初始有规模，在清末民初至本世纪三十年代形成第一个高潮（学习对象包括俄苏在内的整个西方），五十年代形成第二个高潮（此时的学习对象以苏联为主），八十年代形成第三个高潮（学习对象以西欧、美国为主），终于在20世纪形成中国美学由中，印，西三大体系融会综合的整体格局。

我国的春秋战国时期，由于国家不统一，出于政治和社会发展的需要，诸子百家应运而生，学术昌盛，美学也发展迅速。西汉建立后，政治开始钳制文化和学术，汉武帝独尊儒家的结果，造成文化、学术日趋凝固僵化，美学也停滞不前。正在此时，印度佛教于西汉末年始入中土，经过东汉时期的宣传和传播，至南北朝时进入昌盛阶段。佛教吹来一股强烈而清新的思想之风，给我国已显凋敝的文学界、学术界、美学界带来极大的刺激。不少学者，诗人和艺术家、美学家对印度的佛教文化无限向往，往西天取经者不绝于路，翻译经论者云集于南北之都，自东汉、六朝至唐代，历时五个世纪，终于完成了引进任务。然则此时的佛教文化和哲学、美学思想尚未内化，故而与我国固有的文化、思想互相并行而并未完美结合。唐代的杰出诗人和美学家王维、皎然、司空图和日本来华留学的高僧遍照金刚等人，开始进行中印美学的融合工作，至宋代达到彻底融会贯通，于是最终形成中国文化的儒道佛三结合的宏伟格局，中国美学也更趋博大精深。

中国文艺和美学吸收印度文化精华的道路，不仅是漫长的，也是曲折的。印度文化精华主要是两个组成部分，一为梵文古典文学和美学，一为梵文佛经和佛教艺术及美学。由于历史的客观条件限制和曲折性，我国文艺和美学学习吸收的主要是后者。梵文古典文学和美学名著，有的缺乏传入中国的媒介，有的在进入中国途中，迷失和散佚在中亚（包括新疆）的丝绸之路上，少数由佛教徒带入如曾藏于浙江国清寺的梵文剧本等，因缺乏译介，对中国文艺和美学并未引起重大影响。佛教文艺和美学观首先于南北朝和隋唐时代影响到中国的壁画艺术和美学（主要是敦煌艺术）、中国的雕塑艺术和美学、小说艺术和美学（六朝志怪的部分作品和唐代变文），这些都与佛教艺术和美学有直接关联。在唐代，我国佛教界的学者开始将印度佛学内化而产生中国的禅学。禅学分南、北两宗，分别讲究顿悟和渐悟。禅学南宗在唐代开始进入文学和诗歌美学领域，绘画和绘画美学领域。盛唐王维、孟浩然一派山水田园诗人，引进禅学南宗顿悟的思维方式，形成简闲淡远的美学风格，在唐诗中，与李白的清新飘逸，杜甫的沉郁顿挫，鼎足而三，人称诗仙（道）、诗圣（儒）、诗佛，成为影响后代诗歌及其美学的三个最重要的流派。王维又被元明美学家追认为南宗画派的创始人，尤其是今已失传而在明清影响极大的《雪里芭蕉图》，在世界上首先创立时空交错的美学观，极得宋元明清诗人、作家、美学家的赞赏。元明绘画中的文人画战胜宫廷画、民间画和职业画家，成为中国画的主流；而简闲淡远的山水画又成为文人画的主流。北宋大文豪苏轼称道王维“诗中有画，画中有诗”，又提出“诗画本一律”的神韵派美学观。我国山水诗，画及其美学所追崇的神似、写意的理论，是禅学南宗对中国文艺、美学影响的产物，至明清时又再次进入文艺领域并给创作实践以有力指导，成为明清传奇（主要是昆剧）高度繁荣并达到领先于当时世界的艺术水平的主要原因之一。

中国美学家自晚唐司空图《二十四诗品》开始探讨，总结诗歌的写意美学，至南宋严羽《沧浪诗话》正式提出："大抵禅道惟在妙悟，诗道亦在妙语。""惟悟乃为当行，乃为本色。"用诗禅一致的观点总结唐诗的伟大成就，建立了妙悟说和兴趣说，总结出"所谓不涉理路，不落言筌者，上也"、"盛唐诸人惟在兴趣，羚羊挂角，无迹可求。故其妙处透彻玲珑，不可凑泊，如空中之音，相中之色，水中之月，镜中之象，言有尽而意无穷"等一系列重要的美学观点，使中国美学完成了儒道禅三位一体的美学结构，在世界美学史上有划时代的意义。此后明末董其昌在绘画领域正式确立南宗即写意美学的主导性地位，清初的王渔洋在诗歌领域中倡导和总结神韵说美学，意味着中国在接受印度佛经美学的菁华以后，以写实与写意相结合，以写意为主导的中国美学的最后完成。

我国自两汉起即以西域（中亚地区）为媒介，吸收西方文化，充实自己。随着张骞、班超等人打通西域通道，我国与罗马帝国有了经济贸易和文化交流的活动，所谓"千古壮观君知否，黑海东头望大秦（按指罗马）"（王国维《咏史》），已成为我国古代有开放观念的有识之士的理想。罗马的杂技杂要等艺术传入汉朝宫廷，对我国早期的戏剧活动有良好的借鉴作用。吸收西方文化的进程虽然缓慢，但一线未断，至晚明随着西方传教士的来华而渐成格局，清初康熙本人也十分重视学习和引进西方的先进文化。清代中后期由于封建专制猖獗，政治黑暗，经济凋敝，加上对文艺、学术的高压政策，造成文化发展衰竭，西方列强相继入侵，民族陷入危亡之惨境。于是中国知识分子中的先进先觉者遂兴起向西方学习的热潮，形成西学东渐的时代潮流。王国维曾极其精辟地指出：

> 佛教之东，适值吾国思想凋敝之后，当此之时，学者见之，如饥者之得食，渴者之得饮，担簦访道者，接武于葱岭之道，翻经译论者，云集于南北之都，自六朝至于唐室，而佛陀之教极千古之盛矣。此为吾国思想受动之时代。然当是时，吾国固有之思想与印度之思想互相并行而不相化合，至宋儒出而一调和之，此又由受动之时代出而稍带能动之性质者也。
>
> 自宋以后以至本朝，思想之停滞略同于两汉，至今日而第二之佛教又见告矣，西洋之思想是也[2]。

2 拙编《王国维文学美学论著集》，第 106 页，北岳文艺出版社，1987。

他正确指出了我国学术界、文艺界学习西方的主观动机和客观形势。王国维本人是我国系统引进西方美学并使之与中国美学有机结合的首创者和典范。他自觉、积极引进西方自亚里士多德至叔本华、尼采的西方美学，又在引进的基础上对康德的壮美和优美理论、席勒的游戏说和美来自生活的理论、叔本华和尼采的美学作了加工和改进，来研究中国文艺名著并创立境界说美学，达到近现当代世界美学的领先水平，贡献极为巨大。对此我已有《试论王国维与德国美学》[3]等论文详述，兹不展开。王国维的境界说，植根于中国博大精深的文艺创作及其理论和美学，充分吸收印度文化和美学的菁华（其中有三个层次；前已有述中国美学是儒道佛的结合，“境界”一词本为佛经语言故借用了佛经概念’叔本华美学也汲取了印度佛教文化）、西方文化和美学的菁华，是以中为主、“三美”（中、印、西美学）皆具的美学理论，开创了中国和世界美学史的新时代！

综上所述，中国美学在汲取和融合外来美学方面一贯是主动、自觉、积极和明智的，中国美学发展到“五四”新文化运动以前的王国维，成为世界美学中唯一融合三大体系的典范，并已成为中国现、当代美学的优秀传统。

（四）

中国美学领域产生大量优秀论著，极大地丰富了世界美学的宝库，中国美学的以表现为主的写意美学与西方以再现为主的写实美学，成为世界美学的两大基本内容。因此，到本世纪初为止的世界美学史中，中西美学的成就大致相当。

可惜的是，由于种种原因，西方美学在东方已产生相当巨大的影响，而中国美学对西方的影响则远远不够。照理，西方诸国与中国类似，也善于学习外来文化。古希腊、罗马文艺、美学的伟大成果为其它西方诸国所一致崇敬，并作为共同的源头，西方近代诸国互相学习亦蔚然成风。可是西方诸国文化的源头相同，语系相近，属同一体系，形成同一整体风格。与印度相比，印度古典文艺、美学逐渐消亡，其中有非常复杂的历史原因，而缺乏与他民族的文化交流，是其中的主要原因之一。西方诸国互相学习、极大地推动了自身文化的发展，但在一个相当长的历史时期中他们夜郎自大式的欧洲中心论又束缚了自己的眼光，在学习、吸收中、印体系文化方面，严重不足。

3 《文艺理论研究》1989年4期。

当然，西方也有学习其他体系文化的成功经验。如西方将古代以色列的《圣经》据为已有，他们也引进中世纪阿拉伯文学名著《天方夜谭》等，歌德赞赏中国的孔子哲学和才子佳人小说，宣称梵剧《沙恭达罗》对其平生最得意的巨著《浮士德》的良好影响；英法文坛、剧坛对元剧《赵氏孤儿》倾倒之余，伏尔泰据此创作《中国孤儿》，叔本华吸收印度佛学建立自己的美学体系，布莱希特在创立自己体系时重视借鉴中国戏曲美学体系，又借鉴元剧《灰阑记》创作《高加索灰阑记》，英美意象派诗人认真学习唐诗化为己用，写出一代名作，等等。但整体说来，西方未能做到如中国那样全面、深入、持久学习其他体系的文化。西方如能学习中国这个经验，西方美学中能在现在的基础上再提高整整一个层次。当然，西方已有一些有识之士尤其是汉学家和比较文学研究家，意识到东西方文化交流和学习、吸收东方尤其是中国文化包括美学的极端重要性。

中国美学论著的独创性体裁，如诗话体、评点体等，也值得当代中国和西方文艺理论家、美学家学习并使用。当代中国一些诗论家已重新拾起诗话这个体裁，写出不少好的文论、美学著作，其中钱钟书的《谈艺录》《管锥篇》实际上是新诗话的典范。丁西林于20世纪六十年代评点英国著名剧作家巴里的《十二英镑的神情》，发表后很受文艺界、美学界、学术界的赞赏。湖北近年出版的适用中小学生的古文评点课本，发行量竟达一千万册之巨。此类体裁完全可推行到世界范围内广为运用。

我认为中国美学中的写意派妙悟说、神韵说、意境说等美学理论最可供西方学习和吸收。妙悟说和神韵说的主要美学观点本文前已论及，有的中外研究者认为它们与当代西方现代派文学艺术所体现的时空交错、跳跃突进、模糊含蓄、反结构无情节等美学追求，有基本的共通之处，而中国古代体现这类美学观的极其丰富的文艺创作实践中许多优秀成果，已臻极致。至于意境说，是中、印、西三大体系美学的结晶，更应是全人类的共同财富。

王国维在阐述意境说的基本内容时说：

> 大家之作，其言情也必沁人心脾，其写景也必豁人耳目，其辞脱口而出无一矫揉装束之态。（《人间词话》）

这段言论，他又另有一说：

> 何以谓之有意境？曰：写情则沁人心脾，写景则在人耳目，述亨则如其口出也。古诗词之佳者，无不如是，元曲亦然。（《宋元戏

曲考》)

他强调大家之作能臻此绝境，因为作家诗人“所见者真，所知者深”，故“对自然人生（一作“宇宙人生”），须入乎其内，又须出乎其外”，不仅能“创调”，在艺术形式上独创，而且能“创意”，在艺术内容上独创，更且“于豪放之中有沈著之致”，达到有“言外之味，弦外之响”，“其志清峻，其旨遥深”，“言有尽而意无穷”的高度。

纵观西方和其它国家的文艺史，不少优秀之作也达到这样高的成就，惜乎西方文艺理论家并未如王国维那样给以系统完备的总结，从而建立完整而严密的意境说理论。

尤其是作为意境说中重要的创作方法之一“情景交融”，是我国唐诗、宋诗、元曲辉煌创作成就的一个光辉总结。自十九世纪以来，西方小说家以美国的库柏和法国的夏布多里昂开其端，也攀上了这个艺术高峰。后来的英国诗人和法、俄（包括苏联）、英、美小说大家亦皆擅长于此。如法国罗曼·罗兰《约翰·克利斯朵夫》描写约翰·克利斯朵夫在德国故乡备受挫折后去法国以求舒展才华，他在步入德、法边境时的景色描写渗透着主人公无比复杂的感情，实为情景交融的佳篇。俄国冈察洛夫《平凡的故事》中女主人公在山崖上空等情人，自秋转冬、自冬至春的风景描写，与她无限惆怅的痛苦，融合无间，带有强烈的感伤色彩，亦为此类佳例。至于屠格涅夫诸作，尤其是《贵族之家》中的一些场景，被我国研究家奉为情景交融的范例。二十世纪西方优秀电影也于此大擅胜场，如法国据巴尔扎克原著改编的优秀影片《欧也妮·葛朗台》中三个花园场景的情景交融镜头在刻划人物性格，表现人物命运和深化主题方面，起了极其重要的作用。优秀故事片中的许多空镜头，依赖高明的剪辑手段，能有力地表现人物丰富、深邃的感情，产生极强的艺术感染力。西方美学家如勃朗兑斯在其巨著《十九世纪文学主潮》中仅触及外围，未能深入“情景交融”的美学理论堂奥。巴尔扎克的美学论著也是如此。直至现当代，尽管西方文艺创作家在艺术实践中已达到这个成就，而文艺理论家和美学家则并未能给予总结并给予理论阐述。于是，我国美学家在意境说方面则独擅胜场，为世界美学史作出了又一个杰出的贡献。

（五）

中国女性美学家和美学论著的出现是世界上最早的，其数量和光辉成就也领先于世界。

李清照（1084-1155）作为中国古代一流词人，在北宋时期完成的《词论》，是宋代的重要词论，也是她本人创作词的理论指导。这是世界美学史上第一篇女性作者的诗学论文。

到了明清阶段，女性的美学文章大量出现，主要是围绕《牡丹亭》的评论。可惜大量失传。清代才女李淑说：“闺人评跋，不知凡几，大都如风花波月，漂泊无存。”（《吴吴山三妇合评牡丹亭还魂记·跋》）据统计，至今可知的明清妇女评论的剧目有 28 种[4]，（1）明清女子涉足《牡丹亭》批评的有 16 人[5]。但其绝大部分是零星的评论，且不少已经散佚；现存女性撰写的《牡丹亭》评批本共有两部，即《吴吴山三妇合评牡丹亭还魂记》（简称《三妇评本》）和其后的《才子牡丹亭》。“今三嫂之合评，独流布不朽”（出处同上），其中唯一广为流传、成就最高、影响最大的是《三妇评本》。

《吴吴山三妇合评牡丹亭还魂记》是《牡丹亭》的首部女性评本，《牡丹亭》的最佳评本，清代文学的最佳评本之一；也是中国乃至世界首部女性撰写的文艺评论专著，具有崇高地位和重大意义。此书继承金圣叹评点文学的方法和精神，在清代是成就、名声和影响仅次于金圣叹评批的《贯华堂第六才子书西厢记》（《金批西厢》）的评批本，甚至连清代中期的有些《金批西厢》的翻刻本也盗用“三妇评西厢记”的书名印行，可见其在当时的影响之大。

《三妇评本》展示了清代康熙时期杭州地区三位才女的卓越才华，是《牡丹亭》明清评批本中，鉴赏水平最高、评点最细腻的评批本，在总体成就上超过《牡丹亭》全体男作者的评批本，也超过了署名汤显祖的诸多评批和评论成果，取得了杰出的理论成就。

《三妇评本》瞩目于《牡丹亭》的战争描写，精心评批，其评述原作描写的战事和有关人物的表现和谋略的评语，虽仅吉光片羽，也已难能可贵，尤其是将之紧扣艺术分析，水乳交融地娓娓道出，手段高明。此书是中国和世界文化史上最早的女性评论战争的成果，闺阁才女论兵说战，弥足珍贵[6]。

综上所述，中国美学在三、四千年的漫长历史中建立了自己独立、完整的

4 华玮《性别与戏曲批评——试论明清妇女之剧评特色》，中国台北：《中国文哲研究集刊》第九期，1996。

5 谭帆《论〈牡丹亭〉的女性批评》，张宏生编《明清文学与性别研究》，南京：江苏古籍出版社 2002 年版。

6 本节为 2016 年据拙文《〈牡丹亭〉三妇评本新论》（上海高校高峰高原学科建设资助项目，《上海师范大学学报》2016 年第 3 期）新增。

理论体系，其间名家辈出，名作林立，并在很长的历史期间内领先于世界。她不仅是西方和其它文化、美学体系的宏大参照对象，更是可以学习并丰富、充实自己的伟大宝库。面对中国美学无比丰富深厚辉煌的历史遗产，中国当代研究家、创作家必须认真刻苦学习，并在吸收西方和印度等国的美学菁华的基础上，发展中国当代美学，并为建立马克思主义的社会主义的中国美学新体系而努力。

论中国古典小说在世界文学史上的地位和意义[1]

中国文化是世界上自成体系并有独特的巨大创造的伟大民族文化，同时又是主动并善于吸收其他民族文化优秀成果的典范。中国小说，作为中国文化中的一部分，是体现以上两个特点的典型形式之一。本文试图以这个观点为指导，阐述中国小说在世界文学史上的地位和意义[2]。

一、中国是世界上最早产生小说并最早达到高度繁荣的文学大国

1. 中国是最早产生短、中篇小说并最早达到高度繁荣的国家

中国文学是世界上最早产生、最早达到高度成熟的民族文学之一。《诗经》与《荷马史诗》是世界上最早的、东西并立的两座艺术高峰。继《诗经》》之后，中国的史传文学以《左传》为代表，包括《国语》和《战国策》等，也进入高度成熟和高度繁荣的境地，取得极高的成就，在当时的世界文学领域内是独领风骚的。《左传》等著作中的一些优秀篇章如《郑伯克段于鄢》《蹇叔哭师》等，由于描写事件完整细腻，人物刻画丰满生动，古代小说家和批评家已将它

1　《辽宁师大学报》1992 年第 4 期，中国人民大学报刊资料中心《中国古近代文学研究》1992 年第 12 期；上海外国语大学《中国文化与世界》第一辑（1991，上海外国语大学首届“中国文化与世界”国际研讨会论文专辑），上海外语教育出版社 1993。

2　本文原是作者拟写的《中国文学在世界文学史上的地位和意义》中的一节。此书已完成并作为系列论文发表的有:《论戏曲在中国和世界文学史、美学史上的地位》、《论明清传奇（昆剧）的重要意义》、《论中国美学在世界美学史上的地位》以及《论〈水浒传〉和〈艾凡赫〉》等。

们看作为小说作品。如清代冯镇峦在《读聊斋杂说》中说：“千古文字之妙，无过《左传》，最善叙怪异事。予尝以之作小说看。”本世纪“五四”以后的有些文学史家也将它们看作是最早的小说作品。我认为这些篇章是世界上最早的纪实小说。

司马迁在公元纪元前93年完稿的不朽巨著《史记》进一步发扬《左传》的优秀传统，在纪实文学领域达到新的高峰。其中的众多人物传记，如《项羽本纪》《高祖本纪》《淮阴侯韩信列传》《李广列传》，不仅是无与伦比的史传伟著，也是极其优秀的纪实体人物传记小说。其中记叙的众多历史事件和场面，如荆轲刺秦王、鸿门宴和楚汉之战等等，都是艺术高超的历史小说或历史纪实小说。

以上都是公元前 6-1 世纪的作品。左丘明、司马迁及其后继者班固等史家，在撰写历史著作时，在坚持“实录”即忠实记载历史的同时，也灵活地进行艺术加工——除剪裁素材、经营结构、锤炼语言外，对情节和人物的动作、语言也略作适当的忠于生活的虚构。这是因为故老遗闻的传说和史家采访、查阅文献的结果，有时总会与过去发生的史实有差异。照理，历史著作不容虚构，但中国高明的史家并不忌用整体真实基础上的细部虚构手法，实际上这也就是纪实小说的基本手法。

因此，我国以《左传》《史记》为代表的历史巨著，在史学和文学领域都是世界文化史上难以逾越的高峰。从纪实文学角度看，其中的不少篇章由于作者的高超艺术手法，在具体细节进行适度虚构的基础上，生动有力地再现丰富多采、惊心动魄的历史场景，栩栩如生地刻画众多历史人物独特多姿的性格，记录了人物个性化的语言，从而在文学性方面达到相当成熟的小说作品的高度；成为中国后世小说家从事创作的楷模，为中国和世界小说史作出了伟大的贡献。

中国最早的虚构小说也多以史传面目出现。现存的最早作品是汉代前后的《燕丹子》[3]和西汉刘向（公元前77年-公元前6年）的《新序》《说苑》及《列仙传》中的部分作品。明代胡应麟称《燕丹子》为“古今小说杂传之祖”[4]，唐代刘知几则指出：“《新序》《说苑》《列女》《神仙》诸传，而皆广陈虚

3 关于《燕丹子》产生的年代，鲁迅《中国小说史略》持汉之后的意见，侯忠义《中国文言小说史稿》（北京大学出版社 1990 年版）持汉之前的观点。

4 胡应麟《少室山房笔丛》卷二十二。

事，多构伪辞”[5]，道出了以史传面目出现，实为虚构性小说的特点。

自先秦至唐代的短篇小说之数量，极其可观。《汉书·艺文志》记录我国最早的小说凡15家（种）、1390篇[6]，至隋代已全佚[7]。宋初《太平广记》收录汉至唐、五代的各类小说凡92大类，150余细目，近290万字，引书多达475种。引用书目首列《国语》《史记》等多种正史，还有大量的野史和笔记。但还有不少佚书及其残篇尚未收入。因此唐以前的古小说估计在3000篇以上。去掉艺术质量不高，或称不上严格意义上的小说的作品，那么剩下的可以看作为短篇小说、微型小说或小小说的现存作品，其数量还是非常可观的。

唐宋传奇和宋代话本中已产生中篇小说，如唐代张鷟的《游仙窟》、宋代传奇《杨太真外传》、话本《碾玉观音》[8]。

综上所述，中国的短篇小说（包括微型小说或小小说）和中篇小说是世界上最早出现的此类作品，并最早进入繁荣期。这是中国文学对世界文学所作出的杰出贡献。除阿拉伯的《天方夜谭》外，欧洲文艺复兴（相当于我国的明代）之前的世界东西方诸国，罕有中短篇小说的成熟作品。

2. 中国是世界上最早产生长篇小说的国家之一，并最早进入繁荣期

在世界文学史上，长篇小说是产生较晚的一种文学体裁。从现存文献看，有的学者将古罗马的《萨蒂利孔》的残篇看作是世界上最早的长篇小说的作品；其作者佩特罗尼乌斯（Gaius Petronius Arbiter, ?-66），贵族出身，曾任比提亚总督、执政官等职。此书原有20章，今仅存残缺的第15、16两章，故事全貌已不可知。从此书的残存部分看，体例不纯，中间时用散文，时插诗歌，又夹杂民间传说和文体批评，因此多数研究家认为它不是一部真正的长篇小说，而仅仅是小说体裁产生过程中的萌芽作品。

世界上完整流传至今的第一部长篇小说是古罗马著名作家阿普列乌斯（Lucius Apulius 约123-约180）写的《变形记》，又名《金驴记》。这是西方和世界学术界公认的世界上最早的长篇小说。这部西方文学名著对西方文学的

5 刘知几《史通·杂说下》。

6 《汉书·艺文志》统计为1380篇，而其所叙录之篇数实为1390篇。

7 这些篇目中有的并不符合今人的小说标准。鲁迅认为十五家小说“诸书大抵或托古人，或记古事，托人者似子而浅薄，记事者近史而悠缪者也。”（《中国小说史略》第一篇）除近史、似子之书外，还有方士之书，包括《黄帝说》《封禅方说》等四种。（说详袁行霈《〈汉书·艺文志〉小说家考辨》，《文史》第七辑）。

8 郑振铎《中国小说的分类及其演化的趋势》，《文学杂志》第17卷，第1号。

发展有较大影响。

著名作家如意大利的薄伽丘、西班牙的塞方提斯和法国的勒萨日等，在创作中都采用过这部小说的题材。现代派文学的鼻祖之一，奥地利小说家卡夫卡的短篇名作《变形记》，在艺术构思和篇名上也显然受其影响。

古希腊继古罗马之后，在公元三世纪，也有了长篇传奇小说。完整地流传至今的古希腊小说共有 6 部，都是传奇小说：卡里同《凯勒阿斯与卡利罗亚》、色诺芬《以弗所传奇，又名哈布罗科斯与安蒂亚》、阿喀琉斯·塔提奥斯《琉基佩与克勒托丰》、朗戈斯《达夫尼斯与赫洛亚》、赫利奥多罗斯《埃塞俄比亚传奇，又名杰亚根与哈里克列娜》、卢奇安《真实的故事》。另有几种古希腊传奇小说因后人的改写而得流传：伊安布利斯《巴比伦传奇》、安东尼俄斯·第欧根尼《图勒远方奇异历险记》。

但这些古希腊作品，一般都界定为传奇、故事，而非成熟的小说。

在此书问世 800 多年后，才产生世界上第二部长篇小说，即日本的《源氏物语》。这是女作家紫式部（约 978-约 1016）完成于 11 世纪的著名作品。日本学术界颇有人认为此书是世界上第一部长篇小说，此书的中译者丰子恺也持此说。受此影响，中国学术界一般至今仍持此观点。

在《源氏物语》之前，印度尚有几部被一些学者看作是长篇小说的残作，著名的有檀丁的《十王子传》和波那的《迦丹波利》《戒日王传》。这两位作家大约都是公元 7 世纪的人。但这些作品都是残作，一般并不将它们看作是长篇小说。

继《源氏物语》之后，又过了 300 多年，在公元 14 世纪中期前后（相当于我国的元末明初），中西方大致同时出现了几部长篇小说：意大利薄伽丘（1313-1375）的《菲洛哥罗》和中国的《水浒传》《平妖传》和《三国演义》等。我国的《三国演义》和《水浒传》虽较晚出，但在艺术上却最为成熟，表现的内容也最为丰富深刻，不仅在中国家喻户晓，并且有广泛的世界影响，可以说是世界上最早的长篇小说中的经典著作。

继《水浒传》等世界上第三批最早的长篇小说之后，我国于 16 世纪的明代中后期就有成批的长篇小说产生，至 17 世纪中期的明末清初前后达到极盛状态，传世的作品约有六、七十种；其中包括不少成熟之作，尤以《西游记》和《金瓶梅》为最著名。与此同时，在东西方其他各国几乎没有什么作品问世，西方诸国的成熟作品更少，仅西班牙于 15 世纪末、16 世纪初流行骑士传奇、田园传奇，16 世纪中叶流行流浪汉小说，持续到 17 世纪。法国也有一些小说。但都没有什么杰出的作品。西方到 18 世纪长篇小说才开始走向繁荣。可见中国是世界上继罗马、日本后最早产生长篇小说并最早得到发展的国家。

近代西方最早的长篇小说名著是法国拉伯雷（1495? -1533）的《巨人传》（1532 年后出版）和西班牙塞万提斯（1547-1616）的《堂·吉诃德》（约 1605-1615）。进入 18 世纪，英国第一个重要的小说家是笛福（1660-1731），他的长篇处女作《鲁滨逊飘流记》发表于 1719 年；法国的第一个重要小说作者为勒萨日（1668-1774），他的《吉尔·布拉斯》创作于 1715 年-1735 年。英、法两国的长篇小说在文学史上占有重要的一页。先后出现了诸如斯威夫特、理查生、菲尔丁、斯摩莱特、斯泰恩、哥尔斯密和孟德斯鸠、伏尔泰、狄德罗、卢梭等一大批名家。

18 世纪的中国长篇小说与英、法两国同处于领先地位。在清代前中期尤其是康、乾年间，问世的长篇小说至少在 100 种以上；明末至清末尚有弹词——诗体长篇小说约 400 种（今存 200 种左右）[9]，其中不少产生于 18 世纪。不仅数量、品种多，且不乏《再生缘》《儿女英雄传》《儒林外史》等杰出作品，尤其《红楼梦》，可称是当时世界文学的顶峰式作品。

19 世纪至本世纪初，我国长篇小说数量不少，但缺乏杰作。此时西方（以英法俄为代表）诸国的长篇小说进入鼎盛期，各种流派和风格的名家名作多如繁星。中国小说大大落后于世界文学的潮流。有鉴于此，20 世纪文学革命阵营的作家，无论在作品体裁、表现形式和描写内容上，皆主要地取法于西方，其所创作的长、短篇小说，是中西方文化交融的产物。

二、中国是世界上小说种类最多的国家

中国古、近代小说有着世界各国所共有的长、中、短篇体裁。同时不乏散文、诗歌及独具的志怪、轶事（志人）、变文、讲史、话本、传奇、笔记和方志等体裁，表现手法有虚构、幻想、纪实等，内容涉及东西方诸国常有的历史、言情、传记、推理（中国称为“公案”）、英雄传奇、讽刺谴责、灵怪神魔（神仙道化）诸类。

以上独特的小说体裁，带有中国鲜明的民族特色，其中有几种还吸收了印度文化的优秀成果，如变文和讲史。变文是印度佛教传人中土以后，佛教徒进

9 参见谭正璧《弹词叙录》，上海古籍出版社，1981。

行宗教宣传的文艺形式。变文对中国小说发展的推动作用，已受到中国学术界的充分肯定。

变文为宗教而传道说法的内容逐渐被人们所摈弃，而其生动的讲唱形式则得到继承和发展，并转化为讲史和说话。说话的文字记录便是话本，明代冯梦龙、凌濛初编纂和创作“拟话本”，成为中国短篇白话小说的主要体裁。这是中国文学家敢于和擅于接受外来文化并使之与传统文化融合，从而达到彻底内化的杰出成果。

讲史小说是中国作为史学大国的特殊产物。中国古代自先秦至明清，极其重视本国政治、经济、战争等历史著作的撰写，而且历代皆重视历史著作的系统性和连贯性。一般民众对国家历史也有一种特殊的关注之情，对历史故事极有兴趣。讲史小说是宋元时代历史题材说唱艺术的文学记录本。后来又发展为历史小说，成为中国小说极为重要的分支之一。

志怪和轶事（志人）小说是宋元明清笔记小说的渊源。志怪在反映道家内容的同时，及时吸收印度佛经的内容，将印度的民间故事和佛经故事融入其中，扩大了反映面，给读者以很大的新鲜感。关于天堂与地狱，神仙与鬼怪的生动描写，拓展了中国文人和民众的想象力，对小说和以后戏曲、曲艺的发展，都起着促进作用。此类体裁的大量作品的产生和直至明清仍不断涌现的此类新作，在世界文学史和文化史上都是一个独特的文化现象。

轶事类的志人小说也是世界文学史上独有的产物。以《世说新语》为代表的此类小说，描绘和记录大量富有个性的现实人物的生动言行，展示出一代风流人物的整体风貌，这是其它文艺作品所无法替代的。这也是纪实小说、微型小说的一种特殊形式，在世界小说史和文学史上应占据一个不容忽视的地位。

志怪和轶事的表达内容及其短小精悍、灵活巧妙的形式，发展成为后来的笔记小说，于明清时尤其是清代特别盛行。短小的笔记和较长的传奇，成为唐宋至明清文言小说的两种主要体裁。

笔记小说在内容、体裁、文笔上有极大的灵活性，所以有强大的生命力。我国当代新时期文学中，用白话文写的笔记体小说亦已兴起。最著名的如文坛宿将孙犁的《芸斋小说》，小说正文用白话，而作者的议论（“芸斋曰”）用文言，继承和发展了笔记体小说的优秀传统，又借鉴了《聊斋志异》作者“异史氏曰”的议论风格，达到很高的艺术水准。

与我国重视修史的传统相关连，我国也极为重视地方志的编写工作。由于历来写史常用写小说的笔调的传统习惯，地方志在记录本地先哲贤达的言行、事迹，描绘本地重要事件时也注意语言生动、记录详实，因此有些篇章段落由于有较为丰富的细节描写，从而成为纪实小说的一种。

由于中国文化自成体系，又有与东西方诸国不同的特殊性，所以文学诸种体裁，尤其是小说、戏曲，带有浓郁的民族特色。如果用西方的概念和模式硬套，那么中国就没有悲剧，上述多种小说体裁也就称不上是现当代西方美学理论所承认的严格意义上的小说。但是两千多年来，中国文坛和文艺理论界都承认汉代以来我国诸体小说的存在和种类的划分，而且除变文、讲史等少数体裁外，其它诸类小说的创作实践未曾中断，尤其是传奇和笔记，至清末依旧盛行，甚至当代新时期作家亦颇染指于此。这些都是中国历代小说家对世界文学史的杰出贡献，而且象笔记体这样生动、灵活、有力的小说形式，必将会受到别国有识者的重视和借鉴，是世界文学中值得推广的一种新颖小说形式。

中国小说所描写和反映的丰富多采、广阔深刻的内容是一笔非常丰厚的历史遗产。

第一，中国小说用小说体裁形象地反映中国悠久而无比复杂的历史，成为普及历史知识的生动教材。如明代的《封神演义》参照元代讲史小说《武王伐纣平话》，用小说形式较为完整地叙述了商纣王迷溺妲己、暴虐无道，姜子牙辅佐周武王伐封的殷周易代的历史故事，给读者以殷衰周兴的历史轮廓。明代的《列国志传》经冯梦龙的改编又经清代蔡元放的修订，成为《东周列国志》。此书描写春秋战国时代异常复杂曲折的政治斗争和战争的史实。毛泽东读后颇为赞赏，他评价说："它写了很多国内斗争和国外斗争的故事，讲了很多颠覆敌对国家的故事，这是当时社会的剧烈变化在上层建筑方面的复杂尖锐的斗争，缺点是没有写当时的经济基础，当时的经济社会的剧烈变化"[10]。此后又有明代甄伟的《西汉通俗演义》描写西汉前期一百年精彩的历史。千古名著《三国演义》反映东汉末年三国至西晋统一中国的历史，其高度成就更无庸赘言。此后有《隋唐演义》《说唐》和描写宋金战争的《说岳全传》，描写朱元璋起义并灭元建明战争史的《英烈传》等，清末秀才蔡东藩从辛亥革命后到 1926 年，用了十几年的功夫写出 500 多万字的《中国历代通俗演义》。此书用古代小说的形式和笔调记录中国历朝的历史，成为毛泽东最爱读的书之一，而且他

10 张贻久《毛泽东读史》(11)，《光明日报》1991 年 9 月 10 日。

不仅自己读，也推荐给别人读[11]。这些历史小说由于文笔通俗，故事性强，起到普及历史知识的作用，不仅拥有广泛的读者，而且通过说唱和讲故事的形式，向没有文化的广大民众也普及了历史的知识。这种阅读和普及效应，对中国广大人民尊重历史、热爱历史故事、崇敬历史人物的民族心理的形成，起了良好和有力的影响。

第二，与此相联系，中国小说描写抗击外患的英雄人物和历史人物，如《杨家将演义》《说岳全传》等作品，为中国人民建立爱国主义的情操起了不可磨灭的作用。

第三，中国小说和戏曲相辅相成地全面、系统地反映中国封建社会全部历史的社会生活和资本主义萌芽在明末清初产生、发展和被扼杀的过程，以及围绕这个时代的人们的感情生活和心理变异。这是非常难能可贵的。因为印度梵文文学和古希腊、罗马文学主要反映奴隶社会的生活，西方近现代文学则反映了人类在资本主义社会的生活，它们对封建社会生活的描写则终付阙如。而中国的封建社会的历史特别长，发展得十分充分，中国文学尤其是小说对之的反映，弥补了印、西文学之不足，在世界文学中有无法替代的特殊重要的地位。

第四，《水浒传》等英雄传奇小说真实地表现了中国人民不甘于受压迫受剥削的反抗精神。《水浒传》是继《史记》中《陈涉世家》《项羽本纪》《高祖本纪》等篇章之后，又一部正面描写农民起义、人民战争的伟大业绩的世界一流作品。它鼓吹对反动统治者“造反有理”的革命精神，鼓舞后代起义人士并提供历史经验和政治教训，成为农民革命的教科书。

第五，《水浒传》《三国演义》和《东周列国志》等优秀长篇小说，超越西方流行的“文学是人生教科书”的光辉定义，成为政治斗争和战争艺术的教科书，赋予人们以无穷的智慧，对中华民族的智力发展起着颇为巨大的作用。而今《三国演义》又被当今世界超级经济强国——日本的企业家奉为从事经济活动的指导性的经典著作，则是此类中国优秀小说原是智慧的化身的必然国际效应。我们相信，中国优秀小说必将成为更广泛的世界读者所重视并可从中多方位汲取无穷智慧的文学源泉。

第六，众多的志怪小说、笔记小说、神魔小说和传奇，包括《聊斋志异》等，忠实地记录了古代气功大师、特异功能者超乎寻常的非凡本领和神异事迹。以当前世界公认的同步思维和气功移物这两个特异功能来说，中国小说即

11 张贻久《毛泽东读史》(11)，《光明日报》1991 年 9 月 10 日。

早已有所描写。如《水浒传》叙述李逵为动员公孙胜重上梁山，遇到其师傅罗真人的阻挠，李逵萌发杀机，欲乘夜深人静之时暗杀罗真人。谁知他刚一动此念，罗真人即已用同步思维的方法洞悉李逵的打算并预作提防。于是李逵斧头砍到的是一个稻草假人，罗真人不仅未遇害，反而用气功移物手段将李逵送到城内，让其从半空中跌进县衙的大堂，被官方当作妖人逮住上刑，这是他对李逵动辄杀人的“不良习惯”给以严厉的警告和教训。中国小说此类描写极多，不胜枚举。这不仅在中国文学史上是首创，在世界文学史和文化史更有特殊和重要的地位和意义。

中国小说所描写的独特的在中国和世界文学上首创的精彩内容尚多，如唐代传奇《离魂记》（陈玄祐著）的“倩女离魂”故事，描写倩娘为了克服现实的困难，追求真诚的爱情，她的灵魂竟脱离身躯，追随情人而去。又如传奇小说《杜丽娘还魂记》描写杜丽娘为爱情而死，为爱情而复活的动人故事。这些都反映了中国特有的进步的爱情至上观：爱情能够战胜死亡，或者灵魂可以结合，或者死而能复生，或者死后化为蝴蝶齐飞、连理枝并，即使为爱情而牺牲了生命，但忠贞爱情的精神则长留天壤，在世世代代的读者心田中永生[12]。这样的艺术观念和审美效果后来也移植到戏曲、曲艺之中，得到古今作家和读者、观众的一致认同。

最后，由于小说描写的内容之丰异多采，戏曲和曲艺争相移植，小说对戏曲和曲艺的发展和繁荣产生极大的影响，这不仅是中国文学史上的令人注目的现象，也是世界文学史和文化史上绝无仅有的突出的创作现象和文化现象。

唐代传奇和历代文言、白话小说大量被改编成戏曲。如上举之《离魂记》，元曲四大家之一的郑光祖据此创作元杂剧名作《倩女离魂》。唐传奇《柳毅传》先后敷演为元代高仲贤的著名杂剧《柳毅传书》和明代黄说仲的传奇《龙箫记》。关汉卿最著名的悲剧《窦娥冤》吸收东晋小说《搜神记·东海孝妇》的主要情节。刘向《孝子传》与《搜神记·董永》演变为当代黄梅戏最有影响的剧目《天仙配》。明初文言小说《绿衣人传》被明代周朝俊改编为传奇《红梅记》，又在当代被改编成北昆《李慧娘》（孟超撰）和京剧《李慧娘》等。明代传奇最伟大的作家汤显祖，其《临川四梦》全据文言小说改编。《牡丹亭》据本文前已提及之小说《杜丽娘还魂记》创作，另三个戏曲则据唐代传奇小说改

12 关于这个论题，拙文《牡丹亭人物三题》（《戏曲研究》第 40 辑，文化艺术出版社 1991 年版）已有详述，此处不再展开。

编：《邯郸梦》据沈既济《枕中记》，《南柯记》据李公佐《南柯太守传》，《紫玉钗》及其初稿《紫箫记》皆据蒋防《霍小玉传》。戏曲改编小说的例子，举不胜举，因为这是一个普遍性的现象。后来西方也有类似现象，如普希金的《黑桃皇后》和《叶盖尼。奥涅金》都由柴科夫斯基改编成歌剧，小仲马的《茶花女》被意大利威尔第改编成同名歌剧，法国比才将梅里美的《嘉尔曼》改编成同名歌剧（中文则将剧名译为《卡门》，是法文的同名异译），英国约翰·高尔斯华绥将自己的得意小说《最前的和最后的》改写成同名话剧。但这远未如在中国成为普遍性的创作现象。

中国著名的小说尤其长篇小说多被改编为曲艺作品，如《三国演义》《水浒传》《说唐》《说岳全传》，等等。

总之，小说成为戏曲、曲艺（说唱艺术）文学的题材宝库，对戏曲、曲艺的发展和繁荣起着巨大作用。而中国的戏曲，和曲艺中最主要的品种——苏州评弹，都是世界上最高层次的艺术。可见这个推动作用，本身也是中国小说对中国文学史、艺术史和文化史所作出的伟大贡献中的一个重要部分。中国作家为弹词而创作的文学脚本如《再生缘》等，本身即为中国式的诗体小说。由于《再生缘》在文艺史上的崇高地位，当代史学权威郭沫若、陈寅恪都曾撰文作认真、审慎的学术研究和考证。尤需强调指出的是，弹词——诗体小说的作者以陈端生（《再生缘》）、程蕙英（《凤双飞》）、周颖芳（《精忠传》）为代表，多为女性作家，其中著名的即达十名左右[13]。这个18—19世纪的女性作家群体，与同时英国以简·奥斯丁、夏洛特·白朗蒂、乔治·爱略特为代表的女小说家群东西辉映，诚为女性文学的一大盛事也！

中国小说与历史文学、戏曲和说唱文学的互相促进、共同繁荣，是形成中国文学尤其是明清文学和艺术高度兴旺、持续繁荣的重要原因之一。

中国小说在艺术上的杰出成就也是举世瞩目的。《水浒传》《三国演义》《西游记》《金瓶梅》《红楼梦》和三言二拍、《聊斋志异》等世界一流作品得到各国学者、读者的一致赞赏。

中国小说用言语和行动来描绘人物性格的高明手法，写意式的风景环境和人物肖像的描绘手段，韵文和散文相结合、善于用诗、词来创造意境、渲染气氛、调剂情调的方法，善于构思富于戏剧性、充满悬念并引人入胜的故事情

13 参见笔者代谭正璧师修订的新版《中国女性文学史》，百花文艺出版社，1985、2000年版；《谭正璧学术著作集》第二册，上海古籍出版社2012年版。

节，等等，都带有中国的民族特色。

三、中国小说美学的巨大和独特的贡献

中国小说美学萌发于先秦，经过漫长的岁月至明代达到高度成熟，无疑是世界上最早产生小说理论与批评、小说美学的国家。

中国小说美学和理论、批评著作的体裁样式无疑也是最多的。常用的主要有序跋、叙录、随笔、笔记、书信、答问、论赞、评点和小说话等。以上皆为散文体，有时也用诗歌体，如王渔洋评论《聊斋志异》的著名七绝："姑妄言之姑听之，豆棚瓜架雨如丝。料应厌作人间语，爱听秋坟鬼唱时。"有论文体、专著体，还有选体，即通过选编小说的选本形式来贯彻自己的创作主张和倾向。这些体裁，多数是我国小说理论家所首创，有一些是我国的独创，尤其是评点体。自宋末刘辰翁评点《世说新语》之后，在晚明此体得到充分发展。李贽、叶昼评点《水浒传》皆称名作，到明末的金圣叹达到最高峰，他的金批《水浒》不仅是中国小说理论史，而且也是中国和世界美学史上的划时代名著。继他之后，毛宗岗评点《三国演义》、张竹坡评点《金瓶梅》、脂砚斋评批《红楼梦》，都是有意学习金圣叹的小说美学名著。小说名著还往往有多种评批本。如《聊斋志异》有众多理论家的评批，《儒林外史》亦然，造成清代读者非批点的小说不读的局面。小说评点的灵活机动的样式，轻松活泼的文笔，精辟独到的言论，广阔且又细腻的视野和眼光，凡此种种，皆长期深受学者的喜爱和读者的青睐，是中国小说美学家对世界美学史独特而巨大的贡献。这种体裁当今仍有理论大家正在运用。如茅盾大量评批当代小说的手稿（共 34 本）尤其是长篇小说《浪涛滚滚》的评点本最近公布于世，震惊了当今中国文坛。

我国古代文言小说《世说新语》所体现的人物美学别具一格。此书中的人物，上自帝王将相，下至庶民僧徒，都有栩栩如生的反映。书中描写的人物数量极多，其中所涉及的重要人物即有 500 一 600 人，如曹操和曹丕，晋武帝等帝王，有王导、谢安和桓温、王敦等将相，还有大量名士，并以他们的言行为描述的主体。鲁迅评价此书"记言则玄远冷俊，记行则高简瑰奇"。此书以精炼生动、富于哲理的语言描绘、刻画人物而暗寓褒贬，写出各类或美或丑人物的审美特点，突出不少人物的人格之美和智慧之魅力。这对后世笔记小说和文言小说的影响很大，形成为特殊的小说体人物美学作品。

明末清初的金圣叹是世界上第一个成熟的小说理论家，比西方的成熟的

小说理论的出现要早二百年。他于1641年出版的金批《水浒》中提出了著名的人物性格理论。他在此书的《读第五才子书法》中写道：

> 别一部书，看过一遍即休，独有《水浒传》，只是看不厌。无非为他把一百八个人性格，都写出来。
>
> 《水浒传》写一百八人性格，真是一百八样。
>
> 《水浒传》只是写人粗卤处，便有许多写法。如鲁达粗卤是性急，史进粗卤是少年任气，李逵粗卤是蛮，武松粗卤是豪杰不受羁靮，阮小七粗卤是悲愤无说处，焦挺粗卤是气质不好。

又在《〈水浒传〉序三》中写道：

> 《水浒》所叙，叙一百八人，人有其性情，人有其气质，人有其形状，人有其声口。

在世界美学史上，这些观点是最早阐发个性化人物形象的典型理论。

二百多年后，俄国别林斯基发表了著名的典型人物的观点：

> 在真正有才能的作家笔下，每个人物都是典型，对于读者，每个典型都是一个熟识的陌生人。

金圣叹和别林斯基的论述有相似之处，别林斯基“熟识的陌生人”，金圣叹称为“旧时相识”。金圣叹的论述比别氏的提法更具体、详尽和全面。

金圣叹又在世界上第一个在批评实践中贯彻了人物的两重性格理论。“两重性格理论”是本世纪80年代中期刘再复提出的著名观点，不久他又据此写出专著《性格组合论》，作出重要的理论建树。但此书也有不少失误，包括错误地贬低金圣叹的性格理论是平面的、单一的，而没有看到金圣叹在中国和世界上最早发现并运用两重性格理论。金圣叹的两重性格组合理论主要体现在评批宋江和武松这两个典型人物的形象之中。宋江既善于舞弄权术又拙于机变，既待人真诚又处世虚伪；武松既勇武又怯懦，既仁慈又残忍，既端庄又诙谐的两重性格等等，是世界美学史上人物精到分析的光辉范例[14]。

金圣叹之后，我国又出现毛宗岗、张竹坡和脂砚斋等处于当时世界小说理论领域前列的美学家，并有众多重要建树。到清末民初，王国维总结并倡导意境说理论，再次处于世界领先地位。

---

14 拙文《金批〈水浒〉宋江论》（《山西师大学报》，1988年2期）和《金批〈水浒〉武松论》（《明清小说研究》，1989年3期）；皆已收入拙著《金圣叹文艺美学研究》，上海人民出版社，2016。

李泽厚于 1957 年首先精辟地指出：

> 诗、画（特别是抒情诗、风景画）中的“意境”，与小说戏剧中的“典型环境典型性格”是美学中平行相等的两个基本范畴。这两个概念并且还是互相渗透，可以交换的概念，正如小说、戏剧也有“意境”一样，诗、画里也可以出现“典型性格典型环境”。

又说：

> “意境”和“典型环境中的典型性格”一样，是比“形象”（“象”）、“情感”（“情”）更高一级的美学范畴。
>
> “意境”是中国美学根据艺术创作的实践所总结并提出的重要范畴，它也仍然是我们今日美学中的基本范畴。

王国维本人也显然是将意境说作为适合于诸体文学的理论，所以他在《人间词话》中阐发境界说时也论及中国最伟大的两部经典小说即《水浒传》和《红楼梦》，他说：

> 客观之诗人，不可不多阅世，阅世愈深则材料愈富、愈变化，《水浒传》《红楼梦》之作者是也。

他在《宋元戏曲考》中提出“有意境”的三条标准，说：

> 写情则沁人心脾，写景则在入耳目，述事则如其口出是也。

这些标准无疑也适合于小说。意境说中的一系列重要论点都适合于小说，这些理论建树都为我国所独创而领先于世界。如意境说中著名的“情景交融”理论和创作手法即如此。西方小说和诗歌十样，19 世纪之前的作品尚缺乏出色的风景描写，更未掌握情景交融的手段。勃兰兑斯在比较卢梭和夏多布里安这两位法国小说家时说到：

> 夏多布里安写景时对男女主人公情绪的考虑要多得多。在内心感情的波涛汹涌时，外界也有猛烈的风暴；人物和自然环境浑为一体，人物的感情和情绪渗透到景物中去，这在 18 世纪文学中是从来没有过的[15]。

勃兰兑斯正确指出西方文学自夏多布里安发表于 1800 年的《阿拉达》为始，在 19 世纪运用情景交融的高明手法。

可能是夏多布里安的《阿拉达》并非是一流作品，故而巴尔扎克不予承认。

15 勃兰兑斯《十九世纪文学主流》（张道真等译）第一分册，第 20 页，人民文学出版社，1979 年版。

他认为1840年6月出版法译本的美国库柏的小说《安大略湖》以及稍前的名著才“展现了一系列美仑美奂的画面”，“是无法模仿的”。并申述：

> 印刷文字还从来没有侵占过绘画的领域。这里却是一座学校，文学上的风景画家应到其中去学习，艺术的一切奥秘就在里面。这有魔力的散文不仅给人们展示了这条河流和两岸，森林和树木，而且写出了细部，又写出全体，达到美妙绝伦的地步。您身临其境的这些广阔孤独的地方骤然变得饶有兴味。就是这个天才，曾经把您抛进大海，如今又使浩瀚的海洋兴波作浪，还让您看到生活在树干里、水里和岩石下的印第安人而兴奋得战栗。孤独的精灵对您说话，这些永远遮天蔽日的地方的凉爽静·谧使您心向往之，您翱翔在这个茂密的植物世界之上，您的心在激荡着。……[16]

巴尔扎克极其赞赏美国作家库柏的情景交融的描写，但他在进行理论描述时并未触及和总结出情景交融这一艺术规律。勃兰兑斯的前引论述业已触及此题，但可惜未能深入全面地探讨和阐述。尽管西方作家自19世纪中叶之后，许多优秀诗人和作家都能娴熟运用情景交融手法，取得极高的成就，如俄国屠格涅夫、冈察洛夫的小说，英国夏洛特·白朗蒂的《简爱》和高尔斯华绥的《苹果树》，法国罗曼·罗兰的《约翰·克利斯朵夫》和前苏联萧洛霍夫的《静静的顿河》，等等。但勃兰兑斯和巴尔扎克之后的西方文论家、美学家予此并无阐发，而我国的文论家、美学家则早有发现并反覆研讨，领先于世界[17]。

纵观中国小说在世界文学史上的地位，应划分为三个阶段来作评价：

第一阶段，从先秦到17世纪，中国小说在数量和质量上都长期处于领先地位，为世界小说史和文学史作出了巨大贡献。

第二阶段是18世纪，中国小说与英、法两国同处于领先地位，并代表着各自文学的最高成就之一。

第三阶段是19世纪至本世纪前20年。西方以英、法、俄为代表，包括美、德诸国，在小说领域取得极大成就，故而中国小说家自19世纪末起认真、虚心地向西方学习，从而出现了象鲁迅这样的小说大家。中国的小说美学在

---

16 《关于文学、戏剧和艺术的通信》（郑克鲁译），王秋荣编《巴尔扎克论文学》第36页，中国社会科学出版社，1986年版。

17 拙著《王国维美学思想研究》第10章《王国维对比较文学和比较美学的重大贡献》（中国社会科学出版社，1992年3月第1版），此不详沦。

19 世纪之前也长期处于世界前列，在 18 世纪之后落后于西方，但如意境说等个别理论领域，仍处于领先地位。中国小说在内容和艺术上的巨大成就，对于东西方文学不仅具有参照意义，而且在理论和实践上都有巨大的借鉴作用，对此已有不少研究家有识于此，并将在 21 世纪成为世界各国学术界和创作界之共识。

1991 年 4 月初稿
1992 年 2 月修订

论戏曲在中国和世界文学史、美学史上的地位[1]

戏曲是我国独有的传统戏剧，是世界文学艺术花园中的一丛枝叶茂盛、香气馥郁的奇卉异葩。好的戏剧作品总给观众和读者以艺术美感和高度的文学享受。而我国的戏曲艺术又有自己独特的个性，诚如人们所总结的，她历来有着境界优美，色彩绚丽，富于韵味，充满诗情画意的传统，追求剧中有诗，诗中有剧，剧诗并茂，既通俗又优美，既古朴又典雅，于泥土中透出书香味，做到雅中有俗，俗中有雅，雅俗共赏。从中国和世界文学史、美学史的角度和高度看，戏曲也有其极为重要的地位，本文试图从这个角度予以总结和论述，并在此基础上探讨和总结中国戏曲美学的实质，以求正于国内外专家。

一

戏曲是文学的一个重要组成部分，中国戏曲文学在中国文学史上有非常重要的地位。

戏曲是文学的四大体裁（即诗歌，散文、小说小戏剧）之一，又是我国诗歌的三大形式（诗，词、曲）之一。它既是戏（是戏剧的一种），又是曲（是诗歌的一种），“一身而二任焉”。

戏曲的这个“两重身份”至关重要。在我国文学的诸种体裁中，以诗歌的历史最长。三千多年来，我国古典诗歌的形式有很大发展和变化。先民至夏商

1 《上海艺术家》1988年第4期；中国人民大学报刊资料中心《中国古代、近代文学研究》1988年第11期；上海艺术研究所《传统艺术与当代艺术》，上海社会科学院出版社1990。

时期流传口头的原始民歌已失传，以有文字记载的诗歌来观察，自《诗经》的四言到汉魏乐府、《古诗十九首》的五言，到唐代七言始盛，句式渐长。自中、晚唐起又有了长短句，即为词，句式比较自由，音律则更趋严谨。至宋、元时，产生了曲——主要是南戏和杂剧的剧曲（也包括散曲），到明清发展为传奇的更为成熟的南北曲。曲的句式更为自由，而音律和文辞则更臻严密、自然和精美。我国的诗歌史的发展程序是诗、词、曲一脉相承，于是曲，主要是剧曲，便成了中国诗歌史上一个极重要的发展阶段，特别是南宋末年以后诗词走了下坡路，金元虽尚有少数名家，清代虽号称中兴，其总体成就远不逮唐宋以前的辉煌。而宋元以后，剧曲则应运而生，产生了一系列无愧于前代的杰出和伟大的作品，在元明清三代不断放出耀眼的光芒。剧曲无疑代表着中国诗歌史后期的伟大成就。

另需特别指出的是，我国诗歌在宋以前向以抒情诗为主，叙事诗很不发达，实际上这类作品极少。到了宋、金、元的剧曲崛起，才改变了这个基本面貌。戏曲是叙事体文学的一种，它要表达一个有一定长度的、相对完整的故事。戏曲的故事用套曲、对白（说白中也常带有诗词或诗句）的形式来表现。所以剧曲就是一种叙事诗。剧曲用联曲体或板腔体的形式组织起来，连缀成情节、感情比较全面、完整的审美实体，与诗歌中的五、七言绝句、律诗、乐府、歌行相比，极大地增加了篇幅，为叙述复杂，曲折的故事和感情，提供了充裕的文学“容器”。反过来，又因为剧曲能完整和完美地叙述故事，所以整部戏甚或一出（折）戏的剧曲，就是一篇曲折动人的叙事诗。

剧曲是从诗、词发展过来的，故而曲也继承了诗、词的抒情性特点。剧曲善于抒发剧中人物强烈、复杂和深远的感情，又显示出与一般抒情诗词的不同特色。黑格尔对中国抒情诗有很高评价，他曾说：“在对东方抒情诗方面有卓越成就的个别民族中，首先应该提到中国人。”[2]这段正确评价中国古典诗歌的宏论，也适用于剧曲，因为优美的剧曲往往本身就是一首成就“卓越”的抒情诗。可是黑格尔没有谈及中国的叙事诗，我国不少文学史家也认为中国的叙事诗不发达，实际上他们囿于旧见，轻视戏曲，没有注意到剧曲就是叙事诗。精通中西文学，又有卓特新眼光的郭沫若，曾精辟地指出：“诗、词、曲，皆诗也。至于曲本则为有组织之长篇叙事诗，西人谓之‘剧诗’。”[3]与剧曲相

2 黑格尔《美学》（朱光潜译）第三卷下册，第231页，商务印书馆，1979。
3 郭沫若《读〈随园诗话〉札记》，第3页，作家出版社，1962。

比，我国的曲艺文学作品，譬如金代的诸宫调和明清至今的弹词，也用诗歌形式叙述故事，不过从整体看，它们与其说象叙事诗，毋宁说是诗体小说，因为其全书结构要比一般叙事诗松散，语言则更不及叙事诗精炼，比较接近于口语体。因此，作为叙事体诗歌唯一的一种的剧曲，弥补了中国古典诗歌的缺门，极大地丰富了我国诗歌的宝库，增益其光华。无论从内容还是从形式上看，戏曲都代表了我国古典诗歌史上的一个——或恰切地称为——最后一个重要阶段。

戏曲作为诗歌，有如此重要的地位，戏曲作为戏剧，在中国文学史上也有极重要的地位，它代表了元明清文学的最高成就或最高成就之一。

中国古代文论家早即有“一代有一代之文学”之说。文学史家亦习称“唐诗、宋词、元曲。”王国维精辟地指出；“余谓律诗与词，固莫盛于唐、宋，然此二者果为二代文学中最佳之作否，尚属疑问。若元之文学，则固未有尚于其曲者也。”（《宋元戏曲考·元剧之文章》）诚如王国维所说，唐宋两代虽以律诗和词著称，但唐代除诗外，古文和词的成就也很高，诗并不能单独代表整个唐代文学的水平；同样，宋代的诗、古文也有很高的成就，词并不能独占宋代文学的鳌头。而元代的诗词（仅有个别名家）、古文和小说诸体衰微，唯有元曲（主要指剧曲，也包括散曲），则毫无疑问地代表了元代文学的最高成就。至于明清二代，传统的诗文虽也有不少名家名作，但无人可与唐宋大家媲美，此时的戏曲和小说，作出了无愧于前代的伟大成绩，成为文学高峰，为中国文学史写下了辉煌的篇章。戏曲代表着明清两代的最高成就之一，与同处高峰的小说平分秋色。

从文学史上各种体裁在发展过程中的横向联系看，戏曲受唐宋传奇小说尤其是唐传奇和宋话本的影响很大，这主要表现在题材继承上。元明两代戏曲给明清小说的影响则更巨大，这不仅反映在题材继承上，而且深刻地表现在进步的创作思想和高度的写作技巧，哺育了明清小说。最显著的例子是明代四大奇书，即明代最杰出、伟大的四部长篇小说：《水浒传》《三国演义》《西游记》和《金瓶梅》；如元代的水浒戏、三国戏为《水浒》《三国》两书提供了丰富的创作经验和雄厚的艺术基础，在创作思想上也给它们以重大影响。清代的《红楼梦》受《西厢记》和《牡丹亭》的影响至深，不仅作者曹雪芹获益良多，而且两剧的进步思想和解放意识还渗透到作者笔下的主人公贾宝玉、林黛玉的骨髓之中。戏曲对明清说唱文学的影响也至为巨大。尤其是弹词文学，直至今日的脍炙人口的苏州弹词，都受到明清传奇的熏陶和哺育。现在的苏州评弹演员仍自觉地，有意识地继续从昆剧和其他地方戏中吸取养料。

明清戏曲直到当代地方戏，也改编了大量明清小说题材。由于戏曲兼具优美和通俗的双重特点，它便成为普及文学名著的优秀中介。胼手胝足、没有文化的广大劳动人民被剥夺了读书权利，看不懂小说，也往往迫于生计而无暇领略长篇评话和弹词。他们通过观摩戏曲，熟习了大量的文学作品，以及一定历史知识。红娘、赵五娘、秦香莲和先秦的孟姜女、东汉叙事诗中的刘兰芝，能做到家喻户晓甚至妇孺皆知，皆为戏曲之功。以前城乡居民都熟悉梁山伯和祝英台，许仙和白娘子，但不知道贾宝玉和林黛玉。因为《红楼梦》原著高雅，即使初具文化者也难以领略其中滋味，长时期中又无流行的通俗戏曲为之普及推广。自从本世纪 50-60 年代越剧《红楼梦》及其舞台艺术片的出现，男女老幼儿已无不知晓宝哥哥、林妹妹者矣。戏曲普及和传播文学名作，功不可殁。雅俗共赏的戏曲给下层人民以活生生的文学、历史和审美教育，对中国人民文化心理结构的形成(包括爱国主义思想和助人为乐美德)也有重大影响。而且，在电影、电视产生之前的漫长岁月中，许多少年儿童不仅通过戏曲受到文学艺术的启蒙教育，不少人甚至因早年的戏曲爱好而影响终生，走上了文学创作的道路。不仅古代戏曲作家如吴炳、李玉等，是如此，即如现代革命文学泰斗鲁迅，也在著名小说《社戏》中记录下幼时看戏的甜密回忆。戏曲，包括目连戏，给大文豪鲁迅的创作生涯的影响明显是巨大而深远的。从这个角度，也可看出戏曲对中国文学史的重大影响和戏曲在中国文学史中的巨大意义。

二

世界戏剧史是世界文学史中的重要组成部分。戏曲在世界戏剧史上有极高的地位。

从世界戏剧史的范围看，我国是世界上产生戏剧最早的国家之一。古希腊悲喜剧产生并成熟于公元前五世纪，是世界上最早的。其次是罗马帝国和印度。古罗马在公元前 8 世纪就有了自己的戏剧，印度的古典梵剧在纪元前后日臻成熟。据现有的文字记载和专家们的研究，我国戏剧早在商代（公元前 16 世纪-公元前 11 世纪）就有了萌芽，比古希腊的戏剧萌芽时期(公元前了世纪)还要早，但戏曲的正式产生要到公元 12 世纪，为世界第四。其他国家的戏剧都比中国成熟得晚。日本古典剧，在 14 世纪末产生能乐和狂言，实际上它们和我们所理解的戏剧这一概念还有较大的距离。至于西方，在长达千年（公元5世纪-15世纪）的中世纪中，虽然也有一些宗教剧、奇迹剧、神秘剧、道德剧、愚人剧和笑剧之类，也都并非成熟的戏剧，其水平决不会超过同期中国南北朝、唐代的踏摇娘、大面、拨头、参军戏和北宋杂剧。产生戏剧较早的欧州诸国，都是在文艺复兴时期才有成熟的作家和作品。意大利在16世纪有了人文主义戏剧，西班牙和英国大致和它同时，法国还要晚一个世纪，德俄两国更要迟至18世纪才有自己民族独立和成熟的戏剧。

我国戏曲在诞生时间上虽屈居第四，但历史却是最长的。自12世纪戏剧产生至今，已有近九百年的毫无间断的发展历史，是他国所不及的。中国古典戏曲不仅在作家、作品的数量上领先，在质量上也可与古希腊、英、法诸国并肩比美。世界戏剧史上，名家辈出、成就辉煌的戏剧时代共有四个，即古希腊悲喜剧、中国元杂剧、英国文艺复兴时代（以莎士比亚为代表）的伊丽莎白时期，和中国明清传奇（梵剧因剧本流传不多而未能窥见全貌），中国戏曲即占了一半。

我们进一步再从整个世界文学的历史长河中来观察中国戏曲的重要地位。

我国《诗经》中的早期诗歌（公元前11世纪时西周初期的民歌）是世界上最早的成熟的文学作品。古希腊《荷马史诗》要略晚一些（相传在公元前9至8世纪编成）。我国的先秦文学如《诗经》《左传》《庄子》《楚辞》等，在质量上与古希腊史诗、戏剧不相上下，两国文学东西辉映，双峰对峙。罗马文学继古希腊文学的衰落之后，在公元前8世纪开始渐趋繁荣，到公元2世纪后没落，时间上相当于我国的战国后期至两汉。我国文学的总成就超过罗马，与印度大致相当，东方两大文明古国此时在文学上长期并驾齐驱，在世界上同处领先地位。在接着的一千年中，欧洲进入黑暗的中世纪时期，文化一片荒芜，印度古典文学还有一些名家名作，但已不断衰退，直至消亡；此时东方其他国家的文学名作也不多，如阿拉伯的《天方夜谭》、日本的《源氏物语》等，屈指可数。此时正值我国的北南朝、唐、宋、元至明代中期，我国文学进入自觉时代，“风景这边独好”，呈现千年不衰的盎然生机，诗、文、小说、戏曲和曲艺，各种体裁都在蓬勃发展，名家蜂起，佳作林立，成就辉煌，在世界文坛上占压倒优势。

在公元12世纪前期到14世纪中期，两个多世纪中，我国的宋元南戏和元杂剧迅速发展、极度繁荣之时，环顾世界剧坛、文坛，却是一片萧条。古希腊、罗马和印度古典梵剧都先后成为历史陈迹，我国的宋元戏曲一枝独秀，独步一时。

在这二百年中，是以戏曲为代表的我国文学在执世界文学之牛耳，换言之，是中国戏曲代表着当时世界文学的最高成就。

自明后期（16 世纪 60 年代）起，我国戏曲的传奇（主要是昆剧）兴起，至 17 世纪末为止，以戏曲、小说为主要代表的中国文学与英、法、德、西诸国以戏剧、小说，诗歌为代表的欧洲文学遥相对峙，都处在世界文学的前列。

我国以上两个戏剧的黄金时代，即元杂剧、南戏时期和明清传奇时期，都长达一个半世纪，其总体成就与古希腊和英国伊丽莎白时期（以莎士比亚为旗手）大致相当，但名家名作的数量和繁荣期的长度都大大领先。

可惜因我国高压政治和闭关政策等种种因素，从 18 世纪起至五四运动止的两个世纪中，我国文学很少产生堪称世界一流的作品，我国文学无庸讳言是落伍了。

从以上的简略回顾中可以看出，从公元 12 世纪到 17 世纪，在长达六百年的漫长历史中，中国戏曲一直代表着中国文学和世界文学的最高成就和最高成就之一，是世界文学史和人类文化艺术史上光辉灿烂的一章。而且其动人而耀眼的文学艺术之光，至今还在我国南北剧坛上闪烁，并将永远长留天壤。戏曲是当今世界上唯一用“活的文字”（区别于今已不用的古希腊文，拉丁文、梵文）创作的最古老的戏剧形式。闽南梨园戏犹存宋元遗响，完整保存古老戏曲的艺术风貌，有辉煌的意义。尤其是我国元代产生、明代中期进入繁荣阶段、至今已有近七百年历史的昆剧，依旧活跃在上海、南京、杭州和北京等地的红氍毹上，不少剧目仍基本保持着古色古香且又富有生命活力的明清风韵。这些传统剧目在文学、演艺、声腔上都有一种夺人心魄的美，她与芭蕾舞、交响乐和西洋歌剧，堪称为当今世界的古典艺术四绝，不仅是我们民族的珍宝，也是整个人类的骄傲！

戏曲在内容和艺术两方面都给世界文学史作出了重大的贡献。

从内容上看，西方文学包括戏剧比较完整完美地展现了奴隶社会和资本主义社会尤其后者的无比丰富的生活。

印度古典梵剧产生、发展于奴隶社会，所以也是奴隶社会中的生活的反映。中国古代文学与西方，印度不同，主要反映了封建社会从兴起，发展、繁荣到衰落的全过程。中，西、印文学相结合，自奴隶社会至当代的各个社会的人类生活，才都得到全面完整的反映。所以中国，西方，印度三大文学体系都有不可替代、不可或缺的重大意义。

戏曲在内容和艺术上对世界文学的独特贡献既大且多，要详细论列，可写一本专著，今在此略举数例，以见一斑。

元杂剧的众多剧目（包括大量的公案剧）反映了封建时代的政治黑暗和社会黑暗，尤其是司法黑暗，此为他国文学中所少见的。明清传奇中的优秀之作如汤显祖、吴炳、李玉等的戏曲，反映晚明时期资本主义萌芽（包括思想萌芽）的产生、发展到清初遭到扼杀的过程。戏曲作品成为历史的见证和佐证。中国史学界对我国是否有过资本主义萌芽的问题向持不同意见，从戏曲作品中则分明可以看出它的存在。李玉的《万民安》《清忠谱》生动再现当时手工业工人运动和市民运动的宏大场面，是世界上最早反映大规模群众斗争场面的文艺作品。汤显祖《牡丹亭》和《柳荫记》等作品还塑造了中国式爱情至上主义者杜丽娘和梁、祝等反封建的进步人物形象。莎士比亚的戏剧赞扬资本主义社会初期先进青年对爱情的追求和对封建残余观念，诸如门第、种族、等级观念的反抗，高度评价他们至死不渝的战斗精神。中国明清时代还属封建制度和势力大夜弥天的猖獗时期，追求个性解放的斗争更为艰巨，前景极为渺茫，但是先进作家笔下的青年男女不仅以死殉情，而且还要死后复活或变为蝴蝶成双同飞。这些戏曲人物不仅为自由爱情誓死斗争，而且还要战胜死亡，让爱情长存。这便是不同于罗密欧、朱丽叶等西方爱情至上者的中国特色。作家对一定历史时期中有进步、积极意义的爱情至上观念的讴歌，表现了强烈的反封建精神。

戏曲作品将主人公的命运和民族兴亡相结合，或通过男女主角的爱情历程，写出民族、国家的历史沧桑，这不仅在中国文学史上是突出的，在世界文学史范围内也是罕见的。具有史诗式成就的《浣沙记》《长生殿》《桃花扇》，用全景式的如椽巨笔，艺术地深刻探讨和总结民族、国家的历史经验和教训，无疑是世界文学史上的独特的辉煌之作。另如《鸣凤记》《千钟禄》（又名《千忠戮》)、《万里圆》等戏，表现国家政权内部的复杂斗争，也达到令人赞叹的成就。至如明末路迪《鸳鸯绦》传奇，用艺术形式预言国家必亡的趋势和原因，显出中国优秀作家历来所具的成熟的政治眼光和远见卓识。凡此种种，在其他国家的古典文学作品中都是极为罕见的。

在艺术上看，也有许多卓著的贡献。与《俄狄浦斯王》《裟恭达罗》并称为世界古典三大名剧的《西厢记》，刻划了在家庭、社会、自身性格弱点三重压力之下，萌生、发展和成熟起来的自主婚姻意识的崔莺莺的复杂、多变、深邃、丰富的心理活动，和尖锐、曲折、檄烈、巨大的心理冲突，可与俄狄浦斯相比，而领先于东西方的爱情文学。19 世纪西方爱情小说名作中的主人公，在人物刻划和心理描写上才达到 8 世纪崔莺莺形象的丰富和深刻程度。阮大铖《春灯谜》构思了十错认即十个误会的情节。这位善用误会手法的戏剧大师，在此戏中登峰造极，极尽情节变幻之能事。孟称舜《娇红记》起用七个角色，设计了六组三角异性关系，以此组织了平行、交叉、错综复杂的戏剧矛盾，有力地烘托、突出了申纯和娇娘、飞红的三角恋爱主线，成功地歌颂了申、娇之间真诚、持久的爱情，显示出其善于组织戏剧冲突的非凡本领。

尤其要指出的是，明清传奇在结构艺术上的双线形式史诗式巨著，是我国戏曲家对世界文学史，艺术史所作出的重大贡献。

从现存作品看，元代南戏《拜月亭记》（又名《幽闺记》）分别描写蒋世隆、蒋瑞莲兄妹各自的爱情经历，开始运用双线结构。元末南戏，高明的《琵琶记》分别表现蔡伯喈和赵五娘的不同命运，此剧和略早的《白兔记》一样，都是一方面写丈夫发迹后另攀高枝，妻子遭弃后在故乡受苦受难，用双线结构表现夫妻分离后的不同命运。高明此剧的成功更标志了戏曲中双线结构的最后成熟。

到了明清传奇阶段，作家们大量使用双线结构，它已成为传奇常用的一个结构形式。其中《浣沙记》发其端，到《长生殿》《桃花扇》发展到高峰的“以离合之情，抒兴亡之感”的史诗式，全景式巨著，便以男女爱情和时代兴亡作为结构双线，达到极高的艺术成就。《浣纱记》描写范蠡和西施这对彪炳史册的英雄、美女，为了国家利益，牺牲个人情爱，忍痛分手。剧本一面描写西施打进吴国，力图麻痹，消蚀吴王的斗志，一面描写范蠡坚持在故国，指导和协助卧薪尝胆、发愤图强的越王勾践胜利复国。最后范蠡和西施泛舟湖上，飘然隐去，两线归并，留下嫋嫋余音。《长生殿》和《桃花扇》则以男女爱情为一线，国家兴亡为另一线，其中《长生殿》的结构手法最为高超，全剧凡五十出，犹如五十组电影镜头，组织了多组对比式的结构组合：唐玄宗和杨贵妃骄奢淫佚的靡烂生活和农夫终年辛苦却陷于饥寒交迫的对比，玄宗、贵妃高枕无忧沉溺声色和安禄山蓄志谋反，郭子仪忧心国事的对比，事变后皇帝大臣仓皇出逃和前线将士浴血奋战的对比，沦陷区官僚变节投降和下层人民宁死不屈并与奸邪抗争到底的对比，唐玄宗前期歌舞升平和后期满目疮痍的政治生涯对比，唐玄宗前期和贵妃如胶似漆的甜蜜爱情生活和乱后孤苦伶仃、孑然一身、靠回忆和眼泪打发日子的对比，等等，而这些小的对比全部统一在全剧前半乐极（上本二十五出）和后半悲极（下半二十五出）的大对比、总体对比之中。此剧的双线结构，以对比为基础，结合平行、交叉手法，将戏剧行动作跳跃的推进，结构严谨而灵活，线索错综而分明，对比强烈而和谐，不愧为中国和世界文学史上的一代巨著。

这样的结构方式除明清传奇外，西方电影也极为擅长。在电影术语中。剪辑结构用法语“蒙太奇”（montage）一词来表达。本世纪的电影，尤其是现实主义的电影作品，从文学剧本到导演手法，都十分注重双线结构，常用平行、对比、交叉等蒙太奇剪辑方法，表现生动曲折的内容和丰富深刻的主题。这种手法为电影艺术家所娴熟并受广大观众欢迎。

明清传奇和西方电影的双线结构都获得高度艺术成就，前后辉映，各极一时之妙。近现当代有些中外长篇小说也采用这种方式，但因体裁特点关系，其双线结构中的交叉、对比等手段，未及传奇和电影灵活（当然它们具有自己的特点），而且西方长篇小说的这种结构，在上世纪才开始运用。所以明清传奇及其前身南戏，在运用双线结构方面的首创之功，自有其不可磨灭的历史意义。

史诗式、全景式的文学巨著是达到最高审美层次的作品，是代表一国文学最高创作成就的辉煌著作。明清传奇中的此类作品继古希腊悲剧之后，与莎士比亚的一些伟作大致同时地攀上这个高峰，具有划时代的意义。

戏曲在内容和形式两方面的卓越、独特的巨大贡献，值得珍视、继承、总结和发扬。

三

中国戏曲所体现的独特美学个性，在世界美学历史上占有一席极其特殊而又极其重要的地位。

中国戏曲的独特美学风格是它的写意性，其实质是多种文化的交融性。戏曲的写实和写意结合，以写意为主的美学风格，已引起世界性的重视和赞赏。关于戏曲的写意性，国内外学者论述极多，此不赘述。至于其层次众多、极其复杂丰富的交融性，论者尚未充分重视和注意，我从以下三个层次分别阐述。

第一个层次，戏曲作为综合艺术，是多种文化的交融。一般的戏剧作为综合艺术固亦带有交融性质，但戏曲的交融成分更为广泛复杂。戏曲除具有一般戏剧的文学、戏剧（导演、表演艺术）、舞台美术外，还有音乐（声乐和器乐）、舞蹈、体育（如武打）、杂技等等。

第二个层次是本民族内各种文化的交融。以戏曲中的宫调来说；因为中国文字本身具有音乐性，即具有阴阳平仄的特性，所以宫调除本身具有的音乐性外，它的文字组合、排列的规范也体现了汉字的音乐性，于是宫调就成为曲调音乐和文字音乐的结合。这是我国所独具的美学特点，是他国所没有的。

在文学和戏曲宫调方面，我国向来有南、北两种风格。戏曲宫调有南北曲之分：北音刚劲，南音柔美。自先秦以来，我国北方派文学（《诗经》《论语》为代表）和南方派文学（《楚辞》《庄子》为代表）即有这个基本区别。阳刚，阴柔之美和之别，贯串了整个中国文学发展史。在戏曲领域内，阳刚阴柔的两种风格，同时体现在戏曲文学和戏曲音乐两个方面。北曲杂剧和南曲戏文即分别代表了这两种迥然不同的基本风格。以昆山腔为主的传奇兼取南北曲，这样，在文学和音乐两方面都将这两种风格兼容并融汇一体，也即将汉民族内华夏文化和吴越文化相交融，戏曲便走上新的繁荣道路。

第三个层次是将本民族和别民族、中国和外国的文化相交融。这又可分为三个层次来观察，笔者分别阐述如下。

（一）戏曲作为综合艺术，它的音乐和演技带有突出的中亚成分。戏曲音乐所使用的乐器都非汉族的，全部来自中亚，即我国古称西域的我国西北少数民族和中亚民族所居地区。戏曲用的主要弦乐器是胡琴、琵琶，主要管乐器是笛子。我国古代的乐器如蔺相如在谈判前智逼秦王为赵王敲击的缶，古代的音乐如美得孔子听后竟三月不知肉味的“韶乐”，等等，都失传了。连为《诗经》、唐诗、宋词配乐的曲调也都失传。“胡”琴、笛子（古称“羌笛”）都是西北少数民族如羌族等发明的，琵琶来自西域，可能是那里众多民族都用的。这些乐器在汉、唐、宋时期传入汉族人民手中。唐诗说：“琵琶起舞换新声，总是关山离别情。”“更吹羌笛关山月。”宋词也说：“羌笛悠悠霜满地，人不寐，将军白发征夫泪。”这些乐器首先传到西北边塞的军营中，并很快在全国风行起来，现在它们早已彻底内化，成了汉族人民的“国乐”和民族乐器了。而发明者呢，有的已与汉族交融、同化，未同化的西北少数民族和中亚人民倒早已忘却这些乐器，已经使唤起“东不拉”或别的什么了。

唐时西域音乐传人中土，对中国音乐也有重大影响。演技也如此，但时间更早。早在汉代，罗马杂技艺术即传到中国宫廷内。唐代前期的皇帝大力推行开放政策，西亚、中亚的商人云集长安，那里的歌舞也随之而来，并进而影响到中原地区的乐舞。这些都给中国的音乐，舞蹈和表演艺术以影响，从而又影响到后来的戏曲。以上情况，王国维和张庚、郭汉城主编的戏曲史专著都有精辟论述，兹不赘。

现代学者许地山和郑振铎等，认为中国戏曲的产生源自印度梵剧，固然是偏颇的，但他们论及梵剧在某些方面对戏曲的影响，是正确的。最近姚宝瑄《试析古代西域的五种戏剧——兼论古代西域戏剧与中国戏曲的关系》和黄天骥《“旦”、“末”与外来文化》[4]都有力论证了西域戏剧对戏曲的影响，尤其是中国戏曲的勃兴，曾一定程度地受到印度文化的某种启迪。黄文从元杂剧中男、女主角被称为旦、末的角度，推测和论证其源出自印度的结论，也是有一定说服力的。中国文化，包括戏曲在内，敢于和善于吸收、内化外来文化的魄力和能力，在世界文化史上是极其突出的。

（二）从戏曲的基本因素文学剧本来看，前已言及，曲本是诗。我国诗歌是吸收外来文化并内化、融合，又在此基础上高度发展的典范。外来文化主要是指印度文化。印度佛教在东汉传入我国，到南北朝时即进入翻译佛学理论即佛经的高潮、这个高潮一直持续到唐代。与此同时，经过东汉至盛唐五个世纪的学习、消化和改造，佛学成为中国自己的文化血肉中不可分离的部分，许多术语如“世界”、“大千世界”、“天堂”、“地狱”等词，至今依旧为日常用语，连毛泽东思想革命理论中的“觉悟”、“世界观”等许多语汇也借用佛经语言。早在南北朝到盛唐时期，中国哲学思想和文化总体已形成儒、道、佛三家鼎立和交融的局面。在唐代又产生中国改造后的佛学，即禅学。禅学分南北宗，北宗崇尚渐悟，南宗主张顿悟。佛教艺术和佛学中的美学思想在南北朝时首先在人物雕塑和人物画领域发生影响，到唐代，南宗禅理影响到山水画，历宋元明清四代，悠闲淡远的山水画成为文人画的主流，文人画战胜了宫廷画，又成为中国画的主流。与之同时，南宗“顿悟”说又在唐代进入文学领域，产生了我国独特的简闲悠远的山水诗。当时世界上仅是我国最为发达的山水画和山水诗，其所体现的写意派美学思想成为中国文学和美学的独特创造。写意派的美学观是我国老庄哲学、道家美学思想与禅宗的结合。写意为主，写意

4 皆刊《文学遗产》一九八六年第五期。

与写实结合的美学思想是儒道佛三家合流的产物，儒家是主张用世和写实的。这种美学思想自然也主宰了后起的戏曲。写意为主，不仅体现在舞美和表演艺术上，更体现在剧本即戏曲文学上。因为写意派美学及其文学的体现者山水诗的特别发达，影响所及，在抒情诗中也大量写景，形成我国抒情诗人常得“江山之助”和诗歌中善于情景交融的历史传统。这个传统也影响到曲，这不仅在曲中也常用、善用情景交融的手法，而且戏曲中的场景描写不用舞美形式，而是用文字形式，在曲中给予无比有力的表现。这就显出了双重的写意性，舞美的写意性和文学的写意性。曲本身又在诗词的基础上作了重大发展，这就是结合曲本身的叙事性，形成情、景、事交融。

抽象枯燥但又博大情深的佛学理论，经过一系列的改造、内化和提炼，进入文学艺术领域，乍看上去已找不到它的面目甚至影子了，但细细品味，犹如溶入牛奶中的糖分一样，甜味在起不可磨灭的作用。为了在理论上给以总结，我国唐代诗论家司空图创立滋味说，发展到宋代产羽的妙悟说，最后在清代由王士祯总结为神韵说，这样又经过八百年的努力，建立以禅喻诗、诗禅结合的诗学理论，总结了这个诗歌美学的交融性。不少有精深诗学理论修养的戏曲作家对此也深有会心。如汤显祖，他对神韵派诗论即深表拥护。有一次他对朋友说：“昔有人嫌摩诘之冬景芭蕉，割蕉加梅，冬则冬矣，然非摩诘冬景也。”（《答凌初成》）唐代王维（摩诘）即是“诗中有画。画中有诗”的诗人兼画家，并被推举为南宗派诗画的创始人。“雪里芭蕉”是神韵派的主要观点之一，在诗歌中不仅体现为含蓄有余味，“意在笔墨之外”，而且更强调浪漫主义的想象力和时空错乱的表现手法，汤显祖戏曲创作无疑也得益于此，并具有这样的特点。

综上所述，我国绘画、诗歌和戏曲所崇尚的写意美学观，是我国文学艺术家所独具的，是他们对世界美学史的伟大贡献。

以上主要从戏曲文学和艺术创作的角度来看，如果我们进而从戏曲理论和美学家所取得的成果来观照，就进入了第三个层次。

我国戏曲美学的成果，集中体现在清末民初王国维（1877-1927 年）在全面、深入总结诗歌美学和戏曲美学双重成果的基础上而建立的意境说理论中。

和神韵说一样，意境说也是我国整体的文艺思想，涵盖诗，戏、画诸种领域的文艺理论意境说，又名境界说，是王国维在严羽的兴趣、妙悟说和王士祯的神韵说的基础上发展起来，又吸收了其他诗论和前人关于意、境的论述而建立起来的美学理论。

王国维意境说总结元杂剧和元南戏的伟大成就，在《人间词话》和《宋元戏曲考》中给予全面论述，体现了王国维所追求的美学理想。意境说内容丰富，成就杰出，尤其是他在《人间词话》（1908 年）中，在世界上第一个正式提出现实主义和浪漫主义在优秀作品中相结合的问题（高尔基提出这个论题是在 1928 年），更显难解可贵。

因篇幅和本文主旨所限，意境说的具体观点此处不再论述，读者可参见拙文《王国维戏曲美学述评》[5]，我在此仅强调王国维的意境说是融化中外文化的典范。

首先，意境或境界说中的“境”和“境界”一语即取之于佛经，因此这个美学理论的名称本身，已带上印度文化的影子；意境说既继承严羽、王士祯一派的神韵说诗论，又直接从古典诗词的创作实践中提炼、总结出来的，从其内容的禅学顿悟、渐悟理论见出印度佛学的影响；王国维崇拜叔本华，意境说也借鉴了叔本华的美学思想，而叔氏美学是西方传统美学与印度佛学的结合。王国维的意境说就这样从三个层次上虽是间接地，却是受惠不浅地从根本上汲取了印度文化的精髓。王国维极其崇拜康德、叔本华、尼采，又吸收了席勒等人的文艺思想，精读过大量西方文学、哲学名著。他的意境说运用康德宏壮、优美的理论，叔本华的悲剧理论等等。因此王国维所建立的意境说，是吸收印度佛学理论、西方美学理论，植根于中国博大情深的民族文学及其理论基础的以中为主、三美（中、印、西）皆具的文学理论、戏曲理论和美学理论。

由上可知，中国文学艺术乃至整个中国文化善于将本体系也可说本国内的不同内容、风格、特色的诸体文化有机交融，又大力吸取别国、别体系文化的精华并达到内化和与本国文化交融一体的化境和胜境。这就显示了不同文化杂交或交融的优势，迸发出强大的生命力。这是中国文学艺术历久不衰，保持持续繁荣的根本原因之一。其间共有两次学习外来文化的热潮。第一次是长达千年的学习印度（包括中亚）文化的热潮，第二次是远绍两汉，发端于晚明，在晚清民初直到本世纪 30 年代形成第一次高潮，在当今又形成第二次高潮的学习西方进步文化的开放运动。

在这个整体文化的背景下，我们才能深刻认识中国戏曲美学的实质是交融性。现在不少地方戏曲尤其是电影、电视的戏曲艺术片，在舞美上多用实景，

5 中国艺术研究院戏曲研究所《戏曲研究》第 29 辑，文化艺术出版社，1989。

在音乐上也吸收西乐的技巧、有时使用一些西洋乐器、本世纪以来还出现了改编西方原著的戏曲作品，显示出中、西结合和古老艺术形式与现代化表现手段结合的一种新趋势。这种倾向值得注意和大力提倡。

论印度佛教文化对中国文学的全面渗透和巨大影响[1]

印度佛教文化自纪元前后的西汉末年或东汉初年传入中国，至今已有2000 年的悠长历史。王国维指出其传入的过程和意义说：“佛教之东，适值吾国思想凋敝之后，当此之时，学者见之，如饥者之得食，渴者之得饮，担簦访道者，接武于葱岭之道，翻经译论者，云集于南北之都，自六朝至于唐室，而佛陀之教极千古之盛矣。此为吾国思想受动之时代。然当是时，吾国固有之思想与印度之思想互相并行而不相化合，至宋儒出而一调和之，此又受动之时代而稍带能动之性质者也。自宋以后以至本朝（按指清朝），思想之停滞略同于两汉，至今日而第二之佛教又见告矣，西洋之思想是也”[2]。此论简明扼要地点出佛教东传的重大意义和中国学者学习、引进、翻译佛教经论的极大热情。经过中国学者一千多年艰苦不懈的努力，佛教文化终于彻底内化，中国文化形成儒道佛三家鼎立和互补的宏伟格局。印度佛教文化极大地丰富和充实了中国文化的内容，并成为中国文化重要的一部分。印度佛教文化对中国文学的全面渗透和影响，是在这个文化大背景下实现的；而中国文学又成为宣传和传播佛教文化最有效的载体和工具之一，对佛教文化的中国化起了极其重大的作用。

---

1 1995，上海外国语大学第二届“中国文化与世界”国际研讨会论文，上海外国语大学《中国文化与世界》第五辑，上海外语教育出版社，1997。

2 《论近年之学术界》，拙编《王国维文学美学论著集》，第 106 页，北岳文艺出版社，1987；拙编《王国维集》第二册，第 301 页，中国社会科学出版社，2008。

佛教文化中的精华部分弥补或充实了儒道文化中的缺门或不足之处，对中国文学的发展起了巨大的作用。这个巨大作用表现在自南北朝起，中国文学理论即已受佛教影响，诗歌和小说创作也开始受佛教影响；至唐宋元时，盛极一时、在世界文学史上处于当时最高峰的中国文学诸种体裁都受到佛教的重大影响，直到清末民国初年，依然如此，而且伟大作家和诗人几乎全部受其影响，不少人甚至还是佛学家，众多名著都受到佛教文化的深刻影响。印度佛教文化无疑已对中国文学全面渗透并产生其巨大影响。

首先是哲学方面。成熟的文学家和文学作品必然受到正确哲学理论的指导。在佛教文化传入中国并流行于中华之前，中国的文学作品主要受儒道两家哲学思想的指导。在佛教文化传入中国之后，佛教思想通过佛教的哲学总体、自然哲学与人生哲学诸领域全面深刻地影响了中国文学。其背景是佛教哲学与儒道两家于唐宋时代已在三个层面上形成三家鼎立和三家互补的局面：（1）在整体上，三家鼎立和互补；（2）在宇宙观、人生观上的佛道结合；（3）在处世方式上成为补充儒道不足的一种人生哲学。体现在文学中，不少作品反映了佛教的宇宙观，如包括天堂、人间、地狱的多层次空间的描绘；众多作品突破儒家祖、子、孙三代的三世观而添入前生、今生、来生的三世观；佛家的因果报应观与中国传统的报应观相结合，这种两结合的报应观又与儒佛两家的三世观相结合；佛家的宇宙观与三世观及报应观相结合，成为中国小说戏曲无数作品情节设计的指导思想，具有十分重大的意义。与佛教哲学观、人生观有密切关系并体现在人生实践上的修行与修禅，包括气功的修炼，对文学作者和作品也有重大的影响。如苏轼言及修炼对其艺术创作有益，陆游言及修炼对其健康长寿有益等等，在古代作家诗人中不乏其例。在处世方式上，儒道两家固然也论及“达则兼治天下，穷则独善其身”，道家经典也指示独善之路，而佛家则更为具体地指点脱离封建专制政治、完善自我的宇宙观、人生观和“逃禅”之途径，并提供寺庙作为正直人士逃避政治迫害和静心修炼之安身安心的具体场所。明末不少爱国志士（如方以智等）避入寺庙为僧，以对抗满清政权的迫害；《水浒传》《红楼梦》也描写鲁智深、贾宝玉等避入空门，以对抗官府和封建专制势力的侵害和压迫。众多进步作家则将佛教思想作为自己思想的避风港，或将佛教思想作为反对封建专制思想的斗争武器，这也与下面论述的新的伦理道德观念有关。

第二，在伦理道德方面，佛教思想对封建专制统治者的蔑视，对封建政治秩序和法律的蔑视，极大地鼓舞了中国进步作家坚持正义、真理的坚定信念和信心。儒家的倡始者孔子和其继承人孟子、荀子本都是坚持正义、鼓吹“善养浩然之气”并敢于挥斥帝王的伟大思想家。但是汉以后的儒家思想以维护皇权为正统，而封建帝王亦以软硬两手引诱胁迫知识分子以“忠君”为天职。佛教思想则蔑视王侯，反对迷信，打破诸神的偶像，倡导众生平等的进步观念，这就影响了进步知识分子的思想。如柳宗元、苏轼等，受到最高封建当局的长期残酷迫害，佛教思想的影响使他们在内心深处摆脱愚忠的负罪感，保持较为平衡的心理状态，从而能乘机在摆脱繁重政务的同时，投入到文学创作之中，获得更大的创作丰收。受佛教文化之影响，诗人作家在儒道两家刚柔相济的处世之道之外，又能将出世与入世相结合，找到一种可进可退、灵活自如的人生哲学。如汤显祖热心仕进，有志于治理天下，同时又精习道佛理论，通过一定时间的实践，发现事不可为，又全身而退，隐居家乡。他在从政的同时，还能潜心从事戏曲创作，写出划时代的艺术作品。他开辟新的人生道路和创作之思路，即深受佛道思想的影响。佛教文化重视生命，重视生命现象的终极指归；佛教的三世观与因缘、果报观相结合的人生观、倡导人心向善、万事考虑深远后果的观念，给中国民众和作家以极为深刻和有益的影响。

佛教文化传入中国后，有相当长一段时间内受到本土文化的抵制；佛教文化在中国的传播和发展，首先靠它的文学部分（精采的、想象力极为丰富的文学性的语言，比喻、寓言与故事）和艺术部分（以佛像为主的雕塑艺术），占领中国的文化阵地，站住脚跟，再逐步发展。反过来，首先接受佛教影响、理解佛教文化的真谛与妙义的，也是中国的文学艺术家和文艺理论家。

当然，在文学领域内，佛教文化首先是影响到文学家，然后通过文学家再影响到文学作品。佛教自纪元前后的西、东汉之交传入中国，首先影响到六朝志怪的那些无名作者，经过四、五百年的漫长过程，才为中国文坛的主流文学家所接受。在三国、两晋、南北朝时期，画家包括绘画大师已大批受佛教影响，其艺术思想、创作思维方式和绘画内容已深得佛教文化之精髓；而文学家受佛教之影响亦大致同时，但文坛主流却直至南朝的宋、齐、梁时代才开始汲取佛教文化精华，并体现在他们的创作和理论著作中。其杰出者主要有诗人、画家谢灵运，文艺理论家刘勰。此前六朝志怪小说的作者，佛经文学的翻译家，僧人诗画家慧远等，虽早已深受佛教文化浸润，但或为无名作者，或为文坛主流以外的作者，对当时主流文坛影响不大。更且，诚如王元化先生所言："魏晋南北朝时有儒、释、道、玄诸家齐驱并驾。当时这几家互相吸收互相融化，也互相排斥互相攻击，呈现出一种极其复杂错综的局面。"[3]但到了唐代，随着佛教中国化的进程和禅宗的出现，不仅"诗人老去爱淡禅"，大批诗人作家都受佛教重大影响，尤其是第一流的诗人作家兼思想家，诸如杜甫、韩愈、柳宗元、王维、白居易和司空图等，皆精研佛理，并在自己的创作和理论建设中，融会吸收；其中在思想上最为进步、理论上建树最多的柳宗元，还是一个成就颇大的佛学理论家。到儒道佛已完成三家合一的宋朝，正如司马光所指出的："近来朝野客，无坐不谈禅。"在这样的文化背景下，宋代的一流文学家，诸如欧阳修、王安石、苏轼、黄庭坚、李清照、周邦彦、辛弃疾和严羽等等，皆深受佛教文化影响并自觉地将佛教文化之精华融会到自己的创作和理论中去。不少人还以居士为名号，如欧阳修为六一居士，李清照为易安居士。元代作家和明清时代的一流作家诗人，如汤显祖、李贽、袁宏道、冯梦龙、金圣叹、钱谦益、王士祯、蒲松龄、曹雪芹等等，亦多如此。其中韩愈、欧阳修曾是文坛、政坛上的辟佛名家，但沈曾植、陈寅恪、钱仲联、饶宗颐等学术大师皆先后指出韩愈在诗歌创作上受佛教深刻影响的来龙去脉，江辛眉、陈允吉诸名家再加申述；尤其是陈寅恪的宏文《论韩愈》，将韩愈提到"唐代文化学术史上承先启后转旧为新关捩点之人物"的高度，在韩愈时代的唐代文化"结束南北朝相承之旧局面"，"开启赵宋以降之新局面"的广阔背景上，分列六个方面，阐发韩愈在建立道统、奖掖后进；建立学说，改进文体诸重大贡献，都与深受佛家影响有关。[4]至于欧阳修与庐山东林寺祖印禅师交谈后，"肃然心服"，转向拥佛，晚年"致仕居颖上，日与沙门游，因号六一居士。"王安石的佛教信仰，名声远播；他读佛经极为全面、仔细，以至于当时已不知出处的禅宗最重要的心印"拈花微笑"之公案，是他重新找到而流传至今。更有趣的是，象苏轼、钱谦益、蒲松龄（乃至现代之周作人）这些一代大家，都自认为自己前身乃是和尚。这些都证明佛教文化对中国文学家的影响之大、之深。可以说，自唐宋至清末民初，

3 王元化《〈文心雕龙〉研究的若干问题》，刊日本《中国文学论集》第12号，日本昭和58年（1983）。

4 参阅周勋初《通才达识，迥出意表——读陈寅恪〈论韩愈〉》，《当代学术研究思辨》，南京大学出版社，1993。

文学家几乎无不读过佛教名著，不少人深研此学，如前言及，有的已成为此学名家。近代文学家如龚自珍、魏源、黄遵宪、康有为、梁启超、谭嗣同、章太炎、王国维等众多大师，也是如此，即如在现代科学昌盛、宗教思想受到很大冲击的二十世纪，直接或间接地接触过佛教并受到深刻影响的作家，也可开列出一长串名单。“他们中间既有新文学的开山祖师陈独秀、胡适、鲁迅、周作人等，也有在二十年代已经成名的郁达夫、许地山、废名、宗白华、瞿秋白、丰子恺、夏丏尊等，在更为年轻的第二代新文学作家中，如老舍、高长虹、施蛰存等等，也与佛学有着各种深浅不一的因缘。至于那些曾经以佛教文化作为创作题材的现代作家与作品则是难以计数了。佛教文化，尤其是这一文化系统中的精华部分——佛教哲学作为一种对人类生存的终极问题求根求解决的深刻智慧，它在现代知识分子的精神生活中确实仍然有着不可忽视的作用。”[5]

中国作家接受印度佛教文化之影响，有两大特点。其一，与西方信仰基督教、西亚信仰伊斯兰教的作家不同，中国作家一般都不是佛教徒，并不遵守佛教的戒律；有的即使以居士自居或自称，也照样娶妻、食荤、当官，享受红尘中的一切乐趣，也承担社会和历史的责任，在自己喜爱或从事的事业上富于进取心——而这一切从佛教的教义看，不仅违背教义，而且死后不能摆脱轮回，因为学者和作家太执着，不能进入佛经里所描写的天堂[6]；作家们亦都明白此意，且并不计较此意。其二，与此相联系，中国作家接受佛教文化的重点在于钻研佛经名著的文本，善于汲取佛教理论的精华，并善于将其精华与中国的儒道文化之精华相结合，与文学创作和理论发展相结合，从而作出新的创造，成为外来理论与中国实际相结合的真正的典范。

顺带要论及的是，将以上两个特点相结合，中国作家既尊重敬佩割舍一切爱欲、享受，牺牲个人和家庭的一切，真心皈依佛门为普渡众生而刻苦修行的高僧和忠诚的僧尼信徒；又深刻批判教内拉宗结派、争权夺利，违反佛祖初衷的权势者和为衣食之忧而投身佛门，却又不守清规擅搞淫乱活动的丑恶现象；更强烈谴责和狠狠鞭挞披着僧衣的邪恶之徒。如冯梦龙《三言》中《汪大尹火焚宝莲寺》描写和尚大规模奸骗妇女，《张淑儿巧智脱杨生》揭发宝华寺和尚谋杀过路投宿旅客劫取财物的罪恶行径（明末路迪《鸳鸯绦》传奇也生动描写

5 谭桂林《佛学与中国现代作家》，《文学评论》1993 年第 4 期。
6 参阅南怀瑾《如何修证佛法》，北京师范大学出版社，1993。

此事)。金圣叹在金批《西厢》中怒斥："盖尔来恶比丘之淫毒，真不止于烛灭香消而已。"[7]同时，对于因年幼无知时被家长送入寺庙出家、成年后向往正常人的婚姻爱情生活而欲脱教还俗的男女青年，作家们也持同情、支持的态度。《三言二拍》中的有关篇章，明代传奇《孽海记》中的"思凡"、"下山"两出，冯惟敏的杂剧《僧尼共犯》等等皆如此。

总之中国文学家学习佛教文化并贯彻到自己创作之中，都做到符合佛教原典的自由、民主精神，坚持吸取其精华并和生活实际相结合。佛教文化中的生死观和三世观指导着现实社会和文学作品中的人们的生活道路，而且使悟透佛教生死之理的中国作家能比较正确地处理人的生死问题；中国作家自杀者很少，也与此有密切关系。

佛教文化对中国作家的重大影响及其所产生的重大意义与中国文学在整体上受佛教影响相辅相成。其具体主要体现在以下三个方面。

一、文学作品的描写内容

1. 地点环境

不少小说、戏曲中故事情节的发生地点多与寺庙有关。由于封建思想的钳制，在古近代的社会环境中，男女不能自由交往，甚至连相互接触的机会也难以寻觅。但男女老少可以自由去寺庙烧香、拜佛、随喜（游览寺院）和参加集体的宗教活动（主要是超度先人的做道场之类），于是寺庙反倒成为青年男女邂逅相逢、萌发爱情之场所。如《西厢记》张生与莺莺的相识、相知于此；《三笑》（主要以曲艺作品闻世）中的唐伯虎与秋香也相遇于此；而《庵堂相会》中的陈宰廷和金秀英因贫富悬殊而婚姻受阻，金秀英听说未婚夫落魄在庙内借住，便借烧香为名前去探望，他们在小木桥前相遇而不相识，陈宰廷搀扶她过桥又应邀引路，两人在途中通过盘问和试探，得知真相并互识真情，然后经过种种努力终于完婚团聚。佛教寺庙以佛教的无比宽厚广阔之胸怀，庇护了众多落魄书生和失路英雄，成全了他们的意愿或壮志。如《西厢记》的张生借住普济寺中，得以接近莺莺；《三国演义》中吴太后在甘露寺相亲，刘备因此娶孙权之妹为妻而摆脱一次政治困境；《水浒传》中的鲁达为救弱女抗强暴而误伤人命，被迫出家于五台山的名刹之中，他在五台山名寺和东京大相国寺中度

7 拙编《金圣叹全集》第三册，第71页，江苏古藉出版社，1985；拙编《金圣叹全集》导读解读本第三册《贯华堂第六才子书西厢记》，第90页，万卷出版公司，2009。

过最艰难的亡命岁月；而同书中的王进借口与老母同去郊外庙中烧香还愿，背上老娘，逃出东京，摆脱高俅的魔爪。

不少小说、戏曲的重要情节还以阴世、地狱作为故事发生的环境。从汉至宋初的小说总集《太平广记》和宋代文言小说名著如《夷坚志》等，直到《聊斋志异》中此类描写极多。如《聊斋志异·席方平》中的席方平在阴司中受尽酷刑。戏曲中如《牡丹亭》描写杜丽娘死后到了阴司的“阴判”情节，郑之珍《目连救母》更详细描写刘氏在十八重阴司、十重宝殿地狱的受难经历。还有《柳毅传书》《张生煮海》描写的龙宫景象等等，都是佛经中有关内容影响文学作品的产物。

2. 人物形象

作家受佛教“众生平等”观点的影响，将佛教与儒家思想结合的宽大、平正、慈厚等美德赋予作品中的正面人物。如《水浒传》将“与人方便，自己方便”作为为人处世的基本观念，描写宋元明时代农村人家热情、慷慨接待各种旅行者，给以食宿和照顾，体现古代淳厚善良的民风和助人之美德。又如《红楼梦》中的正面人物贾母、宝玉、黛玉等，或敦信佛教，佛号（阿弥陀佛）从不离口，或深明禅理，背叛传统思想，佛教文化的影响贯串在其平常言行之中。贾府在史太君贾母的领导下，宽厚对待下人，诚如袭人所言，她们“吃穿和主子一样，又不朝打暮骂”。奴婢的家属亦一致认为“贾宅是慈善宽厚人家儿”，“贾府中从不作践下人，只有恩多威少的，且凡老少房中所有亲侍的女孩子们，更比待家下众人不同，平常寒薄人家的女孩儿也不能那么尊重”。贾府能数代繁华，与其心地善良、仁慈待人，有很大关系。后来败亡，也与王夫人等听信谗言，刻薄对待下人的私恋而大兴抄检、内部自相残杀有很大的关系。而善良、仁慈对待奴婢，与贾母信佛、接受佛教“众生平等”的影响极有关系[8]。全书以贾宝玉最后出家为僧作为结局，更是作者的深意所在。大量文学作品所描写的僧尼形象，既是中国文学的一大景观，更是中国文学对世界文学的独特巨大的贡献之一。正面形象如《西厢记》中的惠明，平时不念经不礼佛，危急时解人之难，具有侠义精神。长篇小说《济公全传》中的济公更是家喻户晓的济人于难、神通广大的侠义人物。而《白蛇传》中破坏许仙和白素贞纯正爱情的法海和尚，又是妇稚皆知的爱管闲事的

8 参见拙著《漫话〈红楼〉奴婢》，上海文化出版社，1995；拙著《红楼梦的奴婢世界》，北岳文艺出版社，2006。

邪恶人物。另如评弹和锡剧、越剧《玉蜻蜓》中的智贞，她与逃出家庭的申贵升热恋，申不幸急病而亡，她产下遗腹子不能留在庵堂，只能托人当夜送掉。母子俩咫尺天涯，从此失散。16年后容貌酷似乃父的徐元宰得知身世，寻找生母智贞，前来庵堂认母。而智贞怕影响儿子前程，忍住心中万般痛苦，坚不相认。中国文学中，尤其是在唐宋传奇、明清小说和元明清戏曲、曲艺中，此类僧尼形象极多。有的乐于助人，有的身怀绝技，有的刻苦修行，也有的披着僧衣干坏事。作家们写出他们神奇又平凡的真实面貌，对高僧和普通僧尼的形象塑造亦体现众生平等之观念。

需要强调指出的是，受佛教众生平等思想的影响，文学作品中许多类型的人物形象的描写，都具有相当深度的民主观念。其一，尊重和歌颂劳动人民的美德和智慧。如柳宗元《种树郭橐驼传》中的郭橐驼，他的种树神技和所掌握的树木生长规律，蕴含哲理，使柳宗元深悟治国安民的大策。《卖油郎独占花魁》的卖油郎，具有尊重妇女中地位最低贱的妓女的美德。自《西厢记》中的红娘到《红楼梦》中的晴雯、鸳鸯、司棋等等，作家们赞颂奴隶少女疾恶如仇、助人为乐的优秀品德和出众智慧，创造了一系列的典型人物。其二，人神平等的观念。《西游记》《封神演义》《聊斋志异》嘲笑和抨击玉皇大帝、神仙神道、阎王判官的昏庸无能、贪赃枉法、残暴淫逸，打破了大众偶像，起了破除迷信、解放思想的作用。其三，毫不留情地揭发和批判统治者的罪恶。如《水浒传》《说岳全传》等直接描写皇帝（宋徽宗、宋高宗）的昏庸腐败，高官（高俅、蔡京、秦桧）的卖国求荣、迫害忠良和骄奢淫逸。在封建专制时代等级森严的社会中，作家所塑造的以上形象，为真实地反映历史和时代做出很大的贡献。其四，拟人化的动物形象之塑造也取得极大的成就。如《西游记》中的孙悟空、猪八戒，《中山狼传》中的恶狼，《白蛇传》中的青白二蛇，《聊斋志异》中的大量狐女和其它动物。作家们热情地讴歌孙悟空等的战斗精神和对真理的不懈追求，赞美白素贞和众多狐女的丰富感情和忠贞爱情，以及它们的无穷智慧。当然也批判了不少妖怪动物的残忍与恶行。中国文学中动物形象描写的巨大成就，为其他各国所少有（西方诸国在近现代方才有出色的动物形象出现），这也是佛教众生平等观念出色的艺术体现。

3. 情节内容

佛教文化对文学作品的描写内容所起的影响是非常大的。大致归纳起来，有以下几点：其一，三世观和地狱观念使众多作家信奉佛教的人生终极指归，使他们极大地开拓了艺术想象力。汤显祖在《牡丹亭记题词》中感慨："嗟夫，人世之事，非人世所可尽。"他在《牡丹亭》中描写杜丽娘为了爱情"生者可以死，死可以生"，杜丽娘为追求爱情，死而复活。《王魁负桂英》中敫桂英死后，其鬼魂向忘恩负义的王魁复仇。《红梅记》中李慧娘的鬼魂仍与裴舜卿相恋并救助他逃脱奸臣的迫害。《红楼梦》和《金瓶梅》等多种长篇小说皆依佛理为结构框架，尤其采用了"转世"的因果框架。《红楼梦》的故事情节中浸透了佛教的"色空''观念，全书以宝、黛为大荒山青埂峰下的石头、西方灵河岸上三生石畔绛珠草下凡世为开始，贾宝玉出家为僧为结局，书中的佛禅内容起着关键性的作用。其二，自六朝志怪至唐宋传奇《太平广记》《夷坚志》等，直到明清小说，描写妖魔鬼怪故事的内容极多。其中除部分与道教有关外，大多与佛教文化的影响有关。其三，文学作品中尤其是小说中描写梦幻景象的内容特多，中国的梦幻文学特别发达，可称世界之最，这除了《庄子》的影响外，主要是佛教文化的影响。其四，以佛教修行为主，佛道结合的气功、特异功能的描写，极为中国作家所擅长，因此众多小说作品给以眼花缭乱的表现。唐宋传奇直至当代如金庸的武侠小说亦多以气功、特异功能的神技描写为能。这在世界文学史上也是一个独特而巨大的贡献。其中有意识地以儒道佛三家合流为描写宗旨的《西游记》《聊斋志异》和金庸小说等，其情节内容对读者极有吸引力。

如以《西游记》来说，这部伟大著作，以儒道佛三教合流的角度来阐发人生价值，具有极为重要的文化意义。此书原序（最早版本已佚，据现存最早版本即明万历二十年世德堂本之陈元之的《西游记序》转述）揭示全书宗旨为佛道儒结合的人生修炼历程。《西游记》的清代评注本《西游证道书》《西游真诠》《新说西游记》《西游原旨》和《通易西游正旨》凡五种，都遥承原序之旨，详加阐发，抓住了此书的实质。如刘一明《西游原旨序》分析《西游记》描写的内容："盖西天取经，演《法华》《金刚》之三昧；四众白马，发《河洛》《周易》之天机；九九归真，明《参同》《悟真》之奥妙。千魔百怪，劈外道旁门之妄作；穷历异邦，指脚踏实地之工程。"张含章《西游正旨后跋》自称："窃拟我祖师托相作《西游》之大义，乃明示三教一源。故以《周易》作骨，以金丹作脉络，以瑜伽之教作无为妙相。"的确，只有明清的这些评论家真正读懂此书。小说以孙悟空在须菩提祖师处用佛道儒结合的方法悟透宇宙、人生的真理，练出出众的内外功夫和保护唐僧去西天取经、经过 81 难的生动情节，描写人类在宇宙中应该如何认识、改造和超越自我的心路历程，全面而深刻地探究如何克服肉体弱点、塑造正确灵魂的修炼方法，因此取得惊人的艺术和思想成就。无可讳言，这部世界文化史上的划时代巨著，以佛教内容为主，充分体现了印度佛教文化对中国文学的伟大影响。

《聊斋志异》亦以儒道佛三家融会作为全书创作的指导思想。由于作者蒲松龄在现实社会中无法舒展人生志向，对黑暗现实充满仇恨，故而充满了批判精神。同时也正如清代评论家所说的，其书"准理酌情"，"如名儒讲学，如老僧谈禅"。(冯镇峦《读聊斋杂说》）犹如"释氏悯众生之颠倒，借因果为筏喻，刀山剑树，牛鬼蛇神，罔非说法，开觉有情"（余集《聊斋志异序》)。此书宣传佛教思想，浸透了佛教因果报应、转世轮回等观念。如《长清僧》描写老僧圆寂后灵魂误入富贵公子的躯体而复生，他决不贪恋享乐，坚持清贫生活，留恋前生的修行，作者进而指出"地狱中人，皆富贵而不经艰难者"。《邵士梅》写进士邵士梅前世轻财好义，后死狱中，转世后抚恤前世之妻，与前世之友欢若平生，歌颂他死而不渝的深厚情义。不仅直接描写报应、转世、地狱和梦幻景象的作品占全书约三分之一强，而且另占三分之一强描写狐女与书生相恋的作品亦多此类情节并浸透了佛理观念。至于《席方平》《促织》等名篇，借鬼魂、轮回、地狱的描写批判现实社会，更是人们所熟知的。

二、文学作品的语言

佛教文化对文学作品的语言有极大的影响。佛经和禅宗文献中的语言全面渗透到汉语之中，日常会话和书面成语中已包含着极大的佛教语言成分。许多最常用的语汇，例如"世界"、"未来"、"心田"、"爱河"、"因缘"、"平等"、"无名业火"、"粉身碎骨"、"回光返照"、"味同嚼蜡"等等，都来自佛教经典的译文。自明清至现当代，如果我们摒弃从佛教中引入的语言，我们甚至很难讲话。

王国维曾指出，"在我国文学中"，"于新文体中自由使用新语言"的，《楚辞》、内典（佛教典籍）和元杂剧可为鼎足而三[9]。兼因以上两个情况，唐以后的诗词、小说和宋以后的戏曲语言当然受到佛教文化的极大影响，尤其是戏曲和小说作品中的艺术人物，更是如此。

9 王国维《宋元戏曲考·元剧之文章》，拙编《王国维集》第三册，第 82 页，中国社会科学出版社，2008。

明清时代的上层人物和一般民众大多信佛拜佛，尤其是佛教中的净土宗的观念十分普及，前已言及，《红楼梦》中的人物在平常讲话中常念佛号“阿弥陀佛”，书中出现的频率非常之高。

三、文学作品的体裁

佛教对中国文学的诗歌、小说、戏曲、论著诸种体裁都有全面、深刻的影响。

中国的诗歌，山水诗和咏物诗特别发达，与抒情诗成三足鼎立之势，在世界诗歌史上具有特出的地位，取得非凡的成就。山水诗自南北朝时兴起，至唐代而极盛。山水诗的产生，深受佛道结合的隐逸思想和佛教僧人重视自然山水并以之作为领悟玄佛之道及借山水之灵气以修炼自身的理论与实践的影响。皎然《诗式》指出，第一位山水诗名家谢灵运“早岁能文，性颖神彻，及通《内典》，心地更精，故所作诗，发皆造极，得非空王之道助邪？”唐代山水诗大盛，即因王维倡导的将禅学南宗与诗学结合的神韵说美学理想贯彻到诗歌创作实践之中，取得“诗中有画，画中有诗”的划时代巨大成就。王维和孟浩然的山水诗成为后世效法的典范之一，故而山水诗直到明清乃至当代，都是诗歌的主要体裁之一。王孟都是深受佛教影响的著名人物，故而诗歌中充溢着禅味。

咏物诗的繁荣并取得高度成就，亦与佛教理论有关。清代王士禛《带经堂诗话》总结咏物诗的创作经验：“咏物之作，须如禅家所谓不粘不脱，不即不离，乃为上乘。”清代其他诗话家亦多持此论。而白话诗的产生，更与佛教有关。佛教一贯重视高深理论与通俗宣传并进，白话和禅理并重的佛偈，对中国文学也产生了深入的影响。继白居易撰写通俗诗之后，以王梵志和寒山为代表的白话诗人，创立了有独特意义的白话诗，并在中国诗歌发展史中不绝如缕，进而对唐以后重要诗人、诗论家重视民歌和创作拟民歌如《竹枝词》、研究敦煌曲子词等，都起了推动作用。

众所周知，佛教进行宗教宣传的变文俗讲，对中国小说体裁的产生与发展起了关键性的作用。宋元话本和讲史小说的产生与发展，皆与佛教的变文俗讲有重大关联。更早的六朝志怪，即受佛经中寓言、故事诸体的体裁和内容之重大影响。学术界已就此发表许多研究成果，此不赘述。

戏曲的产生也显著受到佛教文化的影响。许地山、郑振铎所持戏曲的产生全因梵剧和佛经之影响，固有偏颇；但郑振铎认为戏曲这种体裁之产生“最可能的解释是这种新文体是随了佛教文学的翻译而输入的，像《内典》里的《本生经》，著名的圣勇的‘本生鬘论’都是用韵散二体组合成功的，其他各经，用此体者也极多，佛教经典的翻译日多，此文体便为我们的文人学士们耳濡目染，不期然而然的会拟仿起来。”[10]在一定程度上，这个论点是正确的。中国戏曲最早产生的是宋元南戏，在浙江、福建迅速发展并繁荣起来。南戏的产生，一方面是民间歌谣之演变，一方面是诗词曲的发展，另一方面在体裁和创作观念上受到佛教文化（佛经和梵剧）的影响，三个因素都不容忽视。

文艺理论著作的体裁，专著体自《文心雕龙》的出现，众多论者已指出其作者刘勰曾是僧人，久居佛寺，《文心雕龙》的专著体裁显与佛经的体裁形式之启发影响有关。宋代自欧阳修创始至明清大盛的诗话体及由此发展形成的词话、曲话、小说话，实亦受佛经体裁之影响。自南宋刘辰翁首倡，至明清大盛的评点体，亦如此。评点体与诗话体，有时体例凝重，有时点到即止，自由活泼而又深入细腻，讲究悟性直觉与理性兼具，顿悟与渐悟皆长，显然受佛教禅语和语录体的启发与影响甚深，其创始于两宋并大盛于明清亦显然与之有关。

诗话体和评点体这两种体裁是中国美学的独创体裁，其所取得的高度成就，在世界文论史和美学史上是罕与伦比的。而没有佛教文化的重大启示，我们很难说这两种重大体裁能够产生并达到高度繁荣。

综上所述，中国文学在诗歌、小说、戏曲、文论四个领域的多种体裁，全方位地受到佛教文化的重大乃或关键性的影响，佛教文化推动中国文学多种体裁之产生，其功决不可没。

四、文学理论和美学思想

佛教文化对文学理论和美学思想也产生了十分重大的影响。首先，如前所述，在论著体裁方面产生重大影响；第二，在思维方式上，亦如前所言及的，悟入式尤其是渐悟与顿悟相结合的思维方式，给理论家以极大的帮助。此外，佛教的多种理论和思维方式全面深入地影响了文艺理论家。例如宋代吕本中、杨万里讲“活法”，即诗无“定法”，后来又发展到“至法无法”。吕本中提出：“所谓活法者，规矩备具，而能出于规矩之外，变化不测，而卒亦不背于

10 郑振铎《插图本中国文学史》第 2 册，第 448 页，人民文学出版社，1957。

规矩也。”（《夏均父集序》）反对“死法”。至明清发展到“先从法入，后从法出”（徐增《而庵诗话》）乃至“至法无法”。这都是受禅宗之影响，思想解放，不受固板方法之束缚。又如金圣叹直接将佛教中的多种思维方法引入文学理论中。如他用“因缘生法”来分析《西厢记》《水浒传》的情节结构，后来不少评论家受此影响，如哈斯宝《新译红楼梦》也说：“佛经上说，因缘具备则万物无不成就。”并因此而分析《红楼梦》用“因缘直接之法”“信手做出”文章。金圣叹又用曼殊室利菩萨的“极微论”分析《西厢记》的情节发展等。佛教文化对文艺理论的指导是全面的。第三，中国文论中最重要的理论诸如神韵说、妙悟说和境界说，都是佛教影响的产物。

神韵说的最早渊源是南北朝的绘画理论。南朝齐·谢赫《古画品录》首先提出“六法”中最重要的一法“气韵生动”，又用“神韵气力”作为重要的评画标准之一。六朝时绘画及其理论深受佛教文化影响，讲究神似、气韵，并渗透到文学中来。唐代王维的《袁安高卧图》自北宋沈括在《梦溪笔谈》中赞誉其“雪中芭蕉”的时空交错、“造理入神，迥得天意”的艺术追求，至明清被奉为神韵说的鼻祖和典范，极受汤显祖、王渔洋等神韵派诗人和诗论家之推崇。神韵说的最后完成者王渔洋极其强调诗禅一致、以禅喻诗；在全面观照、论述古典诗歌的基础上，尤对山水诗的简淡闲远别有会心。他对司空图和严羽两家最为推崇。司空、严皆受佛教影响，尤其是严羽创立妙悟、兴趣之说，立脚地主要在于佛禅之学。

北宋黄庭坚首倡悟入之说，其学生范温说：“盖古人之学，各有所得，如禅宗之悟入也。山谷之悟入在韵，故开辟此妙，成一家之学，宜乎取捷径而迳造也。”[11]范温与“悟入”理论相关的著名的“诗眼”观亦源自佛禅：“故学者要先认识为主，如禅家所谓正法眼者，直须具此眼目，方可入道。”[12]至南宋严羽正式创立妙悟说，强调“论诗如论禅”，“学者须从最上乘，具正法眼，悟第一义。”大抵禅道惟在妙悟，诗道亦在妙悟。”“惟悟乃为当行，乃为本色。”其关键还在于“参活句”。严羽的兴趣说亦全以佛禅为根基，“盛唐诗人惟在兴趣，羚羊挂角，无迹可求。故其妙处透彻玲珑，不可凑泊，如空中之音，相中之色，水中之月，镜中之象，言有尽而意无穷。”（以上引文皆据严羽《沧浪诗话》）用的都是佛禅语言。

11 北宋范温《潜溪诗眼》，郭绍虞编《宋诗话辑佚》，第 372 页，中华书局 1980。
12 北宋范温《潜溪诗眼》，郭绍虞编《宋诗话辑佚》，第 317 页。

至于从唐代王昌龄、皎然至清末民初之王国维集大成的境界说更从三个层次上吸收了佛教文化之精华:(1)作为境界说之基础的中国传统美学及其研究之传统文学本身是儒道佛相结合的产物;(2)境界说的境、境界，原本为佛经语言，被借用来作为诗学语言，故其语本身带有佛教的文化色彩与意蕴;(3)王国维的境界说吸收叔本华美学的精华，而叔本华非常重视印度佛教文化的学习和吸收，叔本华美学是众所周知的西方美学与印度佛学相结合的产物。王国维的境界说（又名意境说）在这样三个层次上吸收佛教文化之精华，他又认为:“特如文学中之诗歌一门，尤与哲学有同一之性质。其所欲解释者，皆宇宙人生上根本之间题。不过其解释之方法，一直观的，一思考的;一顿悟的，一合理的耳。”[13]指出禅学南宗的顿悟是一种适用于艺术的思维方式，而以顿悟为思维方式的诗歌（实包括文学全体）则是与哲学同等重要的解释“宇宙人生上根本之间题”的学科。其对佛教文化评价之高，令人瞩目。

总之，中国古代尤其是唐宋之后的美学所取得的辉煌成就，佛教文化之伟大影响有不解之缘乃无庸置疑。

13 王国维《奏定经学科大学科大学章程书后》，拙编《王国维文学美学论著集》，第57页;拙编《王国维集》第四册，第14页。

王国维对中西文化的精当认识及其重大现实意义[1]

我认同前辈权威学者对王国维的以下最高评价：

王国维是新文学的先驱。（吴文祺《文学革命的先驱者——王静庵先生》，《中国文学研究》〔《小说月报》第17卷号外〕1927年6月）

王国维是新史学的开山。（郭沫若《鲁迅与王国维》，《文艺复兴》三卷二期，1946年10月）

我给王国维的评价是：

二十世纪中国第一国学大师、文史领域的最大学者[2]。

王国维的意境说是20世纪中国唯一领先于世界的美学理论体系，世界美学史上唯一的以中为主、“三美”（中国、印度和西方美学）皆具的理论体系。

王国维最早是一位文学家、美学家。

他创作诗词。他撰写美学论文。同时也有文化学、教育学的文章，翻译西方教育学、心理学著作等。

---

1 2017，浙江海宁市文联和上海社会科学院文学研究所主办“王国维诞辰140周年纪念”。“国学·文明与文化发展学术报告会”论文，《海宁名人》第4辑，中国文联出版社2018。

2 参见拙文《二十世纪第一国学大师王国维》（香港城市大学中文系研究生讲座讲稿摘要）。讲稿的主要观点在上海报刊发表后，全国有中国网、新华网、北大清华百年校庆网等几十家网站转载，单是北京大学就有6家网站：北京大学新闻网、北京大学名人网、北京大学国学院国学网、北京大学在职研究生网、北京大学校友网等转载；《北京大学校友通讯》再次转载。

后来他转变为国学家，研究历史和古文字。

作为美学家，他对中国文学有非常精辟的见解和丰硕的研究成果。

一、他对中国文学的精当认识

文学的四个领域，散文的研究很少。诗歌、戏曲、小说的研究者众多。王国维的研究成果卓著。

1. 诗歌方面，《人间词话》给中国古典诗词以最高评价

王云《西方前现代泛诗传统：以中国古代诗歌相关传统为参照系的比较研究》[3]分析和评论西方的诗歌属于前现代泛诗的水平，翻译成中文是白话诗，中国20世纪的白话诗就是学习西方泛诗的产物；都不是成熟的诗歌。中国古代诗歌（诗词曲）的写作难度和高度艺术成就是无与伦比的。

王国维提出诗词作品达到最高艺术成就的标准是“有境界”。李泽厚提出，境界和典型是并列的文学艺术作品的最高评判标准。

王国维分析和评论诗词名家的艺术特色和艺术成就，都有启示意义。如给李煜词的最高评价：

> 尼采谓：“一切文学，余爱以血书者。”后主之词，真所谓“以血书者”也。宋道君皇帝《燕山亭》词亦略似之。然道君不过自道身世之戚，后主则俨有释迦、基督担荷人类罪恶之意，其大小固不同矣。（《人间词话》一八）

王国维总结诗歌的创作方法，如主观之诗人和客观之诗人，有我之境和无我之境，观察宇宙人生的出入法，等等，都有重大的指导意义。

2. 戏曲方面，《宋元戏曲考》给元曲以最高评价

戏曲作品达到最高艺术成就的标准是自然和“有意境”：

> 元曲之佳处何在？一言以蔽之，曰：自然而已矣。古今之大文学，无不以自然胜，而莫著于元曲。盖元剧之作者，其人均非有名位学问也；其作剧也，非有藏之名山，传之其人之意也。彼以意兴之所至为之，以自娱娱人。……彼但摹写其胸中之感想，与时代之情状，而真挚之理，与秀杰之气，时流露于其间。故谓元曲为中国最自然之文学，无不可也。若其文字之自然，则又为其必然之结果，

3 王云《西方前现代泛诗传统：以中国古代诗歌相关传统为参照系的比较研究》（复旦大学博士学位论文），复旦大学出版社，2005。

抑其次也。(《宋元戏曲考・元剧之文章》)

> 然元剧最佳之处，不在其思想结构，而在其文章。其文章之妙，亦一言以蔽之，曰：有意境而已矣。何以谓之有意境？曰：写情则沁人心脾，写景则在人耳目，述事则如其口出是也。古诗词之佳者，无不如是，元曲亦然。(《宋元戏曲考. 元剧之文章》)

元杂剧和元南戏都是达到意境和自然高度的典范。王国维严密论证元南戏的成就还高于元杂剧。

元杂剧的优秀悲剧是世界之大悲剧：

> 其（指元杂剧）最有悲剧之性质者，则如关汉卿之《窦娥冤》，纪君祥之《赵氏孤儿》，剧中虽有恶人交构其间，而其蹈汤赴火者，仍出于其主人翁之意志，即列之于世界大悲剧中，亦无愧色也。(《宋元戏曲考. 元剧之文章》)

而钱钟书则错误地认为中国无悲剧。

王国维认为元杂剧的语言是一个重大创造：

> 则元剧实于新文体中自由使用新言语，在我国文学中，于《楚辞》、内典（佛经）外，得此而三。然其源远在宋、金二代，不过至元而大成。其写景抒情述事之美，所负于此者，实不少也。(《宋元戏曲考. 元剧之文章》)

给元杂剧使用的当时口语即白话文以最高评价。

3. 小说方面，《红楼梦评论》给《红楼梦》以最高评价

王国维在《红楼梦评论》中，给《红楼梦》以最高评价：《红楼梦》是优美与壮美相结合、壮美大于优美的天才之作，是悲剧中之悲剧，宇宙之大著述[4]。

王国维举例作为《红楼梦》的“最壮美的”也即最精彩的篇章，是傻大姐向林黛玉泄露掉包计，林黛玉当场陷入痴呆状态。他又举后四十回的掉包计为例，认为《红楼梦》是最出色的悲剧，可见他在艺术上对后四十回的高度认可。

当代红学界的“主流学者”都严厉批评甚至彻底否定《红楼梦》后四十回。王国维发表此文的当时，还不存在后四十回是否曹雪芹所著的问题，因为

4 周锡山编校《王国维集》第一册，第 12、18 页，中国社会科学出版社，2008。

所谓的前八十回的“脂评本”尚未“发现”。当时大家读的都是程高本，大家都认为程高本全书是统一体，都是曹雪芹的原作。同时，通读《红楼梦评论》的全文，可知王国维在思想和艺术上都认定《红楼梦》程高本全书都是曹雪芹的著作。

陈寅恪的观点与王国维相同，他认为“及曹氏既衰，朝旨命李榕继曹寅之任，以为曹氏弥补任内之亏空。李曾任扬州盐政。外此尚有许多诸多文件，均足为考证《石头记》之资，而可证书中大事均有所本。而后四十回非曹雪芹所作之说，不攻自破矣。”[5]

钱钟书先生认为《红楼梦》以程乙本为最好。他在1990年代曾精辟指出:《红楼梦》研究中的许多纠葛与纷争，大多源于版本问题。在同一问题上，张三根据这个版本，李四根据那个版本，公说公有理，婆说婆有理，一万年也说不清，实在无谓得很。这是《红楼梦》的悲剧，也是中国学界的悲剧。为了永久保存《红楼梦》这笔珍贵遗产，也为了给读者提供一个《红楼梦》的范本，必须从众多版本中确定一个最好的版本，而这个版本就是“程乙本”。至于其他版本，则只供研究之用[6]

王国维译引叔本华三种悲剧说的著名论点说:

> 由叔本华之说，悲剧之中，又有三种之别：第一种之悲剧，由极恶之人，极其所有之能力，以交构之者。第二种，由于盲目的运命者。第三种之悲剧，由于剧中之人物之位置及关系而不得不然者；非必有蛇蝎之性质，与意外之变故也，但由普遍之人物，普通之境遇，逼之不得不如是；彼等明知其害，交施之而交受之，各加以力而各不任其咎，此种悲剧，其感人贤于前二者远甚。何则？彼示人生最大之不幸，非例外之事，而人生之所固有故也。……则见此非常之势力，足以破坏人生之福祉者，无时而不可坠于吾前；且此等惨酷之行，不但时时可受诸已而或以加诸人；躬丁其酷，而无不平之可鸣：此可谓天下之至惨也[7]。

王国维还具体分析《红楼梦》作为第三种悲剧，以宝黛爱情失败作为例子来分析其原因:

5 吴宓《吴宓日记（1943-1945）》，第382页，三联书店，1998。

6 据钱钟书先生的学生裴效维先生的复述，见韩慧强《名副其实的〈红楼梦〉全解》，上海《文汇读书周报》2011年6月17日。

7 周锡山编校《王国维集》第一册，第11-12页，中国社会科学出版社，2008。

> 若《红楼梦》，则正第三种之悲剧也。兹就宝玉黛玉之事言之，贾母爱宝钗之婉嫕（yì，温顺娴静，柔顺的样子），而惩（苦于）黛玉之孤僻，又信金玉之邪说，而思压[8]宝玉之病；王夫人固亲于薛氏；凤姐以持家之故，忌黛玉之才而虞（臆度，料想）其不便于己也；袭人惩（戒止，鉴戒）尤二姐香菱之事，闻黛玉“不是东风压西风，就是西风压东风”之语（第八十一回）[9]，惧祸之及而自同于凤姐，亦自然之势也。宝玉之于黛玉，信誓旦旦，而不能言之于最爱之之祖母，则普通之道德使然，况黛玉一女子哉？由此种种原因，而金玉以之合，木石以之离，又岂有蛇蝎之人物，非常之变故，行于其间哉？不过通常之道德，通常之人情，通常之境遇为之而已。由此观之，《红楼梦》者，可谓悲剧中之悲剧也[10]。

红学界的“主流学者”认为《红楼梦》是反封建的批判小说，贾母认同王夫人与凤姐阴谋勾结，用“掉包计”这个恶毒手法，破坏宝黛爱情，是封建势力对叛逆者的严重迫害。王国维则认为贾母喜欢宝钗的温柔敦厚，不喜欢黛玉孤僻性格；又相信金玉良缘的说法，想用婚姻冲喜，帮助宝玉冲破病障。王夫人因亲情，天然地想帮助薛姨妈母女；凤姐因主持家政，忌惮黛玉的才华对自己不利；袭人听黛玉在言及家庭矛盾时说到“不是东风压西风，就是西风压东风”一语，吸取作为小妾的尤二姐和香菱遭受凶狠的正妻凤姐和夏金桂的压迫和欺凌，深怕黛玉嫁给宝玉后，她的小性子和妒忌心要让自己遭殃。宝玉对黛玉立下誓言，但囿于普通道德，不敢报告最爱他的祖母，何况黛玉是一个女子，更不能开口相求外祖母了。由于以上种种原因，金玉团圆，木石只能分离，难道有什么歹毒人物、特别的灾难，在他们中间出现或发生？他们的悲剧不过是通常的道德、通常的人际关系、通常的环境和遭遇而已。这样看来，《红楼梦》可以说是悲剧中的悲剧。

钱钟书先生尽管批评王国维运用叔本华哲学评论《红楼梦》，但是赞成王国维评述《红楼梦》是第三种悲剧的根据，他复述王国维的以上观点并下结论

8 压：应为厌（yā），通“压”，压制；镇服。这里指“厌胜”，古代方士的一种巫术，能以诅咒制服人或物，尤其是妖物；镇服或驱避可能因妖法造成的灾祸或疾病。

9 见《红楼梦》第八十二回。此句程高本作“不是东风压了西风，就是西风压了东风”。毛泽东在引用此言时，改作“不是东风压倒西风，就是西风压倒东风”。

10 周锡山编校《王国维集》第一册，第 12 页。

说："贾母惩黛玉之孤僻而信金玉之邪说也；王夫人亲于薛氏；凤姐而忌黛玉之才慧也；袭人虑不容于寡妻也；宝玉畏不得于大母也；由此种种原因，而木石遂不得不离也。洵持之有故矣。"[11]钱钟书引用和认可王国维第三种悲剧的观点。

王国维和钱钟书的观点紧扣原作，客观地反映了原作的真实思想，值得我们学习和继承。

王国维的学术生涯的第一篇重要文章即《红楼梦评论》，此文以现代研究方法，结合中西哲学、美学的重大理论成果研究《红楼梦》，是现代红学研究的开创者，具有划时代的意义。胡适、鲁迅等，在多年后才发表《红楼梦》研究成果，他们对《红楼梦》的伟大艺术成就未做应有的高度肯定，故而未能在王国维开创的道路上前进，反而倒退了[12]。

胡适认为《红楼梦》是"平淡无奇"[13]之作，后来甚至说它"毫无价值"，还不如《品花宝鉴》、《海上花列传》[14]。其弟子俞平伯也说此书在世界文学中地位是"不高"的，只能说是"第二流"的[15]。

鲁迅在《花边文学 · 看书琐记》中说：

> 高尔基很惊服巴尔札克小说里写对话的巧妙，以为并不描写人物的模样，却能使读者看了对话，便好像目睹了说话的那些人。
>
> 中国还没有那样好手段的小说家，但《水浒》和《红楼梦》的有些地方，是能使读者由说话看出人来的。其实，这也并非什么奇特的事情，在上海的弄堂里，租一间小房子住着的人，就时时可以体验到。他和周围的住户，是不一定见过面的，但只隔一层薄板壁，所以有些人家的眷属和客人的谈话，尤其是高声的谈话，都大略可以听到，久而久之，就知道那里有那些人，而且仿佛觉得那些人是怎样的人了。
>
> 如果删除了不必要之点，只摘出各人的有特色的谈话来，我想，就可以使别人从谈话里推见每个说话的人物。但我并不是说，这就

11 钱钟书《谈艺录》，第 349 页，中华书局，1984。

12 说详拙著《王国维美学思想研究》第四章《小说美学》（中国社会科学出版社 1992、2017 年版）和《中国小说史略汇编释评》（上海书店出版社 2015 年版）。

13 胡适《红楼梦考证》、《与高阳书》、《与苏雪林、高阳书》。

14 胡适《红楼梦考证》、《与高阳书》、《与苏雪林、高阳书》。

15 俞平伯《红楼梦辨》、《红楼梦问诗论集（二）》，第 310 页。

成了中国的巴尔札克。

我在《中国小说史略汇编释评》中批评说：与西方相比，鲁迅对《水浒传》和《红楼梦》的评价非常低，甚至把《水浒传》、《红楼梦》“有些”好的“地方”也只不过比拟为上海小市民的对话水平。鲁迅的这种分析无疑是他的重大理论失误，是五四以后崇洋贬中、全盘否定中国文化的思潮的一个特出表现[16]。

二、他对中西文化的精当认识

1. 学问无新旧、中西、有用无用之分

王国维在《〈国学丛刊〉序》中提出：“学之义，不明于天下久矣！今之言学者，有新旧之争，有中西之争，又有用之学与无用之学之争。余正告天下曰：学无新旧也，无中西也，无有用无用也。凡立此名者，均不学之徒，即学焉而未尝知学也。”

2. 中国文化优于西方文化

王国维刻苦学习西方文化，在全面深入掌握西方哲学、美学、伦理学、教育学和心理学等多种学科之后，对西方文化有了精当的认识。

王国维认为西方哲学不可爱或不可信。

王国维宣布告别上海的独学时代时说：“余疲于哲学有日矣。哲学上之说，大都可爱者不可信，可信者不可爱”，“此近二三年中最大之烦闷，而近日之嗜好，所以渐由哲学而移于文学，而欲于其中求直接之慰藉者也。”（《三十自序》）

读了《十三经》，方知西方文化落后于中国文化。

王国维一则因“《十三经注疏》为儿时所不喜”，幼时直到1912年避难日本之前，不喜读十三经，又不喜帖括之学，即不喜欢科举应试文章、八股文，故而对八股文必须表达的四书，没有精到体会。

中国国学的最基本读物是《十三经》:《易》《书》《诗》《周礼》《仪礼》《礼记》《春秋左传》《春秋公羊传》《春秋谷梁传》《论语》《孝经》《尔雅》《孟子》。

王国维未读《十三经》前，崇拜西方的“新学”，崇拜西方文化。因此他说——

二则“国维于吾国学术，从事稍晚”，故而对中国哲学的伟大和超前，认

16 周锡山编著《中国小说史略汇编释评》，第372页，上海书店出版社，2015年。

识不足，所以最早的“往者十年之力，耗于西方哲学，虚往实归，殆无此语。然因此颇知西人数千年思索之结果，与我国三千年前圣贤之说大略相同。由是扫除空想，求诸平实”。（《致沈曾植》1914 年 8 月 2 日）

通过学习西方，懂得西方哲学和文化；在读懂《十三经》和提高对四书的认识之后，王国维懂得了西方文化不比中国高明，中国哲学家、思想家早在三千年前就获得的伟大成果，西方后来才开始思索，其获得的创新性重大成果，与中国相同。

而且，近期西方有专著介绍西方文艺复兴是受中国文化的影响。

3. 西方文化必将没落

1924 年，王国维给自己的学生、心目中的皇帝溥仪上《论政学疏》分析天下大势，对于占据世界高端地位的西方文化做了本质性的否定：

> 西人以权利为天赋，以富强为国是，以竞争为当然，以进取为能事，是故挟其奇技淫巧以示其豪强兼并，更无知止知足之心，浸成不夺不餍之势。于是国与国相争，上与下相争，贫与富相争，凡昔之所以致富强者，今适为其自毙之具，此皆由贪之一字误之。此西说之害根于心术者一也。

批评西方列强，将互相争霸、掠夺东方作为天赋人权；富强国家的目的是与别国争权夺利，竞争和进取是为了一人一国的私利，所以科学技术追求奇技淫巧，为其豪强兼并服务，而且永无止境、永不知足，逐渐形成不强夺就不满足的形势。国与国、上与下、贫与富相争；凡是过去造成富强的一切因素和方法，现在正好全部转化为自取灭亡的器具，这一切都是由“贪”一字害了自己。西方竞争文化坏人心术、是从根本上害人的根子。

上海作家、学者沈善增总结，中国文化是尚德文化，西方文化是尚力文化。

西方有识之士已经认识到中国文化优于西方文化

王国维清晰了解西方有识之士，已经将希望寄托于东方：

> 是以欧战以后，彼土有识之士，乃转而崇拜东方之学术，非徒研究之，又信奉之。数年以来，欧洲诸大学议设东方学讲座者以数十计。德人之奉孔子、老子说者，至各成一团体。盖与民休息之术莫尚于黄老，而长治久安之道莫备于周孔。在我国为经验之良方，在彼尤为对症之新药。是西人固已憬然于彼政学之流弊，而思所以变计矣……（同上）

三、对中国文化前景的认识：中国和东方的道德政治或将大行于天下

王国维对于中国文化的伟大意义和未来前景，发表了高瞻远瞩的宏大观点。在当时全盘否定传统文化、道德和崇洋迷外思潮弥漫的情势下，他于“五四运动”的第二年，即1920年，在致日本友人、著名汉学家狩野直喜的信中预言：“世界新潮澒洞澎湃，恐遂至天倾地折。然西方数百年功利之弊非是不足一扫荡，东方道德政治或将大行于天下，此不足为浅见者道也。”[17]

他给罗振玉的信中说得更为坚定：“时局如此，乃西人数百年讲求富强之结果，恐我辈之言将验。若世界人民将来尚有孑遗，则非采用东方之道德及政治不可也。”[18]

此可见王国维学习西方，却从不崇洋迷外，他的学习目的是发展中国文化和推进世界学术。

后来，钱穆认为“此下世界文化之归结，恐必将以中国传统文化为主。”[19]“我们在目前这危急存亡的时候。只有乞灵于东方的中国伦理道德思想，……只有东方的哲学思想能够救人类。”[20]英国著名历史学家汤因比也认为：

> 我所预见的和平统一，一定是以地理和文化主轴为中心，不断结晶扩大起来的。我预感到这个主轴不在美国、欧洲和苏联，而是在东亚。
>
> 就中国人来说，几千年来，比世界任何民族都成功地把几亿民众，从政治文化上团结起来。他们显示出这种在政治、文化上统一的本领，具有无与伦比的成功经验。这样的统一正是今天世界的绝对要求。中国人和东亚各民族合作，在被人们认为是不可缺少和不可避免的人类统一的过程中，可能要发挥主导作用，其理由就在这里。
>
> 将来统一世界的人……要具有世界主义思想。同时也要达到最终目的所需的干练才能。世界统一是避免人类集体自杀之路。在这点上，现在各民族中具有最充分准备的，是两千年来培育了独特思

17 《王国维全集·书信》第311页，中华书局1984年版。

18 《罗振玉王国维往来书信》第447页，经济科学出版社2000年版。

19 季羡林《“天人合一”新解》引，《传统文化与现代化》1990年创刊号。

20 季羡林《“天人合一”方能拯救人类》引，《东方》1993年创刊号。

维方法的中华民族[21]。

季羡林在 20 世纪 90 年代前期也发表："三十年河西，三十年河东"为"人类社会进化的规律。"西方文化导致全球生态环境恶化。目前西方文化已经衰落，因此必须"彻底改恶向善，彻底改弦更张"，"以东方文化的综合思维模式济西方分析思维模式之穷。"他还引用并赞同钱穆的上述观点。季羡林此论发表之时即引发争议。

季羡林和英国的汤因比在中国经济腾飞震动世界、世界汉语热产生之前就看好 21 世纪中国文化发展的前景，所以当时还被有些中国学者讥笑为自作多情的"东方文化救世论"。

我认为，他们的预言如能实现，必须有多种条件，最重要的是中国学者必须负起以下重要责任：其一，我们必须克服一百多年来否定中国传统文化、重洋迷外的思潮，深入研究和有效继承自己的优秀传统文化；其二，我们必须坚持中国文化中善于学习、吸收外来文化的优秀传统；同时善于鉴别外来文化的偏颇和谬误之处；其三，在最大限度地继承中国传统文化的精华，保持、强化和发扬中国文化的特色的基础上，在充分学习和融合外来文化的基础上，创造无愧于前人的新的文化，为世界文化的发展作出应有的贡献。

现在汉语热开始弥漫世界，以儒道佛三家融合的东方和谐哲学和以仁义为核心的民本政治理念初步得到并将继续得到公正评价和推崇。回想王国维发此高论之时，中国积贫积弱，正当中国知识份子、文化精英和朝野一致对中国的传统道德和文化痛心疾首，极度崇拜西方制度、西方文化之时，虽有少数知识精英还在维护中国文化的尊严，但只有他，竟能清醒洞察西方弊病（按，其功利之弊尤其反映在屠杀南北美洲和大洋洲土著，掠夺其土地建立起自己的国家和欺凌、掠夺亚非人民的殖民主义的滔天罪恶），作此振聋发聩的雄狮之吼！

近年已有一些学者与一百年前的王国维持同样看法——例如张文木说：

"未来他们西方人还是要学习中国的，为什么呢？因为中国的文化是和谐文化，中国传统经济是可持续性发展经济。大家看看孟子和梁惠王的讨论，所谓'五亩之宅，树之以桑，五十者可以衣帛矣'[22]，讲的就是可持续发展，

21 《展望二十一世纪——汤因比与池田大作对话录》第 294 页，国际文化出版公司 1985 年版。

22 《孟子·梁惠王上》："五亩之宅，树之以桑，五十者可以衣帛矣。鸡豚狗彘之畜，无失其时，七十者可以食肉矣。百亩之田，勿夺其时，数口之家可以无饥矣"。

这种认识贯穿着中国人的全部世界观，与西方比，这是东方中国的强项。”[23]

西方权威学者早就有此看法。例如黑格尔，张文木认为，黑格尔在他的《历史哲学》多次提到他的思想的“家乡”在东方。例如：

亚细亚洲在特征上是地球的东部、是创始的地方。

“精神的光明”从亚细亚洲升起，所以“世界历史”也就从亚细亚洲开始。

前亚细亚最为特异的，便是它没有闭关自守过，将一切都送到了欧罗巴洲。它代表着一切宗教原则和政治原则的开始，然而这些原则的发扬光大则在欧罗巴洲。

太阳——光明——从东方升起。

世界历史从“东方”到“西方”，因为欧洲绝对地是历史的终点，亚洲是起点。[24]

又如王学典说：

传统文化与中国的变革、改革与进步之间的关系，是20世纪中国被反复提起的一大命题：五四时期、80年代的“文化热”时期，都曾一次又一次提起此一命题，十八大之后我们再一次提起了这一命题，这一次提起的特别意义在于：这是第一次从正面角度的提起，而以往每次提起，都导致对传统文化与改革关系的大面积解构和更深刻的质疑，认为孔夫子应为中国落后挨打负责，传统文化应该为“文革”的发生负责。八十年代人们甚至还形成了一种更为普遍的认识，那就是以儒学为代表的中华文化，是封闭的、落后的、僵化的、保守的、不能与时俱进的，是中国走向现代化的绊脚石。

但是，这一被认为已经僵化了的中华传统文化，却并没有如很多人所曾经预期的那样，走向其必然死亡的命运，并且不仅没有死亡，反而在新时代展现出绵延不绝的生命力。如果说曾引起世界关注的“亚洲四小龙”的崛起，还只能算是处在儒家文化边缘地带的话，那么八十年代以来的中国，以其强劲的发展势头，迅速成为世界经济的引擎，则是在儒教文明的腹地上实现了自身的崛

这译成白话就是“在五亩田的宅地上，多种桑树，五十岁的人就能穿上丝棉袄了。鸡、猪和狗一类家畜不错过它们的繁殖时节，七十岁的人就能吃上肉了。一百亩的田地，不要占夺种田人的农时，几口人的家庭就可以不饿肚子了。

23 张文木《世界历史中的强国之路与中国选择（全球化时代的马克思主义与中国强国之路）——在北京大学马克思主义学院的讲演》，《在北大听讲座》第19辑，新世界出版社，2009。

24 黑格尔《历史哲学》（王造时译），第102、104、106、114、117页，上海书店出版社，2001。

起。而中国经济的腾飞，不仅没带来传统的死亡，相反，中国传统却随之再度大面积复兴开来。中国就崛起在中国传统之中，这一事实显然是对“儒家文化阻碍现代化进程”等原有认识的巨大修正。

东方众多文明中断与消失了，其原因归结为以下三点：人口数量的激增、自然生态环境的恶化、外来民族的入侵等客观因素，但是，所有这些问题，中国也同样曾多次遭遇过，而且中国所遭遇的情形可能更为严重，为什么中国文明战胜了这些严峻的挑战，甚至将异族入侵者完全同化掉，从而得以延续下来了呢？

中国传统的通变智慧维护了中国过去五千年在整个传统世界的发展与绵延，中国文化的未来选择是创造一个以儒家原则为基础的、克服自由主义生活方式缺陷的从而高于自由主义的东方伦理型生活方式[25]。

以儒家文化为中心，儒道佛三家文化鼎力与互补的伟大中国文化是领先于古今世界的先进文化。

有比较才有鉴别，孔子和儒家文化对中国和东亚的伟大贡献，可以四个对比来观察：

1. 中国屹立东方，多次复兴，今已进入繁荣富强的佳境，而孔子之前商末前往美洲的商人，成为印第安人，只能任人宰割，被西方恶徒消灭殆尽——8 千万人被屠杀百分之九十，另百分之十逃至人迹难至的深山老林，得以存活。

受到儒家教育的中国人，面对人类共同遭遇的自然灾害、强敌入侵、人口数量激增、民族内部歹毒力量肆孽等四大亡国灭宗的危害，避免了其他古老文明民族灭亡和衰落的结局；抵挡住游牧民族的入侵，避免了罗马帝国灭亡的结局；通过一百多年的艰苦奋战，战胜西方列强和日本军国主义分裂、削弱和消灭中国的狼子野心。

美国学者通过文物考证的研究，首先发现，美洲的印第安人的祖先来自中国大陆；接着中国和西方的一些学者的研究，进一步证实了这一点。

又如，墨西哥曾经出土过一组公元前 1000 年左右的文物，这些文物上刻画的符号与包括甲骨文在内的中国古文字非常相似[26]。

2. 未受到儒学教育的西方诸国，在 2 千年的历史中，文化经济的发展都

---

25 王学典《儒家文化与中国的改革》，《中华读书报》2017 年 1 月 18 日。

26 《“在怡情养志中焕发时代价值”——甲骨文献的活化利用记叙》，《光明日报》2017 年 3 月 23 日。

不如中国。近现代的西方列强诸国崛起后，由于缺乏儒家仁义、天下为公、己所不欲勿施于人等道义教育，残酷剥削、迫害本国和东方各国人民，而且犯下贩卖奴隶、灭绝印第安人、毛利人等滔天罪行。

20 世纪的第一次世界大战首次彻底暴露了西方政治价值观的破产。因此早年热情歌颂并主张学习西方文化的严复、梁启超等，和王国维一样都认为西方政治和文化具有破坏性和危害性，只有中国文化能够给世界各国带来美好的前景。

3. 受到儒家教育的日本和四小龙，文化和经济高度发展；其他各国难以望其项背。

四小龙中香港、台湾、新加坡本是华人。日本和韩国受到 2 千年的汉字文化和儒家的教育，大脑得到高度发展，因此能迅即学好西方现代科技，建设现代化国家。

未受到汉字和儒家教育的东方诸民族的智力发展和文化基础，无法达到日本和四小龙的水平，经济发展就大受影响。

明末清初及以后，日本和韩国都认为中国已经华夷倒置，日本和韩国都认为自己才是中华文化的正宗。日本明治维新之后的统治者，背叛儒家文化和中华文化，脱亚入欧，走西方殖民主义和帝国主义道路，犯下滔天罪行，也给自己造成影响深远的巨大损害。

近有学者指出：中华传统文化，却并没有如很多人所曾经预期的那样，走向其必然死亡的命运，并且不仅没有死亡，反而在新时代展现出绵延不绝的生命力。如果说曾引起世界关注的“亚洲四小龙”的崛起，还只能算是处在儒家文化边缘地带的话，那么八十年代以来的中国，以其强劲的发展势头，迅速成为世界经济的引擎，则是在儒教文明的腹地上实现了自身的崛起。而中国经济的腾飞，不仅没带来传统的死亡，相反，中国传统却随之再度大面积复兴开来。中国就崛起在中国传统之中，这一事实显然是对“儒家文化阻碍现代化进程”等原有认识的巨大修正[27]。

4. 中国 20 世纪反传统教育对中国人的道德、文化的伤害严重。20 世纪中国坚持和弘扬传统文化的戏曲、中国画依旧取得极高成就，与西方艺术交相辉印。而反传统势力最大的文学，未达到世界一流，德国汉学家顾彬说中国当

27 张文木《世界历史中的强国之路与中国选择（全球化时代的马克思主义与中国强国之路）——在北京大学马克思主义学院的讲演》。

代文学是垃圾，轰动中国文坛。他说“中国文学未达世界一流的根本原因是作家不懂外文、不能阅读西方名著原因是中国作家不懂外文，不能阅读西方名著”。这个论点有重大偏颇，为此笔者于 2008 年 9 月在上海外国语大学主持了与顾彬的座谈[28]，我与他对话，告诉他，当今中国文学艺术没有达到世界一流水平，首先是作家和艺术家没有继承中国传统文化和文学的优秀传统造成的。顾彬接受了我的这个观点，此后他与中国学者对话交流时，介绍了这个观点的部分内容：“他们(指中国作家)的问题在哪儿呢？他们对中国古典文学、哲学了解不够。这几天我有机会跟上海外国语大学的老师探讨这个问题，他们认为中国当代作者看不懂中国古典文学，所以他们没有什么中国古典文学的基础。”[29]并又撰文复述我的部分观点说：“不少人在中国的现代性中感觉无家可归。这种无家可归的感觉始于 1919 年的五四运动。那时人们认为，可以抛弃所有的传统。当代中国精神缺少的是一种有活力的传统。也就是说，一种既不要盲目地接受，也不要盲目地否定，从批评角度来继承的传统。1919 年在中国批判传统的人，他们本身还掌握传统，因此他们能留下伟大的作品。但是他们的后代不再掌握传统，只能在现代、在现存的事物中生活、思考、存在……”[30]

四、王国维精当地认识到中国文化的精华是三纲五常

王国维认为中国传统文化高于西方文化，并因此而认为中国文化在不远的将来必定会给东亚以外的世界各国带来美好的前景。

他所说的东方道德与政治，指三纲五常。

陈寅恪说王国维之死是殉文化：“凡一种文化值衰落之时，为此文化所化之人必感苦痛，其表现此文化之程量愈宏，则其所受之苦痛亦愈甚；迨既达极深之度，殆非出于自杀无以求一己之心安而义尽也。”

陈寅恪又补充王国维之死表面殉清，实为殉“三纲六纪”，他的王国维挽词序说：“近数十年来，自道光之季，迄于公日，社会经济之制度，以外族之侵迫，致剧疾之变迁；纲纪之说，无所凭依，不待外来学说之掊击，而已销沉

28 基本内容见《本刊中方主编周锡山与德国汉学家顾彬座谈纪要》，周锡山主持、王幼敏记录，法国巴黎《对流》总第 6 期。

29 顾彬、刘江涛《我的评论不是想让作家成为敌人》，《上海文化》2009 年第 6 期，第 111 页。

30 顾彬《中国学者平庸是志短》，《读书》2011 年第 2 期。

沦丧于不知觉之间，虽有人焉，强聒而力持，亦终归于不可救疗之局。盖今日之赤县神州值数千年未有之巨劫奇变；劫尽变穷，则此文化精神所凝聚之人，安得不与之共命而同尽，此观堂先生所以不得不死，遂为天下后世所极哀而深惜者也。”[31]

陈寅恪的这个观点应与此前梁漱溟之父清末名儒梁济（字巨川，1858-1918），于1918年农历十月初七自杀前留下万字《敬告世人书》有关。梁济宣告自己虽为殉清，实为殉“纲常名教”而死；书中痛陈今日国人为西洋新说所惑，失去了国性。他说：“吾国数千年，先圣之诗礼纲常，吾家先祖先父先母之遗传与教训，幼年所闻，以对于世道有责任为主义。此主义深印于吾脑中，即以此主义为本位，故不容不殉。今人为新说所震，丧失自己权威。自光、宣之末，新说谓敬君恋主为奴性，一般吃俸禄者靡然从之，忘其自己生平主意。……以忠孝节义范束全国之人心，一切法度纪纲，经数千年圣哲所创垂，岂竟毫无可贵？[32]”

梁济遗书反映了当时名儒对“纲纪礼教”毁于一旦的深刻担忧。此因清末以来，“三纲”被当成儒家政治思想中最大的糟粕，和中国人最沉重的精神枷锁。“三纲”的罪状，方朝辉先生曾概括为：“为专制张本”、“倡绝对服从”、“倡等级尊卑”、“人格不独立”、“人性遭扼杀”等。

这都是不懂古代文化或反传统者曲解的结果，因此有不少学者批评陈寅恪一面赞美王国维“独立之精神，自由之思想”，同时竟然宣称王氏之自沉是忠于落后、反动的“三纲五常”的“殉文化”。

然而，如果“三纲”就是“绝对服从”、“等级尊卑”、“扼杀人性的教条”，梁济、王国维难道他们会愚蠢到为此而死吗？

由于反传统思潮对中国历史、文化和社会都做了妖魔化的歪曲，我们必须重新理解三纲五常和封建礼教。

清华大学方朝晖教授带着这样的反思，发表多篇讨论“三纲”的文章和2本专著[33]，批评不少学者将儒家的“忠君”、“三纲”等价值观误解为维护专制的工具；提出“三纲”的本义并不是指无条件服从，而是指从大局出发、按

31 陈美延、陈流求编《陈寅恪诗集》第11页，北京：清华大学出版社1993年版。
32 梁济《桂林梁先生遗书》第二册，商务印书馆1927年版。
33 方朝辉《为“三纲”正名》，华东师范大学出版社，2014年；《“三纲”与秩序重建》，中央编译出版社，2014。

照良知与道义做事[34]。其中《从王国维自杀说“三纲”》一文[35]对“三纲”从纯学理的立场做了精当的介绍：

“三纲”一词，最早出现于董仲舒的《春秋繁露》中。而最早系统、明确地论述“三纲”的书是《白虎通》。该书虽曾引用《礼纬 · 含文嘉》“君为臣纲、父为子纲、夫为妻纲”一语，但实际上也把“三纲”理解为君臣、父子、夫妇这三种关系，而不指君为臣纲、父为子纲或夫为妻纲；以这三种关系本身为“纲”，而不是在三种关系内部确立“纲”。

董仲舒对于君臣、父子、夫妇这三种关系的理解。董氏多次用阴阳关系来比喻君臣、父子和夫妇。以阴阳解释人事，并不等于说臣、子、妻只能绝对服从君、父、夫，并没有说它们内部有绝对的等级尊卑。董仲舒有关君臣、上下之间双向互动的论述尤多。“君贱则臣叛”（《春秋繁露 · 保位权》），“父不父则子不子，君不君则臣不臣”（《春秋繁露 · 玉杯》），“君命顺，则民有顺命;君命逆，则民有逆命”（《春秋繁露 · 为人者天》）。所以徐复观总结说，董氏的工作，正是“把人当人”的人性政治，对“把人不当人”的反人性的极权政治的决斗[36]。

董仲舒尤其强调限制君权。《春秋繁露》一书中讥君、谏君、评君、纠君、正君俯拾皆是，不胜枚举。他强调为君者当敬慎、自律，为君须守君道。书中有臣不听君命，而董氏大之者（《竹林》《精华》）；有无道之君被杀，而董氏予之者（《王道》、《玉杯》）；《顺命》篇甚至称无道之君被弑，无道之父被杀，可视为“天罚”、“天讨”。所以，刘师培指出，“《繁露》的大旨，不外限制君权”[37]。萧公权看法类似。

此外，《白虎通 · 三纲六纪》也用阴阳关系比附君臣、父子、夫妇，同时明确强调了“双向互动”。把《白虎通》中的“三纲”解释成绝对服从的人，往往忘了《白虎通》卷五有“谏争”篇，共八章，分别包括“总论谏诤之义”、“论三谏待放之义”、“论子谏父”、“论妻谏夫”等等，大力倡导谏争。类似倡导谏争的观点还显见于刘向、班固、马融等汉儒的论述。

“三纲”的本义是指从大局出发、尽自己位分所要求的责任，其核心精神

34 方朝晖在《怎么看“尊王”“忠君”和“三纲”》，《中华读书报》2010 年 2 月 10 日。

35 方朝晖《从王国维自杀说“三纲”》，《中华读书报》2013 年 08 月 14 日 15 版。

36 徐复观《中国思想史论集》，第 253 页，上海书店出版社，2004。

37 《刘申叔遗书补遗》，第 413 页，广陵书社，2008。

是“忠”。一方面，顾全大局，服从大我，尊重“纲”的权威，不妄自尊大，不轻易背叛；另一方面，适时谏争，格其非心，保证“纲”的功效，不盲目服从，不阿谀奉承。

忠的精神——忠于自己的良知，忠于做人的道义。惟此，才能确保在下位者人格的挺立。因此，“三纲”是让人们学会在分工、辈分、性别的差异中尽好自己的职责，保证自己的人格独立性。需要指出的是，儒家没有说过，如果大局已完全不可能或不值得维护，还要盲目地维护。孔子明确主张“不可则止”（《论语·先进》），孟子也说“反复之而不听则易位”（《孟子·万章下》）。

以上原则，不仅董仲舒、班固、马融、刘向等如此主张，王安石、司马光、程颐、朱熹、薛瑄……等等莫不如此主张并力行。

从今人的角度理解“三纲”，我认为有如下几方面值得重视：第一，“三纲”反映了古人如何在尊重人与人关系之差异性现实的条件下保证人格独立性（尤其是处在下位时）。现代人一味地高喊平等、自由等口号，不尊重人与人之间由分工、角色、性别等差异造成的现实。然而在现实中，人与人之间的差异是无法回避的，不是光靠平等、自由、民主等口号就能解决问题的。

第二，“三纲”体现了中国文化中“私德”高于“公德”的现实。“三纲”代表的正是一种处理私德的哲学，其精义在于以正确的态度对待我与同事、父母、爱人等之间的私人关系，则“公”亦在其中矣。

第三，“三纲”反映了中国文化中的秩序以人伦关系为基础这一特殊现实。所谓“纲常”，严格说来是指一个社会中占统治地位的伦理规范。从这个角度说，世上任何一个国家皆有自己的纲常。

第四，“三纲”代表一种忍辱负重的精神。数千年来，中华民族正是在这种精神的推动下，克服无数困难，战胜无数灾难，走向团结，走向繁荣。“三纲”包含着这样一种精神：在与对方有不同意见时，能够忍辱负重，舍己从人，以巨大的耐力来面对分歧，化解矛盾。

第五，“三纲五常”成为中国古代社会的核心价值，是历史自然选择的结果，决不是若干儒家、统治者所能人为强加。乃至于到了近代，从曾国藩、张之洞到王国维、陈寅恪，皆信之不移。这些，岂是“绝对尊卑”、“等级压迫”、“极权专制”、“扼杀人性”、“人格不平等”等现代术语概括得了的？如果要正确评价“三纲”，就必须先搞清它的本义，以及它所以绵延不绝的根源。

总之，王国维为三纲五常的沦丧而自杀，是他的对时代的一份沉痛的责任感，其中的道德力量与精神情操令人肃然起敬。刘梦溪分析王国维的自尽，是理性自觉，而非情绪冲动："王国维采取了一个行动，在五十一岁的盛年，在他的学问的成熟期，居然自己来结束自己的生命。这是很了不起的哲人之举。"[38]

刘梦溪又说："中国自周秦以来，或者换一个更容易为学界认可的说法，自秦汉以来，就建立了以长治久安为目标的社会形态。这一社会形态，体系完整，纲纪分明，文教发达，人事旺盛。虽中经丧乱，内忧外患，改朝换代，但主流根脉，未遑动摇。社会本身似乎有一种稳定的内在调节机制。""纲纪"是社会稳定的关键之一，所以王国维、陈寅恪对'纲纪'消沉、破灭，心急如焚。"[39]

最近京沪多家报刊发文纠正反传统者对"封建礼教"的错误认识。如：北京大学哲学教授楼宇烈《"只知道礼教是吃人的，传统文化无法真正传承下来"》[40]、《人民大学成立礼学中心：反思"礼教吃人"，重建礼仪之邦》[41]、《全国政协委员、书画家吴欢：恢复精华旧礼教　重建现代新文明》[42]、韩星《礼教的社会功用与现代复兴》[43]等，介绍、分析和评论礼教的内容和意义。

而关于承载三纲五常、封建礼教的十三经，尤其是其中最重要的六经，当今学者做了正确的阐释和评价，如——

刘梦溪指出："六经"是中国文化的最高的特殊的形态。"六经"里面有两个系统：一个是学问系统，一个是价值系统。"六经"的价值系统是面对所有的人的。中国文化的基本价值、核心价值，可以说都在"六经"。特别是诞生最早的《易经》，固然是无可否认的占卜之书，但它同时更是中国文化论理价值的渊薮。

刘梦溪从以《易经》为代表的"六经"里面，也包括后来作为十三经组成部分的《论语》《孟子》《孝经》里面，梳理抽绎出五组价值理念：一是诚信，二是爱敬，三是忠恕，四是知耻，五是和同。其中"己所不欲，勿施于人"、

38 刘梦溪《沉潜学术，传承典范》，《中华英才》2017 年第 1 期。
39 刘梦溪《学术与传统·自序》，北京时代华文书局，2017 年。
40 上海《东方早报》2015 年 3 月 27 日。
41 上海《澎湃新闻》2015 年 3 月 17 日。
42 上海东方网 2014 年 3 月 6 日、中国青年网 2014 年 3 月 26 日。
43 《北京行政学院学报》2015 年第 6 期。

“和而不同”，是中国文化的大智慧，事实上给出了人类麻烦的解决之道。“六经”中的这些价值理念，都是永恒的价值理念，永远不会过时。正如熊十力所说，它们是中国人做人和立国的基本精神依据。关键是需要让这些价值论理跟现代人建立有效的联系，使之成为每个人精神血脉的一部分。所谓传统文化进入教育环节，国学和教育结合，其精要之点，即在于此。价值教育是国学教育的核心，施行得体，可以补充百年以来施行的单纯知识教育的不足[44]。

张岂之指出，儒学的一个重要的智慧是：“儒学有一条根本的原则，就是经世致用，学者还要了解今天的世界以及未来的世界，宋代大儒张载“横渠四句教”说：“为生民立命，为天地立心，为往圣继绝学，为万世开太平”，这几句话，集中体现了儒家的民本思想和对现实的深切关照，有着很强的现实意义[45]。

儒家经典的经世致用，以《孟子》为例，王蒙撰写《得民心得天下——王蒙说〈孟子〉》一书是因为，两千多年前的《孟子》，到今天仍然是有启发意义的。孟子文思纵横且大义凛然，他将修身齐家治国平天下等问题讲得透彻，同时表达了足够的处世的聪明与应对的机敏。该书深入挖掘孟子“民本”“仁政”思想对于当下社会的现实意义。王蒙说：“比如孟子所说的‘浩然之气’，我的理解就是文化自信。而孟子何来浩然之气呢？就是为了最大的道义，为了国泰民安，为了平天下，为了使人真正活得像个人。”

王国维正确认识中西文化的重大现实意义

任何国家，引领国家富强繁荣的是知识精英队伍。中国知识精英队伍受到三教合一基础上的儒家文化、道德和智慧的教育，并转化为治国利民的理念，所以中国成为世界上唯一具有五千年历史的长存不衰的文明古国，成为永久保持青春活力、在历经磨难之后再次崛起，即将实现中国梦的伟大国家。王国维是知识精英中的领军人物，他一生致力于国学研究即中国道德和智慧的建设，他的伟大著作是我们学习国学的典范教材。

王国维在正确认识中西文化的基础上做出重大创新的伟大著作，有力破除了一百多年来反传统思潮的负面影响，在当代中国建立文化自信的进程中起了不可或缺的重大作用。

44 刘梦溪《传统文化如何进入现代生活》，《中国文化报》2017 年 3 月 15 日。

45 张岂之《儒学最关注现实问题，不应老停留在过去》，《凤凰国学》2016 年 11 月 3 日。

王国维的著作指导当代学者和读者，在文化建树的层面上实践爱国主义的理想。

王国维的著作指导 21 世纪的学者和读者如何正确认识中西文化、历史和社会，引导学者和读者刻苦学习和研究中国优秀传统文化，适当学习和引进西方文化的精华，并在此基础上做出自己的创新性成果，从而为当代中国和世界文化的发展和繁荣而做出自己的贡献。

莫言获诺贝尔奖授奖词商榷
——神秘现实主义和神秘浪漫主义，还是魔幻现实主义？[1]

2012年10月，瑞典皇家科学院诺贝尔奖评审委员会公正评审并通过给莫言授奖的决定，宣示了诺贝尔奖评审委员会对中国当代文学及作家的关注和对中国当代文学成就的一种公正评价。但是瑞典皇家科学院诺贝尔奖评审委员会对中国古代文化和文学的伟大成就了解不够，因此给予莫言的授奖词中对莫言文学成就的具体评价则有值得商榷之处。今借本次大会提供的难得机会，提出商榷性的意见，提请与会者注意和讨论。

一、授奖词“魔幻现实主义”的命名和译法的商榷

2012年诺贝尔文学奖授予莫言的授奖词：“他将魔幻现实主义与民间故事、历史与当代社会融合在一起”。诺贝尔奖评审委员会表示，“莫言将现实和幻想、历史和社会角度结合在一起。他创作中的世界令人联想起福克纳

1 2013年6月，上海，同济大学、中国对外友协、上海作家协会、上海比较文学研究会等主办，北京大学、复旦大学、兰州大学、瑞典皇家科学院等协办“从泰戈尔到莫言——百年东方文化精神国际研讨会”论文。说明：本文完成于2012年10月22日，曾于2012年10月下旬、12月先后向上海《文学报》（“新批评”专栏）、《上海作家》（经上海作协臧建民秘书长推荐）投稿，皆未获刊登。2013年初，得到国际研讨会主办方同济大学、上海作家协会和上海比较文学研究会分别发来的会议通知和邀请书，即将此文提交大会筹备组，参加此会并作交流。本文收入这次大会的论文集，孙宜学主编《从泰戈尔到莫言（百年东方与西方）》，上海三联书店，2015。

和马尔克斯作品的融合，同时又在中国传统文学和口头文学中寻找到一个出发点”[2]。

我认为授奖词关于莫言“受魔幻现实主义影响”一语，不甚恰当，其中隐含着3个理论失误，值得商榷。

首先，授奖辞明明指出莫言受了马尔克斯的影响，莫言本人早就在上世纪80年代的著名文章《两座灼热的高炉》中，谈马尔克斯和福克纳对他的影响。后来也在多篇文章中说自己的创作受了魔幻现实主义的影响。

可是授奖词中的“魔幻现实主义”一词，不用西文通用的 Magic Realism 或 Magical Realism，而是用了“Hallucinatory realism”（谵妄现实主义）。于是在学术界造成了理解上的混乱。

旅美学者童明教授批评中国媒体对此词翻译不确，他根据瑞典文译为“谵妄现实主义”，并解释说：

文学中的谵妄幻觉现象丰富而复杂，不可一概而论。比如，某些作者可以更自主地使用谵妄幻觉，使所叙述的病态成为折射和反抗现实的艺术的一部分。

有些作者创作中出现的谵妄现象，却可能是个人或社会病态的反映，可称之为“非主动的谵妄”。

文学中纳入负面情绪和病态并非新事，且已形成现代文学（包括先锋派）的一个重要特征。现代文学的发展，又扩充了负面美学的内涵。卡夫卡是负面美学成就最突出的实例。所以，诺贝尔委员会用“谵妄现实主义”这个词，虽然赋予莫言作品病态和负面情绪的涵义，对莫言的文学作品未必是贬低，甚至可能是肯定。

莫言喜欢规模，但他描写的荒诞，明显缺少外国作家的那种个性的支撑。莫言小说中对男女纠葛、性别和暴力做荒诞式的夸张，显出一种群体性，更接近畅销文学，而不是严肃文学。因此，莫言也许真的是在“反映”现实，而不是用艺术“折射”现实。他作品中的谵妄，多是一种谵妄文化的直接显现。[3]

童明先生的朋友徐贲先生，在自己的博客中转载此文，并做按语解释说：英语媒体介绍2012年诺贝尔文学奖获主莫言，赞辞中使用的都是“Hallucinatory

2 《莫言获诺贝尔文学奖　评委会：将现实和幻想结合在一起》，中国新闻网 2012 年10月11日。

3 童明《莫言的谵妄现实主义》，《南方周末》2012 年 10 月 19 日。

realism”（谵妄现实主义）这个中心词。“谵妄现实主义”是一个大约在 1970 年代开始被批评家使用的新词。谵妄现实主义与“魔幻现实主义”有些联系，但却有它自己的特定含义。1981 年出版的《牛津 20 世纪艺术大全》（The Oxford Companion to Twentieth Century Art）对“谵妄现实主义”的定义是：“精细正确的细节描绘，但这种现实主义并不描述外部现实，因为它用现实手法描述的主题只属于梦境和幻想。”（第 529 页）德国歌德大学的林德勒（Burkhardt Lindner）教授则指出，“谵妄现实主义追求的是一种类似梦境的真实”，按照这个解释也可以把谵妄现实主义称为“白日梦现实主义”。诺贝尔奖是用瑞典语和英语发布的，瑞典语发布使用的是“hallucinatorisk skärpa”，也就是英语的“hallucinatory sharpness”。

由上可见，“谵妄现实主义”这个译法及其概念都是不准确的。按照《汉语大词典》的解释：谵，胡言乱语。谵妄，中医指引内热过盛或痰火内忧等原因，以致胡言乱语，情绪失常。这个翻译很不准确。用这个“主义”对莫言作品作评价，是完全不符事实的。在理论上说，也完全是不对的。莫言的有关描写并非“只属于梦境和幻想”，而是有着很大的真实的、现实的成分的。更不是病态的和负面的。

英语 hallucinatory sharpness，其义为：幻觉的，引起幻觉的。由于谵妄现实主义的译法，有负面影响，于是此语又被翻译成“幻觉现实主义”，有论者说莫言做了“人与幻觉现实主义的融合”，“从历史和社会的视角，莫言用现实和梦幻的融合在作品中创造了一个令人联想的感观世界”。

马悦然则译作“虚幻现实主义”。当记者问马悦然：“莫言的授奖辞，有一个关键词的翻译各不相同，大家常常把他翻译成魔幻现实主义，你怎么翻译？”马悦然：“幻觉的现实主义，融合神话、历史和当代。当然，莫言的小说里也有魔幻现实，但这在莫言的作品中都不太重要。”[4]

马悦然对原文和英语的翻译，是准确的。但授奖词的原文是使用不当的。于是，《文艺报》当时报道，有学者在研讨莫言著作成就时，提出将授奖辞中的魔幻现实主义改称为“神幻现实主义”。

以上这些新的译法，都是围绕诺贝尔奖委员会给予莫言的授奖词而发生的，都是不规范的和不成熟的，未经学术界的讨论和论证。

第二，如果按照莫言本人的说法，他受了马尔克斯的重大影响，就应该将

4 石剑峰《那些批评莫言的人读过他的书吗》《东方早报》2012 年 10 月 22 日。

授奖辞中的幻觉现实主义改成“魔幻现实主义”。可是“魔幻现实主义”这个名词，本身即是错误的，一般认为魔幻现实主义产生于拉美，因此全称为拉美魔幻现实主义，但并没有确切的定义。此派作家和理论家、评论家，仅说它描写的是拉美地区神秘的现实。加西亚·马尔克斯在获诺贝尔奖的授奖仪式上的讲话，也强调他的小说描写的拉美神秘现实是真实的。这是针对西方学术界不承认其真实性，故而将拉美的此类作品用“魔幻”一词加在“现实主义”前面，做了非真实性的限定所作出的反对性的说明。

“魔幻”中的“幻”意味着是“幻想”和“虚幻”的本质，实质上还是不承认此类描写的真实性，正如戴维洛奇所说，魔幻现实主义，“即原本是现实主义的叙事中发生了不可能的神奇事件”[5]，于是称之为魔幻现实主义。这个概念是不确切的，更且此词前后部分自相矛盾，这就造成了一个很大的理论失误：既然这个名词的前后两部分互相否定，因而这个理论概念是不成立的。

第三，无论谵妄现实主义、幻觉现实主义、神幻现实主义、虚幻现实主义和魔幻现实主义，都不能用来界定莫言的创作方法，因而都是不正确的。这是因为：

上面论及谵妄，被改成虚幻、幻觉、梦幻等，与魔幻一样，这些译法，本质上都是一样的，没有区别：

“魔幻”的“魔”，指神奇的，变幻难知的。幻觉，在没有外在的刺激的情况下而出现的不正常的知觉。幻觉有多种，如：幻听、幻视、幻嗅、幻味、幻触等。而“魔幻”的“幻”，指假象、虚无。所以有人译为“虚无现实主义”，与魔幻没有本质的区别。

总之，这些译法还都是用反对迷信、遵循科学的语言来解释和命名之，完全是隔靴搔痒，文不对题的解释和命名。除了强调描写内容的真实性，反对将“魔幻”强加在他的头上之外，马尔克斯又曾正面回应和反驳过西方文学界和理论界对他的创作和魔幻现实主义的界定：马尔克斯承认自己的创作有“迷信”的成分，强调其小说，部分来源于“印第安妇女一样迷信”[6]。他还进一步说：

> 我自己并没有创造出什么新奇的玩意儿，只是简单地在那里抓

---

5 《魔幻现实主义》，〔英〕戴维．洛奇《小说的艺术》王峻岩等译，第127页，作家出版社，1998。

6 马尔克斯、门多萨《番石榴飘香》，林一安译，第7页，三联书店，1987。

住和重复了一个充满了预兆、民间疗法、先兆症状、迷信的世界，也可说是一个极富我们自己特色的、极富拉丁美洲特色的世界。[7]

我认为，迷信，或者说所谓的迷信，有时是符合为盛行的西方的理性主义思想多不齿的自然功能的。[8]

他批评西方理性主义的不足，强调“迷信”属于“自然功能”，即是现实的一种存在。

上已提及，西方虽然建立了“拉美魔幻现实主义”这个理论概念，但至今没有产生明确的定义。我据马尔克斯的有关解释，将魔幻现实主义定义为：作者认为他所描写的神奇事实是真实的文学作品[9]。

上文已经强调指出，加西亚 · 马尔克斯在获诺贝尔奖的受奖仪式上的讲话，非常强调他的小说描写的拉美地区的神秘现实是真实的；但他又承认是“迷信的世界”的产物。而在理性主义者看来，“迷信”就意味着不真实，丧失理性地相信虚假不实的神奇事物。西方学术界不承认其真实性，故而将拉美的此类作品用“魔幻”一词加在“现实主义”前面，做了非真实性的限定所作出的说明。

综上所述，“魔幻”此词，一则此是西方色彩的语言，或者说仅仅是西方语境中的产物，二则“魔幻”中的“幻”意味着是“幻想”和“虚幻”的本质，实质上还是不承认此类描写的真实性，造成魔幻现实主义这个概念的不确切和此词前后部分的自相矛盾。因此，我认为，这个概念不能成立，是错误的[10]。

另需注意的是，因为害怕自己写作的有关内容，被批判为宣扬封建迷信，乐于描写神秘故事的中国作家都声称自己的神奇描写是受拉美魔幻现实主义影响的产物，但对马尔克斯相信迷信这个问题，则抱回避态度；或者根本不知道拉美魔幻现实主义包含着迷信的成分。

同样，莫言作品中被指定为“魔幻”的内容，不能用科学来解释，而莫言和中国同类作家宗璞、陈忠实等，都是站在西方理性主义的立场上，反对迷信，不承认自己描写的神奇内容是肯定、赞同、反映和揄扬封建迷信的。文学理论

7 马尔克斯、门多萨著《番石榴飘香》，林一安译，第 84 页，三联书店，1987。

8 马尔克斯、门多萨著《番石榴飘香》，林一安译，第 166 页。

9 周锡山《神秘现实主义和神秘浪漫主义导论》，2011，上海，中国比较文学第 10 届年会暨国际研讨会论文，中国比较文学旅法分会，上海比较文学研究会《对流》第 9 期，2015。

10 周锡山《神秘与浪漫》，第 308 页，百花洲文艺出版社，1999。

界也持同样的看法。我认为，这种认领洋祖宗的言行是错误的，事实并非如此，请看本文下面第二节：

二、莫言的有关描写不是魔幻现实主义影响的产物而是中国传统文学的影响

授奖辞说莫言“将魔幻现实主义与民间故事、历史与当代社会融合在一起”，与莫言和中国作家、批评家的认识是一致的。但也有当代文学的研究专家认为莫言的后期创作在“逃离”福克纳和马尔克斯他们之后，“重新发现和复苏了中国民间文化传统，民间的想象和力量”，并认为“这是他最大的价值所在”。这个评价也不准确，因为他在“逃离”之前，也写中国民间文化传统，民间的想象和力量；“逃离”之后，依旧运用“魔幻”手法，并没有什么本质的变化。而且“魔幻”手法，与“中国民间文化传统，民间的想象和力量”，既不是相反的，也不是对等的一组概念，不能据此划分为两个阶段。

本文强调的是，不管是早期还是以后的作品，莫言描写的神奇故事都与中国传统文化和文学有关，而与拉美魔幻主义文学则没有关系。

例如，莫言早期的最重要作品《红高粱家族》有四处此类描写：

1. 罗汉大叔被日本人杀害、剥皮、凌迟碎割后，当天夜里，天降大雨，把骡马场上的血迹冲洗得干干净净。罗汉大叔的尸体和皮肤无影无踪。于是流传起关于此事的美丽的神话故事。（第一章《红高粱》第四节）

这样的“天人感应”、天变与人事相应的故事和实录，中国古代的记载很多。《汉书·于定国传》记载汉东海郡孝妇被郡守枉判死刑，该郡因此大旱三年。后冤狱昭雪，天立降大雨。《晋书·陆机传》记载陆机遭冤杀后，“机既死非其罪，士卒痛之，莫不流涕。是日昏雾昼合，大风折木，平地尺雪，议者以为陆氏之冤。”《元史》中的《王恽传》《邓文原传》等皆记载民间有冤狱时，出现久旱不雨的现象。元杂剧《窦娥冤》被冤杀时发出三桩誓愿，其中要求六月飞雪，不仅证明她的冤屈，还要求“免着我尸骸现”，用白雪葬身，以示自身的无辜和高洁。这些记载和描写的象征性，皆早于西方和拉美的魔幻现实主义，与莫言的这个描写相同。

2. 余占鳌从好友程小铁匠那里得到了一把小剑。后来，那剑在枕下，似乎每夜都发出尖啸，使他难以入眠。（第二章《高粱酒》第四节）

《水浒传》描写母夜叉孙二娘在十字坡卖人肉馒头的黑店中杀了过往的

“一个头陀，长七八尺，一条大汉”，他留下了“两把雪花镔铁打成的戒刀。想这头陀也自杀人不少，直到如今，那刀要便半夜里啸响”。

《红高粱》的这个情节与《水浒传》的描写相同，而与拉美的魔幻现实主义风马牛不相及。

另有秋瑾《宝剑诗》：“神剑虽挂壁，锋芒世已惊。中夜发长啸，烈烈如枭鸣。”秋瑾《鹧鸪天·夜夜龙泉壁上鸣》：“祖国沉沦感不尽，闲来海外觅知音。金瓯已缺总须补，为国牺牲敢惜身！　　嗟险阻，叹飘零，关山万里作雄行。休言女子非英物，夜夜龙泉壁上鸣。”

以上两则皆有文献根据，是否有现实根据，尚缺乏例证。以下两则则确有现实根据。

3. 第三处为第五章《奇死》描写二奶奶死时邪魔附身，死后起尸，此类故事为古代司空见惯的，志怪小说、笔记小说和通俗小说此类故事很多。其中写到的预知功能和同步思维——罗汉大叔刚与伙计提着水罐走到院子里，就听到二奶奶在屋里咯咯地浪笑着，说：“罗汉，罗汉，你灌吧，灌吧，你老姑奶奶正渴着呢！”拙著《神秘与浪漫》已有论述。至于爷爷请来李山人，李山人将灵药倒在水盆里，用桃木剑快速搅动，一边搅，一边念咒语。二奶奶终于咽气，彻底死亡。(《第五章》奇死第九节）用咒语、桃木剑、灵药救治遭妖魔附体的受害者、驱除或消灭附灵，这是中国本土宗教道教驱魔逐邪的必用手段。

以上关于二奶奶死后起尸的描写，上海华东师大教授，年过九十的刘衍文《情深无间生死》说：这是僵尸一个表现，“僵尸有二：其一新死未敛者，忽跃起搏人；其一久葬不腐者，变形如魑魅，夜或出游，逢人即攫。”二奶奶属于第一种。关于第一种，刘彦文先生“就耳目所接谈谈自己的见闻”：

> 我祖母在光绪二十六年因避浙西民变，逃难到安徽绩溪。邻居家有一个童养媳，婆婆一直施以虐待，而公公却处处加以袒护，这使婆婆恼怒非常。一天，公公死了，停尸床上，婆婆说：“老头子喜欢你，你就跟他一起死好了。”竟特地找来一猫，把猫、童养媳和死人关在一室。意在让猫触动尸体，尸体起而将童养媳整死。可到了第二天早上，婆婆听室内毫无动静，以为计划得逞了，遂用钥匙开了房门。不料门刚一打开，其夫尸体直挺挺地站在门口，把她一把抱住，婆婆大叫一声，当场吓死。这时躲在床底下的童养媳也

迅即爬出，连哭带跑的，惊动了四邻八舍。我祖父母都去现场看过，大家都同情童养媳，谴责婆婆，认为这是老天施行的报应。

还有一件是我们在龙游时的旧房东余屈之的事情。其子余树滋和我父亲是同学，其孙余敦礼是我的小学同学。余屈之未几去世。停尸厅堂，择日大殓，照例请邻居守夜。入夜无聊，守灵四人遂打起麻将来。雀战正酣，面对尸床的一人忽见尸体站了起，于是大叫一声，四人各自逃逸，而其尸忽口唱京戏，边唱边走，走到门口，为门槛绊倒而止。此事与《酉阳杂俎》所记有几分相似。[11]

4. 余占鳌带领部属伏击日本鬼子的车队，日本鬼子刚进入他们伏击的阵地，奶奶正巧和王文义妻子前来送午饭。“还是我的父亲最先发现我的奶奶，父亲靠着某种神秘力量的启示，在大家都目不转睛地盯着缓缓逼近的汽车时，他往西一歪头，看到奶奶像鲜红的大蝴蝶一样款款地飞过来。父亲高叫一声“娘——”就在此时，日本鬼子开枪将她们两个打死了。（第一章《红高粱》第七节）

所谓“某种神秘力量”，指母子间的心灵感应或者某种神秘的启示，此类描写和现实的记载颇多——还有更直接的神秘启示，例如鲁迅的独子周海婴，他父亲死前的几天中，他竟然得到父死的神秘预告：说来奇怪，在父亲去世前几天，我放学回家的路上，突然感觉有个声音对我说：“你爸爸要死了！”这么多年我一直不明白这个声音究竟来自何方。1936 年 10 月 19 日早晨，许妈上楼低声说：“弟弟，今朝侬勿要上学堂了。”我才知道，我没有爸爸了……[12]

莫言小说直至近期作品，如《檀香刑》中的人化为动物和动物变人，在中国古代文学，作品，例如唐传奇《柳毅传书》中的龙女，唐代传奇、明代长篇小说三言和戏曲《白蛇传》中国的白蛇、狐狸变美女，尤其是《西游记》和《聊斋志异》中的很多篇目，都有精彩描写。

《生死疲劳》中西门闹在地狱中受阎王审判和下油锅的酷刑，以及转世轮回，都是佛教文化中过去家喻户晓的内容。

《蛙》描写的看相、风水，天意、命运、报应、梦异，异人同梦，中国古

11 刘衍文《情深无间生死》，上海《东方早报》2012 年 09 月 16 日。

12 李菁《周海婴眼中的父母亲》，《三联生活周刊》2006 年第 1 期，《文摘报》2006 年 1 月 16 日转载。

代纪实史书和虚构文学著作也多有描写，是古代神秘文化中的常见的内容，因众所周知，不再例举。

总之，以上所述的莫言具体的神鬼描写或神奇故事的叙述，皆与魔幻现实主义无关，而直接继承于中国传统文学和神秘文化。

不仅是莫言，近年众多中国作家都有此类描写。以看相占卜为例，近年颇多这种描写和记载。不仅如熊召政《张居正》、唐浩明《曾国藩》这样描写古人的小说，有占卜的情节，即如当代作家的自叙也颇多，例如：

著名作家孙犁《芸斋小说》中的《女相士》记叙文革初期即 1966 年秋冬之交，作者本人与一位女相士杨秀玉被揪出、批斗后，一起劳动改造时，在极度痛苦、彷徨之时，请她相面和预告自己命运的故事。在篇末，芸斋主人曰："杨氏之术，何其神也！其日常亦有所调查研究乎？于时事现状，亦有所推测判断乎？盖善于积累见闻，理论联系实际者矣！'四人帮'灭绝人性，使忠诚善良者，陷入水深火热之中，对生活前途，丧失信念；使宵小不逞之徒，天良绝灭，邪念丛生。十年动乱，较之八年抗战，人心之浮动不安，彷徨无主，为更甚矣。惜未允许其张榜坐堂，以售其技。不然所得相金，何止盖两座洋楼哉！"结合文革对人和人性的酷烈摧残，对其神技做了一番感慨。按本篇介绍这位女相士在抗战时卖卜之收入极为丰厚，积下许多金条，还盖了两个洋楼，故云。[13]上海作家王安忆说："我母亲曾经（在）绍兴找乡下人算命，乡下人算命算得蛮准的。……但那时给我妈妈算命的人就觉得，'你丈夫呵就像你的儿子'，我觉得算得也很准。"她进而宣布："我是相信有这种神鬼之说的，但科学一定要把它解释得非常合理化。"[14]

对于这种现象，杨绛先生在九六高龄时还在商务印书馆出版了《走到人生的边上》，大谈她经历和见闻的有关鬼魂和算命的多个往事[15]。

自 1980 年代至现在，在中国不少报刊上，有不少此类的纪实文学和报道。近期如原上海中国画院副院长，现中国艺术研究院篆刻创作院院长、西泠印社副社长韩天衡由瞎子算命先生根据他的生辰八字算命，帮他破解灾难。[16]香港

13 首发于 1979 年的《收获》，后出版于人民日报出版社，1990；中州古籍出版社，2009。

14 上海、乌鲁木齐《西部华语文学》2007 年第 2 期，第 65 页；第 6 期，第 16 页。

15 杨绛《走到人生的边上》，商务印书馆，2007。参见此书前言，一、神和鬼的问题，四、命与天命（一）人生有命，（二）命理等章节。（此书获文津图书奖。）

16 王琪森《金石书画铸春秋（2）》，上海《新民晚报》2009 年 11 月 30 日。

著名学者、岭南大学教授刘绍铭介绍女相士为香港著名作家董桥相面并作准确预言和记载的鬼故事[17]。

与莫言一样，这些作家的有关作品，与拉美魔幻现实主义没有关系，而是继承中国传统文学与神秘主义文化、神秘主义文学的产物，属于神秘主义的描写手段。

三、莫言的神奇故事描写运用的是神秘现实主义和神秘浪漫主义手法

"神秘主义文学艺术"的基础是神秘文化，神秘文化主要有宗教（不仅是基督教，而是世界上所有的宗教）、巫术、梦幻、气功和特异功能等内容，在文学中，主要表现为道术仙术巫术（包括魔法）和特异功能、梦幻、宗教文化中的天堂地狱、三世轮回和因果报应，以及占卜预测等类描写。这些内容，在科学昌盛的现当代，常常被指责为封建迷信，前已言及，马尔克斯也承认这一点。我认为，这些都极大地开拓了作家的艺术想象力，拙文《中国文学史著作的最新之作和四大局限》[18]对此已有阐发。

在拉美魔幻现实主义之前，中国早就有这类描写，因此我认为不能用拉美魔幻现实主义来笼统地概括这样的作品，而应该要定名为中国古已有之、中西皆能通用的"神秘主义"文学艺术这个概念来概括之，并分解为"神秘现实主义和神秘浪漫主义"两种流派和写作手法。

"神秘现实主义和神秘浪漫主义"的创作流派和方法，是我在学术界首创的一个理论概念，拙著《神秘与浪漫——文学名著中的气功与特异功能》[19]首次提出"神秘现实主义文学"的概念并从气功与特异功能描写的角度，大略梳理其发展史的线索。笔者在2004年上海比较文学研究会第8届年会上做大会发言，首次公开发表"神秘现实主义和神秘浪漫主义"这个理论成果，得到与会者的一致赞同，《上海社联通讯》和上海社联网、中国比较文学（文贝）网、中国比较文学学会会刊《中国比较文学》2005年第1期都有报道。

在此前后，笔者围绕此题，已发表论文10余篇，并多在国际学术研讨会上发表，例如：《戏曲中的神秘现实主义和神秘浪漫主义描写略论——中国戏

17 刘绍铭《董桥癖》，上海《东方早报》2011年5月22日。

18 《复旦学报》1997年第5期。

19 周锡山《神秘与浪漫——文学名著中的气功与特异功能》，百花洲文艺出版社，1999。

曲的首创性贡献研究之一》[20]、《〈牡丹亭〉和三妇评本中的梦异描写述评》[21]、《神秘现实主义和神秘浪漫主义导论》[22]等。

我在《神秘现实主义和神秘浪漫主义导论》中指出：

神秘主义文学艺术是中国首创的，创作历史最为悠久，此后东方和西方诸国文学艺术都有大量作品包括经典著作产生。神秘主义文学艺术在中国有非常丰厚的资源，从《易经》《老子》《列子》《庄子》和《左传》《史记》等中国最早的文史哲经典，到《牡丹亭》《三国演义》《西游记》和《聊斋志异》《长生殿》《红楼梦》等经典戏曲小说都有其神秘文化的历史背景，但是当代中国的文学界任拉美魔幻现实主义大行其道，而对自身的文化丰厚遗产却以害怕担当“封建迷信”的罪名而拒之门外。

学术界过去都将神秘主义文学艺术作品归结到浪漫主义之中，少数则定名为超现实主义、幻想文学或其它名称，我认为都不够恰切。而以神秘主义命名这些作品，才为确当。

神秘主义文学艺术还可以分为神秘现实主义和神秘浪漫主义。

我给“神秘现实主义”的定义为：作家本人和部分读者认为这些神奇故事的描写都是事实存在的。按照这个定义，拉美魔幻现实主义属于神秘现实主义的一种。

我已在《神秘与浪漫》中从气功和特异功能的角度，初步梳理了中外古今的“神秘现实主义文学史”，对古典名著作了新的阐释或挖掘，同时兼及中国当代文学和外国文学。如此书用 3 万字的篇幅阐释《西游记》是阐发三教合一、人生修炼的形象教材，分析《红楼梦》对气学理论的经典阐释和在艺术描写中所起的作用等等。此书也分析和评论了苏俄布尔加科夫《大师和玛格丽特》和拉美魔幻现实主义的两个名家：比奥伊·卡萨雷斯和加西亚·马尔克斯，并将他们列为神秘现实主义的重要作家。

“神秘浪漫主义”的定义为：作者和读者都认为神奇故事的描写内容是纯粹虚构的，是事实上不可能存在的神秘人物、故事和情节。拉美魔幻现实主

---

20 2008，香港中文大学主办《“重读经典：中国传统小说与戏曲国际学术研讨会”论文集》，香港：牛津大学出版社，2009。

21 2006，中国遂昌《汤显祖国际学术研讨会论文集》，西泠书社，2008。

22 2011，上海，中国比较文学学会和复旦、上师大主办，华师大、交大、上外、上大等联合举办中国比较文学第 10 届年会暨国际研讨会论文，中国比较文学旅法分会，上海比较文学研究会《对流》（法国巴黎）第 9 期，2015。

义名作包括上举作家和著作也有不少这样的内容。

神秘现实主义和神秘浪漫主义文学艺术还包括中外戏剧（戏曲）（戏剧和戏曲都兼属于文学和艺术两个领域）和电影名著，包括纯文学艺术和通俗文学艺术的作品，例如美国电影《神鬼情未了》、香港电影《胭脂扣》（据李碧华的小说改编），内地电影《秦俑》等。

神秘主义文学（包括神秘现实主义和浪漫主义文学），如前所述，中国古已有之，而且繁荣发达，成就卓著；西方有有少数名著如古罗马《金驴记》，描写巫术和神术。莎士比亚不仅在传奇剧如《暴风雨》描写了精灵，悲剧《哈姆莱特》描写老国王的鬼魂向王子哈姆莱特痛述受害经过，希望他报仇，《马克白》描写巫女给马克白的预言等；连历史剧《亨利六世》中，也写法国圣女贞德利用鬼兵作战。

西方近现当代的通俗文学和童话作品虽多神秘题材，但因西方近现代文学家崇尚现代科学和宗教的原因，所以纯文学文坛罕见此类名著。以诺贝尔奖的作家为例，仅如 1911 年获奖的比利时的梅特林克，1921 年获奖的意大利的皮兰德吕的话剧《六个寻找剧作家的角色》，1923 年获奖的爱尔兰的叶芝等，少数名家的少数作品描写此类内容。

后因拉美魔幻现实主义代文学于 1980 年冲击和影响西方文坛，自 1990 年代起，神秘现实主义和神秘浪漫主义文艺创作成为一股时代潮流，至今犹然。仍以获诺贝尔文学奖的作家为例，如 1993 年，美国黑人女作家托尼·莫里森的《宠儿》，1994 年得奖的大江健三郎于 1999 年发表的《空翻》（中译本，译林出版社 2001）；1998 年获诺奖的葡萄牙若泽·萨拉马戈《修道院纪事》，1999 年获诺奖的德国君特·格拉斯《铁皮鼓》等；2001 年的英籍印度作家奈保尔的《灵异推拿师》，2006 年的土耳其帕慕克《我的名字叫红》和 2007 年的英国女作家、自称是神秘主义者的多丽丝·莱辛《金色笔记》和《幸存者回忆录》等，另有著名作家如法籍捷克作家米兰·昆德拉《生活在别处》，英国作家拉什迪《撒旦诗篇》《佛罗伦萨妖女》以及当前风行世界的儿童文学名著和电影《哈利·波特》《魔戒》三部曲（电影《指环王》）等，都是此类作品。

中国文坛也是如此，以国内地位最高的茅盾文学奖的获奖作家作品为例：1991 年第三届获奖作品霍达《穆斯林的葬礼》和提名作品、二月河《雍正皇帝》，1997 年第四届的陈忠实《白鹿原》，2000 年第五届的阿来《尘埃落定》，2005 年第六届的熊召政《张居正》、宗璞《东藏记》和她的其他不少名作，2008

年第七届的贾平凹《秦腔》和迟子建《额尔古纳河右岸》。2011 年第八届获奖的莫言《蛙》。

以上作品都描写神秘人物和事迹，并赖此推动小说情节的发展，表现了丰富的艺术想象力和特殊的生活真实与艺术真实。

四、莫言小说主要继承的是中国传统文学传统

前已举例说明莫言的神秘主义写作手段，继承的是中国传统文化和文学名著，而授奖词说莫言："他创作中的世界令人联想起福克纳和马尔克斯作品的融合，同时又在中国传统文学和口头文学中寻找到一个出发点"。后半句讲的很对，只是分量还很不够。

在莫言获奖之前的一百多年诺贝尔文学奖的历史上，获奖者只有美国女作家赛珍珠一人在获奖时公开和自豪地宣称，其杰出的文学创作成就首先要归功于中国的传统文学。她强调从中国小说中学会了写作，"恰恰是中国小说而不是美国小说决定了我在写作上的成就"，"今天不承认这一点，在我来说就是忘恩负义"。[23]为此，她在授奖仪式的讲台上发表了题为《中国小说》长达 1 万 5 千言的长篇演说，宣传和介绍中国古代小说的伟大成就，并将《水浒传》、《红楼梦》等伟作评定为领先于世界的作品并值得本世纪世界各国一切作家认真学习的经典而作郑重介绍："我认为中国小说对西方小说和西方小说家具有启发意义。"她又再三强调："我就是在这样一种小说传统中出生并被培养成作家的。"[24]

这也是赛珍珠对中国新文学有意扬弃中国传统文学和小说，一心学习西方文学的错误倾向的一个严厉批评。

赛珍珠的这个批评是符合事实的。鲁迅先生《且介亭杂文〈草鞋脚〉（英译中国短篇小说集）小引》在向西方读者介绍新文学运动开展以来 15 年中的历史概况，尤其是新的小说的生存状况和发展情况时，强调现代小说的产生"一方面是由于社会的要求，一方面则是受了西洋文学的影响"。[25]在赛珍珠获诺贝尔奖前 2 年半，1936 年 4 月 30 日，鲁迅曾经坦率指出并强调："第

23 赛珍珠《大地》《附录〈受奖仪式上的演说〉》，《大地》第 1083 页，漓江出版社，1988。

24 赛珍珠《大地》《附录〈受奖仪式上的演说〉》，《大地》第 1104 页。

25 鲁迅《且介亭杂文·〈草鞋脚〉（英译中国短篇小说集）小引》，《鲁迅全集》第 6 卷，第 21 页，人民文学出版社，2005。

一，新文学是在外国文学潮流的推动下发生的；从中国古代文学方面，几乎一点遗产也没摄取。第二，（在小说领域，向外国学习时）外国文学的翻译极其有限，连全集或杰作也没有，所谓可资‘他山之石’的东西实在太贫乏。”[26]

关于不吸收中国古代文学的遗产的理由，鲁迅先生在论及高尔基评论巴尔札克等人的作品时说：“中国还没有那样好手段的小说家”，也即认为中国古代文学包括小说远远不及西方文学[27]。故而此前鲁迅应一个杂志社之邀为青年开列必读书目时说：“我以为要少——或者竟不——看中国书，多看外国书。”[28]沈雁冰在“五四”时期主持《小说月报》时认为，“最要紧的工作是对外国文学的切切实实的译介工作，以此来救治中国古典文学‘主观的向壁虚造’等弊病。”[29]

否定和抛弃传统，这个错误倾向造成了新文学水平差，读者极少的严重后果。瞿秋白来到上海后，发表《吉诃德的时代》和《论大众文艺》等文，对新文学提出了严厉的批评：“五四式”的文艺作品至多销行两万册，满足一二万欧化青年；在“武侠小说连环画满天飞的中国里面”，新文学作者“反而和群众隔离起来”。

因此赛珍珠在接受诺奖的演说中，于感谢“恰恰是中国小说而不是美国小说决定了我在写作上的成就”之同时，又指出：“我说中国小说时指的是地道的中国小说，不是指那种杂牌产品，即现代中国作家所写的那些小说，这些作家过多地受了外国的影响，而对他们自己国家的文化财富却相当无知。”[30]给予醒目的严厉批评。

赛珍珠的这段话，不仅适用于20世纪上半期的中国“新文学”，也适用于此后到目前为止的中国文学界。

笔者一贯认为当今中国文学艺术没有达到世界一流水平，首先是作家和

---

26 鲁迅《集外集拾遗补编·“中国杰作小说”小引》，《鲁迅全集》第8卷，第445页。

27 说详笔者编著《中国小说史略》（鲁迅著）释评本，上海文化出版社2005，台北五南出版公司 2009，《中国小说史略汇编释评》上海书店出版社豪华精装增订本，2015，台北五南出版公司2018。

28 《鲁迅全集》第3卷，第18页。

29 转引自中国人民大学李怀亮《国际文化贸易三题》，《文化蓝皮书，2003：中国文化产业发展报》，第97页，社会科学文献出版社，2003。

30 赛珍珠《中国小说(1938年12月12日在瑞典学院诺贝尔奖授奖仪式上的演说)》，《大地》第1083页。

艺术家没有继承中国传统文化和文学的优秀传统造成的。以当代中国文学“垃圾”论的误传而震惊中国文坛的德国权威汉学家顾彬认为“中国文学未达世界一流的根本原因是作家不懂外文、不能阅读西方名著”。这个论点有重大偏颇，为此笔者于 2008 年 9 月在上海外国语大学主持了与顾彬的座谈[31]，提出了我的上述观点；同时指出五四一辈作家之所以能取得很大成就，是因为他们已经具备了古代文化和文学的浓厚基础，后来的青年作家听从鲁迅等的教导，抛弃传统，水平就差了。顾彬接受了我的这个观点，此后他与中国学者对话交流时，介绍了这个观点的部分内容：“他们（指中国作家）的问题在哪儿呢？他们对中国古典文学、哲学了解不够。这几天我有机会跟上海外国语大学的老师探讨这个问题，他们认为中国当代作者看不懂中国古典文学，所以他们没有什么中国古典文学的基础。”[32]并又撰文复述我的以上观点说：“不少人在中国的现代性中感觉无家可归。这种无家可归的感觉始于 1919 年的五四运动。那时人们认为，可以抛弃所有的传统。当代中国精神缺少的是一种有活力的传统。也就是说，一种既不要盲目地接受，也不要盲目地否定，从批评角度来继承的传统。1919 年在中国批判传统的人，他们本身还掌握传统，因此他们能留下伟大的作品。但是他们的后代不再掌握传统，只能在现代、在现存的事物中生活、思考、存在……”[33]

莫言在《故乡的传说》中谈及：“我的故乡离蒲松龄的故乡三百里，我们那儿妖魔鬼怪的故事也特别发达。许多故事与《聊斋》中的故事大同小异。我不知道是人们先看了《聊斋》后讲故事，还是先有了这些故事而后有《聊斋》。我宁愿先有了鬼怪妖狐而后有《聊斋》。”

自幼爱好读书的莫言，读过不少中国古代名著；在解放军艺术学院和北师大深造时也继续系统学习、研读了不少中国古代名著，他的传统文学修养的根基应该是深厚的。莫言在山东高密举行的媒体见面会上发表获奖感言：“我的文学表现了中国人民的生活，表现了中国独特的文化和风情。”[34]这是很确当的，文化当然包括了文学，但不足之处是没有特出强调他的创作对中国传统文

31 基本内容见《与德国汉学家顾彬座谈纪要》，周锡山主持、王幼敏记录，傅秋敏、周锡山主编法国巴黎《对流》2010 总第 6 期。

32 顾彬、刘江涛《我的评论不是想让作家成为敌人》，《上海文化》2009 年第 6 期，第 111 页。

33 顾彬《中国学者平庸是志短》，《读书》2011 年第 2 期。

34 《莫言获奖感言：我的故乡和我的文学紧密相关》，新华网 2012 年 10 月 11 日。

学和中国神秘文化的继承方面的成绩。

与之相比较，诺贝尔文学奖评审委员会前主席谢尔·埃斯普马克在谈及莫言的获奖是实至名归时，说：中国从来都拥有最好的作家，“莫言获得诺贝尔文学奖，也许能让中国作家更多地向自己的传统文化致敬，并且回归到中国文化本身去挖掘属于自己的文学叙述方式。”[35]这个愿望非常诚挚，针对当代中国文坛之不足，提出了富于现实意义和远见的希望，但其不足之处，还是未见中国传统文学、中国神秘文化对莫言创作的重大启示作用。

笔者希望莫言在准备获奖答词时，考虑这个问题，深入梳理自己学习和继承中国传统文化和文学方面的心得和经验，为中国作家做一个表率；也借诺贝尔奖授奖仪式这个重要的讲坛，让世界各国作家和读者对中国传统文化和文学有一个更为全面和深入的了解。可是他仅以几个“故事”应付这个庄严而难得的场面。有评论者指出：处于战败国阴影和文化弱势中的川端康成站在“诺奖”的领奖台上，讲的是《我与美丽的日本》，讲的是日本的“哀愁”与“美丽”，讲的是日本的诗人和诗歌——“春花缤纷兮杜鹃夏啼，秋月皎洁兮冬雪寒寂”，他的演讲禅意幽妙，诗意盎然，令世人对日本和日本文化刮目相看。

川端康成热爱和赞誉日本文化，是值得尊敬的。但他特地指出：“日本吸收中国唐代文化，加以融会贯通而铸就日本风格。大约在一千年前，便创造出光华灿烂的平安文化，形成日本的美”[36]。日本文化和文学中包括其中的“禅意”，皆深受中国文化和文学的哺育和影响，川端康成特为指出，更令人尊敬。而莫言的答词，则令人遗憾。[37]

35 石剑峰《鲁迅老舍沈从文确曾获诺奖提名》《东方早报》2012-10-24。

36 《日本的美与我——诺贝尔文学奖授奖仪式上的演说词》，《雪国·千鹤·古都》附录，高慧勤译，漓江出版社 1985，第 422 页。

37 《文学报》2013 年 4 月 25 日头版头条的新闻通栏标题为“莫言：回到自己的文化传统”；在 3 版“第 23 届全国图书交易博览会举行”的报道中，以《莫言：当代文学要回到自己的文化传统》为小标题，介绍：在随后举行的“读者大会”上，莫言对诺奖颁奖词中提到的“魔幻现实主义”一词谈到了自己的理解。莫言表示，自己的确看了一些拉美魔幻现实主义的书籍，但若说很受西方的影响，倒不如说是受了《聊斋》等中国超现实小说的影响。“中国包括民间口头流传的文学名著里面，有大量超现实的故事情节。”莫言认为，中国作家一味学习西方没出息，他们应该从自己民族文化的背景里去寻找新的元素。“就像韩少功的写作，为寻根文学留下了重要的一笔。中国作家应该参与到这种寻根运动中，回到自己的文化传统，让写作回到故乡。”也因为此，莫言希望读者不要言必称西方作品，而是更多关注中国文学，更多关注当代作家。

2012 年 10 月 22 日初稿[38]，
2013 年 4 月 30 日删改。

本文未提及的周锡山有关“神秘现实主义和神秘浪漫主义”的论文：

《论〈老子〉之“道”之为气》（1991，上海外国语大学主办首届“中国文化与世界”国际研讨会论文，《中国文化与世界》大会论文专辑，上海外语教育出版社 1992）；

《〈庄子〉对中国文艺的巨大指导作用及其现代意义》（2006，河南商丘，“庄子文化国际高层论坛”论文，《弘道》2016 年第 4 期）；

《钱学森院士的人体科学思想对创新道学文化的重大意义》（2009，北京，“首届国际老子道学文化高层论坛”论文）；

《论印度佛教文化对中国文学的全面渗透和巨大影响》（1995，上海外国语大学主办第二届“中国文化与世界”国际研讨会论文，《中国文化与世界》第五辑，上海外语教育出版社 1997）；

《〈牡丹亭〉和三妇评本中的梦异描写述评》（《2006，中国遂昌，汤显祖国际学术研讨会论文集》，杭州：西泠书社 2008）；

《〈水浒传〉中的神秘主义描写述评》（中国《水浒》学会会刊《水浒争鸣》第 12 辑，2011）；

《〈史记〉、〈夷坚志〉和今人名著中的占卜描写述评》（“庐山文化研讨会”论文，《九江学院学报》2011 年第 4 期）；

《〈江湖奇侠传〉的内功描写研究》（2010“平江不肖生国际研讨会”论文；刊《武当》2011 年第 9、10 期）；

《宗璞小说中的神秘主义题材和表现手法试论》（复旦大学“宗璞小说研讨会”论文，傅秋敏、周锡山主编，中国比较文学旅法学会会刊《对流》第 6 期，法国巴黎，2010）。

38 本文初稿完成后，笔者于 2012 年 10 月 30 日、12 月 7 日、2013 年 4 月 1 日以据此文的基本内容和观点，在我所居住的上海静安区南京西路社区学院、上海大学影视学院和华东师范大学古籍研究所“当代学术前沿讲座”，给研究生和博士生作过讲座。2013 年 7 月 12 日又以《莫言诺奖授奖辞的理论错误》为题在上海蔚秀书香大讲堂做讲座。

诺贝尔文学奖与比较文学
——兼谈莫言诺奖授奖辞的3个理论错误[1]

诺贝尔文学奖与比较文学，这是一个大题目，诺贝尔文学奖是世界性的大奖，其本身即是比较文学研究的重要课题。本文从中国与诺贝尔文学奖的角度简述这个题目。因为对于中国学者来说，诺贝尔文学奖与中国文化的关系，是研究诺贝尔文学奖与比较文学最重要的论题。我今天着重谈的内容是：其中四位获奖者，与中国文化的关系有着正面的意义；其中两位与上海有着很深的缘分。

一、泰戈尔（1861-1941）与中国和中国文化

泰戈尔在1913年荣获诺贝尔文学奖。泰戈尔以博大精深的哲学、文学和艺术修养作为基础，创作出思想性与艺术性完美融合的杰出作品，对中国作家和读者产生了巨大的影响。在中国积弱积贫的20世纪前期，他为英国强行向中国输入鸦片和日本侵华，发出抗议。尤为重要的是，在中国和中国文化艰难的时刻，他极度认同中国和中国文化：

1. 泰戈尔说：相信我的前世一定是一个中国人

泰戈尔曾经三次来到中国，三次都是乘船从上海入境。第二次还居住在上海徐志摩家里。

1 本文为2015年（5月9日）·《中国比较文学》编辑部、上海市比较文学研究会、上海外国语大学文学研究院联合主办“学术期刊、社团与比较文学的未来——庆祝《中国比较文学》创刊百期暨上海市比较文学研究会成立30周年学术研讨会”论文，原刊《中外文化与文论》2015年第2期。

1924年4月，应中梁启超、蔡元培之邀，泰戈尔第一次访华，12日一大早，徐志摩、翟菊农、张君励、郑振铎等人就汇聚上海汇山码头，恭候泰戈尔一行。文学研究会、上海青年会、江苏省教育会以及时事新报馆的代表，还有日本驻华的新闻记者等人也在码头等候。他在黄浦江畔的码头上见到欢迎他的中国友人时，情不自禁地说；“不知道是什么缘故，**到中国就像回到故乡一样。**”

1924年4月29日至5月4日，泰戈尔住在北京清华大学校园中，他忽然对梁启超说，他怎么觉得**到了中国就像回家一样**，可能他**前世就是古代来华高僧之一**。

他在临终前不久作诗写道：“记得我去中国”，“称我为亲者”。“我得了中文名，身穿中式裳”。“使我新生。他赐给我生命之珍”。

当时中国是一个受尽屈辱的国家，他却自豪地以前世是中国人为荣。

2. 泰戈尔极度认同和赞美中国文化

泰戈尔自称访华是“来求道，来对中国文化敬礼”。

泰戈尔在中国演讲时曾说，他访华，并非是旅行家为欣赏风景而来，也不是当传教士带些什么福音，他是来求道，来对中国文化敬礼。他的使命是在修补中国与印度两个民族间中断千年的桥梁。

他在中国讲演时说：“你们（中国）的古老文明使心灵的土壤变得肥沃。它永恒的人道风格使得属于它的所有一切都富有生命力。如果不是显著的人道主义，如果不是它精神生命的丰富，这一文明是不会持续这么久的。”

他在1937年国际大学中国学院开幕典礼上完整表达出下面这段赞赏中国文化的颇为新颖的话：“没有任何更值得一提的是：中国文明漂亮的精神使得人们爱物质却毫不贪婪，使他们喜爱这世界的事物，给它们披上温柔仁慈的外衣，他们自己没有变成物质主义者。他们本能地掌握了事物旋律的秘密——并不是科学中强力的秘密，而是表现的秘密。这是伟大的本领，因为只有神才能知道这一秘密。我羡慕他们这种本领，希望我们同胞能与他们分享。”

3. 泰戈尔认为：中国和印度文明是世界文明发展的方向

谭中《泰戈尔：中国之旅》[2]序言指出：“泰戈尔一贯认为：中国和印度文明因为具有爱心得以持续几千年，两大文明的影响使得东方传统色彩与和谐气氛浓厚。**西方却由于提倡强力而充满冲突、战争、毁灭，西方强国把自己**

---

2 孙宜学著，中央文献编译出版社，2013。

的幸福建筑在别人的痛苦上。地缘政治范式提倡的“国富民强”的发展道路与地缘文明范式提倡的世界大同道路是分道扬镳的，一条引导人类走向毁灭，另一条把人类从灾难中拯救出来。泰戈尔苦口婆心地劝告人们在这两条道路上有所选择。我想在这一点上，泰戈尔在东西方现代思想界是处于超前地位的。1924 年泰戈尔对中国知识界说：我坚信在东方我们主要的特点不是靠占别人的便宜花太高的代价去赢得成功，而是以“dharma”（道）为理想并求得其实现。让东方的觉醒使我们自觉地发现我们文明的精髓与普世意义吧！让我们把前路的废墟搬掉，使我们的文明解脱那不断产生污秽的停滞不前的枷锁，使它成为沟通人类不同种族的伟大渠道吧！”

“我们细读泰戈尔访华后自编的《泰戈尔在华讲演集》（Rabindranath Tagore: Talks in China），那是相当完整地总结了泰戈尔的思想的、可以称之为“中印联合振兴东方文化”的论著，对指导今后中印发展友好合作关系以及中国和印度今后文化发展都有积极建设意义。”

王国维、泰戈尔、汤因比、钱穆和季羡林分别说过类似的话，认为中国和东方文化是拯救世界的伟大文化。

二、赛珍珠与中国小说

赛珍珠在获奖时公开宣称，其杰出的创作成就首先要归功于中国，她也自认中国是她的第二故乡，并强调“是人民始终给予我最大的欢乐与兴趣，当我生活在中国人当中时，是中国人民给了我这些。”“恰恰是中国小说而不是美国小说决定了我在写作上的成就”，从中国小说中学会了写作小说，并且说：“今天不承认这一点，在我来说就是忘恩负义”。她在授奖仪式的讲台上发表了题为《中国小说》长达 1 万 5 千言的长篇演说，宣传和介绍中国古代小说的伟大成就。

《中国小说——1938 年 12 月 12 日在瑞典学院诺贝尔奖授奖仪式上的演说》中，在发表以上感激之言之后，介绍和评介中国小说发展的历史，并论述她对中国小说的精当评价。

（一）赛珍珠对中国古代小说的总体评价很高，并认为“中国有可以和世界上任何一个国家相媲美的伟大小说，有可以和任何伟大作家所能写出的作品相媲美的伟大作品”。

（二）对中国古代小说名著的具体评介精当。赛珍珠对中国古代小说的名著《太平广记》、唐代传奇、元明清三代长篇小说的巨著《水浒传》《三国演义》和《红楼梦》做了具体而贴切的高度评价，对《西游记》《金瓶梅》《封神演义》《镜花缘》《儒林外史》等则作简要介绍和评价。

（三）赛珍珠指出她学习的是中国小说，指的是中国古代小说。她说："我说中国小说时指的是地道的中国小说，不是指那种杂牌产品，即现代中国作家所写的那些小说，这些作家过多地受了外国的影响，而对他们自己国家的文化财富却当无知。""他们已丢掉了旧的，却又被新的束缚着。读现在的新小说就觉得缺少一种旧小说中所常用而一般中国人日常生活所固有的幽默的感想，倒是被从西洋某种学派或则特别是从俄罗斯作家学来的不健全的自我解剖压迫着，中国旧小说中所固有的那种对于人性或者生命本身所发生的趣味，反而感觉不到！另外有一种忧郁的内省，至少对于我，他是比不上旧小说的。"

赛珍珠对新文学运动之后的现代小说的以上总体评价是切合实际的，符合鲁迅和茅盾的自我介绍和评价，也与当时瞿秋白和冯友兰的有关评价的观点相似，因而是公正而客观的，并具有旁观者清的深刻性。

更需要强调的赛珍珠少女时期的最早作品，都是在上海的英文报纸上发表的；她在上海完成高中学业；她在遇到战乱时，避居到上海。赛珍珠小说的中译本最早、而且绝大多数是在上海出版的。她的代表作《大地》出版后，上海立即发表了极高的评价，与后来诺贝尔文学奖的授奖辞观点相同。上海在1992 年赛珍珠诞辰一百周年之际举办了第一次赛珍珠国际研讨会。上海是当今参与赛珍珠研究的学者最多的城市之一。我本人是赛珍珠研究会顾问，出席过所有的赛珍珠国际研讨会，发表过多篇这方面的论文。其中《论赛珍珠在中国现代文学史上的地位和意义》一文指出赛珍珠从她本人的意愿和实际情况来看，她在中国现代文学史上具有重要的地位和意义。

三、川端康成揄扬中国唐代文化，并指出日本文化与唐代文化的关系

川端康成的小说充溢着禅意，而禅宗是中国继承和改造佛教的产物，是中国唐宋以后文化、文学发展的重要精神基础之一和众多天才作家、画家运用的思维方式和创作方式。并影响至整个东亚。

有评论者指出：处于战败国阴影和文化弱势中的川端康成站在"诺奖"

的领奖台上，讲的是《我与美丽的日本》，讲的是日本的“哀愁”与“美丽”，他的演讲禅意幽妙，诗意盎然，令世人对日本和日本文化刮目相看。

川端康成热爱和赞誉日本文化，但他特地指出：“日本吸收中国唐代文化，加以融会贯通而铸就日本风格。大约在一千年前，便创造出光华灿烂的平安文化，形成日本的美”。[3]日本文化和文学中包括其中的“禅意”，皆深受中国文化和文学的哺育和影响，而日本文化整体上是中国文化影响的产物，川端康成特为指出，令人尊敬。

尤其要强调的是日本作家川端康成，其国名和人名都是汉字，其小说的书名和小说的文字主要是汉字。因此川端康成与其小说，与中国文化有密切关系。

四、莫言和魔幻现实主义

中国作家莫言于2012年荣获诺贝尔文学奖。但其授奖辞则有重大理论错误。我与该年10月完成《莫言获诺贝尔奖授奖词商榷——神秘现实主义和神秘浪漫主义，还是魔幻现实主义？》，提出批评性的商榷意见。我们上海比较文学研究会与同济大学、中国对外友协和上海作家协会于2013年6月联合主办“从泰戈尔到莫言——百年东方文化精神国际研讨会”。我躬逢盛会，向大会提交这篇论文。2012年12月起，我以《莫言获诺贝尔奖授奖词商榷——神秘现实主义和神秘浪漫主义，还是魔幻现实主义？》和《莫言获诺贝尔奖授奖词的理论错误》为题，先后在上海大学影视学院和华东师范大学古籍研究所、超星图书馆“蔚秀讲堂”等做过讲座。

莫言获诺贝尔奖授奖词强调：“他将魔幻现实主义与民间故事、历史与当代社会融合在一起”。诺贝尔奖评审委员会表示，“他创作中的世界令人联想起福克纳和马尔克斯作品的融合”。

这个重要评价产生3个理论错误。

1. 授奖辞的瑞典文原文和英译文，“魔幻现实主义”一词用“谵妄现实主义”（“hallucinatorisk skärpa”, Hallucinatory realism），对拉美魔幻现实主义做了不正确的表达。1981年出版的《牛津20世纪艺术大全》（The Oxford Companion to Twentieth Century Art）对“谵妄现实主义”的定义是：“精细正

3 《日本的美与我——诺贝尔文学奖授奖仪式上的演说词》，《雪国·千鹤·古都》附录，高慧勤译，第422页，漓江出版社，1985。

确的细节描绘，但这种现实主义并不描述外部现实，因为它用现实手法描述的主题只属于梦境和幻想。”（第 529 页）用这个“主义”界定莫言小说，显然是完全错误的。

2. 魔幻现实主义的这个术语不能成立。“魔幻”中的“幻”意味着是“幻想”和“虚幻”的本质，现实主义则是强调生活真实的产物。但西方学者只承认其真实性。[4]这个术语前后两部分互相否定，是逻辑思维混乱的产物；而且直接违背了以马尔克斯为代表的拉美作家的正确的自我定位：其所描写是的是拉丁美洲神奇的事实，是西方理性主义所反对和不齿的“迷信世界”的产物。[5]

3. 莫言的神奇故事描写运用的是神秘现实主义和神秘浪漫主义手法，都是中国传统文化和文学的产物，而与魔幻现实主义毫无关系。

我的论文，具体提供莫言有关描写的具体情节的中国来源（原文和出处）；这些来源同时清晰地反映出，与魔幻现实主义毫无关系。这篇论文我在 2012 年 12 月即在网上公布，有兴趣的学者可以用论题搜索，读到全文。欢迎提出商榷或批评意见。

莫言对授奖辞的错误，没有感觉；他的答词，缺乏利用难得的备受瞩目的国际讲坛，宏扬伟大中国文化的意识，后来才有迟到的影响很小的部分纠正：

《文学报》2013 年 4 月 25 日头版头条的新闻通栏标题为“莫言：回到自己的文化传统”；在 3 版“第 23 届全国图书交易博览会举行”的报道中，以《莫言：当代文学要回到自己的文化传统》为小标题，介绍：在随后举行的“读者大会”上，莫言对诺奖颁奖词中提到的“魔幻现实主义”一词谈到了自己的理解。莫言表示，自己的确看了一些拉美魔幻现实主义的书籍，但若说很受西方的影响，倒不如说是受了《聊斋》等中国超现实小说的影响。“中国包括民间口头流传的文学名著里面，有大量超现实的故事情节。”莫言认为，中国作家一味学习西方没出息，他们应该从自己民族文化的背景里去寻找新的元素。“中国作家应该参与到这种寻根运动中，回到自己的文化传统，让写作回到故乡。”也因为此，莫言希望读者不要言必称西方作品，而是更多关注中国

4 英国著名作家兼学者戴维·洛奇指出：魔幻现实主义“即原本是现实主义的叙事中发生了不可能的神奇事件”。（《魔幻现实主义》，〔英〕戴维·洛奇《小说的艺术》，王俊岩等译，第 127 页，作家出版社，1998）

5 马尔克斯、门多萨著《番石榴飘香》，林一安译，第 7、84、166 页，三联书店 1987。

文学，更多关注当代作家。

不管是早期还是以后的作品，莫言描写的神奇故事都与中国传统文化和文学有关，而与拉美魔幻主义文学则没有关系。

例如，莫言早期的最重要作品《红高粱家族》有四处此类描写：

1. 罗汉大叔被日本人杀害、剥皮、凌迟碎割后，当天夜里，天降大雨，把骡马场上的血迹冲洗得干干净净。罗汉大叔的尸体和皮肤无影无踪。于是流传起关于此事的美丽的神话故事。（第一章《红高粱》第四节）

这样的“天人感应”、天变与人事相应的故事和实录，中国古代的记载很多。《汉书 · 于定国传》记载汉东海郡孝妇被郡守枉判死刑，该郡因此大旱三年。后冤狱昭雪，天立降大雨。《晋书 · 陆机传》记载陆机遭冤杀后，“机既死非其罪，士卒痛之，莫不流涕。是日昏雾昼合，大风折木，平地尺雪，议者以为陆氏之冤。”《元史》中的《王恽传》、《邓文原传》等皆记载民间有冤狱时，出现久旱不雨的现象。元杂剧《窦娥冤》被冤杀时发出三桩誓愿，其中要求六月飞雪，不仅证明她的冤屈，还要求“免着我尸骸现”，用白雪葬身，以示自身的无辜和高洁。这些记载和描写的象征性，皆早于西方和拉美的魔幻现实主义，与莫言的这个描写相同。

2. 余占鳌从好友程小铁匠那里得到了一把小剑。后来，那剑在枕下，似乎每夜都发出尖啸，使他难以入眠。（第二章《高粱酒》第四节）

《水浒传》描写母夜叉孙二娘在十字坡卖人肉馒头的黑店中杀了过往的“一个头陀，长七八尺，一条大汉”，他留下了“两把雪花镔铁打成的戒刀。想这头陀也自杀人不少，直到如今，那刀要便半夜里啸响”。

另有秋瑾《宝剑诗》：“神剑虽挂壁，锋芒世已惊。中夜发长啸，烈烈如枭鸣。”

《红高粱》的这个情节与《水浒传》的描写和秋瑾诗相同，而与拉美的魔幻现实主义风马牛不相及。

以上两则皆有文献根据，是否有现实根据，尚缺乏例证。以下两则则确有现实根据。

3. 第三处为第五章《奇死》描写二奶奶死时邪魔附身，死后起尸，此类故事为古代司空见惯的，志怪小说、笔记小说和通俗小说此类故事很多。其中写到的预知功能和同步思维——罗汉大叔刚与伙计提着水罐走到院子里，就听到二奶奶在屋里咯咯地浪笑着，说：“罗汉，罗汉，你灌吧，灌吧，你老姑奶奶正渴着呢！”拙著《神秘与浪漫》已有论述。至于爷爷请来李山人，李山人将灵药倒在水盆里，用桃木剑快速搅动，一边搅，一边念咒语。二奶奶终于咽气，彻底死亡。(《第五章》奇死第九节）用咒语、桃木剑、灵药救治遭妖魔附体的受害者、驱除或消灭附灵，这是中国本土宗教道教驱魔逐邪的必用手段。

关于二奶奶死后起尸的描写，上海华东师大教授，年过九十的刘衍文《情深无间生死》说：这是僵尸一个表现，“僵尸有二：其一新死未敛者，忽跃起搏人；其一久葬不腐者，变形如魑魅，夜或出游，逢人即攫。”二奶奶属于第一种。关于第一种，刘彦文先生“就耳目所接谈谈自己的见闻”：

> 我祖母在光绪二十六年因避浙西民变，逃难到安徽绩溪。邻居家有一个童养媳，婆婆一直施以虐待，而公公却处处加以袒护，这使婆婆恼怒非常。一天，公公死了，停尸床上，婆婆说：“老头子喜欢你，你就跟他一起死好了。”竟特地找来一猫，把猫、童养媳和死人关在一室。意在让猫触动尸体，尸体起而将童养媳整死。可到了第二天早上，婆婆听室内毫无动静，以为计划得逞了，遂用钥匙开了房门。不料门刚一打开，其夫尸体直挺挺地站在门口，把她一把抱住，婆婆大叫一声，当场吓死。这时躲在床底下的童养媳也迅即爬出，连哭带跑的，惊动了四邻八舍。我祖父母都去现场看过，大家都同情童养媳，谴责婆婆，认为这是老天施行的报应。
>
> 还有一件是我们在龙游时的旧房东余屈之的事情。其子余树滋和我父亲是同学，其孙余敦礼是我的小学同学。余屈之未几去世。停尸厅堂，择日大殓，照例请邻居守夜。入夜无聊，守灵四人遂打起麻将来。雀战正酣，面对尸床的一人忽见尸体站了起，于是大叫一声，四人各自逃逸，而其尸忽口唱京戏，边唱边走，走到门口，为门槛绊倒而止。此事与《酉阳杂俎》所记有几分相似。[6]

4. 余占鳌带领部属伏击日本鬼子的车队，日本鬼子刚进入他们伏击的阵地，奶奶正巧和王文义妻子前来送午饭。“还是我的父亲最先发现我的奶奶，父亲靠着某种神秘力量的启示，在大家都目不转睛地盯着缓缓逼近的汽车时，他往西一歪头，看到奶奶像鲜红的大蝴蝶一样款款地飞过来。父亲高叫一声“娘——”就在此时，日本鬼子开枪将她们两个打死了。(第一章《红高粱》

6 刘衍文《情深无间生死》，上海：《东方早报》2012 年 9 月 16 日。

第七节）

所谓“某种神秘力量”，指母子间的心灵感应或者某种神秘的启示，此类描写和现实的记载颇多——还有更直接的神秘启示，例如鲁迅的独子周海婴，他父亲死前的几天中，他竟然得到父死的神秘预告：说来奇怪，在父亲去世前几天，我放学回家的路上，突然感觉有个声音对我说：“你爸爸要死了！”这么多年我一直不明白这个声音究竟来自何方。1936年10月19日早晨，许妈上楼低声说：“弟弟，今朝侬勿要上学堂了。”我才知道，我没有爸爸了……[7]

莫言小说直至近期作品，如《檀香刑》中的人化为动物和动物变人，在中国古代文学，作品，例如唐传奇《柳毅传书》中的龙女，唐代传奇、明代长篇小说三言和戏曲《白蛇传》中国的白蛇、狐狸变美女，尤其是《西游记》和《聊斋志异》中的很多篇目，都有精彩描写。

《生死疲劳》中西门闹在地狱中受阎王审判和下油锅的酷刑，以及转世轮回，都是佛教文化中过去家喻户晓的内容。

《蛙》描写的看相、风水，天意、命运、报应、梦异，异人同梦，中国古代纪实史书和虚构文学著作也多有描写，是古代神秘文化中的常见的内容，因众所周知，不再例举。

总之，以上所述的莫言具体的神鬼描写或神奇故事的叙述，皆与魔幻现实主义无关，而直接继承于中国传统文学和神秘文化。

莫言的作品虽然取得了颇高的成就，得到诺奖是名至实归；但是众多专家也指出、分析和评论其作品中的众多艺术缺陷，我认为其原因是他对中国传统文化和文学的学习和继承，还是不够；对中国古代美学有非常错误的认识和言论。即将出版的拙著《金圣叹文艺美学研究》[8]有专节给予具体批评。这个批评，已经在中国水浒学会的“水浒国际网络”上“周锡山说《水浒》”专栏先期发表，敬请大家关注和批评。

7　李菁《周海婴眼中的父母亲》，《三联生活周刊》2006年第1期，《文摘报》2006年1月16日转载。

8　《莫言对金圣叹小说理论的错误认识评论》，《金圣叹文艺美学研究》，第551-553页，上海人民出版社，2016。

世界上最早的长篇小说

关于哪一部是世界上最早的长篇小说的问题，中国学术界一直比较模糊，长年以来多数学者认为是《源氏物语》。笔者于 1981 年，因撰写《水浒传在中国和世界上的地位和意义》一文（提交 1981，武汉，首届《水浒》全国研讨会论文），顺带写了一篇短文《世界上最早的长篇小说》，发表于香港《文汇报》。后又据学术界新发表的成果的启发，做了补充。

一、世界上最早的长篇小说[1]

长篇小说这种艺术形式，容量大，篇幅长，结构复杂，因而生产也就较为困难。也许就是因为这个原因吧，它与诗歌、戏剧等相比，产生得比较晚。这在中西文学中都是如此。世界文学史上的第一部长篇小说究竟是哪一部？以前国内的文学史著作语焉不详。丰子恺先生认为是日本的《源氏物语》是“世界上最早出世的长篇杰作”。《源氏物语》是日本女作家紫式部（约九七八-约一〇一六）完成于十一世纪的著名作品，去年我国已出版了丰子恺先生译的第一册。（编按：台湾《中外文学》已于数年前分五册陆续出版了林文月女士的译本。）

《源氏物语》果真是世界上第一部长篇小说吗？不是。实际上在《源氏物语》之前还有一部长篇小说杰作，这就是公元二世纪时古罗马著名作家阿普列乌斯（Luciys Apulieus 公元约一二三-约一八〇）写的《变形记》。阿普列乌斯生于北非的一个官吏家庭，入埃及的伊希斯教门，后来在罗马当律师。《变形

1 香港《文汇报》1982 年 3 月 17 日。

记》后又改名为《金驴记》，是罗马文学中惟一的一部完整的小说。它描写一个名叫鲁齐乌斯的青年，有事去希腊北部一个有名的妖术之邦帖萨利，因酷爱魔法，误用房东米罗妻子（女术士）的魔药，变成一个驴子，历经种种奇遇和劫难，最后靠伊希斯女神的救助，才得恢复人形，就皈依了伊希斯教门。作者在小说中宣扬了他所信奉的宗教，但他写出了罗马帝国尖锐复杂的阶级矛盾和奴隶及下层人民的苦难，真实地反映了当时的社会生活。西方著名作家如意大利的薄伽丘、西班牙的塞万提斯和法国的勒萨日等，在创作中都采用过这部小说的材料。值得一提的是，这位作家也是一个信奉柏拉图的唯心主义哲学家，著有《论世界》和《论柏拉图的哲学》等哲学著作。

另外需要指出的是取名为《变形记》的古罗马著名的文学作品共有两部，除又称《金驴记》的这部长篇小说外，另一部是诗人奥维德（Ovidius，约公元前 43 年-公元后 12 年）的长篇叙事诗，包括二百五十个古希腊、罗马神话故事，两者不可混淆。

我们说《变形记》（《金驴记》）是世界上第一部长篇小说，《源氏物语》是世界上第二部长篇小说，有趣的是，自第一部诞生，到第二部问世，中间竟相隔了八百多年。而第一部长篇小说的产生，与世界上最早的成熟的文学作品，如我国《诗经》中早期诗歌相比要晚一千二、三百年，比西方最早的杰作古希腊的荷马史诗要晚一千年，比古希腊悲剧的出现也要晚六、七百年，可见其诞生迟迟和发展维艰。

继《源氏物语》之后，又过了三百多年，在公元十四世纪（相当于我国的元来明初），中西方大致同时出现了几部长篇小说：意大利薄伽丘（1313-1375）的《菲洛哥罗》和中国的《三国演义》《水浒传》和《平妖传》等。薄伽丘是欧洲文艺复兴时期的著名作家，但《菲洛哥罗》一书并不出名，他的代表作是闻名世界的短篇小说集《十日谈》。

在以上介绍的世界最早的几部长篇小说中，我国的《三国演义》和《水浒传》虽较晚出，但在艺术上却最为成功。特别是《水浒传》，它是世界文学史上第一部高度成熟的现实主义长篇小说，第一部描写农民起义、绿林好汉壮烈斗争的长篇小说，在思想上和艺术上对后世的影响都非常大。

继《水浒传》等书后，我国于十六世纪的明代中叶就有成批的优秀长篇小说产生，而西方要到十八世纪长篇小说才繁荣起来。

可见我国是世界上最早产生长篇小说的国家之一，也是世界上长篇小说发达得最早的国家。

二、再论世界上最早的长篇小说[2]

关于世界上最早的长篇小说，杨周翰主编《欧洲文学史》认为是古罗马佩特罗尼乌斯（？-66）的《萨蒂利孔》，原书有 20 章，今仅存残缺的第 15、16 章。现存的残篇，体例不纯，时用散文，时插诗歌，又夹杂民间传说和文体批评，因此多有人认为它不属于长篇小说范畴，而是小说体裁产生过程中的原始作品。

世界上现存最早的完整的长篇小说是古罗马阿普列乌斯（Lucius Apuleius，约 123-180）的《变形记》（后改名《金驴记》）。此书是用拉丁文写的西方文学名著。最早的中译本有刘黎亭的译本，上海译文出版社 1988 年出版，编入著名的外国文学名著丛书。

所以世界上最早的长篇小说产生于古罗马。

古希腊继古罗马之后，也有了长篇小说作品。《古希腊文学史》：“公元三世纪，传奇小说颇为盛行。”[3]

完整流传至今的古希腊小说共有 6 部，都是传奇小说[4]：

卡里同《凯勒阿斯与卡利罗亚》

色诺芬《以弗所传奇，又名哈布罗科斯与安蒂亚》

阿喀琉斯 · 塔提奥斯《琉基佩与克勒托丰》

朗戈斯《达夫尼斯与赫洛亚》

赫利奥多罗斯《埃塞俄比亚传奇，又名杰亚根与哈里克列娜》

卢奇安《真实的故事》

另有几种古希腊传奇小说因后人的改写而得流传：

伊安布利斯《巴比伦传奇》

安东尼俄斯 · 第欧根尼《图勒远方奇异历险记》

卡里同《凯勒阿斯与卡利罗亚》以《寻妻记》为名，由上海译文出版社于 1990 年出版由朱志顺据俄译本的转译本；

朗戈斯《达夫尼斯与赫洛亚》和卢奇安《真实的故事》，由人民文学出版社于 1986 年出版了水建馥的译本。

---

2 上海《社会科学报》。

3 吉尔伯特 · 默雷《古希腊文学史》，孙席珍等译，上海译文出版社 1988 年版。

4 参见陈训明《古希腊长篇传奇小说》，《中华读书报》2003 年 3 月 5 日。

卡里同《凯勒阿斯与卡利罗亚》、朗戈斯《达夫尼斯与赫洛亚》与赫利奥多罗斯《埃塞俄比亚传奇，又名杰亚根与哈里克列娜》这 3 部最具有代表性的古希腊小说，合编为《希腊传奇》一书，2002 年由上海译文出版社出版。

巴赫金《小说理论》说：“希腊小说是一种非常灵活、具有强大生命力的文体类型。”[5]

蹇昌槐《欧洲小说史》说：希腊散文小说“不仅名家辈出，而且在冒险小说和爱情传奇两个方面都达到了当时的最高水平。”[6]

以上的古希腊作品，是否算长篇小说，还是有分歧的。一般认为这些都是古希腊传奇和故事，还算不上是成熟的长篇小说。

---

5 巴赫金《小说理论》，白春仁等译，第 299 页，河北教育出版社，1988。

6 蹇昌槐《欧洲小说史》，第 55 页，武汉大学出版社 1995 年版。

本刊中方主编周锡山与德国汉学家顾彬（Wolfgang Kubin）对话纪要[1]

摘要：

本刊（法国巴黎·中国比较文学学会旅法分会和上海比较文学研究会合办的《对流》杂志）原拟约请著名汉学家、德国伯恩大学中文系主任顾彬教授撰写一篇文章，顾彬先生表示近期太忙，于是商定由本刊中方主编、上海比较文学研究会名誉理事周锡山教授与他做一个访谈。2008 年 9 月 17 日 18-21 时在上海外国语大学赤峰路宾馆牡丹厅，双方做了一次学术对话，在座参与对话的还有本刊和《中国比较文学》的全部编辑人员：本刊副主编袁志英（同济大学德语系教授）、许光华（华东师范大学中文系教授）、王幼敏（华东师范大学古籍研究所副教授）和编委刘迺银（华东师范大学英语系教授）；《中国比较文学》副主编（现主编）、上海比较文学研究会副会长（现会长）、上海外国语大学教授宋炳辉、编委周乐诗，编辑张曼、胡荣，和上海外国语大学（现副校长、《中国比较文学》编委会主任）查明建教授。除上海比较文学研究会会长、《中国比较文学》主编谢天增教授因在外地，未能与会之外，《中国比较文学》全体编辑人员出席了这次对话会议。

本次对话内容广泛，顾彬谈及德国人如何看待法国大革命的问题，中国当代小说在德国的接受情况，老舍、沈从文、张爱玲和高行健是否够格得诺贝尔文学奖，中国当代诗歌的评价和翻译，夏志清《中国现代小说史》的评价等问题，限于篇幅，纪要只刊登关于顾彬《关于“异”的研究》一书中涉及的“匈奴宣言”和中国戏曲独有的

1　录音：查明建；录音文字纪录、整理王幼敏。中国比较文学旅法分会，上海比较文学研究会《对流》（法国巴黎）第 6 期，2009。

象征性；意志悲剧和意志喜剧、《红楼梦》和鲁迅评价等五个问题的讨论。

本文在收入本书时，增加了周锡山对顾彬关于中国文学未能达到世界一流是因为不懂外文，不能阅读西方文学名著的原著的观点，提出不同意见的内容——此因顾彬在此后的文章中表示接受周锡山提出的两个观点：中国作家未能精深掌握中国传统文化是中国文学未能达到世界一流的最重要的原因；鲁迅等五四名家精深掌握了中国传统文化，所以能写出好的作品，此后的新文学作家听从鲁迅的教导，“不读中国书，多读外国书”，他们未能精深掌握中国传统文化，所以整体上来说，作品的水平不高。

关键词： 匈奴、象征性、意志悲剧和意志喜剧、《红楼梦》、鲁迅。

说明：

顾彬教授当时正在中国出版《中国二十世纪文学史》（顾彬主编的10卷本德文版《中国文学史》的最后一册中译本），并因宣称“中国当代文学是垃圾”，“中国文学未能达到世界一流的原因是中国作家不能用原文读外国文学作品”而轰动中国文坛，媒体大量报道，但无人表示异议。顾彬后来声明，“垃圾”一语是“误传”。周锡山对顾彬的后一个著名观点有否定性意见，建议与他对话，结合对鲁迅有关观点的评价，向他当面提出反对的观点。同时向这位权威学者请教他的著作中的一些重要问题。顾彬当时正在撰写《中国古典戏曲史》（10卷本《中国文学史》中的一卷），对话中也与他讨论了中国戏曲的重大成就的应有认识。

周锡山： 顾彬先生，您对中国古典文学非常爱好，尤其喜欢唐诗和宋代散文。从您所做的学术报告和著作看，您能够准确理解和体会中国文化最深层次的概念，非常不容易。譬如您在山东大学所做的讲座谈到中国哲学以气为基础；您在北京大学讲学并在北大出版社著名的“北大学术讲演丛书”出版了《关于“异”的研究》[2]，也有所涉及，我读后感到获益匪浅。（但翻译本在14页将道家误译为道教，第51页将“无”误译为“空白”，可能有违您的原意。空白是现代语言，而“无”是道家的一个重要哲学概念。）我们首先就此书向您请教两个问题。我要请教的第一个问题是第29页，威廉二世的《匈奴宣言》中要求德国军队到中国后尽量杀戮。这个宣言是否是宣战宣言，但为什么要用“匈奴”这个词呢？你提到1900年德国派军队镇压义和团时，威廉二世他发表的叫《匈奴宣言》。

顾彬： 对，对。

2 北京大学出版社，1997。

周：你说他说尽量在中国多杀人。

袁：他是这样说的……（用德语）。

顾：是，是。那个时候有很多很多德国人反对他这么说，也包括非常有名的文人在内。但是到现在基本上没有人在中国会提到这一批人，老提那个威廉二世那个破话。但是那个时候德国不少人反对，不少德国人反对帝国主义，但是他们现在在中国没有什么地位。

袁：但是卫礼贤就提到他们。《他们和中国》，另外呼耐尔的一本《匈奴演说》，威廉提出来“黄祸”。

周：我的问题是他说的是不是“宣战宣言”？

顾：等一会儿，“他”是谁?

袁：就是威廉。

周：《匈奴宣言》是不是就是宣战宣言，跟中国宣战? 那么他为什么要叫《匈奴宣言》？为什么提“匈奴”两个字? 我觉得很奇怪。

顾：因为德国人他们应该跟匈奴一样打仗去。

周：噢，他们把自己比喻为匈奴了。

顾：好像是。

周：噢，而不是把中国比喻成匈奴?

顾：好像不是，好象不是，我们跟匈奴人一样厉害，好像是这样。

袁：那个时候不是阿提拉进犯欧洲吗? 然后就感到欧洲人对黄种人是一个很大的威胁，他们就认为黄种人是“黄祸”。

周：袁先生，顾彬先生，他们所说的“黄祸”可能是成吉思汗的蒙古。匈奴人尽管压迫他们，但是匈奴曾经领导过他们，它有很大的一个匈奴帝国。把蛮族，包括日耳曼人，包括法国人、英国人的祖先都团结在它底下，打败了罗马帝国，实际上给他们起了一个解放作用，而且匈奴逼迫所造成的民族大迁移，把原来在东欧的西欧各民族“送”到了富庶的地方，我这本《汉匈四千年之战》里提到了。

袁：不是，不是。当时这个阿提拉在西欧，成了欧洲所有民族，包括日耳曼人，当然日耳曼人投降阿提拉的也有，成为欧洲最大的一个祸害，所以他们认为东方来的这些人都是匈奴，这些人都是“黄祸”。而那个时候威廉二世所讲的话是对瓦德西，当时率领八国联军嘛，进入中国，它不是宣战宣言，而是训话，你们到中国该怎么办，那就是不要客气，见人要杀。

周： 顾彬先生，你还是觉得威廉二世可能是自己比作匈奴，是吧？

顾： 可能，但是我应该看原文，现在我……记忆，我几十年以前看的，我现在估计是这样。

这是我的印象。因为那个尼采他要求德国人应该作为新的野蛮人，估计威廉当时也受到了他的影响。另外，那个时候，不少文人他们认为德国的文化、文学等等都已经开始非常弱，所以我们应该重新强起来，应该从野蛮人学习，那个时候有不少人曾说我们应该作为新的野蛮人，我也写过一篇文章，谈谈这个问题。那个时候也有德国文人常说中国的野蛮人应该来辅助我们，因为我们太弱了，我们需要新的野蛮人占领德国。这篇文章是用英文发表的，已经翻成中文。但是这篇文章是十几年以前写的，所以我记不太清楚。

周： 我觉得顾彬先生，我写了《汉匈四千年之战》，这本书跟你刚才提的，包括威廉二世他自比匈奴，我觉得是对得起来的，可能他的确会自比匈奴的。

顾： 另外，我们还应该记得利德威尔·威廉二世下台以后，他开始看不少中国的书，他对中国的态度开始友好，所以不应该光从他当时说的可能非常笨的话来看他。我们也应该从当时他二十年代的话来看他。二十年代他在荷兰，那时他看了不少中国文学作品、哲学作品等等，所以他对中国的态度完全改了。如果回顾的话，我会发现我们四十年以前讲的，跟二十年以前讲的，跟今天讲的，都不一样，我们的话有很大的变化。所以我们有的时候也应该对人宽容一些，可能过去说的一句话，是有错误的，但是能够完全代表一个人物吗？我有怀疑。

周： 第二个问题，此书第十一讲《死亡的旅程——〈杜兰朵·中国公主〉中的假想地理概念》，在第149-150页，谈到席勒改革戏剧的主张："摈除单纯摹仿自然的拙劣手法，给艺术以空气和阳光。而要达到这一点，我认为，有一条最便捷的途径，就是采取象征性手段，它将在所有那些不属于诗人的纯艺术的范围，即在所有那些无法具体展示而只应令人意会的地方代替具体实物。现在，我还不能从文学理论上详尽地说明象征性这个概念，但我觉得，这个问题很值得探讨。一旦这一手段得到应用，其结果必然是：文学得以净化，其范围更小，因而其思想也更缜密，艺术感染力更强烈。"对此，洪豪岑补充说："读着这段文字，我们一方面自惭我们的欧洲戏剧距离这儿所表达的理想是何等遥远，而且越来越远；另一方面我们却发现，这种理想正是中国戏剧孜孜以求并且已经达到了的。在中国戏剧中，凡是无助于艺术形象塑造的东西统统被摈除在外，最多仅仅加以暗示；一切都远离现实，却又更加接近真实……”席勒说的象征性，中国称之为写意性。在中国因为戏曲的不景气，戏曲灭亡论也不绝于耳，我写了一篇《中国戏曲首创性贡献述略》，举了 10 个方面的例子，为戏曲的继续存在和发展鼓劲、“打气”。其中把中国戏曲的写意性，也作为 10 个首创性的贡献之一。您是否赞成这个观点？您正在住持撰写大型的《中国文学史》，您本人负责撰写的《中国古典戏曲史》，据说已经完成？您在写作中，感到戏曲有什么首创性的东西，您能就这个论题写一篇论文吗？

顾：当时我不是中国戏曲的专家，根本不是。原来应该别人写，但是他们逃掉了。所以最后我决定自己写。因为我太累，至今我找了两个人，他们都一个一个地走后，而在德国没办法找第三个人，所以我自己开始写，因为当时我能够跟我导师学杂剧，有一个导师在中国留学过，所以我对杂剧还是有点了解。但是明朝传奇，清朝戏剧我没什么了解，所以我的了解是个书上的了解。但是这十年我还是学了不少，完全是新的东西。

周：您真不简单，您是在全方位地研究中国文学，包括诗歌、散文、小说、戏曲。

顾：对，什么都有。

周：而且您打通古今。

顾：（手机铃响，接听手机后）刚才出版社告诉我，今天不少报纸报道有关昨天（华东师大出版社刚出版顾彬的《中国二十世纪文学史》的）发布会的消息。

顾：（谈及对中国当代文学的严厉批评……）

周：您对当代中国文学的批评问题，我认为应该重视的是：您认为中国文学没有达到世界一流的水平是因为中国作家不懂外文，不能用原文阅读和学习外国——主要指西方——的文学作品。对此我有不同看法。我认为首先是，作为中国作家，他们没有深入学习和掌握中国传统文化，尤其是传统文学和艺术的原因[3]。不懂外文，不能真正学习和领会西方的文学艺术名著，至多是第

3 顾彬教授接受了我的这个观点，他在《我的评论不是想让作家成为敌人》（顾彬与刘江涛的对话）（《上海文化》2009 年第 6 期第 111 页）中介绍了我的这个观点：“他们（指中国作家）的问题在哪儿呢？他们对中国古典文学、哲学了解不够。这几天我有机会跟上海外国语大学的老师探讨这个问题，他们认为中国当代作者看不懂中国古典文学，所以他们没有什么中国古典文学的基础。”此后他作为重要观点在谈话或文章中出现。

二位的原因。而且不懂外文，中国的译作很齐全，汉语是高级语言，因此根据译本也可学好、学精、学深外国的经典和名著。问题还在于精通英文，但是法、德、西班牙语不懂，也只能读英文的译本。更何况，就是单单学好中国传统文化，也可成为世界一流作家。赛珍珠在获诺贝尔奖时宣告是中国小说，而不是西方小说，教会了她的写作，如果不强调这一点就是忘恩负义。而且她还强调，她说的中国小说指的是古代小说，而不是当今的脱离中国传统的杂牌小说。当然赛珍珠也读过大量英美和其他西方小说。

顾：……当然啦，没有别的办法。因为我写《中国二十世纪文学史》的时候，我的态度改了，因为我受到了批判。我的《中国古典诗歌史》《中国古典散文史》，我总想介绍优秀的作品，如果我觉得某个人的诗歌、散文不怎么样，或者有些有名的诗我还是觉得不怎么样，我没有写。但是我一个精神上的老师，一个 75 岁的快 80 岁的老师，我接他的工作，他说如果你这样写中国文学史的时候，你不是历史学家，你仍然也应该介绍当时很有影响的一些可能从今天来看没有什么价值的作品，所以我也介绍一些我非常讨厌的作品，这样我让读者……所以这个《二十世纪中国文学史》不一定能够引起德国读者的兴趣来，这是我觉得是有问题的。另外主要有不少学者说我太尖锐，但是德国人不是这样，如果不尖锐的话，我不算什么德国人。另外，鲁迅比我尖锐得多，我该做那个鲁迅。

袁：顾先生可以举个例子吗？你说你不大喜欢的作家，而又在书中介绍的。

顾：50 年代有一个姓吴的吴强。

周：《红日》的作者。

顾：对。我跟他见过面，（19）86 年在上海金山。

周：金山开的是中国当代文学国际研讨会。

顾：他很滑稽地插一句话：我是世界上最孤独的人。

周：我认为 20 世纪后半期中国写得最好的战争小说是《踏平东海万顷浪》。

袁：谁写的？谁写的？

周：河南作家陆柱国[4]。《踏平东海万顷浪》一半写抗美援朝，一半写国内战争，两条线，其中有一条线拍电影了，就是雷震霖和高山，高山是女扮男装的战斗英雄，当时是新四军游击队的战士，我觉得战争小说写得最好的是陆柱

4 陆柱国（1928—），河南宜阳人。作家，八一电影制片厂原副厂长，一级电影编剧。中国文联会委会委员，中国电影家协会理事，中国电影编剧终身成就奖得主。

国的《踏平东海万顷浪》。

顾： 是什么时候写的?

周： 是50年代后期出版的。

顾： 但是我怎么没听说过他的名字呢?

周： 到现在为止，中国的学术界不宣传他。

袁： 为什么呢?

周： 但是今年在上海搞了国际电影节吧。三个电影终身成就奖，编剧就是陆柱国一个，另两个，一个是谢晋，一个是秦怡吧，就是导演、演员啊，作为作家就是他。那么这个人在1948年解放军打到了河南时，他参军，跟的部队是第二野战军，刘伯承、邓小平的部队，但他写的是三野，写的是陈毅跟粟裕的部队，他描写的主线是三五支队，就是浙江的游击队，这支部队整编了以后变成中国人民解放军的20军。20军后来开到朝鲜，所以他就写朝鲜战场。

顾： 那个人还在吗?

周： 在，他今年得了一个中国电影终身成就奖。在啊，到上海来领奖的。

顾： 那他现在80多岁了?

周： 差不多，估计要80多了。

周： 这第二个问题跟你搞戏曲有关系了，你谈到席勒感到遗憾的是，就是西方戏剧没有象征性的东西。我体会他的意思，就是说跟戏剧没关系的东西都用虚拟化来表示，就是说有的东西无法具体展开，没办法具体地表演出来。就用一些令人意会的他们跟你这样翻译的，这样的地方来代替具体的东西。我举个例子，书里没举例子，比如上楼梯，咱们戏曲就没有楼梯，就用象征性的动作来代替。但是西方有的东西不像楼梯这样可以在舞台上搭建起来的，有的动作在舞台上也没办法做，那么他希望用一种令人意会的东西来代替具体的演出，或者是表演或者是展示，你引了在北大任教的德国教授洪豪岑的话，他说中国戏曲已经做到了，因此我认为中国称呼不叫象征性，叫写意性。我觉得它是中国戏曲在世界文化史上首创性的东西。因为在西方包括其他东方国家没有这样一种理念，这样一种美学体系吧。因为中国戏曲现在不景气，甚至灭亡论也很盛行，认为戏曲要灭亡了。我在这二十年里写了多篇文章，为戏曲打气。那么最近一篇文章我写的是“中国戏曲首创性贡献”，我举了十个例子。席勒说的象征，在戏曲里又叫程式化，譬如说划船，台上没有河，用动作来说明在划船，还有上楼、开门等等之类。那些东西我说是首创性东西。我想这方面听听你的看法。

第三个问题也跟戏曲有关，中国戏曲还有一个重大问题，就是王国维在评论元杂剧的时候，他说，《赵氏孤儿》《窦娥冤》这样的戏曲，其主人公蹈汤赴火，以其意志也。因此这些悲剧是世界之大悲剧也。他认为这样，那么我受到启发，我觉得中国人的悲剧最精彩的可以定名为“意志悲剧”，因此我写了一篇论文，叫“论意志悲剧说与意志喜剧说”，因为西方从主人公角度分悲剧的类型三大类：古希腊的命运悲剧、莎士比亚的性格悲剧、易卜生的社会悲剧。但是我觉得中国的元杂剧跟明清传奇可以另外有一个名称叫它，叫意志悲剧。意志悲剧跟西方悲剧怎么联系、怎么区别呢？联系就在王国维……

顾：意志悲剧是什么意思？

周：（具体解释篇幅太多，此处略，下面又提到，另可参见《中国古代文学理论研究》第 27 期发表的全文。）

以上看法请您指教，有什么不同意见欢迎您很尖锐地帮助我。

顾：戏曲我不是专家。

周：我们也可以就事论事聊聊，因为我觉得西方没有这样一种意志悲剧这样的东西。我还分析了中国的意志悲剧，将元杂剧到明清传奇的一些名作做了分析，我又考虑到还有意志喜剧。因为一般的喜剧角色是被人家嘲笑，也是被动的多。如主动的话也可叫做意志喜剧。那么这个也是中国最早，最早哪一个呢？就是优孟衣冠。接下来古希腊的戏剧家跟罗马帝国的戏剧家，他们倒都有意志喜剧。那些仆人为了帮助公子主人的爱情，他们主动地去帮助。

顾：袁老师，那个意志是 vla 吗？但是意志悲剧还不明白是什么意思。

周：噢。

顾：是希腊喜剧，还是中国的？

袁：他说意志悲剧或者意志喜剧是中国人独创的。

顾：哪一个戏，哪一个杂剧，哪是传奇，在这方面上有代表性吗？

周：我首先举王国维谈的例子，他举的例子有代表性，然后我也举别的例子。

顾：他说，说……。

周：他说像《窦娥冤》《赵氏孤儿》。

顾：等等，《窦娥冤》那里有意志吗？

周：是这样，窦娥，她的婆婆蔡婆婆被人家抓进去了，说是她用毒药毒死了她的丈夫。其实是他们自己儿子毒的，对吧？

顾：是，是。

周：好，结果呢？蔡婆婆被抓进去了，作为凶犯，窦娥跟她没关系吧？照理，是吧？

顾：对。

周：但窦娥为了要救蔡婆婆，觉得她老人很可怜，在监狱里受不了这个刑罚，而且还要她死于非命，是吧？

顾：对。

周：因此她主动站出来说这是我搞的，她不打自招，她承认下来了，因此她代替蔡婆婆的死。

袁：主动承担。

周：主动承担罪责，她以……做一个悲剧角色。

许：在西方有没有？

周：西方古代没有，西方的骑士救美，有传奇故事和小说，他们只救美人。而中国人呢，不是美人，连丑人、老人他也救，只要符合社会公义，为了维护社会公义，像赵氏孤儿，他就是为了要维护道德、社会公义，所以程婴他把自己的儿子代替赵氏孤儿杀掉，他自己也死了嘛。噢，他自己没死，但是公孙杵臼为了要使侦察的线索断掉，他就自杀了嘛。然后就为了报仇。所以我觉得他有自己自由的一面，另外他放弃了生存意志。

顾：是。

周：从这个角度，西方没有这样的东西。但是意志喜剧西方有了。为什么呢？本来他不是被嘲笑的喜剧角色吗？但是他为了帮别人，因此他跳进去了，这个从米兰德开始，古希腊的最后一个喜剧家叫米兰德，但是他的作品已经失传了。由古罗马的几个喜剧家把它改编成古罗马的喜剧。后来莫里哀也改编了几个，包括《史嘉本的诡计》。就是说继承过来改编的，那么这个就是意志喜剧，西方也没这个概念。他主动为了帮助别人，成为一个喜剧角色，但是他冒风险的。他失败的话，给人家老主人不是要惩罚吗？

袁：普罗米修斯呢？

周：普罗米修斯的情况稍许不同，我也分析到了这个剧目。他表示他是为了自己，而且神是保证他“你肯定不会死”，所以他谈不上……

袁：但他受罪。

周： 是啊，但悲剧不是受罪的问题，喜剧里也有人受罪啊，它的结果是喜剧啊。咱们谈结果，这个过程中间，第一就是他保证没有生命危险。你看古希腊悲剧的这个原著，我特地看过，我为写《意志悲剧说和意志喜剧说》这篇论文还重读了一遍这个剧本。

我来回答他的问题：悲剧已经形成了，但这个悲剧跟主人公没关系，但这个主人公为了社会正义、公正，为了救别人，他主动地跳进去，做悲剧的主人公，把人家救出来，跟西方的区别就在这里。当然是先有悲剧了，因为他不是制造悲剧的人，人家已经制造了悲剧。那么根据西方来说，制造悲剧的三股力量：第一股力量命运，第二种力量自己的性格，他自己控制不住自己的性格，性格决定命运。第三个是社会造成的，就是易卜生的社会悲剧。要交叉起来观察的话，社会悲剧也有性格，但是咱们讲主导方面。因此他们三种悲剧主人公在悲剧造成的时候，主人公是被动地被吸入到悲剧里，他想逃，但是他逃不掉。而中国主人公本来跟他没关系，是人家的悲剧，但是他为了道义，正义，他打进去，硬出头，然后他变成悲剧主人公了，是这么一个问题。

许： 也可以说是道义悲剧。

周： 我也提到这个问题了，当然可以叫道义悲剧，但是道义太广泛。而道义这个词又没有强调主人公自由意志，放弃生存意志这么一个背景。

许： 自我牺牲的意志。

周： 我跟你聊这个理论，如果您在写作《中国戏曲史》的过程中帮我验证一下，作为一个外国的专家，我有没有道理，有没有漏洞。

许： 你怎么知道顾先生一定是验证你呢？他可能反驳你呢？

周： 这无所谓，也可以反驳，验证下来的结果可能是喜剧：表扬我；可能是悲剧：批评我。批评的话我也欢迎。

第四个问题：与您一面之交的陈琳发表文章说，他看到一个报道，说顾彬先生认为《红楼梦》太深奥了，他承认自己看不懂。所以我想问你讲过这句话没有？

顾： 我说过。

周： 您读了《红楼梦》，自己感到哪些方面看不懂还是怎么样？

顾： 啊，《红楼梦》我也是刚刚从马来西亚开会回来的。吉隆坡开了一个《红楼梦》的会，我也去了。

我觉得《红楼梦》非常丰富。我已经看了几十年了。那时候我看不懂，另外在欧洲，没有人，除了翻译家以外，德国和英国的翻译家以外，没有人敢研究《红楼梦》，太丰富了。我看《红楼梦》，我糊里糊涂，不知道应该从哪个角度来看。如果我说我看得懂《红楼梦》，我了解《红楼梦》，我是假的，我吹牛。学这《红楼梦》的问题，可能是一辈子的问题。原来今年我不应该去吉隆坡开那个红楼梦的会，但是他们希望我来，我学了好多好多。因为我不是《红楼梦》的专家，这次跟中国人开会我太高兴了。

袁：我接触这些德国人，他们对《红楼梦》是望而却步，就是很难看懂。你知道这个里克尔，里克尔他就是……

顾：德国驻华大使。

许：他亲口对我说，他不理解为什么中国人那么喜欢《红楼梦》。

顾：是是是。

袁：这怎么回事？然后呢，他说什么呢？他发现中国人之所以喜欢《红楼梦》，他认为是因为语言太美了。

顾：语言太美了，对对对。

袁：他是这样认为，好多德国人大概也是这个意见。

周：《红楼梦》我觉得连咱们最有名的专家，像冯其庸这些人也没有真正看懂。他们当然学问很好，具体的谈到里面的有关问题，他们谈得不错。但是关于这个《红楼梦》的主题，说是象征了封建社会的灭亡。

顾：是。

周：我觉得这个是胡说八道。

顾：我也是同意，不错，胡说八道。

周：如果贾府它衰落了，象征着封建社会灭亡，那么人家曾国藩的家庭，李鸿章的家庭，清朝打倒了，它还兴旺。写小说如果写他家里，那么你就说封建社会很兴旺吗？这个反证就可以说它错。另外，对贾宝玉、薛宝钗、林黛玉、晴雯、袭人的评价，基本上都是错的，颠倒了是非。我这次送您的两本书，一本是《红楼梦的人生智慧》，另一本是《红楼梦的奴婢世界》。我作了正面的解释，我的观点，薛宝钗是怎么一个人，林黛玉是怎么一个人，比如袭人是怎么一个人。

许：这个和作者没关系。

周：故事跟作者没关系，你可以这样讲。但是也可以讲有关系，但是不是自传，又是另外一个问题。而我讲的是主题，不能说跟他没关系，主题当然跟作者有关系啦，因为曹雪芹认为像贾宝玉这样不及格的人啊，就是社会的失败者嘛，败类嘛。因此我给他的小标题啊，我给贾宝玉怎么评价的？第一，贾宝玉的所谓“叛逆”叫“意叛”，就像“意淫”一样。他嘴巴里讲讲，行动一点没有的。而且他讲的叛逆也不是真正的叛逆，讲一两句这种话好像“文死谏，武战死”之类。这个观点给薛宝钗迎头痛击，我觉得这个话对的，因为你不能一概地否定这种人，大家不要去武死战，那么国家谁保护啊？大家都不讲话，皇帝胡作非为。明朝大臣当场打屁股，当场全家抄斩，他还要提意见，这是知识分子的骨气，中国的知识分子不是没有骨气的。第二条，他反对读四书五经。我说真正的改革者一定要认真读书，要有理论思想准备，然后要有实际操作。贾宝玉不是这样的一个叛逆者。第三，贾宝玉背叛了所有爱他的女人，是个窝囊废。他也不懂得怎么去保护她们，他根本也不保护，他也没有这个意识去保护人家，当然没有能力了。

顾：（谈到《红楼梦》德译时，顾彬认为很不容易），连张爱玲没办法把她英文写的小说正确地翻成中文，你看她英文写的，中文写的，区别很大。所以我们翻译家的压力太大了，因为不搞翻译的，他们根本不知道翻译是什么。认为我们能够把某一个东西翻成另外一个东西，基本上应该是相等的，但是连作家们，如果他们两种语言熟悉的话，他们没办法，所以张爱玲英文的小说，她自己翻成中文的小说，是两个事情。所以库恩把《红楼梦》翻成非常漂亮的德文，很早，可能世界上没有第二个人可以跟他比，所以他是了不起的。他唯一的问题就是他没有把全部翻成德文，但是出版社不允许他，说（翻译了）前面的也够了，如果你超越这个范围，我们给你取消（出版计划），所以他没有别的办法，但是直到现在我们还是看他的译本，因为德文是很美的。

袁：（他）把《金瓶梅》也翻了。

顾：对。另外中文真的看得懂《红楼梦》吗？那个怀尚，一个老头子，他说“花落人亡都不知”，我问他这是什么意思呢？我问所有的人，中文这是什么意思呢？谁都不知道，谁都不敢说。这句话不明白。花落人亡两都不知，“都”是谁呢？花、人，你现在把这句话翻成外文还是什么的，连用中文也不清楚是什么意思，所以我们翻译家老倒霉的，因为读者要求我们正确翻译，但是原文经常不清楚，你是《红楼梦》专家，你给我解释“花落人亡都不知”是什么意思呢？

周：他可以有几层意思，他们互相不知道，那么人家对他们两个也搞不清楚他们的命运。

顾：人知道花要落，从实践我们都知道花要落，不可能人不知道。

周：这个里面有宏大背景，花落问题有宏大背景，为什么呢？在《红楼梦》里边，它围绕花落做了很多文章。林黛玉不是喝酒吗？抽了一条签，就是“莫怨东风当自嗟”，不要怨东风，哀叹自己命不好。它前半句是欧阳修的名句：自古红颜多薄命。王安石有一次与几个老朋友，都是最高级的文人，包括司马光，欧阳修，一起也在喝酒。他写了两首诗，叫《明妃曲》，当时在场的诸公都因为这两首诗写得好，大家诗兴勃勃，司马光、欧阳修都和了，欧阳修觉得我这个和诗的水平还超过了杜诗，他压阵的最精彩的两句就是“红颜自古多薄命，莫怨东风当自嗟”，就是花落了，不要怨东风，要怪我们自己，这个花落比喻我的命运。《西厢记》崔莺莺就回答他，说“闲愁万种，花落水流红，无语怨东风”，为什么“闲愁万种”？因为看到花落下来在流水里带着跑，“花落水流红，无语怨东风”，我虽然沉默，但我心里在埋怨东风，与“东风不给周郎便”一样的。你东风使我花落了，因为东风背叛了我，他走了，春天过去了，因此我落花了，她又回答了欧阳修的另外两句名句：“泪眼问花花不语，乱红飞过秋千去，”一个少女在花园里看到风飘万点红，她跟花对话，结果花不来理我，“无语”就飞过去，她就回答这两句话，为什么花不语呢？花虽然嘴巴里不语，“无语怨东风”，到了《红楼梦》，林黛玉因为有这么一个背景延续过来，所以“花落人亡两不知”，她又把人放进去了，因为她看到花掉了很痛心，就像现在有的人狗死掉了也很痛心，给它做坟墓，她也给它做一个坟墓，但是觉得“今日葬侬”，将来谁葬我啊？

许：理解《红楼梦》，《好了歌》是个课题。

周：是啊，我知道，但是林黛玉还不是《好了歌》的思想境界。她有这个思想境界，就看穿了，跟贾宝玉的爱情也就肯定失败了，爱情是什么东西？薛宝钗她两面都懂，她一面有真情，一面又觉得命运跟宇宙的规律表示万事都是空的，爱情也是空的。咱们有就有，没有就没有，听其自然，所以她就能想得通这个问题。现在红学家批评尤三姐自杀，柳湘莲割断万根烦恼丝。此事传到薛家时，薛宝钗冷冰冰地说，他们自己愿意这样做，人家说她冷酷无情，其实薛宝钗真的懂得尤三姐和柳湘莲的心思，所以她觉得我们不能为他们同情，因为这是必然的结局，每个人……其实她倒是真正读懂了他们两个人这颗心。

许：你对薛宝钗大概评价很高。

周: 那么我对林黛玉评价应该高的地方也非常高。我说人间需要有真情，因此像林黛玉这样的爱情观念，我们要尊重它。但是从人生智慧角度来说，她是错误的，因为人家都没注意到林黛玉……

许: 这个爱情没什么错误的……

周: 是啊，但是从人生智慧角度，她何必为了情感到了不可自拔的程度呢？她要自杀了，你们晓得林黛玉要自杀吗？

许: 那就是真情啊。

周: 是啊，当然，但是从人生智慧角度是赞成她还是劝阻她不要自杀呢？

许: 智慧是另外一回事。

顾: 就是在吉隆坡，《红楼梦》座谈，我们老谈这个问题。

周: 我也带回去考虑考虑。第五个问题，《大众日报》报道您在山东大学讲学做学术报告的时候，您说过去自己对鲁迅有些盲目崇拜了。

顾: 是，是这样。

周: 即使最优秀最完美的学者也不可能说得都对，您举的例子说鲁迅对孟子的评价太过分了。

顾: 是。

周: 除了对孟子的评论，你觉得鲁迅还有哪几方面太过分了以及……

顾: 孔子，他评论梅兰芳，孔子、梅兰芳。

顾: 但是我昨天提出来的问题也是一个更复杂的问题，因为我现在没有距离感，如果你没有距离感的话，你不能够写。现在我写二十世纪文学的时候，才过了 5 年。那我回顾的时候，我回顾到 99 年还是什么的，那距离不怎么长，那我的评论有道理吗？我给你一个非常简单的例子，原来我最不喜欢的一个中国作家冰心，我现在特别喜欢。我发现她的小说是非常有意思的。因为她谈一个同情的问题，那个鲁迅最讨厌的是同情，他不会同情，所以他对林语堂的评论是完全不对的。林语堂说我们应该同情，同情人，我们应该继承那个外人说费厄泼赖那个……

周: 公正、公平。

顾: 鲁迅说“不”。反正我写我的那个文学史的时候，应该重新研究那个冰心的小说，我发现她主张同情，我觉得她是对的，鲁迅是错的。原来我看不起她的诗歌，再看她的诗歌的时候是去年，我吃了一惊。她的中文这么清楚，这么好，另外呢，还是主张同情。所以五四运动唯一的中国人能够写很好的诗是冰心。她的中文很简单、朴素，很清楚，所以她是了不起的。

顾：但是苏联老早批判那个鲁迅，他是小资产阶级等等。20 年代鲁迅对苏联的文学评论家来说，是小资产阶级代表，完全否定他。所以我觉得非常不公平的是，现在批评那个夏志清批评那个鲁迅，如果要批评他，同时应该批判当时苏联人对鲁迅的那个态度，但是谁敢做呢?

周：我看到资料，法捷耶夫表扬他的《阿 Q 正传》，说他写的好，这个话大概有的……

顾：那个时候苏联特别批《阿 Q 正传》。一个德国人专门写苏联怎么看鲁迅的博士论文，50 年代，所以我知道这个。

周：鲁迅的确也是有应该批判的地方，他的一些重要观点是必须批评和纠正的。以我刚才谈及的中国作家首先应该学习和掌握中国传统文化、文学艺术来说，鲁迅、周作人和他同时代的一些著名作家，虽然批判甚至全盘否定中国传统文化，可是，就是因为他们年轻时学习和掌握了中国传统文化，具有很深的根底，他们才有可能写出一些优秀著作。鲁迅自己承认他们和他们下一代的作家并未能全面而深入地学习外国的经典和名著[5]。而听从鲁迅的话，不要读中国书，多读外国书的青年作家，就只有平庸之作[6]。

补遗：朱光潜、钱理群、钱谷融批评中国现代文学和文艺理论

最近钱理群回忆文章介绍朱光潜看到北大学生张曼菱在看他的书，他却“不以为然地”摇头说：“这本书里没有多少他自己的东西。”钱理群认为现代中国无大师，原因即在此，缺乏“原创性”。张曼菱《北大回忆》说朱光潜

5 鲁迅也强调：向外国学习时，“外国文学的翻译极其有限，连全集或杰作也没有，所谓可资‘他山之石’的东西实在太贫乏”。鲁迅《集外集拾遗补编“中国杰作小说”小引》，《鲁迅全集》第 8 卷第 399 页，人民文学出版社 1981。

6 顾彬接受了我的观点，他后来在《中国学者平庸是志短》（《读书》2011 年第 2 期）中说：“不少人在中国的现代性中感觉无家可归。这种无家可归的感觉始于 1919 年的五四运动。那时人们认为，可以抛弃所有的传统。当代中国精神缺少的是一种有活力的传统。也就是说，一种既不要盲目地接受，也不要盲目地否定，从批评角度来继承的传统。1919 年在中国批判传统的人，他们本身还掌握传统，因此他们能留下伟大的（锡山按：我的原话是“优秀”）作品。但是他们的后代不再掌握传统，只能在现代、在现存的事物中生活、思考、存在，模仿媒体、百货大楼推荐给他们的生活目的和生活任务。中国的流行文化只是一种生活感情的表现方式，不再有历史或不再想有历史。”五四之后的知识分子平庸的原因：志短，不掌握传统。

那一代前辈，就其学养和精神境界而言，完全有可能出大师，但他们生不逢时，在上世纪三十年代小试锋芒后，就遇到了战乱，接着又是连续三十年的“思想改造”，到八十年代可以坐下来做学问了，但岁月不饶人，且元气大伤，已经无力构建自己独创的思想体系了[7]。

20 世纪中国由于缺乏理论建树，所以创作成果也就成就不高。其原因诚如鲁迅所说的，没有继承古人。

鲁迅先生《且介亭杂文·〈草鞋脚〉（英译中国短篇小说集）小引》在向西方读者介绍新文学运动开展以来 15 年中的历史概况，尤其是新的小说的生存状况和发展情况时，强调现代小说的产生“一方面是由于社会的要求的，一方面则是受了西洋文学的影响”。后又曾坦率指出并强调：“第一，新文学是在外国文学潮流的推动下发生的；从中国古代文学方面，几乎一点遗产也没摄取。第二，（在小说领域，向外国学习时）外国文学的翻译极其有限，连全集或杰作也没有，所谓可资‘他山之石’的东西实在太贫乏。”（《集外集拾遗补编“中国杰作小说”小引》）关于不吸收中国古代文学的遗产的理由，鲁迅先生在论及高尔基评论巴尔札克等人的作品的杰出成就时说：“中国还没有那样好手段的小说家”（《花边文学·看书琐记》），也即认为中国古代文学包括小说远远不及西方文学。故而此前鲁迅应一个杂志社之邀为青年开列必读书目时说：“我以为要少——或者竟不——看中国书，多看外国书。”（《华盖集·青年必读书》）沈雁冰在“五四”时期主持《小说月报》时认为，“最要紧的工作是对外国文学的切切实实的译介工作，以此来救治中国古典文学‘主观的向壁虚造’等弊病。”（转引自李怀亮《国际文化贸易三题》）否定和抛弃传统，这个错误倾向造成了新文学水平差，读者极少的严重后果。瞿秋白来到上海后，发表《吉诃德的时代》和《论大众文艺》等文，对新文学提出了严厉的批评：“五四式”的文艺作品至多销行两万册，满足一二万欧化青年；在“武侠小说连环画满天飞的中国里面”，新文学作者“反而和群众隔离起来”。当时人们欢喜的是武侠、言情小说，新文学根本没有市场。除了瞿秋白，赛珍珠、冯友兰等也先后批评。其中最严厉的是钱谷融先生。

钱谷融先生说自己读了现当代文学，结论是四个字：“上当受骗”。他说：“我喜欢中国古典文学、西方文学，不喜欢中国现当代文学，但古典文学和外国文学的教职都满了，挑剩的只有我不喜欢的现当代文学。”中国现当代文学

7 钱理群《想起朱光潜先生》，《读书》2014 年第 7 期第 57 页。

教授却几乎不看现当代文学，“因为上当多了就索性不看了，当年看了许多现当代文学，但有点受骗的感觉。”谈到相当一段时期内现当代文学的“糟糕”表现，……”[8]他又说：在华东师大“教我最不愿意教的现当代文学啊！我是实在不喜欢现当代文学的。主要还是文章不好，除了鲁迅和周作人，其他都不大喜欢。”[9]“文章不好”，即艺术水平低下。

8 石剑锋《钱谷融：我的成就是“批”出来的》，《东方早报》2008 年 3 月 7 日。
9 王华震《95 岁钱谷融，我实在不太喜欢现当代文学》，《外滩画报》2014 年 1 月 18 日。

贰、首创性理论和研究方法

中国之石和西方之玉——中国文论评论和研究西方文艺名著方法论纲[1]

提要：

以中国古代文学理论为主，兼及戏曲理论、音乐理论和书画理论的中国古代文论，取得了罕与伦比的辉煌而独特的巨大成就。中国古代文论的众多学说为西方所无，是中国独特的杰出创造，但其中多种理论可用作评论和研究西方文艺名著。这既体现了中国古代文论的现代转换，也是中国文论发展的一个重要新方向。

本文认为“五四”以后至 20 世纪末的中国并未产生有自己民族特色、有重大理论价值的新的文学和艺术理论，因此本文所说的中国文论实即是古代文论。

本文作者自 1979 年起，开始了学习和从事中国古代文论研究的学术生涯；自 1989 年起即提出：应以中国（古代）文论评论和研究西方文艺名著，作为中国古代文论发展的一个新方向；自 1992 年起，开始发表初步的成果，今为 2009 年年会特撰此文，作一较为全面的简要论述，以期引起学术界尤其是中国古代文学理论研究界的重视和关注，并共襄盛举。

我于 1989 年在上海召开的中国古代文论第 6 届年会上小组发言，首次创议我们应该使用中国古代文论来评论和研究西方文艺名著，作为古代文论发展的一个新方向，并在 1992 年出版的专著《王国维美学思想研究》[2]中“意境

1 本文为拙著《中国之石和西方之玉——中国文论评论和研究西方文艺名著方法研究》的导论，提交本次大会时，略作删改，2009·中国古代文学理论学会和四川大学、四川师范大学主办“中国古代文学理论学会第 16 届年会”论文（提交本次大会时，略作删改），中国古代文学理论学会《古代文学理论研究丛刊》第 30 辑，华东师大出版社 2010。

2 拙著《王国维美学思想研究》，中国社会科学出版社，1992。

说的世界性意义”一节作了初步的尝试：运用意境说来评论和分析西方名著。又于呈交1997·北京·王国维诞辰120周年纪念学术研讨会（北京大学、清华大学、香港大学、台湾清华大学中文系联合主办）的拙文《论王国维的伟大学术成就在当代世界的价值》[3]中的第二部分再加阐发，此文获得张岂之教授所作大会总结报告的重点赞扬；著名学者古风在其重要论文《关于当前意境研究的几个问题》（《复旦学报》2004年第5期）中摘引了拙文的重要观点，并作高度肯定。在1997·桂林·中国古代文论第10届年会暨国际研讨会（学会与广西师大联合主办）所作的大会发言中，以情景交融说为例，结合中西有关理论和创作的发展，简叙情景交融说的中西历史进程，受到热烈欢迎。这个发言的前半部分内容，整理成论文《情景交融说的中西进程简叙》（《文艺理论研究》2004年第6期），又于2005·西安·中国古代文论第14届年会（学会与西北大学联合主办）呈交《中国古代文论的独特贡献及东学西用》，重申这个主张，可惜历次的“会议综述”都没有反映和报道我的这个重要倡议和发言的内容。2007·昆明·中国古代文论第15届年会（学会与云南大学联合主办）呈交《意志悲剧说与意志喜剧说》论文，用本人首创的这个理论评论和研究西方名著。会议综述报道了拙文的宗旨，第27期会刊发表拙文并于“编辑部报告”中对此文的理论成果和观点表示肯定和支持，给我和拙文以很大的支持。

俄苏和东欧文学、拉美文学（由西、葡萄文化发展而来，并与印第安文化相结合）与西欧、北美文化、文学同属一个文化体系，皆以古希腊、罗马和希伯来文化、文学为共同源头，故本文认为俄苏和东欧、拉美文学应属于西方文学的范围之中。

本次第16届年会（学会与四川师范大学文学院、四川大学文学与新闻学院联合主办）非同寻常，意义重大：今年是学会成立30周年；这次年会由富有生气的年轻一代著名学者担任学会领导后首次负责住持。本学会历届会长和主要领导都是成就卓著的老一辈权威学者，本会在他们的领导下走过了成绩巨大、声誉卓著的30年。古人认为30年是一世，在前任领导培养下成长的现任的年轻新领导，长江后浪推前浪，必会作出新的成绩。这次年会，在这样富有象征意义的时刻，进入了一个新的发展阶段。我本人自1980年出席第二届年会（学会与武汉大学联合主办），至今也有30年，我自1979年作为徐中

3　全文刊于《广州师院学报》1998年8月号；又收入孙敦恒、钱竞编《纪念王国维先生诞辰120周年学术论文集》，广东教育出版社，1999。

玉师的首届研究生学习中国古代文论专业，并坚持研究至今，也是30周年[4]。

在这样富有意义的这次年会上，我呈上本文，希望引起与会者和广大同行的注意和重视，将中国古代文学理论的发展推向一个新的阶段：用评论和研究西方文艺名著的方法，我们的这个学科就可积极参与世界文学和文化的发展，同时也使中国古代文学理论在这个宏伟庄严的事业中，获得新生、获得发展的新空间，并让中国和世界学术界了解中国古代文学理论的伟大成就和重大意义。

一则因中国古代文学理论，按学术界惯例，可以换称为中国文学理论；二则20世纪“五四”以后，到新世纪为止，中国文学和美学学术界没有产生堪与古近代中国和古今西方媲美的文学理论，中国古代（包括近代）文学理论所取得的伟大成就代表着中国文学理论的总体成就，因此中国古代文学理论可以称为中国文学理论。又因为中国文学理论实际上也已包括属于艺术学科的戏曲理论、绘画理论和音乐理论；更且，为了适应现当代影视文学的产生，本文以古代文论为主干，评论和研究的对象涵盖戏剧、绘画、影视等艺术门类，因此以“中国文论”（兼含文学和文艺之意）为名，予以论述。

自1904年王国维在《红楼梦评论》中首创性地运用西方美学和文艺理论分析评论中国文学名著以来，整个20世纪中国学术界流行使用西方美学和文艺理论来评论研究中国文艺的方法，取得了极大的成就。

可以坚信，在国内外同行的努力下，自21世纪起，运用中国文论评论和研究西方和东方文艺作品，也会取得极大的成就。

一、中国文论评论和研究西方文艺名著的现状

由于五四新文化运动全盘否定中国传统文化的影响，中国古代文论的继承和运用，在20世纪20年代以后，未受文坛主流重视，甚至被抛弃。

在这样的情势下，除了少数学者坚持中国古代文论的研究之外，还有极少数学者依旧重视中国文论在文学批评的实践中的运用，弥足珍贵。例如，前辈学者宗白华评论歌德诗歌时誉其佳作“不隔”，含蕴着宇宙的“神韵”，分析《海上的寂静》的“境界”，并说是“意境”最寂静的一首诗，用了一些古代文论的术语。只是这样的运用是很少的。后继学者也偶有此类做法。此外，在

4 我国自1978年起首次公开招收研究生，我当年报考华东师范大学古籍研究所的研究生（唐宋文史研究方向），虽然顺利通过初、复试，却因工作单位不放行，未能入学。1979年报考华东师范大学中文系古代文论专业研究生。

50-60 年代，个别外国小说的个别译本（如屠格涅夫《贵族之家》）的内容简介或评论文章提及此书有情景交融的描写。但都没有展开分析和深入研究，且皆非自觉地运用中国文论来评论西方名著。

进入新世纪后，已有个别论文运用中国文论中的著名理论，评论和研究西方名著。如台湾省佛光大学黄维梁教授尝试用《文心雕龙》对中外作品做实际批评，已有一些成果，近年发表了两篇文章：《论雕龙成为飞龙——〈文心雕龙〉理论“用于今”“用于洋”举隅》[5]和《请刘勰来评论顾彬——〈文心雕龙〉“古为今用”一例》[6]前文用《丽辞》篇“反对”法议论美国黑人民权领袖马丁·路德·金的短篇讲话《我有一个梦》，后文假借刘勰的语气来评论德国汉学家顾彬批评中国当代文学的言论，主要用《知音》篇“积学以储宝”、“会己则嗟讽，异我则沮弃”和《辨骚》篇“将核其论，必征言焉”这几句西方文论也有类似论点的基本原则，反驳顾彬否定中国当代文学的观点。此皆随感式的议论文章，不是学理论文。

另有福建师大外语学院李嘉娜《〈诗品〉视野下的济慈诗歌创作——兼论西方济慈诗评》[7]认为：济慈诗歌至今未能被西人完全阐发，只有通过中式诗评方法才能彰显其成就。她试图借《二十四诗品》对济慈诗歌做一种中式阐释，即从意境说的“韵外之致”观照：《秋颂》接近悲慨和实境二品；《夜莺颂》整体意境归冲淡一品；而《希腊古瓮颂》属典雅、含蓄和高古三品，然其意境却归雄浑一品。济慈的作品并没有达到“韵外之致”的艺术高度，总体上还是比较直露的，作者作为外文系出身的青年学者尚未精通古代文论，故而此文把握不准。

浙江大学外语学院何辉斌《西方悲剧的中国式批判》[8]提出“自觉而系统地利用中国固有的智慧来研究西方悲剧”，并用孔子和庄子的中庸理论、命运观、道德观、生死观、人格观和忧患意识、生存意识，批判西方悲剧的不足。这是一个有意义的尝试。但此书的大量篇幅是介绍孔、庄和中国哲学的知识性内容，对西方悲剧的分析评论的篇幅很少，评论的作品也很少。如第二章“西方悲剧的中庸式批判”，共五节 14 页，分析西方悲剧的只有 4 页，仅涉及《罗

---

5 《追求与创新——复旦大学第二届中国文论国际学术会议论文集》，中国文联出版社 2006。

6 2007 年 12 月中国古代文学理论学会年会论文。

7 《中国比较文学》2007 年第 3 期。

8 中国社会科学出版社，2007。

密欧与朱丽叶》《樱桃园》《亨利四世》和阿伽门农三部曲，都只是蜻蜓点水式的印象式批评，连台词也一句不引，没有细致深入的分析。作为外文系出身的青年学者，对中国原著缺乏深入独特的体会，还时有对中西原著把握不准的毛病。对西方悲剧人物缺乏同情的理解和深入的研究，生硬地将孔、庄原著对人的完美要求，硬套到西剧中有性格缺陷的悲剧人物身上，给以不适当的苛求、批判和整体性的否定。例如不加分析地指责罗密欧与朱丽叶（年仅十三）"这对年轻的恋人代表着绝端的激进思想，把个人的幸福和自由看得至高无上，完全忽略了传统的意义和父母的情感。"（第 35 页）全书的状况与水平基本都如此。

以上已发表之书文之作者，做出了可贵的努力，但多为零星的写作实践，没有整体上建立以中国文论分析、评论和研究西方文艺著作的方法论的意识，仅是就事论事的论文，而且研究的成果也多不如人意。

纵观当今中国和世界文坛，目前的现状是：

（一）中国文学创作至今没有达到世界一流的水平，首要的原因是中国作家缺乏中国古典文学和古代文艺理论的根基和修养[9]。中国作家自觉接受西方文学的影响而无视中国文学的伟大传统，连描写鬼怪、占卜等神秘文化题材的作品也都自称接受的是拉美魔幻现实主义文学的影响[10]。

（二）整个中国文坛自 1920 年以后，是西方文论的一统天下，作家和评论家都用西方文论分析和评论古今中国文学作品。

---

9 德国著名汉学家顾彬认为中国当代文学是垃圾，离开世界一流水平很是遥远，其主要原因是中国作家不懂外文，不能及时、准确吸收西方文学的精华，以提高自己的写作水平。2008 年 9 月，由上海比较文学学会组织和安排，我以中国比较文学旅法学会会刊《对流》中方主编的身份，与顾彬教授对话，参与对话的有海外汉学研究中心正副主任许光华、袁英志教授和上海外国语大学文学院副院长查明建教授等多位专家，《中国比较文学》副主编宋炳辉教授和全体编辑。我在对话中提出了与他不同的这个观点。顾彬教授接受了我的这个观点，他在《我的评论不是想让作家成为敌人》(顾彬与刘江涛的对话）中介绍了我的这个观点。(《上海文化》2009 年第 6 期第 111 页)，此后他作为重要观点在谈话或文章中出现。

10 参见拙文《神秘现实主义和神秘浪漫主义文学艺术论纲》（上海比较文学学会第 8 届年会论文；我的这个大会发言，《中国比较文学》2005 年第 1 期、中国比较文学，文贝网和上海社联网都有报道)、《戏曲中的神秘现实主义和神秘浪漫主义描写略论——中国戏曲的首创性贡献研究之一》(2008，香港中文大学主办"重读经典——中国传统小说与戏曲国际学术研讨会"论文集，牛津大学出版社 2009）和《宗璞小说中的神秘主义题材和表现手法试论》(中国比较文学旅法学会会刊《对流》第 6 期)

（三）实际上，中国古代文论的总体成就超过西方，中国古近代文论的顶级五大家：儒家（孔孟）、道家（老庄）、刘勰、金圣叹、王国维，其总体成就，以及在文艺家和读者的灵魂的塑造和改造、对宇宙人生的认识和反映、对文艺创作的理论和具体指导诸方面，都超过西方顶级五大家：柏拉图、亚里士多德、康德、黑格尔和叔本华。中国文论家独创的理论，成就辉煌，意义重大，本文下节再说。

面对这个现状，我们应该尽快正式建立和大力提倡中国文论评论和研究西方文艺名著的方法，将中国古代文学理论的运用对象的“现代转换”和当代发展推向一个新的阶段。

二、中国文论评论和研究西方文艺名著的意义

当前，学术界提出了人文科学研究要“着力于学科体系、学术观点和科研方法创新”的总体要求，十分重视中国文学与世界文化交流的意义。

他山之石，可以攻玉。自 1904 年王国维的论文《红楼梦评论》首先运用西方美学和文艺理论来研究评论中国文学名著以来，整个 20 世纪流行着西方文论分析评论中国文学的研究方法，取得并且将继续取得极大的成就，产生了巨大而深远的影响。但是中国的美学和文艺理论，尽管有数千年历史的极其丰厚的积累，取得与西方美学和文艺理论同样辉煌的成就，还有不少超过西学的独特贡献，却由于众所周知的原因，对西方缺乏应有的影响，甚至不为西人所知。这对东西文化的交流和发展造成非常不利的影响。由于西方中心论的局限，西方学者对此尚无认识，中国学者应该具备宽广的胸襟和高远的眼光，首先作出努力，力图尽快改变这个不利局面，主动将中国美学和文艺理论的精华用多种有效的方法提供给国际学术界，为世界文化的发展作出自己的贡献。我们用中国文论评论和研究西方以及其他国家的文学艺术名著，努力为实现这个宏伟目标而作出自己绵薄贡献。

建立用中国美学和文艺理论来研究、评论西方文艺名著（也兼及东方别国的文艺名著）的理念和方法，为增强文化软实力和在世界推广中国优秀文化的基本国策服务，并具有以下 3 个重大的理论和实践的意义：

其一，中国美学和文艺理论在分析和评论西方名著的实践中，可以得到很大的提高和发展，对发展中国当代美学和文艺理论起着重要的推动作用。

其二，西方名著通过中国美学和文艺理论的观照和剖析，可使西方美学和

文艺理论无法分析和总结的艺术特点和成就，得到鲜明揭示和解释，并给中国和世界创作界以重大的启发，从而对中国和世界的文艺创作起推动作用。本方法有效推广和发展，能够引导中西当代创作界自觉以中国传统文论和美学为指导，提高创作水平。使中国和西方文艺创作者了解中国美学和文艺理论独特的成就，尤其是西方和其他国家没有而中国独有的美学和文艺理论，对以学习西方美学、文艺理论为主而对中国美学、文艺理论不熟悉的中国和西方创作者，提供理论指导，从而形成新的追求，从而对中国和世界的文艺创作形成新的重大的推动作用。

前已指出，当代的中国作家一般都仅仅重视西方美学和文艺理论的学习，对中国传统美学和文艺理论多不熟悉甚至不了解。这是中国当今创作界整体上与世界一流水平有较大距离的主要或重要原因之一。用中国文论评论和研究西方文艺名著的成果能够促动当代创作界对此不足的认识，并启示其产生学习中国传统美学和文艺理论的兴趣和热情，并运用于创作实践中。

其三，向西方美学和文艺理论界提供中国独特的美学和文艺理论贡献，促进其思考和探索的广度和深度，提供其吸收中国美学和文艺理论的重要理论参照的内容，从而对西方和世界美学与文艺理论的发展作出我们应由的贡献。

三、中国文论评论和研究西方文艺名著方法研究的主要内容、基本思路

围绕中国文论评论和研究西方文艺名著的方法研究，我们首先要重新深入研究中国美学和文艺理论的独特创造，将中国文学理论中西方所缺乏的独特创造的理论成果，作为中国文论评论和研究西方文艺名著的主要内容。我们要围绕整个主旨重新深入研究：

（一）中国美学和文论的独特的哲学背景；中国美学和文论的总貌和体系阐述。

（二）中国文艺理论的独特贡献，如文气说、妙悟说、神韵说和江山之助说等理论的内容和精义的深入阐发。

（三）可与西方文艺理论作对应性比较研究的独特创造，比兴说、典型说、意象说、和阳刚与阴柔与壮美优美说的异同等。

这一部分，在学术界已经取得的研究成果的基础上，对以上美学和文艺理论力求更从精深处推进，做简明而又深入的阐发。

总之，中国的部分美学和文艺理论的独特创造，因为西方的文化传统和思维方法的局限，其文艺作品尚无体现中国这些理论的作品，是西方文艺的重大缺憾。另有部分美学和文论，与西方的相关理论有同有异，可作比较性研究，并可用于西方作品的评论与研究。还有部分美学和文论虽为西方所无，但适用于部分西方文艺名著的评论与研究。

第二，我们学会的专家，应该首创性地提出用中国美学和文艺理论来研究、评论西方文艺名著的方法，运用部分中国理论成果做探索性的实践；同时，在研究这些理论成果时，于学界已有成果的基础上有所突破和进展。

用中国文论研究、评论的西方名著，以小说、戏剧为主，并涵盖影视、诗歌和美术等。

在中国文论评论和研究西方文艺名著的初步实践上，可以 20 世纪王国维总结并建立的意境说作为尝试，以意境说评论和研究西方美学和文学艺术名著。围绕这个主旨，可以就以下问题做深入的研究和阐发：

（一）20 世纪领先于世界的中国意境说美学体系概述。

（二）用意境说中的重要观点评论和研究西方文艺名著。例如用王国维“借古人之境界为我之境界”理论，分析西方历代创作的普罗米修斯题材、唐璜题材、浮士德题材、克里奥佩屈拉题材的作品的继承、发展和创新。

（三）意境说美学体系中的情景交融说中西进程的研究：情景交融说在中国的产生、发展和形成，在 20 世纪中国的继续发展；情景交融说在西方的进程；兼及在日本的状况。

（四）用情景交融说评论和研究西方文艺名著。

前已述及，我已有拙文《情景交融说的中西进程简述》一文（《文艺理论研究》2004 年第 6 期）做了初步的梳理和阐发。此文在梳理和论述西方和受西方影响的近代日本美学家文论家的论述后，指出自 19 世纪至今，虽多有涉及的论点和论述，却终于未能建立情景交融说的美学理论。可见情景交融说是中国特有的理论，并以此来分析评论西方名著。但是，西方自 19 世纪初起，小说、诗歌和绘画等，达到“情景交融”艺术高度的佳作颇多，并例举西方的文学美术电影名著作分析说明。例如，前苏联萧洛霍夫《静静的顿河》叙述阿克西妮亚随葛里高利最后一次私奔时，她被当场击毙，痛苦得犹如万箭钻心的葛里高利在埋葬情人后，抬头看见的是“黑色的天空和太阳”。此为神来之笔，为俄苏和西方研究、评论界所激赏。但是西方研究、评论界无法讲清妙在何处，按照中国的情景交融理论就可明晰分析："黑色"是情，是葛里高利极其沉痛的内心感情造成的视觉错觉和心理折射，"天空和太阳"是景；"黑色的天空和太阳"是他沉痛到极点的感情渗透到眼中所见的天空和太阳即景中的结果。所以，"黑色的天空和太阳"无疑是作家在有意或无意中用情景交融的高妙手段描写此情此景的巧夺天工的神来之笔。

著名学者古风《关于当前意境研究的几个问题——答王振复兼与叶朗、王文生商榷》[11]引用拙文的观点说："意境说的主要理论内容，西方的文学艺术作品在近几百年中已先后有所体现，但在西方文艺理论和美学的研究视野中却付厥如"。"西方自19世纪初起，文艺创作尤其是小说创作中，已达此（按指情景交融）高度。"因而，"可用'意境'理论来分析和解读西方名著"。[12]

第三，21世纪中国学者新创的美学和文艺理论：有原创性的并已得到学术界承认的美学理论，和当代国内学者提出的创新性理论等，并用这些理论评论西方名著。

前已述及，拙文《意志悲剧说和意志喜剧说》创立了意志悲剧说和意志喜剧说的理论，在此文中，我尝试用意志悲剧说来观照西方文学艺术，认为西方的古近代戏剧没有此类作品，而现代则颇有此类佳作，雨果的长篇小说《九三年》《悲惨世界》和《巴黎圣母院》等近代名作也是广义的意志悲剧；用意志喜剧说来观照西方文学艺术，"西方虽然没有创立意志喜剧理论，但在创作实践上，由古希腊的阿里斯托芬《阿卡奈人》和米南德肇其端，后有古罗马普劳图斯的《撒谎者》、泰伦提乌斯的《福尔弥昂》等名著，继中国之后，在西方文化史上首创了意志喜剧。这些喜剧多叙述仆人为了正义而主动介入纠纷，帮助主人或他人摆脱困境、成人之美。"拙文结合新的理论创立，在用中国文论研究评论和研究西方文艺名著方面做了新的尝试。

当然，我虽然做出了一些初步的成绩，但我深知这个初步成绩是非常有限的。所以我呼吁我们中国古代文学理论专业的同行能热情介入这个领域的研究，发挥集体的智慧，共襄盛举。

我认为，中国文论评论和研究西方文艺名著，主要应该由我们中国古代文

11 《复旦学报》2004年第5期。

12 孙敦恒、钱竞编《纪念王国维先生诞辰120周年学术论文集》，第277、279页，广东教育出版社，1999。

论专业的学者首先做出成功的实践。中国古代文论专业的学者对中国古代文论有着精深的研究，能够正确理解中国古代文论，故而能够正确使用中国古代文论评论和研究西方文艺名著。虽然，由于历史的局限，他们大多并不精通西文，只能用中文阅读翻译作品。但中国是文学翻译大国，西方和其他国家的历代名著已经全部翻译成中文，20 世纪和新世纪的名作也大多翻译成中文，所以完全可以根据中文译本来做评论和研究。而我们专业的研究者中，不乏西方文学的爱好者，年轻时读过不少外国文学名著，在大学学习期间，也修习过外国文学史和外国文学名著阅读的课程，完全有能力从事中国文论评论和研究西方文艺名著这个工作。当今中国的外文系出身的外国文学研究的学者，总体水平不高，表现在很少有人真正精深地精通西文，所以西方美学和文艺理论的中译本，错误很多，能翻译外国文学名著的高手极少，研究成果也很少——即使有，大多是介绍性质的，精深的研究成果极为缺乏。他们更其缺乏中国传统文化和文学的精深修养。所以他们根本无力承担中国文论评论和研究西方文艺名著这个任务。西方汉学家一般对西方文学也缺乏精深研究，精通中国古代文论的学者也极少。因此，中国文论评论和研究西方文艺名著这个重大任务首先要由我们中国古代文学理论的研究者承担起来。我们的学会——中国古代文学理论学会和会刊，可以起引导和领导作用，将这个重大任务推向实践，然后培养精通中西文学的年轻学者、吸引西方有识见的学者投入到这个宏伟、壮丽的文学事业中来。

意志悲剧说和意志喜剧说[1]

(《中国古代文学理论研究》)编辑部报告:

本期新开设两个栏目，一是“主题论文”，重在推荐一些富于新开拓的重要主题，以引起学界注意。二是争鸣，旨在提倡有锋芒的不同观点，以期推动学术争鸣。

“悲剧”是一个重要的西方美学理论，同时也是二十世纪成功移植的一个外来理论。每一种理论旅行的学术传统，都值得再认。周锡山二十年前发表《王国维曲论三义之探讨》，八年前发表《论王国维的“意志”悲剧说》，现在，他又在长期深入研究王国维悲剧理论和著名论述的基础上，建立意志悲剧说和意志喜剧说。作者通过比较戏剧的研究，认为元杂剧和明清传奇的众多意志悲剧，可以自成一种美学格局，足以将西方公认的悲剧三阶段说，补正为世界悲剧的四阶段说：即古希腊命运悲剧、中国意志悲剧、莎士比亚性格悲剧和以易卜生为首创的社会悲剧。同时，参与世界比较戏剧史，还可以发展出一种王氏没有说到的“意志喜剧”。作者不满足于仅仅复述王国维的思想，这是一种典型的“接着讲”式的研究。稍有遗憾者，作者未能回应钱锺书《中国古典戏曲中的悲剧》一文对于王国维的批评。

摘要:

本文在王国维悲剧理论和著名论述的基础上，建立意志悲剧说和意志喜剧说。本文论述了意志悲剧说和意志喜剧说的定义和西学背景，并认为元杂剧和明清传奇的众多意志悲剧，足以将西方公认的悲剧三阶段说，补正为世界悲剧的四阶段说：古希腊命运悲剧、中国意志悲剧、莎士比亚性格悲剧剧和以易卜生为首创的社会悲剧。本文

---

1 本文为2007·昆明·中国古代文学理论学会，云南大学、云南师范大学主办“中国古代文学理论学会第15届年会”论文，中国古代文学理论学会《古代文学理论研究》第27辑，华东师范大学出版社2009年。

还以意志悲、喜剧说举例分析和评论中西方此类名著。

关键词： 王国维、康德、叔本华、黑格尔、意志悲剧说、世界悲剧四阶段、意志喜剧说、中西佳例举隅。

中国文艺理论和美学有着多种独特的学说，如江山之助、文气说、妙悟说、神韵说、意境说及其所包含的情景交融说[2]等等，皆为西方所无，是处于世界文化史上领先地位的杰出理论成果。以上诸种中国独特美学理论，多是印度的伟大佛教文化传入中国，中国文化业已形成儒道佛三家鼎立、互补和交融的宏伟格局之后，吸收了佛教文化的精华所作出的理论发展和光辉成果。自 20 世纪初起，随着中西文化交流的发展，在西学东渐的大势下，由王国维首倡，中国文艺理论和美学以中国文化历来具有的博大胸怀全面接受了西方文艺理论和哲学、美学的成果，并以此分析、评论和研究中国的古今文学艺术，于是，20 世纪中国文艺理论和美学的诸种新说和新论，多为中西文化交融的成果，并作出诸多成绩，王国维创立的意境说即是中、印、西三大文化-美学体系“以中为主、三美交融”的一个典范。[3]

进入 21 世纪，我在深受王国维意境说和悲剧理论的启发的基础上，发表《论王国维的“意志”悲剧说》[4]一文，发展了发表于 1987 年的拙文《王国维曲论三义之探讨》[5]中的关于王国维建立了中国式的悲剧观的观点。指出：“王

2 关于“情景交融”说是中国独有的美学理论，19 世纪以来的西方虽有诸多美学大家涉及此题，却仅涉此题之外围，最终并未能建立起这个理论，已有拙文《情景交融说的中西进程简述》(《文艺理论研究》2004 年第 6 期）给以论证。

3 我已有多篇论文如《王国维的伟大学术成果在当代世界的价值》(北京大学、清华大学、香港大学、台湾新竹清华大学联合主办《王国维诞辰 120 周年纪念学术研讨会论文集》，广东教育出版社，1999; 又刊《广州师范学院学报》1998 年第 8 期）和专著《王国维美学思想研究》(中国社会科学出版社，1992）论述这个观点，兹不赘述。

4 《论王国维的“意志”悲剧说》是中国艺术研究院戏曲研究所、浙江省戏剧家协会和浙江省海宁市联合举办的“首届（王国维杯）中国戏曲论文类”征文，按照征文截止的时间规定，于 2000 年 8 月前完成并提交，2001 年 1 月宣布此文获得二等奖，并全文刊登于中国艺术研究院戏曲研究所主办的《戏曲研究》第 56 辑即获奖论文专辑（中国戏剧出版社 2001 年 10 月出版），后又收入《2001-2002 上海作家作品双年选》(上海文艺出版社，2003)。《上海文化年鉴》2004 年卷记载并高度肯定了此文。

5 《王国维曲论三义之探讨》是我提交“1987, 上海-海宁，国际王国维学术研讨会”（华东师范大学和浙江省海宁市联合举办）的论文，收入《王国维学术研究论集》第三辑（国际学术研讨会论文专辑），华东师范大学出版社，1990。

国维作为中国戏曲史学科的创始人，他在一代名著《宋元戏曲考》中提出的‘意志’悲剧说，亦为他学自西方又能超越西方的卓异学术成果。”

王国维谈论“意志”悲剧的言论仅有一处：

> 其（按指元杂剧）最有悲剧之性质者，则如关汉卿之《窦娥冤》，纪君祥之《赵氏孤儿》，剧中虽有恶人交构其间，而其蹈汤赴火者，仍出于其主人翁之意志，即列之于世界大悲剧中，亦无愧色也。[6]

我认为从王国维此言出发，我们可以建立意志悲剧和意志喜剧的理论。但在这段言论中，王国维实际上并没有直接提出“‘意志’悲剧”这个概念，这个概念是我对这段话经过提炼之后所作的概括和发展，而且王国维只举了元杂剧《窦娥冤》和《赵氏孤儿》等名著为例，其他的作品他是不承认的，尤其是他对包括了大量的意志悲剧和意志喜剧作品的明清传奇坚持全盘否定的态度，更且“意志悲剧”在元杂剧之后，在明清传奇的阶段得到很大的发展，故而“‘意志’悲剧说”不能说是王国维的理论成果。因此，我在《论王国维的“意志”悲剧说》的基础上再撰此文，意图正式建立中国特有的“意志悲剧”和“意志喜剧”理论，也即“意志戏剧”理论（悲、喜剧之外的戏剧也有意志戏剧，但重点还是悲、喜剧），并对元杂剧和明清传奇中的意志悲剧和意志喜剧佳作作一较为全面完整的审视，以作为确立意志悲剧说和意志喜剧说的论证，并以这个理论分析和评论西方的此类佳作。

一、西方悲剧和中国悲剧

“悲剧”一词出自西方，在文艺批评和文学史中有很多不同的意义和用法。在戏剧方面是指一种特定的戏剧类型。在诗歌和虚构的文学类型（特别是小说）方面，是指一批说明“人生悲剧意味”的作品。所谓“悲剧意味”的含意是：人类是注定要受苦、失败和死亡的，不论由他们自身的失败、错误甚至由于他们的德行，或者由于命运和自然环境等；而评定人生价值的准则是他或她如何对待这种不可避免的失败。”[7]

研究家公认，对悲剧不可能下特定的定义[8]，悲剧只能以最笼统的术语来

6 《宋元戏曲考·元剧之文章》，拙编《王国维选集》第三册，中国社会科学出版社，2008。

7 林骧华主编《西方文学批评术语辞典》，第10页，上海社会科学院出版社1989年版。

8 林骧华主编《西方文学批评术语辞典》，第10页。

解释[9]。概而言之，悲剧乃戏剧的主要类型之一，是以表现主人公与现实之间不可调和的冲突及其悲惨结局为基本特点[10]。或释为：戏剧主要体裁之一。渊源于古希腊，由酒神节祭祷仪式中的酒神颂歌演变而来。在悲剧中，主人公不可避免地遭受挫折，受尽磨难，甚至失败丧命，但其合理的意愿、动机、理想、激情，预示着胜利、成功的到来。[11]

西方美学家公认：悲剧最能表现矛盾斗争的内在生命运动，从有限的个人窥见那无限的光辉的宇宙苍穹，以个人渺小的力量体现出人类的无坚不摧的伟大。在这个意义上，悲剧不愧"是戏剧诗的最高阶段和冠冕"。悲剧是人类精神极致的艺术丰碑[12]。因此，一个国家的悲剧创作所取得的成就，代表着这个国家的艺术所取得的最高成就之一。

悲剧有多种的分类方式，其中围绕主人公的悲剧冲突而划分的三种悲剧，高度概括了西方悲剧发展的三个最重要的阶段：古希腊的命运悲剧，莎士比亚时代的性格悲剧，和易卜生时代的社会悲剧。

以上是西方关于悲剧的定义和分类。西方悲剧自古希腊悲剧起，历史长、名家名作众多，取得了令人赞叹的辉煌成就。西方自古希腊亚里士多德《诗学》起，至19世纪末，已建立全面完整的悲剧理论体系。王国维是近代中国最早引进西方悲剧理论的学者，在中国取得开创性的重大学术成果。

但是中国戏曲向无"悲剧"之称。言及悲剧，古代戏剧美学家称之为"怨"、"苦"等。如明代徐渭认为"《琵琶》一书，纯是写怨。"[13]陈洪绶评《娇红记》："此书真古今一部怨谱也。"（陈洪绶《娇红记·仙圆》评批）吕天成论《教子记》曰："真情苦境"[14]都从"兴观群怨"中的"怨"和人生中的"苦"的角度着眼，未能点出悲剧的实质。因此中国向无"悲剧"之称。

中国戏曲中的"悲剧"这个名称，首先是西方人提出的。18世纪30年代，法国汉学家普雷马雷（汉名马约瑟）翻译的《赵氏孤儿：中国悲剧》收入迪阿尔德编著的《中华帝国全志》第三卷，于1835年在巴黎出版。这便首次

---

9 〔英〕罗杰·福勒《现代西方文学批评术语辞典》，第8页，春风文艺出版社1988年版。

10 《汉语大词典》"悲剧"词条释义。

11 《中国大百科全书·戏剧》卷，第39页，中国大百科全书出版社，1999。

12 《中国大百科全书·戏剧》卷，第41页。

13 《成裕堂绘像第七才子书〈琵琶记〉》卷一。

14 吕天成《曲品》卷下（吴书荫校注本），第179页，中华书局，1990。

将中国戏曲中的有关作品称之为“悲剧”。《中华帝国全志》在此后的几十年内被陆续翻译为英、德、俄文出版，于是中国悲剧《赵氏孤儿》蜚声于西方文坛，尤其在英国，1741 年，伦敦查尔斯·科贝特印刷所出版了威廉·哈奇特据马约瑟法文译本翻译的《赵氏孤儿》的英译本《中国孤儿：历史悲剧》，引起极大震动。此后，公元 1793 年（清乾隆五十八年），英国使臣马嘎尔尼出使中国，他写了《乾隆英使觐见记》（刘半农译），他谈及北京“戏场所演各戏，时时更变。有喜剧，有悲剧。”[15]，又一次注目中国戏曲中的悲剧。可是五年之后程瑛在《龙沙剑传奇》卷首色目次第和《读曲偶评》中继明末清初的杜濬之后再次提出“苦戏”的概念。西方人言及中国戏曲中的悲剧的观点，在中国由于历史条件的限制，未能产生影响，中国依旧没有“悲剧”之称，更未产生悲剧理论，依旧停留在“怨谱”、“苦戏”的认识阶段。

直到一百多年后的 1904 年，王国维在上海《教育世界》杂志发表《红楼梦评论》，在这篇宏文中，他在近代中国，首先引进了西方的悲剧理论，并以此为指导，评论和研究《红楼梦》。他译引亚里士多德的著名论点说：

> 昔雅里大德勒于《诗论》中，谓悲剧者，所以感发人之情绪而高尚之，殊如恐惧与悲悯之二者，为悲剧中固有之物，由此感发，而人之精神于焉洗涤。故其目的，伦理学上之目的也。[16]

抓住亚里士多德《诗学》此论的原义，肯定悲剧对人的鼓舞和净化作用，引进西方悲剧理论的源头。

---

15 〔英〕马嘎尔尼《1793 乾隆英使觐见记》（刘半农译），天津人民出版社，2006。

16 《红楼梦评论》，拙编《王国维文学美学论著集》，第 14 页，北岳文艺出版社，1987。另可参见拙编《王国维选集》第一册中的此文，中国社会科学出版社，2008。王国维的悲剧说，在当时没有影响，直到 1908 年才有天僇生《中国三大小说家论赞》在评论《红楼梦》时谈到：“海宁王生，常言此书为悲剧中之悲剧；于欧西而有作者，则有如仲马父子、谢来、雨苟诸人，皆以善为悲剧，声闻当世。”（《月月小说》1908 年第二卷（一作第二年）第二期）响应了王国维的观点。天僇生即王钟麒（1880 — 1914），字毓仁，号无生，别号天僇、天僇生等。安徽歙县人。南社社员。曾任《神州日报》《民吁报》《天铎报》等报主笔。著有《玉环外史》《轩亭复活记》等。黄药眠、童庆炳主编《中西比较诗学体系》下册第三十一章《中国现代悲剧意识与西方悲剧传统》（本章撰稿人尹鸿）第一节《王国维：中国现代悲剧观的不和谐前奏》：“这之前，晚清的王无生等人已经较早地使用过‘悲剧’这一术语。（王无生：《中国三大小说家礼赞》《月月小说》第 14 期）”（人民文学出版社 1991，第 715 页）可是这段文字搞错了文章的篇名（应为“论赞”）、发表年代以及与王国维《红楼梦评论》发表先后的次序。实际上，王无生此文要比王国维《红楼梦评论》晚 4 年。

又译引叔本华的著名论点说：

> 由叔本华之说，悲剧之中，又有三种之别：第一种之悲剧，由极恶之人，极其所有之能力，以交构之者。第二种，由于盲目的运命者。第三种之悲剧，由于剧中之人物之位置及关系而不得不然者；非必有蛇蝎之性质，与意外之变故也，但由普遍之人物，普通之境遇，逼之不得不如是；彼等明知其害，交施之而交受之，各加以力而各不任其咎，此种悲剧，其感人贤于前二者远甚。何则？彼示人生最大之不幸，非例外之事，而人生之所固有故也。……则见此非常之势力，足以破坏人生之福祉者，无时而不可坠于吾前；且此等惨酷之行，不但时时可受诸己而或以加诸人；躬丁其酷，而无不平之可鸣：此可谓天下之至惨也。[17]

他进而指出："若《红楼梦》，则正第三种之悲剧也。"《红楼梦》是"悲剧中之悲剧。"[18]他将悲剧一词引向广义，给《红楼梦》以极高评价。

王国维受西方美学尤其是悲剧理论的影响，破除中国正统文坛鄙视戏曲、小说的偏见，提出"而美术（按：指艺术）中以诗歌、戏曲、小说为其顶点，以其目的在描写故"，是"最高之文学"[19]，这样超群拔俗的美学观，并因此而引进西方的美学理论，取得众多开创性的研究成果。

根据西方戏剧理论的指导，王国维肯定中国戏曲也有悲剧和喜剧之分。至1912年完成的划时代巨著《宋元戏曲考》，王国维又进而提出本文前已引及的元杂剧中的悲剧名作是"世界大悲剧"、其主人公蹈汤赴火乃出于其意志的著名论点。在中国学术史上首先给元杂剧中的优秀悲剧以极高评价。

二、"意志"悲剧说、"意志悲剧说"和世界悲剧史的四阶段论

我为王国维提炼的"'意志'悲剧说"，是根据《宋元戏曲考》（又名《宋元戏曲史》）的上引这段著名言论而概括的，因为王国维并未将"意志"和"悲剧"两词相连而结合成一个专门的名词，所以我就用"'意志'悲剧"这样一个词汇来表达，以示此词尚不是一个完整、正式、成熟的美学概念。

本文提出"意志悲剧"说，意图将"意志悲剧"作为一个正式、完整、

17 《红楼梦评论》，拙编《王国维文学美学论著集》，第 14 页，北岳文艺出版社，1987。

18 《红楼梦评论》，拙编《王国维文学美学论著集》，第 11、12 页。

19 《红楼梦评论》，拙编《王国维文学美学论著集》，第 5 页。

成熟的美学概念推出，并试图形成一个严密、完整的新的悲剧理论：“意志悲剧说”。

意志悲剧的定义是：悲剧主人公本与悲剧处境和结局无关，他（她）为了真理、正义和道义、侠义，利用自己处境和意志的自由，出于疾恶如仇、善意救人（或救国救民）的意志，牺牲自己的生存意志，以自己的生命为代价，主动帮助和拯救身陷或深陷悲剧处境的弱者，救出了对方，自己却因此而陷入悲剧的境地，造成悲剧的结局，而且主人公对此无怨无悔，视死如归，这样的悲剧，可称之为“意志悲剧”。

西方美学家和文艺理论家公认，世界悲剧史按照悲剧表现内容的类型，可分为三个发展阶段，即古希腊命运悲剧、莎士比亚性格悲剧和以易卜生首创并为代表的社会悲剧。出于西方理论家常持的西方文化中心主义的立场，这实际上仅是西方悲剧史的概括。

由于中国意志悲剧在元代的出现及其所取得的巨大艺术成就，世界悲剧史应该分为四个阶段，即古希腊命运悲剧、中国（元杂剧和明清传奇）的意志悲剧、以莎士比亚为代表的性格悲剧和易卜生首创的社会悲剧。

古希腊悲剧从公元前 534 年起，至公元前 4 世纪衰落，约有 2 百年的时间。莎士比亚（1564-1616）悲剧自 1593-1594 年创作、演出的第一部《泰特斯·安德洛尼克斯》起，至 1605-1606 年创作和上演最后一部《麦克白》为止，他本人的悲剧创作期是 14 年；易卜生（1828-1906）的社会悲剧实际上是以他为代表的十九世纪至二十世纪初的西方社会悲剧的总称，在广义上说，并还可包括反映社会悲剧的同期小说。

中国的元杂剧和明清传奇的创作和兴盛期，自金末（金朝灭亡于公元 1234 年）的关汉卿约于 1230 年左右创作、上演他的悲剧名著《窦娥冤》等作品起，至元末约有一百年；自 1460 年左右至清末的明清传奇则超过 4 百年：意志悲剧的创作期长达 5 百年。另自清代中期至 20 世纪的众多京剧和地方戏，又创作了不少优秀的意志悲剧，其艺术成就依旧处于世界前列，成绩卓著。

三、意志悲剧的西学背景

王国维在青年时代已用多年时间刻苦学习并已全面掌握了西方哲学和美学，尤其醉心于康德和叔本华哲学、美学，继及尼采哲学和美学，并以此作为自己建立中西融合的美学体系的学术根柢之一。值得注意的是，王国维上引此论明显受到康德的意志论和叔本华唯意志论哲学、美学的重大影响。

“意志”一词，中国古已有之，如先秦《商君书·定分》：“夫微妙意志之言，上知之所难也。”西汉《淮南子·缪称训》：“兵莫潜于意志。”晋葛洪《抱朴子·自序》：“既性闇善忘，又少文，意志不专，所识者甚薄，亦不免惑。”意为：思想，志向，心志。[20]古代戏曲作品也已使用此词，如元末明初徐畛《杀狗记·断明杀狗》：“被告的没理会，告状的失了意志。”指决定达到某种目的而产生的心理状态，常以语言或行动表现出来。[21]又指指导思想和行动并能影响他人思想和行动的心理或精神能力。[22]综合以上两种释义，“意志”一词的原义已颇为明晰和完整。

“意志”（will）后成为现代西方心理学名词，并有广狭二义。广义指注意、欲望、思虑、选择、决断等作用，凡意识中一切能动要素，均包括于意志之下，故又称动意（或意动）（conation）。狭义指意识中最占优势者之能动作用，为行为之所由决定者，亦曰执意，（或直接释为意志、意志力）（volition）。在伦理学用语中，还有“意志自由”（Freedom of the will），此乃别于意志之受外界的制约而言。持此说者，以为意志有自由选择行为之可能，不必尽受遗传气质或环境、教育等限制。反对此说者谓意志之决定与改变，完全视各种条件而定，吾人之行为，即为是等条件所决定，非意志作用之结果。前者多从哲学观点出发，后者则多以科学为根据，其是非颇难论断。[23]

王国维精通西学，他对心理学和伦理学中的“意志”和“意志自由”必是掌握的，王国维在使用“意志”一语时，也包容着以上的含义。

此外，“意志”在西方哲学中另有特定的含义。西方哲学中影响巨大的唯意志论主张意志高于理性并且是宇宙本体或本质。唯意志论在欧洲中世纪已由邓斯·斯各脱开了先河。西方近现代哲学的祖师康德，认为实践理性（其本质即为意志）优于纯粹理性，能使人们探索到宇宙本体的真相。康德哲学具有明显的唯意志论倾向，并提出意志自由论：“我们必须假设有一个摆脱感性世界而依理性世界法则决定自己意志的能力，即所谓自由。”[24]康德认为人类的意志的产生基于自由的追求：“所以意志，作为欲求的能力，它是尘世间好些

20 《辞源》（修订本）和《中文大辞典》释文。
21 《汉语大词典》释文。
22 《现代高级英汉辞典》释文。
23《中文大辞典》释文。
24 康德《实践理性批判》（关文运译），第135页，商务印书馆，1960。

自然原因之一，就是说，它是那种按照概念起作用的原因，而一切被设想通过意志而成为可能（或必然）的东西，就叫作实践上可能（或必然）的，以与某个结果的自然的可能性或必然性区别开来，后者的原因不是通过概念（而是像在无生命的物质那里通过机械作用，在动物那里通过本能）而被规定为原因性的。——而现在，就实践而言在这里还没有规定，那赋予意志的原因性以规则的概念是一个自然概念，还是一个自由概念。”[25]

康德进而认为意志的客体就是善，他说：“但无论快适和善之间的差异有多大，二者毕竟在一点上是一致的：它们任何时候都是与其对象上的某种利害结合着的，不仅是快适，以及作为达到某个快意的手段而令人喜欢的间接的善（有利的东西），而且就是那绝对的、在一切意图中的善，也就是带有最高利益的道德的善，也都是这样。因为善就是意志（即某种通过理性规定的欲求能力）的客体，但意愿某物和对它的存有具有某种愉悦感，即对之感到某种兴趣，这两者是同一的。”[26]

叔本华继承康德，发展和建立唯意志论哲学。他将“意志”的概念限定为生命意志或生存意志：“意志所要的既然总是生命，又正因为生命不是别的而只是这欲求在表象上的体现；那么，如果我们不直截了当说意志而说生命意志，两者就是一回事了，只是名词加上同义的定语的用辞法罢了。”[27]又进而从本体论角度，反复强调：“意志本身根本是自由的，完全是自决的；对于它是没有什么法度的。”[28]“意志不但是自由的，而且甚至是万能的。”[29]同时，“这意志在它个别的，为认识所照明的那些现象中，亦即在人和动物之中，却是由动机决定的。”而受意志支配的“行为必然完全是从性格和动机的合一中产生的。”[30]

叔本华继承了康德关于意志具有自由的根本这个重要的观点，同时将性格和动机与意志相联系。

康德另一位杰出的继承者黑格尔，则直接用意志论来分析和论述戏剧：

> 事实上戏剧不能落到抒情诗只顾到内在因素而和外在因素对立

25 康德《判断力批判》，邓晓芒译、杨祖陶校，第 6 页，人民出版社，2002。
26 康德《判断力批判》，邓晓芒译、杨祖陶校，第 44 页，人民出版社 2002。
27 叔本华《作为意志和表象的世界》（石冲白译），第 377 页，商务印书馆，1982。
28 叔本华《作为意志和表象的世界》，第 391 页。
29 叔本华《作为意志和表象的世界》，第 373 页
30 叔本华《作为意志和表象的世界》，第 412 页。

起来的地位，而是要把一个内在因素及其外在的实现过程一起表现出来。因此，事件的起因就显得不是外在环境，而是内心的意志和性格，而且事件也只有从它对立体的目的和情欲的关系上才见出它的戏剧的意义。但是个别人物（主体）也不能停留在独立自足的状态，他必须处在一种具体的环境里才能本着自己的性格和目的来决定自己的意志内容，而且由于他所抱的目的是个人的，就必然和旁人的目的发生对立和斗争。因此，动作总要导致纠纷和冲突，而纠纷和冲突又要导致一种违反主体的原来意愿和意图的结局。在这种结局中人物的目的，性格和冲突的真正内在本质就揭示出来了。这种在凭自己独立发出动作的个别人物身上发生作用的实体性因素原是史诗原则中的一个方面，现在在戏剧体诗的原则里也很活跃地起作用。

所以不管个别人物在多大程度上凭他的内心因素成为戏剧的中心，戏剧却不能满足于只描绘心情处在抒情诗的那种情境，把主体写成只在以冷淡的同情对待既已完成的行动，或是寂然不动地欣赏，观照和感受，戏剧必须揭示出情境及其情调取决于个别人物性格，这个别人物抉择了某些具体目的作为他的起意志的自我所要付诸实践的内容。因此，在戏剧里，具体的心情总是发展成为动机或推动力，通过意志达到动作，达到内心理想的实现，这样，主体的心情就使自己成为外在的，就把自己对象化了，因此就转向史诗的现实方面。但是这种外在的显现却不只是出现在客观世界里的一个单纯的事件，其中还包含着个别人物（主体）的意图和目的。动作就是实现了的意志，而意志无论就它出自内心来看，还是就它的终极结果来看，都是自觉的。这就是说，凡是动作所产生的后果是由主体本身的自觉意志造成的，而同时又对主体性格及其情况起反作用。全体现实对自决的个别人物（主体）的内心生活的这种持续不断的关系（这种个别人物既是这种现实的基础，反过来又把现实吸收进来）正是在戏剧体诗中起作用的抒情诗的原则。

只有这样，动作才能成为戏剧的动作，才能成为内在的意图和目的的实现。主体和这些意图和目的所面对的现实融成一片，使它成为他自己的一部分，要在其中实现自己，欣赏自己，而且以整个人格对凡是由自我转化于客观世界的一切负完全责任。戏剧中的人物摘取他自己行动的果实。

但是戏剧的旨趣既然只限于内在目的，而这内在目的的主体也就是发出动作的个别人物，那末，就只有与这种自觉决定的目的有本质关系的外在材料才能用在戏剧的艺术作品里，所以戏剧首先比史诗较抽象（有选择）。这可以从两方面来看。第一，动作既然是由人物自己决定的，即从他的内心源泉流出的，它就无须有史诗所要有的那种要向四面八方伸展的广阔的完整的世界观作为先决条件，它的动作却集中在主体定下的目的和实现这目的时所处的比较确定的简单环境里[31]。

以上是西方三大家关于意志和戏剧中的意志的基本论点。其要点是将意志与自由和善结合在一起，并将后两者作为前者的前提。

王国维在《三十自序》中明确介绍，他刻苦和反复学习过作为以上引文的来源的康德《判断力批判》和叔本华《作为意志和表象的世界》这两本经典著作。

王国维在近代西方哲学和美学领域主要接受了康德和叔本华两家的影响。王国维在评论、阐释元杂剧中的优秀之作时，运用康德的实践理性、康德和叔本华的意志自由和唯意志论的观点，发前人所未发，取得卓著的成就。而上引“剧中虽有恶人交构其间，而其蹈汤赴火者，仍出于其主人翁之意志”一语，王国维谈论悲剧是因主人公的意志时，我认为，他所用的“意志”一词，既据汉语的原意，也有来源以上的康、叔著作的哲学意味。这个意志应该是包含动机、性格、自由和善的综合，是继承康德和叔本华理论的产物，但更突出了意志的主动的一面，即发展了自由意志的观念，超越西方悲剧学说之樊篱，作出自己新的发展。

根据王国维的论述，根据王国维论述中“意志”一词的以上西学背景，则意志悲剧天然地具有以上论述所代表的西学背景，是中西文化融合的结晶。

四、意志悲剧与西方悲剧

意志悲剧虽有浓郁的西学背景，但意志悲剧与西方悲剧却有一个本质上的不同，即第二节已经提到的主动与被动的区别。现再做具体分析。

31 黑格尔《美学》第三卷下册，第244-246页，商务印书馆，1981。

西方悲剧的主人公都是被动地陷入悲剧的境地的。西方的命运悲剧、性格悲剧、社会悲剧都是如此。

命运悲剧中的主人公，或因命运的捉弄、决定，或陷入悲剧性困境而陷入悲剧。所谓悲剧性困境，指剧中人物被迫要在两种行动之间作出抉择，然而无论选择哪一种，他都逃脱不了不幸的命运。黑格尔甚至认为："（古希腊命运）悲剧英雄们既是无罪的，也是有罪的。"[32]

性格悲剧中的主人公，或具有悲剧性格，或发生悲剧主角错误。前者指悲剧主人公个人的品质或性格上导致自己悲剧命运的缺点；后者指导致悲剧主人公命运发生突转的错误、脆弱或失误。这往往与主人公的性格有关，如坏脾气，因急躁而判断错误，或因性格软弱、优柔寡断从而引发悲剧，等等。性格悲剧的众多主角也多可以说"悲剧英雄们既是无罪的，也是有罪的。"他们未能战胜自己的性格局限，在自己有缺陷的性格的支配下，身不由己地陷入了悲剧的境地和结局。

社会悲剧中的主人公的性格与他身不由己地处于其中的恶劣的社会环境产生冲突，从而引发悲剧直至失败或毁灭。

总之，西方悲剧的主人公都是被动陷入悲剧困境的角色，他们是身不由己地陷入悲剧的局面。而王国维例举的"出于其主人翁之意志"的悲剧中的主人公，本未陷入悲剧性困境，是他们出于自己善和自由的意志，主动向恶势力挑战、出击而陷入悲剧命运的。[33]此其一。

---

32 黑格尔《美学》（朱光潜译）第三卷下册，第 308 页，商务印书馆，1981。

33 但也有个别学者认为西方悲剧的主人公是主动承担苦难的：因为强调悲剧的哲学性、理想性，所以在西方悲剧观看来，单是苦难还不能构成悲剧，虽然悲剧总要表现苦难，但不是一切苦难都能称为悲剧。在他们看来，苦难，死亡之类的东西要成为悲剧，首先，"人就必须有所行动。就是说人必须通过自己的行动，进入注定会摧毁他的悲剧情境中去。"（1）苦难要是悲剧主人公主动承担的，他要敢于挑起冲突，承担厄运。对于他来说，"苦难绝不是强加的：他是通过他自己的决定遭受它的，或者，至少，最后他将把它作为完全依附于事物的本质、包括他自己内在的本质来接受的。"（2）因而，悲剧主人公虽然不一定是王公贵族、天才伟人，但即使是凡夫俗子，他也必须"拥有许许多多伟大的地方，我们才可以在他的错误和毁灭中清楚地意识到人类天性的各种可能的东西"。(3) 正如阿瑟·密勒所讲，人们只有面对悲剧主人公"在必要的情况下为了维护自己的尊严挺身而出、准备献出自己生命的时候，悲剧感情便会油然而生"。(4) 总之，在西方悲剧观中，受难并非悲剧的充分条件，在悲剧感中还必须表现出某种崇高感、尊严感。（这段引文的原注：(1) 雅斯贝尔斯：《真理论》，译文参见《悲剧是不够的》，第 34 页。(2) 布鲁克斯编：《西方文学中的悲剧主题》（Cleanth Brooks: The tragic

其二，西方悲剧的主角一般都是受害者本人，他们受命运、社会的直接迫害，或自己性格缺陷之害。而意志悲剧的主角并未直接受害，他们因同情、帮助受害者而挺身而出，从而陷入悲剧结局。

西方虽然也有侠义精神的传统，但表现侠义精神的悲剧却罕见。叔本华尽管也曾说过：“只要一个人是坚强的生命意志。也就是他如果以一切力量肯定生命，那么世界上的一切痛苦也就是他的痛苦，甚至一切只是可能的痛苦在他却要看作现实的痛苦。”[34]但其追随者以存在主义哲学为代表，崇奉“他人即地狱”的人生哲学，其所创作的人物形象一般只沉醉于自己的痛苦，未能也没有能力向弱者援手。

其三，即使受难者本人，往往也采取消极的忍耐、逃避态度；甚至其所陷入悲剧并因此而毁灭，全因其本人的失误或错误，即西方悲剧理论所提出的“悲剧主角错误”造成的，也即黑格尔所说“有罪的”。

叔本华的悲剧观便如此。他将这种对待命运的消极态度总结为“胸怀满腔怨愤，却要勉强按捺。”[35]因此“在他看来，悲剧的最大作用必然是消极的，——使人听天由命。”[36]“叔本华关于悲剧的解释却有其特色。悲剧教人听天由命：它对我们起着一种意志镇定剂的作用；它提示了不仅在人生问题而且在生活意志本身均应取俯首认命的态度。”[37]叔本华认为：“在悲剧里，人生可怕的方面展示给我们。我们看到了人类的悲哀，机运和谬误的支配，正直的人的失败，邪恶的人的胜利。”“看到这样一种景象，我们感到我们自己必须抛弃生存意志，不要再想它。也不要再爱它。”“世界和人生不可能给我们真正的快乐，因而也就不值得我们留恋。悲剧的实质就在这里：它最后引导到退

Thems in Western Literature)，美国，1955 年版，第 5 页。(3) 布拉德雷；《莎士比亚的实质》，引自《莎士比亚评论汇编》，中国社会科学出版社版。(4) 阿瑟·密勒：《悲剧与普通人》，引自《悲剧：境观与形式》(Tragedy：Vision and Frame)，纽约，1981 年版。）黄药眠、童庆炳主编《中西比较诗学体系》下，第 730-731 页，人民文学出版社 1991。按，在这段论述中，“苦难要是悲剧主人公主动承担的”一语是《中西比较诗学体系》作者对前后引文的误读。以上四位引文的西方作者的原意都是强调悲剧主人公在苦难临头的情况下，要采取主动积极的态度去应对、斗争，而不是苦难本与他无关，他却抢着上前（代别人）“主动承担”。

34 叔本华《作为意志和表象的世界》，第 420 页，商务印书馆，1982。

35 叔本华《作为意志和表象的世界》，第 40 页。

36 鲍桑葵《美学史》(张今译)，第 472 页，商务印书馆，1985。

37 雷纳·韦勒克《近代文学批评史》第二卷（杨自伍译），第 379 页，上海译文出版社 1988。

让。”[38]也即“悲剧可以帮助人们认识生活，打开人们心灵的窗户，从根本上揭示现实世界的罪恶本质。总而言之，悲剧艺术可以证明悲观主义哲学的正确，但是，作为一种艺术，它割断了同意志的联系，从而导致‘断念’（一译退让，指看破红尘，丧失信心，自愿退出人生舞台）情绪的出现。”[39]甚至认为，面临悲剧，“我们看到最大的痛苦，都是在本质上我们自己的命运也难免的复杂关系和我们自己也可能干出来的行为带来的，所以我们也无须为不公平而抱怨。这样我们就会不寒而栗，觉得自己已到地狱中来了。”[40]这便抹煞了是非和罪恶的界线，放弃正义和道义的原则，违背文艺创作所应追求的真善美理想。

王国维例举的《窦娥冤》和《赵氏孤儿》等悲剧则与此完全不同。

从上述引论中例举的“即列之于世界大悲剧中，亦无愧色也”的关汉卿之《窦娥冤》和纪君祥之《赵氏孤儿》来看，其主角窦娥、程婴、韩厥、公孙杵臼等人本无必死于难（程婴本人虽最后未死，但他献出了自己独生幼儿的生命，失去了唯一后代的生命）的情势，却都为道义和正义而主动承担起干系，步人悲剧结局。“仍出于其主人翁之意志”，指悲剧主角主动承担责任，以帮助别人解脱苦难，向“交构其间”之恶人（商务版石冲白的译文为：“造成巨大不幸的原因可以是某一剧中人异乎寻常的，发挥尽致的恶毒，这时，这角色就是肇祸人。”[41]）发起挑战的主动精神和誓死不屈的坚强意志。“出于其主人翁之意志”是引起悲剧冲突的关键。而出于其意志的主动性，与被动地陷入恶运、性格缺陷和与社会、环境发生冲突的命运悲剧、性格悲剧和社会悲剧中的主角的人生态度有着根本的不同，此类悲剧可称为意志悲剧。

窦娥为救助别人而牺牲自己，陷入冤案后坚贞不屈，临刑还立下三桩无头愿，表现其誓与冤案制造者抗争到底的钢铁意志和坚强决心，死后还要寻机伸冤报仇。程婴、韩厥、公孙杵臼在搜孤救孤这一惊心动魄的救助他人的斗争及其隐含的“君子报仇，十年不晚”（此剧为16年）的坚忍信念所表现的忠勇智信和有冤必伸，有仇必报的心理和意志，在一定程度上反映出中华民族疾恶如仇，敢于反抗、敢于胜利的民族心理和斗争传统，由此种种，皆是这些“主人翁”主动“蹈汤赴火”的性格基础和精神延伸。对悲剧人物蹈

38 转引自程孟辉《西方悲剧学说史》，第330页，中国人民大学出版社，1994。
39 吉尔伯特、库恩《美学史》（夏乾丰译）下册，第618页，上海译文出版社，1989。
40 叔本华《作为意志和表象的世界》（石冲白译），第353页。商务印书馆，1982。
41 叔本华《作为意志和表象的世界》（石冲白译），第352页。

汤赴火的经历和主动赴难的意志的推崇，见出王国维将悲剧美和宏壮美紧密结合而又突出“崇高”的戏剧美学观。其“仍出于其主人翁之意志”一语中的“意志”一词，我认为，这指放弃生命意志（或译生存意志），舍生救人、舍生取义的善的意志，也是张扬其个性和人生理想的自由的善的意志。与叔本华认定悲剧艺术割断、抛弃生存意志和断念、退让的消极观点完全不同，“其主人翁之意志”是一种主动、积极、进取的心理动力，他们本无必遭灾难的困境，更非因自己性格、素质缺陷而陷入困境，而是旁观正义遭损、他人受难时，因出于义愤而主动投入与邪恶势力的誓死斗争并义无反顾地献出自己的生命。这样的悲剧人物非常符合康德关于意志基于自由，意志的客体是善，而且是带有最高利益的道德的善的观点。他们中的优秀者，甚至可以成为正义和道德的化身。

王国维高度赞扬的这些悲剧“主人翁”，我认为，他们放弃生的权利之意志，具有向悲惨命运和邪恶势力的主动挑战精神和主动承担不幸以帮助别人解脱苦难的崇高品质，与西方推重伟大的思想和高贵的感情的崇高观虽有相似之处，但其品质更为高尚，性格极为坚强，其精神境界为西方悲剧主人公远所不及。西方悲剧中只有埃斯库罗斯的普罗米修斯三部曲中的主角普罗米修斯因为人类偷火、教人类配草药治病、给人类输入智慧，主动帮助人类而陷入悲剧。但他的悲剧仅仅是受到宙斯的惩罚，而他自知自己不会死，以后还会被救出，只要等待命运的转机即可，而当命运转折时，迫害他的宙斯将受到惩罚。所以这样的悲剧结局，与一般的意志悲剧中的主人公必死于难的悲剧性质与程度是很不同的。更且这个三部曲今仅存《被缚的普罗米修斯》一剧，其救助人类的具体情节已不可知。另如索福克勒斯的《安提戈涅》，女主角虽是主动出手埋葬哥哥，但因其兄惨死，她作为妹妹已经陷入悲剧，她是在陷入悲剧之后的行动，而非与别人的悲剧毫无干系而投入悲剧的。

总之，王国维的这种悲剧观，突破了西方美学的樊篱，显出我国传统美学的特色，是学自西方又能超越西方，达到中西交融作出自己创造的领先性学术成果。本文即以此为基础，发展和建立这个悲剧意志理论。

五、中国戏曲史视野中的意志悲剧佳例

像本文这样定义的意志悲剧，中国戏曲史上产生了不少佳例。除了《赵氏孤儿》和《窦娥冤》之外，王国维《宋元戏曲考 · 元剧之文章》论及“而元则

有悲剧在其中”时例举的《火烧介子推》《张千替杀妻》也属意志悲剧的范畴。介子推目睹晋献公荒淫无道，朝中大臣无人劝谏，他则冒死进谏；回家隐居后，曾留重耳躲藏，又陪伴重耳流亡多年，伺机报仇。重耳当上晋国国君后，他又偕母归隐山中，重耳烧山逼他出山，他与老母被焚山中。介子推为道义而历险、丧身，他本来只要略退一步，便可确保平安快活。屠户张千家境贫寒，与老母相依为命，本亦平安无事。邻居员外与他结义为兄弟，其妻勾引张千，还要杀夫。张千感念员外的情谊与恩德，抢过刀子，替员外杀妻，又去公堂自首。临刑前他告诫员外，应娶一个端庄稳重的贤妻。张千为了帮助员外消除后患而代他杀妻，自己丧命。

明代悲剧中，因政治黑暗而挺身出来斗争被杀的著名作品有李开先《宝剑记》、王世贞《鸣凤记》、李玉《清忠谱》等戏文、传奇，和徐渭《狂鼓史》、叶宪祖《易水寒》、茅维《秦逢筑》等杂剧。《宝剑记》叙林冲上本弹劾童贯、高俅，受迫害而逼上梁山。《鸣凤记》叙严嵩专权，欺君误国，夏言等八个忠臣弹劾严嵩，均受迫害，四人被杀。《清忠谱》描写颜佩韦等五人为救助受阉党迫害的清官周顺昌而大闹府衙，惨遭杀害。《狂鼓史》表现祢衡击鼓骂曹故事，《易水寒》《秦逢筑》皆叙荆轲等反抗暴政、谋刺秦始皇的历史故实。

清代悲剧中此类作品有丁耀亢《表忠记》、周稚廉《翠忠庙》、汪光被《易水歌》。另有反抗异族凶侵害民的孔尚任《桃花扇》、杨潮观《凝碧池》传奇和陆世廉《西台记》杂剧。另有黄燮清《桃溪雪》传奇，描写吴绛雪为保全乡里，牺牲自己，让叛贼抓去。

另有一类描写义仆救主，牺牲自己的悲剧，明末清初的苏州派诸家最擅于此。著名的有李玉《一捧雪》、朱素臣《未央天》和杨恩寿《理灵坡》等传奇。莫成为主替死、雪艳刺汤自尽等皆非愚忠之举，而是发扬劳动人民维护正义、道义、伸张正气与邪恶势力作主动、坚决斗争的精神。另如《五高风》中的王成，他们在主人遇难时甘心情愿为主人代戮；《党人碑》中的刘琴被误以为是刘逵的女儿而被拘捕入狱时，竟说“小姐金闺弱质，正堪指鹿为马，奴是村户蒲姿，何妨以李代桃”；《未央天》中的臧婆为主自刎，马义也甘心以自己与女儿的生命救主。如果说西方描写仆人救助主人的戏剧多为喜剧，明清传奇则多为悲剧。

这些悲剧的主角都非命运或情势所迫，而是自愿、主动承担悲剧后果，表现爱国或侠义的心胸。这也是我们民族优秀传统的成功艺术反映。

尤其是出身底层(可能是奴仆出身的)的杰出剧作家李玉创作的《清忠谱》和《万民安》是正面描写声势浩大的救国救民的群众运动的盛况。剧中，市民和织工的政治觉醒，充分展示晚明思想解放思潮的实绩和资本主义萌芽时期的社会面貌。这样宏大的群众运动场面，不仅在中国文学史上是前所未有的，即使已处资产阶级革命风起云涌之势的同期西方文学也未有表现。这无疑是明清传奇名家为中国和世界文学史所作出的又一历史性贡献。《万民安》所描述的葛成领导的苏州市民的抗税运动，是苏州市民为了捍卫自己的经济权益而进行的斗争。他们本可忍耐，但是他们选择了斗争，这就体现了悲剧主角的主动性。李玉的另一杰作《清忠谱》描写的是天启六年（1626）苏州气势磅礴的市民风暴，这是一次为声援东林党人周顺昌而发起的纯粹的政治斗争，其规模不亚于万历年间的抗税运动。他们本可旁观，但是他们选择主动介入，介入到正义的政治斗争中去。另需强调的是，两剧中描写的苏州人民中主动投入抗暴斗争的英雄儿女，豪气万丈，却纪律井然，对无辜群众秋毫无犯，对街市店铺绝无骚扰，这样的高素质的市民运动，才是真正的完全意义的正义的行动，这样的正义行动通过剧作家的生花妙笔的表现，得到了千古读者观众的由衷敬爱。

中国的悲剧有时以大团圆作为结尾，有的学者便否认这种作品是悲剧。实际上，正如陈瘦竹先生所指出的，这种结局圆满的悲剧，在西方也是常见的，古希腊埃斯库罗斯的悲剧就常以大团圆作结。例如《普罗米修斯》三部曲的第二部《普罗米修斯被释》中，悲剧主角普罗米修斯就与宙斯言归于好，而第三部《带火的普罗米修斯》更表现了雅典人民感谢这位英雄的庆典活动。莎士比亚的悲剧《罗密欧与朱丽叶》的男女主角虽然不幸丧生，但蒙太古和凯普莱特两个家族却因此而尽释前仇，以和解作结。这虽是一个“凄凉的和解”，但也是一种结局圆满的悲剧。[42]

六、意志喜剧论和中国戏曲作品的佳例

喜剧指通过选材和巧妙的编排来达到令人赏心悦目、开怀大笑的艺术效果的轻松的戏剧。剧情往往以主人公如愿以偿为结局。

西方喜剧也产生于古希腊，甚至比悲剧更早就产生了喜剧，第一位著名喜剧家即古希腊的阿里斯托芬。而中国的喜剧萌芽虽也早就于古希腊同时的先

42 陈瘦竹、沈蔚德《论悲剧与喜剧》，第 27 页，上海文艺出版社，1983。

秦时代就有了，当时称为“俳优”、“优孟”，后又称为“滑稽”，但自戏曲中的喜剧产生后，一直没有专门的名词称呼之。

因此中国也向无“喜剧”这个名称。戏曲中的“喜剧”这个名称也是西方学者首先提出的。1817年，英国汉学家德庇将元代武汉臣的杂剧《老生儿》译成英文，名为《老生儿：中国戏剧》，在伦敦出版。1819年，法国汉学家布律吉埃·德索松根据这个英译本翻译成法文，书名改为：《老生儿：中国喜剧》，在巴黎出版。这是首次用“喜剧”这个名称称呼中国戏曲中的有关作品。

中国首先引进西方“喜剧”概念的还是王国维，他于1907年发表的《人间嗜好之研究》中，明确将中国原称为“滑稽戏”的戏曲称之为“喜剧（即滑稽剧）”。

由于自柏拉图至现代，西方的喜剧理论仅仅论述被动地处于被嘲笑的地位的各类可笑脚色的喜剧，[43]所以喜剧被定义为：一般以嘲笑的方式，对不受欢迎的、具有潜在危害的行为提出批评和进行矫正的喜剧类型。喜剧性的效果就是通过人的愚蠢来逗笑。剧中人物和他们的挫折困境引起的不是忧心愁绪而是含笑会意。[44]

喜剧一般分为爱情喜剧、讽刺喜剧、风俗喜剧和闹剧等。也有性格喜剧、风雅喜剧和世俗喜剧等名称。

本文确立的“意志喜剧”，这个名称和“意志悲剧”一样，也是一个新的概念，具有特定的定义。意志喜剧与一般的喜剧不同，一般的喜剧的主人公一般都是被动地处于被嘲笑的地位，喜剧冲突多靠误会巧合来组成，而意志喜剧中的主人公像意志悲剧一样，也因出于正义和道义，主动帮助他人，都是主动地进入喜剧中的可笑脚色或造笑角色，正面的喜剧形象全靠自己的聪明、机智和灵慧，有时还用幽默的言行，愚弄了丑恶的反面的喜剧形象，造成笑料，并取得斗争的胜利。意志喜剧歌颂富于正义感的主人公的幽默、机智、狡黠，尤其是伸张正义的主动精神和为正义而甘愿冒险的牺牲精神。

43 柏拉图的有关观点，朱光潜先生有精辟的概括，见《朱光潜美学文集》第1卷，第263页，上海文艺出版社，1982。西人的此类观点另可参见雅里斯多德《诗学》第15页，人民文学出版社，1962；《车尔尼雪夫斯基论文学》中卷第89页，上海译文出版社，1979；柏格森《笑——论滑稽的意义》第85、89页，中国戏剧出版社，1980等。

44 〔美〕M.H.艾布拉姆斯《欧美文学术语辞典》（朱金鹏、朱荔译），第45页，北京大学出版社，1990；林骧华《西方文学批评术语辞典》，第377页，上海社会科学院出版社，1990。

在一定的意义上可以说最早的意志喜剧也是在中国的。司马迁《滑稽列传》记载的优孟和优旃，是最早演出意志喜剧的艺术家。

优孟是春秋末期楚国人（公元前613年-公元前591年前后在世），是先秦时代优人中最有名的一个，他被看作是中国古代第一位名伶，也即中国古代第一位著名演员。在《史记·滑稽列传》中记录了他的两个故事：用幽默的语言和夸张的手段讽谏楚庄王厚葬爱马，“贱人贵马”的错误行径；孙叔敖当楚国首相多年，尽忠为国，又保持廉洁，把楚国治理得这样好，使楚国能够强大起来，称霸天下。可是他一旦身死，他的儿子竟一点得不到楚国的照顾，穷得家无立锥之地，还要靠自己每天背柴来维持生计。他目睹孙叔敖后人的惨况，就穿上已故名相孙叔敖的衣冠，栩栩如生、维妙维肖地装扮成孙叔敖，勾起楚王对往日孙叔敖的回忆，想起孙叔敖生前的功绩，打动楚庄王，启发楚庄王抚恤其后人，让其后代可以过上温饱的日子。这就是二千多年来盛传不衰的“优孟衣冠”的典故。这个典故，显示了优孟主动发挥自己的才华，以他正直善良的人品，用幽默的喜剧性手段纠正昏君的错误言行。

司马迁《史记·滑稽列传》继优孟之后记录了优旃的三个故事，这些故事都是描写他如何用智慧纠正皇帝的错误的：在秦始皇时代帮助雨中抖擞的卫士得到轮流休息，阻止秦始皇准备大规模扩大自己打猎的场地，赶走百姓，把东起函谷关、西至雍县、陈仓的千百里沃野都开辟为养殖禽兽、麋鹿的皇家园林，供自己自由游猎，这一件劳民伤财的坏事；阻止秦二世将城墙重新油漆一遍，以图风光的蠢事。

宋朝大诗人苏轼也写诗赞美道“不如老优孟，谈笑托谐美”，指出优孟能寓诙谐于谈笑之中，以讽谏帝王，匡正时政得失。《文海披沙》更载录了明代谢在杭的话说：“自优孟以戏剧讽谏，而后来优伶往往戏语，微发而中，且当言禁猛烈之时，而敢于言，亦奇男子也。”这就更明确地表明优孟用这种诙谐喜剧形式的表现手法，来对君主进行讽谏，奠定了我国戏剧技艺的现实主义基础，也为后世优伶指明了方向，致使后来的优人艺伶，往往效仿他的手法，在封建专制压迫、满朝文武无人敢言之时，能主动挺身而出，支持正义，为民呼喊。像敬新磨、阿丑等人，都继承了他的这种优良传统，而且这种传统，一直流传下去，直到近代，依然如此。其影响之大，可谓深远。清末著名京剧丑角刘赶三就自称：“吾其服优孟衣冠，效优孟，为众生说法，庶可砺末俗于万一。”

优孟和优旃及其后世的优人，用其自由发言的权利，为了正义而挺身而出，与封建帝王的谬误和邪恶作斗争，用自己的喜剧言行阻止暴君的昏庸行为或救助名臣后裔和帮助民众脱离苦难，此后唐宋的参军戏、滑稽戏也多此类作品。其他有正义感的人物演出的意志喜剧也是如此，王实甫《西厢记》中的红娘就是如此。这些喜剧角色冒险助人皆出于本人之出于善心的自由意志，而不是被动卷入冲突之漩涡，参照意志悲剧突出“主动涉险”的界定，我们也可称这些喜剧为“意志喜剧”。

元杂剧和明清传奇也多这样的作品，最著名的除《西厢记》中的红娘之外，另如关汉卿名剧《救风尘》中的赵盼儿则是救助受难姐妹的妓女英侠，《望江亭》中的谭记儿则是救护自己身为遭难官员的丈夫的女中英豪。又如《李逵负荆》中的义士李逵等都是主动为救助别人，而成为喜剧角色的侠义人物，戏曲中此类剧目很多。

七、意志悲剧说和意志喜剧说视野中的西方名著佳例举隅

当代西方学者也重视喜剧中善的体现，例如美国学者玛·柯·斯华贝在其喜剧研究的名著《喜剧中的笑》（*Comic Laughter*）中说：“最高幽默的秘密在于慷慨宽宏，心胸开阔而且仁慈善良，它所关注是扭曲的、痛苦的、多少有些欢乐的生活过程，以及整个人类而不只是某一特殊社会或某一天的世态。它给我们新思想，走上发现之路，使得我们能从各个层次察看世界。”[45]

但此论和西方众多的喜剧理论著作一样，没有从喜剧主角因善念而主动介入或引发喜剧事件的角度认识和探讨这个问题，所以西方没有提出“意志喜剧”的概念。

而在创作实践上，西方的意志喜剧颇多，这是因为西方表现侠义题材往往采用喜剧形式。

西方虽然没有创立意志喜剧理论，但在创作实践上，却由古希腊的阿里斯托芬《阿卡奈人》和米南德肇其端，后有古罗马普劳图斯的《撒谎者》、泰伦提乌斯的《福尔弥昂》等名著，继中国之后，在西方文化史上首创了意志喜剧。这些喜剧多叙述仆人为了正义而主动介入纠纷，帮助主人或他人摆脱困境、成

45 Marie Collins Swabey: Comic Laughter. 101-102. （Yale University Press, 1961.）转引自陈瘦竹《欧美喜剧理论概述》，陈瘦竹《戏剧理论文集》，第 59 页，中国戏剧出版社，1988。

人之美。

普劳图斯流传至今的二十一部剧本中，大部分是计谋喜剧。计谋喜剧通常以年轻人的爱情为线索，男女真心相爱，然而遇到困难，全靠机智的奴隶巧于心计，帮助小主人摆脱困境，最后爱情完满成功。《撒谎者》（公元前 191）是普劳图斯最好的喜剧。剧中主要人物奴隶普修多卢斯足智多谋，乐于助人，此剧着重描写他如何帮助少主人赢得心爱的人。另如《凶宅》也是计谋喜剧中比较出色的一部，剧中突出了特拉尼奥的机敏，以塞奥普辟德斯和西蒙的呆愚作陪衬。特拉尼奥虽然被视为“小人”，但他对主人的愚弄却令人拍手称快。莫利哀的许多喜剧都或多或少受到它的影响。

泰伦提乌斯的《福尔弥昂》也是这种类型的剧本。剧中塑造了一个机智的门客的形象，他乐于助人，运用策略，在仆人（奴隶）格塔的帮助和配合下成全了两对青年男女的婚姻。喜剧的活力主要来自福尔弥昂的富于计谋的行动，其中也体现了一定的民主倾向。这部喜剧被莫利哀改编为《司卡班的诡计》，还有其他一些剧本模仿它。

忠仆帮助主人脱险或成其好事在西方喜剧中形成了一个悠久传统，涌现了大量的优秀之作。后来法国莫利哀的《司卡班的诡计》、博马舍《塞尔维亚的理发师》等都是此类名著。如莫里哀喜剧《司卡班（一作史嘉本）的诡计》和《伪君子》中的仆人司卡班、女仆道丽娜帮助主人渡过难关、赢得爱情，颇显轻松，履险如夷。另如莎士比亚《威尼斯商人》，安东尼奥为帮助朋友巴萨尼奥向鲍西娅求婚，不惜以自己的财产和生命抵押向宿敌夏洛克借钱从而陷入困境。此后有意大利哥尔多尼的《一仆二主》、法国博马舍的《塞维勒的理发师》和《费加罗的婚礼》等，皆描绘机智聪慧的仆人的精彩故事。

西方在古近代缺乏意志悲剧，但进入 20 世纪后，此类佳作渐多。如英国 1933 年诺贝尔文学奖获得者高尔斯华绥的《最前的和最后的》（剧本[46]，作者又有同名和同题材的小说），拉里在救助受欺弱女（此女后来成为他的未婚妻）时不慎将恶人杀死，他本可和情人远逃澳洲，但因警方误抓无辜者作为杀人犯处置，拉里为了维护法律的公正和救助无辜者的生命，他写信自首后与情人一起自杀。这样的悲剧，全出于拉里与其情人的善良意志，无疑属于意志悲剧的范畴。

46 参见《最前的和最后的》（三幕剧，英国约翰·高尔斯华绥著）的拙译和拙论，《名作欣赏》1986 年第 1 期。按，已收入本书。

八、意志悲剧说和意志喜剧说的广义运用

意志悲剧说和意志喜剧说，和其他的戏剧理论一样，同时都可以作为广义的美学理论，适用于中外小说、电影、电视连续剧等的分析、评论和研究；小说和影视中也有意志悲剧和意志喜剧。西方在古近代缺少意志悲剧，但在十九世纪的小说中颇有这样的作品。例如法国文豪雨果的《九三年》《巴黎圣母院》和《悲惨世界》等长篇小说巨著。

20世纪的戏剧、小说、电影则有大量的意志喜剧，例如著名法国电影《佐罗》，即是令人畅怀大笑的意志喜剧的佳例。另如美国电影《午夜狂奔》（*The Midnight Run*）则是悲喜交集的意志戏剧。

中国的意志悲剧，例如《赵氏孤儿》本根据《左传》和《史记》的有关篇章改编，两书中的众多人物的事迹，都是意志悲剧的佳例。如企图刺杀秦王的荆轲，《史记·游侠列传》中的诸多英雄和主动出战兵败投降的李陵，连《史记》作者、为李陵辩护的司马迁也可以说是意志悲剧的主人公，《汉书·司马迁传》即可谓是意志悲剧。小说名著如《水浒传》中的鲁达，他本来处境还是比较优裕的，首先他担任一定职务，既有一定社会地位，又有自在快活的生活，经济上因没有家室拖累，用钱也比较自由。第二，受到上司的器重和爱护。他因性格刚烈，武艺高强，老种经略相公特地派他到小种经略相公处任职，这既是对自己儿子的一种惠顾，同时也可以看作为是一种合理的“人材储存”，以后边关上需要时再起用他。小种经略相公充分理解父亲用意，也十分尊重和爱惜鲁达。鲁达跌入困境、逆境乃至绝境，全是因为他在正义感和人道精神的驱使下，挺身而出，包打不平，为了救助受恶霸郑屠蹂躏欺诈的弱女金翠莲和落难英雄林冲而犯了人命案，开罪了当政权贵造成的。鲁达事先毫不犹豫，事发时义无反顾，事后绝不后悔，体现了一种浩然正气和磊落胸怀。他从军官沦落为清苦的和尚、直至落草为盗的人生悲剧，全因主动承担维护道义、正义的善的意志、向邪恶斗争而造成的。

由于意志悲剧和意志喜剧一般都贯穿着侠义的精神，故而也可称为侠义悲剧和侠义喜剧，“侠义”一词中国色彩更强，但“意志”一词的概括性似更强，故以“意志”命名更为恰切。

神秘现实主义和神秘浪漫主义导论[1]

提要:

本文就作者首创性地提出的“神秘现实主义和神秘浪漫主义文学”理论，作一简要介绍。自拉美魔幻现实主义兴起后，神秘题材的文学作品逐渐大量涌现，近 20 年获诺贝尔文学奖的作家中有多部作品是此类作品，如美国托尼·莫里森（Toni Morrison）《宠儿》（Beloved）、日本大江健三郎（Kenzaburō Ōe）《空翻》（Somersault）、葡萄牙若泽·萨拉马戈（José Saramago）《修道院纪事》（Baltasar and Blimunda），德国君特·格拉斯（Günter Wilhelm Grass）《铁皮鼓》（The Tin Drum）等。还有风行世界的《哈利·波特》（Harry Potter）。同期中国作家中获茅盾文学奖的作品也颇多此类作品。如 1998 年第四届获奖的陈忠实《白鹿原》，2001 年第五届获奖的阿来《尘埃落定》，2005 年第六届获奖的熊召正《张居正》、宗璞《东藏记》等。但理论界对此类作品尚无确切的名称和准确的理论归纳。为此，本文作者首创性地提出“神秘现实主义和神秘浪漫主义文学艺术流派和创作方法”，并认为，以“神秘现实主义和神秘浪漫主义文学艺术流派和创作方法”的角度对中外文学经典和名作，做跨文化的深入研究，可以总结有益的创作经验和方法，推进文学艺术创作的发展。

作者于 1999 年出版的《神秘与浪漫》和 2004 年举办的上海比较文学研究会年会的大会发言，提出“神秘现实主义和神秘浪漫主义文学艺术流派和创作方法”，近年已就此题发表了多篇评述具体著作的论文，本文则为导论，今后将完成此题研究的学

---

1 2011 · 中国比较文学学会主办，复旦大学、上海师范大学与上海市比较文学研究会承办，上海外国语大学、上海交通大学、上海大学、华东师范大学与北京清华大学协办，中国比较文学学会第 10 届年会暨国际研讨会论文，中国比较文学旅法分会，上海比较文学研究会《对流》（法国巴黎）第 9 期，2015。

术专著。

关键词： 神秘主义、神秘现实主义、神秘浪漫主义、世界文学经典、跨文化诠释。

“神秘现实主义和神秘浪漫主义”的创作流派和方法，是我在学术界首创的一个理论概念，拙著《神秘与浪漫——文学名著中的气功与特异功能》[2]首次提出“神秘现实主义文学”的概念并从气功与特异功能描写的角度，大略梳理其发展史的线索；2004 年在上海比较文学研究会第 8 届年会上做大会发言，首次公开发表“神秘现实主义和神秘浪漫主义”这个理论成果，得到与会者的一致赞同，上海社联网、中国比较文学（文贝）网、中国比较文学学会会刊《中国比较文学》2005 年第 1 期都有报道。

自 20 世纪末的《神秘与浪漫——文学名著中的气功与特异功能》一书之后，我关于这个研究课题，已经完成和发表论文 7 篇：

《论印度佛教文化对中国文学的全面渗透和巨大影响》（1995 · 上海外国语大学主办第二届“中国文化与世界”国际研讨会论文，《中国文化与世界》第五辑，上海外语教育出版社 1997）

《戏曲中的神秘现实主义和神秘浪漫主义描写略论——中国戏曲的首创性贡献研究之一》（2008 · 香港中文大学主办《“重读经典：中国传统小说与戏曲国际学术研讨会”论文集》，香港：牛津大学出版社 2009）；

《〈牡丹亭〉和三妇评本中的梦异描写述评》（《2006 · 中国遂昌，汤显祖国际学术研讨会论文集》，杭州：西泠书社 2008）；

《〈水浒传〉中的神秘主义描写述评》（中国《水浒》学会会刊《水浒争鸣》第 12 辑，2011）；

《〈史记〉〈夷坚志〉和今人名著中的占卜描写述评》（2011“庐山与中国文化研讨会”论文，《〈夷坚志〉中占卜描写的承前与启后》，《九江学院学报》2011 年第 4 期）；

《〈江湖奇侠传〉的内功描写研究》（提交 2010 · “平江不肖生国际研讨会”论文，《武当》2011 年第 9-10 期）；

《宗璞小说中的神秘主义题材和表现手法试论》（复旦大学“宗璞作品学术研讨会”（2005 年 4 月 12 日）论文，傅秋敏、周锡山主编，中国比较文学旅法学会会刊《对流》第 6 期，法国巴黎，2010）。

2 拙著《神秘与浪漫——文学名著中的气功与特异功能》，百花洲文艺出版社，1999。

另有一些论文中也有专节研究，如《〈牡丹亭〉新论》（“2010·上海·上海戏剧学院，香港中文大学，香港城市大学联合主办《汤显祖和“临川四梦”国际研讨会论文集》，汤显祖研究会会刊《汤显祖研究通讯》2011年第1期）内有“《牡丹亭》对神秘文化和宗教文化的信仰”一节专论此题。

神秘主义文学艺术是中国首创的，创作历史最为悠久，此后东方和西方诸国文学艺术都有大量作品包括经典著作产生。神秘主义文学艺术在中国有非常丰厚的资源，从《易经》《老子》《列子》《庄子》和《左传》《史记》等中国最早的文史哲经典，到《牡丹亭》《三国演义》《西游记》和《聊斋志异》《长生殿》《红楼梦》等经典戏曲小说都有其神秘文化的历史背景，但是当代中国的文学界任拉美魔幻现实主义大行其道，而对自身的文化丰厚遗产却以害怕担当“封建迷信”的罪名而拒之门外。

因此，神秘文化与文学之间的互相影响和发展，是比较文学跨学科研究需要拓展的领域。

一、“神秘”概念的出现

先秦哲学本身属于神秘文化范畴，所以不谈神秘。

中国“神秘”一词的最早出现，是在西汉至南朝和唐朝时期。

《史记·苏秦列传》：“东事师于齐。”唐司马贞索隐：“又乐壹注《鬼谷子》书云：‘苏秦与神秘其道，故假名鬼谷。’”

有些学者会误认为“神秘主义”是西方产生的名词，实际上东西方都有这个名词或这个哲学概念，冯友兰认为中国（东方）哲学神秘一点，西方哲学科学一点，世界哲学的今后发展应是中西哲学的结合，西方哲学要学习中国（东方）哲学的神秘，中国哲学要学习西方哲学的科学。

因此，“神秘”一词，中国出现最早。“神秘主义哲学”，中国和西方都有。

二、神秘主义和神秘主义文学艺术在西方的产生

在西方，古希腊文学有发达的神话，古希腊有众多的神话背景的命运悲剧，尚无神秘主义领域的文艺作品。

古罗马已有神秘主义的文学作品，如阿普列乌斯的长篇小说《变形记》（又名《金驴记》），描写主人公因巫术而变成一匹驴子，这是一部神秘浪漫主义作

品。但当时西方尚未出现神秘主义这个概念。

此后，西方有中世纪神秘主义（medieval mysticism）。中世纪神秘主义带有神秘色彩的宗教唯心主义思潮。公元 11-14 世纪流行于西欧。其共同点是主张个人与上帝神秘地直接交流，实现个人解脱。

此时，文艺创作方面有神秘剧和神迹剧。

神秘剧（Mystery Play），是中世纪宗教戏剧的一种，以基督教《圣经》历史为基础。

神迹剧（Miracle Play），是仅局限于指根据有关圣徒的传说，或根据圣徒或圣物（如圣餐面包）创造奇迹的传说来创作的非基督教戏剧。严格地说，普通神迹剧指中世纪英国出现的、如今几乎全都失传的那些戏剧。

西方后又有神秘主义哲学。

神秘主义（Mysticism）是西方现代宗教主义思潮的产物，也是西方基督教传统在文艺领域内的延续。神秘主义虽然没有形成明显地有影响的派别，但是它的核心思想，即宗教的神秘观念，却渗透到了文艺创作和批评实践中，并且同象征主义的观念溶合，导致了后期象征主义。

进入近代，神秘小说（Mystery Story）开始风行。这是神秘、恐怖成份占主导地位的散文体小说。神秘小说包括侦探小说、哥特小说、奇特或恐怖历险小说、悬念小说、间谍故事、罪犯故事。通常描绘一种无法言状又令人心惊胆战的威胁始终缠绕着主人公（通常是女主人公）的故事。

梅特林克是神秘主义文学的突出代表，他曾受到法国象征主义诗人关于“人神契合”和神秘的“彼岸世界”等观点的启发，从事戏剧和诗歌创作。

叶芝的创作从唯美主义走到象征主义和神秘主义，着重刻划人物内心世界。

神秘主义的文学创作和批评理论在总体上否定理性，主张排除一切理性思维，只依靠非理性的直觉去感知和把握上帝的世界，以求得真理和美，其间的宗教唯心主义特性是显而易见的。有的作品描写的内容仅仅是因恐怖而产生的神秘，与描写鬼怪、巫术、异梦、占卜等的神秘，有着本质的区别。

中国当代文学中出现的少数以宗教境界为理想与归宿的作品，无疑地与神秘主义的主张是一致的，尽管它们不一定是直接受到梅特林克等人的影响，而是中国传统神秘文化和宗教文化的产物。

三、德国的神秘现实主义

德国在20世纪已有神秘现实主义（Magischer Reallsmus），是德国“新现实派”的一个支派，20年代末从晚期表现主义基础上逐渐形成，并取代了晚期表现主义。新现实派主张“客观”现实性，“神秘现实主义”则努力表现隐蔽在现实背后的，非现实、非理性的，即“神秘的”联系。“神秘现实主义”特别在西德战后文学中是个重要流派，代表作是H·卡扎克的《河背后的城市》（写于1942—1944年间，1946年首次发表在《柏林日报》上）和E·朗盖塞尔的小说《无法消除的印记》（同样写于战争年代，1946年发表）。这个流派的其他作家有E·云格尔、G·F·云格尔、E·克罗伊德尔、H·E·诺萨克、W·瓦尔辛斯基，等等。这个概念1945年后才被采纳，1948年，在《建设》杂志上曾就其内容展开讨论。

德国的神秘现实主义，是表现主义的一种发展，并不涵盖本文提出的神秘现实主义所包含的丰富内容，所以其概念和名称的表达不确切，而且在德国并未形成深远的影响，在国际学术界更无反响。

总之，西方原有的“神秘主义文学”和“神秘现实主义文学”仅指基督教以及《圣经》文化，其内容太狭窄。神秘小说的内含又太宽泛。

四、本文确立的“神秘主义文学艺术”和“神秘现实主义和神秘浪漫主义”概念

“神秘主义文学艺术”的基础是神秘文化，神秘文化主要有宗教（不仅是基督教，而是世界上所有的宗教）、巫术、梦幻、气功和特异功能等内容，在文学中，主要表现为道术仙术巫术（包括魔法）和特异功能、梦幻、宗教文化中的天堂地狱、三世轮回和因果报应，以及占卜预测等类描写。而这些都极大地开拓了作家的艺术想象力[3]。

学术界过去都将神秘主义文学艺术作品归结到浪漫主义之中，少数则定名为超现实主义、幻想文学或其它名称，我认为都不够恰切。而以神秘主义命名这些作品，才为确当。

神秘主义文学艺术还可以分为神秘现实主义和神秘浪漫主义。

上已述及，德国于上世纪上半期已有“神秘现实主义”流派。本文认为，

3 周锡山《中国文学史著作的最新之作和四大局限》，《复旦学报》1997年第5期，对此已有阐发。

德国的“神秘现实主义”并不能全面概括这个名称应该包含的神秘现实主义文学艺术的内容。

另有拉美魔幻现实主义。拉美魔幻现实主义中的“魔幻”，指描写地狱、鬼魂、魔法、有超人本事的非真实的奇人异事（特异功能），过去此类作品被统称为浪漫主义文学。

拉美魔幻现实主义也属于神秘现实主义的一部分，但并没有确切的定义，此派作家和理论家、评论家，仅说它描写的是拉美地区神秘的现实。加西亚·马尔克斯在获诺贝尔奖的受奖仪式上的讲话，也强调他的小说描写的拉美神秘现实是真实的。这是针对西方学术界不承认其真实性，故而将拉美的此类作品用“魔幻”一词加在“现实主义”前面，做了非真实性的限定所作出的说明。“魔幻”此词，一则此是西方色彩的语言，或者说仅仅是西方语境中的产物，二则“魔幻”中的“幻”意味着是“幻想”和“虚幻”的本质，实质上还是不承认此类描写的真实性，造成魔幻现实主义这个概念的不确切和此词前后部分的自相矛盾。

加西亚·马尔克斯强调此类描写的真实性，他是从作者角度谈的。因此，根据他的讲话和众多理论家、评论家的相似概括，我们可以将拉美魔幻现实主义定义为：作者认为他所描写的神奇内容是真实的。但这也不是正式的定义，而是我对他们的观点的一个总结。我认为全面地观察，应该将——

“神秘现实主义”定义为：作家本人和部分读者认为这些描写都是事实存在的。

按照这个定义，拉美魔幻现实主义属于神秘现实主义的一种。首先，魔幻现实主义中的现实主义，是指作家本人认为这些描写都是事实存在的。魔幻现实主义文学在这一点上与浪漫主义不同。其次，中国此类作品古已有之，它们是神秘文化的产物，同时作者和众多读者也认为此类内容的描写是事实，包括像司马迁这样伟大的史学家兼文学家。由于中国最早即有大量此类作品，成就又高，所以我认为此类作品恰切的提法应按照中国和西方可以共同接受的提法，并规范为“神秘现实主义”，拉美魔幻现实主义则是神秘现实主义的一个分支。

我已在《神秘与浪漫》[4]中从气功和特异功能的角度，分析后评论了前苏

---

4 周锡山《神秘与浪漫——文学名著中的气功和特异功能》，百花洲文艺出版社，1999。

联布尔加科夫和拉美魔幻现实主义的两个名家——比奥伊·卡萨雷斯和加西亚·马尔克斯。

前已言及，我在《神秘与浪漫》一书中，已从气功和特异功能描写的角度初步梳理了中外古今的“神秘现实主义文学史”，对古典名著作了新的阐释或挖掘，同时兼及中国当代文学和外国文学。如此书用3万字的篇幅阐释《西游记》是阐发三教合一、人生修炼的形象教材，分析《红楼梦》对气学理论的经典阐释和在艺术描写中所起的作用等等。

“神秘浪漫主义”是我在世界学术史上首创性的名称和概念。其定义为: 作者和读者都认为描写内容是纯粹虚构的，是事实上不可能存在的神秘人物、故事和情节。

神秘现实主义和神秘浪漫主义文学艺术还包括中外戏剧（戏曲）（戏剧和戏曲属于文学和艺术两个领域）和电影名著，包括纯文学艺术和通俗文学艺术的作品，例如美国电影《神鬼情未了》、香港电影《胭脂扣》（据李碧华的小说改编）、内地电影《秦俑》等。

五、神秘主义、神秘现实主义和神秘浪漫主义文学艺术作品概况

神秘主义文学（包括神秘现实主义和浪漫主义文学），如前所述，中国古已有之，而且繁荣发达，成就卓著；西方古代神秘主义文学不发达，古希腊悲剧用神话典故作为人物命运的背景，神话不属于神秘主义的范畴。古罗马仅有少数名著如《金驴记》，描写巫术和神术。

西方近现当代的通俗文学和童话作品虽多神秘题材，但因西方近现代文学家崇尚现代科学和宗教的原因，所以纯文学文坛罕见此类名著。但不少经典和著名作品，还是有不少成果。

例如近代早期的莎士比亚颇有此类成果，不仅传奇剧如《暴风雨》描写了精灵，悲剧《哈姆莱特》描写老国王的鬼魂向王子哈姆莱特痛述受害经过，希望他报仇，《马克白》描写巫女给马克白的预言等，连历史剧《亨利六世》中，也写法国圣女贞德利用鬼兵作战。

这样的作家和作品并不多。但也有学者认为“人们只要环视一下世界文学史，伟大的天才杰作几乎都不同程度地同时具有超现实的神秘主义色彩”[5]。

直至现代西方文学，因为宗教的限制和科学观念发展的冲击，宗教文化

5 梅新林《红楼梦哲学精神》，第337-338页，上海学林出版社，1995。

以外的神秘主义文学很不发达，仅有少数的作品，以诺贝尔奖的作家为例，例如 1911 年获奖的比利时的梅特林克，1921 年获奖的意大利的皮兰德吕的话剧《六个寻找剧作家的角色》；1293 年获奖的爱尔兰的叶芝等，描写此类内容。

从 1940 年代起，继俄苏白银时代文学的布尔加科夫的长篇小说《大师和玛格丽特》和其他有关名作之后，拉美魔幻现实主义文学兴起，冲击和影响东西方文坛，成为一股时代潮流，至今犹然。仍以获诺贝尔文学奖的作家为例，如 1993 年，美国黑人女作家托尼·莫里森的《宠儿》，1994 年得奖的大江健三郎，于 1999 年发表的《空翻》（中译本，译林出版社 2001）；1998 年获诺奖的葡萄牙若泽·萨拉马戈《修道院纪事》，1999 年获诺奖的德国君特·格拉斯《铁皮鼓》等；进入新世纪，2001 年的英籍印度作家奈保尔的《灵异推拿师》，2006 年的土耳其帕慕克《我的名字叫红》和 2007 年的英国女作家、自称是神秘主义者的多丽丝·莱辛《金色笔记》和《幸存者回忆录》等，另有著名作家如法籍捷克作家米兰·昆德拉《生活在别处》，英国作家拉什迪《撒旦诗篇》、《佛罗伦萨妖女》以及当前风行世界的儿童文学名著和电影《哈利·波特》、《魔戒》三部曲（电影《指环王》）等，都是此类作品。

西方国家打破科学主义，信奉神秘现实主义的，如法国，除了有神秘现实主义文学、戏剧、电影，还有一个专题电视（22 台）节目——《百分之百的预知未来》（“100%Voyant”），类似电视算命。这类算命不仅涉及个人生活，还预测国家的经济、政治。比如在 2015 年新年电视新闻里，电视主持人说：“预言者说：2014 年末法国的购买力还处于低谷，现实证实了这个预言。”“预言者说：法国前总统沙科奇想在 2017 年重新参加总统选举。但他的同党派（UMP））战友到时会背叛他……这个有待证实。”

中国作品可以国内地位最高的茅盾文学奖的获奖作家作品为例：1991 年第三届获奖作品霍达《穆斯林的葬礼》和提名作品、二月河《雍正皇帝》，1997 年第四届的陈忠实《白鹿原》，2000 年第五届的阿来《尘埃落定》，2005 年第六届的熊召政《张居正》、宗璞《东藏记》和她的其他不少名作，2008 年第七届的贾平凹《秦腔》和迟子建《额尔古纳河右岸》。

以上作品都描写神秘人物和事迹，并赖此推动小说情节的发展，表现了丰富的艺术想象力和特殊的生活真实与艺术真实。

六、中国现当代的写作、研究、评论情况

西方学术界包括拉美、日本，对神秘主义文学艺术的研究没有禁区，研究和评论比较繁荣发达。

中国则有禁区。自五四以后，新文化阵营尊奉西方现代科学，将神秘主义文学艺术贬之为“封建迷信”的产物而痛斥、扫荡之。1949 以后，这种痛斥和扫荡逐渐统治整个中国文艺界和学术界，直至此类文学艺术作品全被禁绝，并与政治相联系，成为政治运动整肃和批判的重要对象，尤以文革为最。例如鬼戏有害论的批判，逼令各类鬼戏绝迹。直到上世纪末，“封建迷信”的恶咒还在笼罩着文艺创作和文艺评论领域，所以在作品中描写鬼神、巫术、异梦和占卜等内容的作家，都声称自己受的是拉美魔幻现实主义的影响。

因此中国在此领域没有评论和研究。但也有少数作家，敢于在言论中承认神秘现象的存在。

例如五四新文化的领袖、反传统包括否定传统文艺中的神秘主义作品最激烈的鲁迅先生，他认为古代宣传佛教的小说，不可信，因果报应和阴间神鬼之类是虚茫的东西，是违反现代科学的迷信思想的产物[6]。但鲁迅又曾说：“释迦牟尼真是大哲，我平常对人生有许多难以解决的问题，而他居然大部分早已明白启示了，真是大哲！”[7]所以，鲁迅从来不在学理上反对佛教，从不发表学理性的反对佛教的言论和文章。

同时，鲁迅虽然坚信现代科学，反对封建迷信，但当有人为他看相，指出他短寿，因为人中太短，鲁迅就虚心请教有何解救的方法。他接受了对方的建议：养胡子，盖没人中。鲁迅就终生养胡子（同上），尽管他在文章中埋怨养了胡子很不方便、很烦恼。

鲁迅认为事实证明，以后果然产生了生命的奇迹，他多次谈及此事，例如：

唔，虽则医生告诉我说，根据肺部被侵蚀情况，我能幸存这么久是个奇迹，我本该五年前就死去的，因此，有了这额外的收入，我还是大方些好。[8]

几乎不见了！……肺已烂掉了许多！……照医生说，如果在欧洲，早就在

6 说详周锡山《中国小说史略》释评本，上海文化出版社 2005，台北五南出版公司 2009;《中国小说史略汇编释评》，上海书店出版社 2015，台北五南出版公司 2018。

7 许寿裳《亡友鲁迅印象记》第 46 页，人民文学出版社，1953。

8 与姚克的谈话，录自姚莘农（姚克）作许佩云译《鲁迅：他的生平和作品》，英文原刊于 1936 年 11 月《天下月刊》第 3 卷第 4 期，转自《鲁迅研究资料》第 10 辑。

五六年前死掉，好像我们的抵抗力特别强，或者是我贱点的缘故。[9]

我这个病，几年前医生就宣布我不行，早就该死掉了，可是我还是活了下来，大家觉得很惊奇。[10]

除了密友许寿裳，鲁迅对所有人都讳莫如深，不肯透露自己生命奇迹的原因，就好像胡适请中医治好了危险的肾病，可是因为他反对中医，认为中医应该灭亡，所以特地关照知情的朋友对此保密。

就在文革将“封资修”文艺全部打倒之后不久，文革后的新时期初期，著名革命作家孙犁就在自己的作品中从正面的角度公开议论神秘文化。他发表《芸斋小说》，继承《史记》和唐宋笔记、小说的实录信史和文言写作传统，以记实体描写当代的社会风貌和诸多人生。其中《女相士》记叙文革初期即 1966 年秋冬之交，作者本人与一位女相士杨秀玉被揪出、批斗后，一起劳动改造时，在极度痛苦、彷徨之时，请她相面和预告自己命运的故事。在篇末，芸斋主人曰：“杨氏之术，何其神也！其日常亦有所调查研究乎？于时事现状，亦有所推测判断乎？盖善于积累见闻，理论联系实际者矣！‘四人帮’灭绝人性，使忠诚善良者，陷入水深火热之中，对生活前途，丧失信念；使宵小不逞之徒，天良绝灭，邪念丛生。十年动乱，较之八年抗战，人心之浮动不安，彷徨无主，为更甚矣。惜未允许其张榜坐堂，以售其技。不然所得相金，何止盖两座洋楼哉！”结合文革对人和人性的酷烈摧残，对其神技做了一番感慨。按本篇介绍这位女相士在抗战时卖卜之收入极为丰厚，积下许多金条，还盖了两个洋楼，故云。[11]

在 90 年代，上海作家王安忆在《文学报》发表的有关西北考察的长篇文章中开始公开叙述占卜预测的准确性。进入 21 世纪，已任上海作家协会主席、复旦大学教授的王安忆，继续发表类似观点，她明确说：“我母亲曾经（在）绍兴找乡下人算命，乡下人算命算得蛮准的。他给我父亲算命说，他挺享福的，他说这种事情换别人的话都能上吊，可是他很享福，好像悠悠游哉的。”“其实我父亲比我母亲大六岁呵，但那时给我妈妈算命的人就觉得，‘你丈夫呵就

---

9 与许钦文的谈话，录自许钦文《同鲁迅先生最后的晤谈》，文刊 1936 年 11 月 20 日《逸经》第 18 期。

10 与黄新波的谈话，录自黄新波《不逝的记忆》，《鲁迅回忆录》第 2 集，上海文艺出版社，1979。

11 此篇发表在 1982 年的上海权威刊物《收获》杂志，全书写作 10 年，1990 年结集后于人民日报出版社出版，中州古籍出版社 2009 年重版。

像你的儿子’，我觉得算得也很准。”[12]她进而宣布：“我是相信有这种神鬼之说的，但科学一定要把它解释得非常合理化。”[13]同年，九六高龄的杨绛先生在权威出版社商务印书馆出版了《走到人生的边上》，大谈她经历和见闻的有关鬼魂和算命的多个往事。[14]

在此书的《四、命与天命（一）人生有命》中杨绛先生举了她的已故大弟弟、三姐亡故的第一个男孩，请苏州一个著名的算命先生算命，又请他算了爸爸、妈妈、弟弟、自己和三姊姊的命。瞎子虽然只略说几句，都很准。他赚了好多钱，满意而去。我第一次见识了算命。又举例说了钱钟书、钱钟书拜门弟子、妹妹杨必的同学等人的算命结果，“（除了钱钟书一个例外）命确也应了”，“命中注定”的后果“怎又逃得了呢？”

自 1980 年代至现在，在不少报刊上，也有此类的纪实文学和报道。例如著名篆刻家、画家、原上海中国画院副院长韩天衡，他从娘胎出生多日后一直睁不开眼睛，父母在邻居的建议下，请一位上了年纪的瞎子算命先生根据他的生辰八字算命，测测凶吉。此人说：“贵子慧根深厚，今后一定会聪明超群，很有出息。”算命先生的这番恭维话使夫妻俩总算得到了些安慰，“请问先生，那如何使孩子眼睛早点睁开？”韩母在一边低声问着。算命先生伸出手在桌面上摸索着，韩父赶紧将一杯茶递到他手中，喝了一口茶后，算命先生伸出二个手指：“要使孩子眼睛早些睁开，要做两件事，一是要破相，二是要到城隍庙去拜将军剑菩萨做干爹。”……第二天，韩母抱着小振权到城隍庙大殿向将军剑菩萨烧香叩头，拜其为干爹。回来后，第三天早上，当韩母为小振权喂奶时，一双明亮乌黑的小眼睛在她眼前闪烁：“嗨，眼睛睁开了，睁开了。”……从此，振权（韩天衡）每年都到城隍庙向将军剑菩萨烧香还愿，一直到上世纪 50 年代末。50 多岁后，他还在上海青浦找到了又一尊将军剑菩萨。并请程十发先生专门为他画了一个干爹——将军剑菩萨，以继佛缘。[15]不少有真本事的算命先生还能提供破解灾难的方法，有的还因此而另外收费，这也是很常见的现象，本则故事即是一个生动、真实的写照。

同期的港台，因无禁忌，所以此类的作品和评论当然都司空见惯，不胜枚

12 上海、乌鲁木齐：《西部华语文学》，2007 年第 2 期，第 65 页。

13 上海、乌鲁木齐：《西部华语文学》2007 年第 6 期，第 16 页。

14 杨绛《走到人生的边上》，商务印书馆，2007。参见此书前言，一、神和鬼的问题，四、命与天命（一）人生有命，（二）命理等章节。此书获文津图书奖。

15 王琪森《金石书画铸春秋（2）》，上海《新民晚报》2009 年 11 月 30 日。

举。最新的例子可举香港著名学者、岭南大学教授刘绍铭于发表《董桥癖》一文，介绍：

> 董桥《橄榄香》中记叙的西西里姑娘，不但有绝色，还有特异功能：她善相人面卜休咎。她预言“我”（按指董桥本人）两年内事业要经历三次变迁，“不可不变，越变越好”。果如“女相士”所言，“我”回到香港后辞去旧职。八个月后又换了新职。一年过去，第三份工作忽然找上门来。跟董桥有私交的朋友也知道，姬娜的话不但应在叙事的“我”身上，传记的“我”也历经三次工作上的变迁，而且“越变越好”。《橄榄香》内容，真真假假，虚虚实实，读者或可从中看到一些人生幽玄神秘、无法解释的因果。
>
> 此外，《平庐旧事》有位葛先生，顺应患了肺病的女朋友田平的愿望，在伦敦东南区买下一间1889年的老房子。房子闻说闹鬼，好几年没人敢住，半夜楼上卧房电灯一下亮一下熄。葛先生说他不怕鬼。住进去后，他们觉得房子越来越阴冷，开足了暖气还冰冷。半夜里，卧房不单传出人语，还有哭声。葛先生只好让田平搬去跟邻家老太太住一宵，自己一个人留守，一边焚了一炉沉香一边把高古貔貅玉器摆在床头大声说：“我的女朋友是病人，随时会死，她喜欢这所房子，我想让她住下来圆一圆美梦，能帮我这个忙吗？”
>
> 电灯应声熄了，三分钟后又亮起来，房子的冷风从此消失。[16]

刘绍铭评论董桥的这则传奇，读来有六朝志怪风味。

七、作品举例

本文以上已经例举诺贝尔文学奖和中国茅盾文学奖的作品以及其他提及的作品。篇幅所限，再略举3书为例。

史学经典《左传》记载鬼魂作祟，还有不少在今人看来难以相信和理解，如有关天象、灾异、卜筮、梦境等的预言，有些预言还依据了一些神怪现象。

以实录著称的《史记》，多次描写历史人物如刘邦和吕后、薄姬，汉文帝窦皇后之弟少君、汉武帝外祖母臧儿、周亚夫、卫青等人的相面卜卦、预测命运。以《绛侯周勃世家》记载周亚夫为例：

> 条侯亚夫自未侯为河内守时，许负相之，曰：“君后三岁而侯。

16 上海《东方早报》2011年5月22日。

侯八岁为将相。持国秉，贵重矣，于人臣无两。其后九岁而君饿死。”亚夫笑曰：“臣之兄已代父侯矣，有如卒，子当代，亚夫何说侯乎？然既已贵如负言，又何说饿死？指示我。”许负指其口曰：“有从理入口，此饿死法也。”（条侯周亚夫在没有封侯还做河内郡守的时候，许负为他看相，说：“您三年以后被封侯，封侯八年以后任将军和丞相，掌握国家大权，位尊而权重，在大臣中没有第二个能和你比。此后再过九年，您将会饿死。”周亚夫笑着说：“我的哥哥已经继承父亲的侯爵了，如果他死了，他的儿子应当接替，我周亚夫怎么谈得上封侯呢？既然我已像你说的那样富贵，又怎么说会饿死呢？请你指教我。”许负指着周亚夫的嘴说：“您脸上有纵纹入口，这是饿死的面相。”）

预测的三件事情中，封侯和饿死是看似绝不可能发生的，结果都应验了，令人惊奇。

《汉书·外戚传上》记载汉武帝最后宠幸的美人鉤弋夫人：

赵婕妤，昭帝母也，家在河间。武帝巡狩过河间，望气者言此有奇女，天子亟使使召之。既至，女两手皆拳，上自披之，手即时伸。由是得幸，号曰拳夫人。

拳夫人进为婕妤，居钩弋宫。大有宠，太始三年生昭帝，号钩弋子。任身十四月乃生，上曰：“闻昔尧十四月而生，今钩弋亦然。”乃命其所生门曰尧母门。

历史经典著作的以上记载，是纪实文学，在当今现实生活中完全是不可能发生的，尤其是女子生而手掌伸不开，一直握拳，武帝一碰她，手掌立即伸开了以及怀孕 14 个月而生子之类，令人不可思议。

八、内容举例

篇幅所限，仅举四例。

指发“神剑”

平江不肖生《江湖奇侠传》中方绍德的食指尖发出的剑光，金庸《天龙八部》中段誉的手指能够发气，誉为六脉神剑。1987 年秋，在上海闵行的残废军人疗养院，我亲自领略过高级气功班的学友、重庆蔡学源先生的右手中指发出的大力的气柱，犹如神剑。

暗器

武侠小说中经常描写的神奇武器。1990 年夏，我请高级气功班的学友、内蒙李淑君女士在我任职的上海艺术研究所和上海沪剧院表演过用发射暗器的方法发射硬币。著名作家沙叶新应我之邀出席了上海艺术研究所的那次表演场面，他当场写了此事的地点、时间、经过，请在场者签名作证，并将这枚表演过的硬币“留作纪念”。

耳朵中的神秘声音

霍达《穆斯林的葬礼》：

> 在一天夜里，侦缉队长在熟睡之中被一声怪叫惊醒：“我可扔了，我可扔了！”
>
> 职业的警觉性使他翻身而起，披衣下床，走到院子里，侧耳静听了一阵，四周并无声响。此时月朗风清，院中明亮如洗，没有任何可疑动静。他便疑心是自己做梦，转身回房睡觉。刚刚躺下，那声音又响起来了：“我可扔了！我可扔了！”
>
> 侦缉队长连忙叫醒老婆：“你听听，外边儿在嚷什么？”
>
> “我可扔了！我可扔了！”果然又嚷上了。
>
> 他老婆揉揉惺忪睡眼，说：“一惊一乍的，你让我听什么？”
>
> 这可怪了，这么大的声儿，她竟然什么都没听见！侦缉队长疑疑惑惑地躺下去，一夜也没能合眼。
>
> 接连好几夜，他都清晰地听到了那个奇怪的喊声，仿佛是那位过世了好些年的“玉魔”老先生的声音。侦缉队长是敢要活人命的角色，本来不该害怕那早已朽烂的枯骨、深夜游荡的幽魂，但想到买房子时的乘人之危、巧取豪夺，再加上老婆讥笑他“心有亏心事，才怕鬼叫门”，便不寒而栗，生怕某一天那“声音”真地扔下一颗炸弹来，要了他的命。他不相信自己的神经出了毛病，却又无法解释这桩怪事儿，说出去谁也不会相信，闷在心里又坐卧不安，便“三十六计走为上”，急着要离开这“随珠和壁，明月清风”的院子了。（第一章玉魔）

周海婴的亲身经历：

说来奇怪，在父亲去世前几天，我放学回家的路上，突然感觉有个声音对我说：“你爸爸要死了！”这么多年我一直不明白这个声音究竟来自何方。

1936年10月19日早晨，许妈上楼低声说："弟弟，今朝侬勿要上学堂了。"我才知道，我没有爸爸了……[17]

再世

王渔洋、蒲松龄时代的蒋超，字虎臣，知其前世，回到前世的四川峨眉山寺庙终老。

《聊斋志异·蒋太史》篇叙蒋超笃信佛教，自记前世为峨嵋山僧人，后特回峨嵋山而终。王渔洋《池北偶谈》卷八也有《蒋虎臣》篇，记叙蒋的生动事迹。多为《聊斋》所未载：

> 翰林修撰蒋虎臣先生超，金坛人，自号华阳山人。幼耽禅寂，不茹荤酒，祖母梦峨嵋山老僧而生。生数岁，尝梦身是老僧，所居屋一间，屋后流泉适之，自伸一足，入泉洗濯，其上高山造天，又数梦古佛入己室，与之谈禅。年十五时，有二道人坐其门，说山人有师在峨嵋，二百余岁，恐其堕落云云，久之乃去。顺治丁亥（公元1647年），先生年二十三，以一甲第三人及第，入翰林二十余载，率山居，仅自编修进修撰，终于史官。性好山水，遍游五岳及黄山、九华、匡庐、天台、武当，不避蛇虎。晚自史馆以病请告，不归江南，附楚舟上峡，入峨嵋山，以癸丑（公元1673年）正月卒于峨嵋之伏虎寺。临化有诗云；"偶向镬汤求避热，那从人海去翻身；功名傀儡场中物，妻子枯髅队里人。"尝自谓蜀相蒋琬之后，在蜀与修《四川通志》，以琬故，遍叩首巡抚、藩臬诸司署前。其任诞不羁如此。

此篇较《聊斋志异·蒋太史》为详，蒲文为：

> 蒋太史超，记前世为峨嵋僧，数梦至故居庵前潭边濯足。为人笃嗜内典，一意台宗，虽早登禁林，尝有出世之想。假归江南，抵秦邮，不欲归。子哭挽之，弗听。遂入蜀，居成都金沙寺；久之，又之峨嵋，居伏虎寺，示疾怛化。自书偈云："愦然猿鹤自来亲，老衲无端堕业尘。妄向镬汤求避热，那从大海去翻身。功名傀儡场中物，妻子骷髅队里人。只有君亲无报答，生生常自祝能仁。"

渔洋在《聊斋志异》此篇后写道："蒋，金坛人，金坛原名金沙，其字又

17 李菁《周海婴眼中的父母亲》,《三联生活周刊》2006年第1期,《文摘报》2006年1月16日转载。

名虎臣，卒于峨嵋伏虎寺，名皆巧合，亦奇。予壬子（公元1672年）典试蜀中，蒋在峨嵋，寄予书云：'身是峨嵋老僧，故万里归骨于此。'寻化去。予有挽诗曰：'西风三十载，九病一迁官。忽忆峨嵋好，真忘蜀道难。法云晴浩荡，春雪气高寒。万里堪埋骨，天成白玉棺。'盖用书中语也。"

渔洋为小说中人物的文字交，为蒲翁小说的内容作重要补充，又《渔洋诗话》载："蒋修撰虎臣超，顺治丁亥及第，不乐仕进，自言前身峨嵋老僧也，后竟殁于蜀。尝题金陵旧院云：'锦锈歌残翠黛尘，楼台已尽曲池湮。荒园一种瓢儿菜，独占秦淮旧日春。"再与其《蒋虎臣》篇合观，则这位奇人之奇事庶几可见完璧。

又《聊斋志异·邵士梅》篇记邵见旧人而记起前世的故事，渔洋于文后补充说："邵前生为栖霞人，与其妻三世为夫妇，事更奇。高东海以病死，非狱死，邵自述甚详。"按渔洋《池北偶谈》卷二十《记前生》亦记邵士梅事，且介绍邵与渔洋乃"同年"之进士，两人相互熟识。

又当时陆次山《邵士梅传》（作于康熙七年五月晦日）对邵士梅再生和成年后重访高氏故里情况言之历历，文末言邵"作令吴江，吴中人士盛传其事。余初未之信也，适登州明经李曰白，为余同年曰桂胞弟，便道过访，余偶言及，曰白曰：'得非我登州学博邵峄晖先生乎？其事甚真，余所稔闻。'因述邵在登时，尝以语同官李簠（fǔ），簠以语曰白者，缕悉如此。"可见此事在当时十分有名，且再世之人物、地点，言之凿凿，故事引人人胜，故而蒲、王、陆皆据以为文，各有记载。

综上所述，神秘文化和文学相结合、相比较，是比较文学中跨学科研究的一个重要方面；研究浪漫主义文学和现实主义文学的研究资源非常丰厚，内容非常精彩；神秘现实主义和神秘浪漫主义文学艺术的研究是一个重要的课题，值得我们做进一步的探索和努力。以"神秘现实主义和神秘浪漫主义文学艺术流派和创作方法"的角度对中外文学经典和名作，做跨文化的深入研究，可以总结有益的创作经验和方法，推进文学艺术创作的发展。